〔새미작가론총서 16〕

김수영

황정산 편

새미

혼히 서정시의 원리를 동일성으로 설명한다. 주체가 자기 밖의 세계를 자아의 세계로 동일화해내는 문학적 양식이 서정시라는 것이다. 조동일이 서정 장르를 '세계의 자아화'라 규정하는 것이나, 김준오가 서정시의 본체를 '자아와 세계의 동일성'이나 '자아와 세계의 일치감'이라고 지적하는 것이 바로 대표적인 견해들이다. 또한 에밀 슈타이거는 서정적인 것들의 속성을 '회감'(Erinnerung)이라 파악하고 이 "회감은 주체와 객체의 간격 부재에 대한 명칭일 수 있으며 서정적인 상호융화에 대한 명칭일 수 있다." 지적하고 있는데 이 또한 같은 견해라 할 수 있다.

하지만 보들레르 이후의 근대적 서정시 역시 이런 원리에 의해 설명될 수 있을지는 의심해볼 만하다. 시를 통해 자아와 세계를 통일적으로 파악할 수 있었던 것은 루카치의 말을 빌려 표현하면 '별을 보고 길을 찾던 행복한 시절'에나 가능했던 문학적 존재 양식이다. 적어도 보들레르 이후 현대시에서는 주체와 객관세계 그리고 인간과 자연을 통일적으로 아우르는 절대적인 일원론적 세계관은 불가능하다고 할 수 있다. 근대 이후의 시에 있어 자연은 절대적인 완전한 세계상으로 존재하지 않고 그러한 자연과 인간 주체와의 행복하고 조화로운 통일도 불가능하게 된다.

이렇듯 근대 이후의 시는 주객의 통일성이나 동일성의 원리에 의하기보다는 타자성의 인식 그리고 주객의 끊임없는 긴장 속에 존재한다고 할 수 있다. 지향해야 할 절대적 가치나 의거해야 보편적 세계가 존재하지 않는 채 주체와 객체의 분리와 그것 사이의 긴장의 경험이 바로 근대적 서정시가 보여주는 세계라 할 수 있다.

김수영은 이러한 근대적 서정시를 우리 시에서 완성한 시인이다. 보들레르가 했던 역할을 김수영이 우리 시사에서 수행했다고 해도 과언은 아니다. 김수영의 시가 갖는 이러한 시사적 중요성 때문에 그에 관한 연구논문과 평론은 수없이 많다.

하지만 그에 관한 연구가 많은 만큼 그와 그의 시에 대한 신화화와 미신이 난무하는 것도 사실이고, 그의 이름값을 빌려 자신의 문학적 입장을 합리화하려는 의도적 곡해가 횡행하는 것도 사실이다.

이러한 미신과 곡해를 가져온 데는 종래의 몇몇 평론들의 영향이 크다. 이들은 그의 시를 깊이 있게 꼼꼼히 따져 읽고 그것을 통해 그의 문학적 성취를 밝혀보기에 앞서 그의 시적 경향에 손쉬운 이름을 붙여 그의 시를 재단함으로써 그에 대한 고정관념을 만드는 데 일조했음을 부정할 수 없

다. 그래서 어떤 이에게 김수영은 순수와 정직의 화신이고 또 어떤 이에게
김수영은 참여문학을 주창한 행동하는 지식인이기도 하고 또 한편에서는
너절한 일상성의 시인으로 간주되기도 한다.

이 책은 김수영에 대한 이러한 곡해와 편견과 미신을 넘어서기 위해
준비되었다. 그러기 위해 김수영 문학에 관해 일정한 편견을 만드는 데
일정한 역할을 한 기존의 논의들을 과감히 배제하고 신진 연구자들에 의해
이루어진 김수영의 시에 대한 새롭고 깊이 있는 논의들을 찾아 엮었다.

아무튼 이 책이 김수영의 문학을 이해하는 데 조금의 도움이 되기를
바란다. 재수록을 허락해 주신 여러 선생님들게 감사드린다.

2002년 10월

편자

차 례

제1부

김수영의 문학이 있던 자리

개인주의의 승리

노 철

1. 초현실과 현실

김수영의 시는 너무나 인간적이다. 밤새 창녀와 성교하고 다음 날 밤에 아내와 성교를 한다. 이것이 김수영의 시다. 잡놈이 오입하면 추태가 되지만, 김수영이 오입을 하면 시가 된다. 김수영의 시는 이렇듯 아름다운 황홀과는 거리가 멀다. 음란한 속내마저 정직하게 기록하고 있다. 그것은 밤새 농탕질을 일삼다 아침이면 이 시대 최고의 도덕과 지성을 내세우며 인자한 미소를 짓는 당시 지배층의 권위를 공격한다. 그의 욕설과 고함은 교만한 자에게 한 자루 비수가 되어 꽂힌다. 그의 시에서 이러한 정직성은 자유, 정의 같은 가치 지향이나 홍수처럼 걷잡을 수 없는 요설로 나타난다.

그러나 그의 이러한 정직성은 늘 자신에 대한 공격에서 출발한다. 이 때문에 김수영의 시는 정치적 상황을 반영하면서도 '나'에 대한 집착을 보여 주며, 그래서 사회에 대한 그의 신념도 의심을 받을 수밖에 없다. 김수영의 시 쓰기 행위가 자신의 정치적 이데올로기와 일치하지 않는 인식론을 의미하는 것은 아닌가 하는.

하지만 이러한 판단은 김수영을 피상적으로 살펴본 결과이다. 김수영의 위악적인 정직은 당시 사회의 질서 안에서 행복을 추구하려는 자신의 욕망이 기만적이라는 것을 보여 주려는 전략이다. 그는 자기 내면에 숨겨진 속물적인 욕망을 산산이 조각 내 버리고, 그 속물적 욕망이 구축한 확고한 가치나 개념을 분해하여 기존의 사회가 유지하려는 고정된 형식을 공격한다. 김수영의 위악적인 욕설은 바로 당대 사회의 권위에 대한 저항이었으며, 이 저항이야말로 김수영의 생존 방식이었다. 주어진 세계에 저항하는 것은 기존의 모든 질서와 이데올로기에 맞서 처절하게 싸움을 벌이는 것이다. 김수영의 삶은 이 싸움에서 승리와 패배가 점철된 전사였다.

그렇다고 김수영이 새로운 사회 권력을 지향해서 이런 싸움을 벌였다고 이해해서는 곤란하다. 그는 권력의 지향과는 무관한 곳에 거주한다. 끊임없이 제약으로부터 벗어나기를 거듭하는 움직임 그 자체에 관심을 지녔을 뿐이었다. 그러기에 그의 시는 탄생하자마자 자신과 늘 일치되지 못한 서투른 지껄임으로 전락하고 마는 것이다. 이미 만들어진 형식은 곧 낡은 것이 되어 버리기 때문이다. 김수영이 "시는 헛소리다"라고 말한 이유도 바로 여기에 있다.

김수영은 이렇듯 계속되는 불일치를 해소하기 위해 자기 위반 행위로서 '시 쓰기'를 감행한다. 요컨대 김수영은 당시 사회 속에 거주하였으나, 그렇다고 속물적 이익을 추구하는 기업가도, 정치 권력을 추구하는 정치가도 아니었다. 그는 당대의 속물적인 세계에 대한 저항을 통해, 자유로이 활동할 수 있는 공간을 찾고자 한 모험적인 여행가였다. 모험적인 여행가가 들려주는 이야기는 사실적이고 일상적인 것들이지만, 그럼에도 늘 새로운 세계, 새로운 의미를 던져 주게 마련이다. 그의 시에 담긴 이야기는 일종의 신화와 은유의 세계인 셈이다.

신화와 은유는 단순히 쓰고 버릴 장식품처럼 삶에서 없어도 될 보충적인 것이 아니다. 김수영의 시에서 나타난 신화와 은유는 당시 역사의 내부에서 형성된 것들로 사회적인 의미를 지니고 있었다. 물론 이 신화와 은유는 그 자체로는 아무 것도 아니다. 만질 수도 없으며, 눈에 보이지도 않는다. 그러나 그것은 당시 사람들이 입은 상처를 통해서 형성된 것이다. 그는 그 상처로 말을 한다. 이 때 상처는 늘 내부에 존재하는 것이기에, 싸움은 늘 내면에서 출발한다. 김수영은 자신의 소시민적인 나약함을 질타하고 폭로하면서 싸움을 시작한다.

월남 파병에 반대하다가 붙잡혀 간 소설가를 위해서 한 마디도 뱉지 못하면서 갈비탕의 갈비에 기름이 많다고 식당 주인과 싸우는 김수영, 땅 주인에게는 한 마디도 못하고 이발장이에게나 호통을 치는 김수영, 이 옹졸하고 비겁한 자신을 질타하고 폭로하면서, 그는 시대의 폭력에서 받은 상처와 싸운다. 자신의 이야기를 수다스럽게 떠들어 대는 김수영의 시는 모두 이러한 싸움에 대한 정직한 기록이었다. 그것은 자신의 자유로운 활동을 억압하여 옹색한 공간으로 몰아 넣는 당대 사회에 대한 분노의 몸짓이었다.

김수영이 분노의 몸짓을 취하는 것이 처음부터 가능했던 것은 아니다. 김수영은 자유롭게 말하고 자유롭게 살고 싶었으나, 시대는 늘 그를 옥죄어 왔다. 막연하게 자유롭고 싶은 소박한 청년이 갈 길은 어디에서도 찾을 수 없었다.

김수영에게서 이 같은 자유 지향의 정신이 삶의 겉으로 윤곽을 드러내기 시작한 것은 해방 후부터였다. 해방 후 김수영은 연극인들을 만나면서 계급 문학의 선봉장인 임화와 교류하기도 했으나 별 흥미를 느끼지 못하고, 박인환이 운영하던 서점 '마리서사'를 중심으로 초현실주의 계열의 시인들과 교류하는 데 집착했다. 사회적 권력을 둘러싼 대립과 반목이 첨예했던 시대에 그는 현실보다는 초현실에 관심을 기울였고, 민족의 고통보다는 내면의 어두움 때문에 괴로워했다. 그는 시대의 혁명보다는 자기 혁명에 집착하고 있었던 것이다.

그렇다고 세속적인 행복을 취하지도 않았다. 해방 후 가족의 생존을 위한 노동은 거들떠보지도 않으면서 밤늦게까지 술을 마시고 다녔으며, 심지어 하숙을 하면서까지 자유분방한 생활을 하였다. 밤새도록 시에, 노래에, 술에 취해 떠들면서 "오오, 거리는 모든 나의 설움이다"라며 자작시를 읊조렸던 것이다.

1955년 김수영이 참가한 엔솔로지『새로운 도시와 시민들의 합창』에 실린 후기에서는 당시 김수영의 정신적 지향이 잘 드러난다. "지금은 증오와 안개 낀 현실이 있을 뿐…… 식민지 애가(哀歌)며 토속(土俗)의 노래는 이러한 지구에서 가라앉아 간다." 우리 민족의 현실과 거리가 먼 서구 모더니즘의 고민을 자신의 처지와 견주고 있는 그의 모습을 볼 수 있다. 자신이 기댈 만한 가치가 붕괴된 상태에서 내면을 엄습하는 비극성과 황량감을 시로써 극복하겠다는 관념이 바로 이 글에서 읽혀지기 때문이다.

하지만 그의 모더니스트적인 속성을 우리의 시대 현실 속에 옮겨 놓으면 김수영의 새로운 면모를 살필 수 있다. 한국 전쟁에 대한 김수영의 반응에서 우리는 한국의 어떤 젊은이로서 모습을 어렵지 않게 찾을 수 있다. 한국 전쟁을 이데올로기적인 측면에서가 아니라 사회 문화사적 측면에서 살펴본다면, 김수영의 고민이 지닌 근거가 분명해진다. 한국 전쟁은 수백 년을 유지해 온 양반 계층이 더 이상 존립할 수 없게 했으며, 전통적인 윤리관 역시 더 이상 고집할 수 없게 만들었다. 그뿐이 아니다. 한국 전쟁은 서구 문명의 위력을 실감하게 해 주었다. 김수영은 한반도 위를 나는 헬리콥터에서 서구 문명과 당시 우리 현실의 차이를 본다. 비좁은 산맥, 좁은 뜰, 항아리 들로 이어지는 이 땅의 구석구석에서 자유롭게 나는 헬리콥터에서 '자유'와 '비애'라는 모순된 반응을 보인다. 헬리콥터의 자유로운 활강을 동경하지만, 이 땅의 비좁고 곤궁한 모습에 비애를 느끼는 것이다. 이러한 모순된 심경을 느끼는 것에서 우리는 당시 한국의 문화적 리얼리티를 보게 된다. 이어령이 말한 '화전민 의식'처럼 궁핍한 현실에서 자기 존재가 거주할 공간을 일궈내야 했다.

그러나 김수영의 전쟁 체험은 문화적 리얼리티에 역사적 리얼리티를 부여한다. 김수영은 의용군으로 끌려갔다가 거제도 포로수용소에 수용되었다. 장용학의 『요한시집』에서 보듯이, 그곳에 횡행하던 이데올로기는 동료의 시체를 토막 내 변소에 내다 버리도록 이끄는 잔인한 교사자였을 뿐이었다. 집단의 폭력 앞에서 무력한 개인은 죽음으로써 자유를 얻지 않으면 안 될 만큼 그곳의 상황은 절망적이었다. 그뿐 아니라 김수영이 의용군으로 끌려가 포로 생활을 하는 동안 생계가 막연해진 아내는, 그 처지를 딱하게 여겨 돌봐 준 사람에게 의탁하여 함께 살아가는 지경이었다. 전통적인 가치가 붕괴된 한국 사회에서 전쟁이 가져 온 인간에 대한 신뢰의 상실감은 김수영에게는 뼈 속 깊이 사무쳐 왔다. 그러나 김수영의 비애는 개인적인 것을 넘어서 한국 사회에 보편적인 것이었다.

김수영의 전쟁 체험을 개인적인 측면에서 더 살펴보자. 김수영은 전쟁을 겪으면서 동생의 실종과 아내와의 별거 등을 경험하였다. 그 자신 또한 의용군에서 탈출하였으나 인민군에 체포되어 사흘 동안 숨겨 놓은 총과 군복을 찾아내어 의용군이었던 것을 증명함으로써 죽음을 면하였으며, 서울로 돌아와서도 경찰에게 20여 일간이나 고문을 받으며 유치장에 갇혀 있다가, 이내 거제도 포로수용소에 수용되었다. 포로수용소 경험에 대해서는 알려진 바 없으나, 부산 병원에서 통역일을 맡은 것을 계기로 풀려났다고 전해진다. 전쟁은 한 개인의 삶을 일거에 무너뜨리는 폭력이었다. 그러나 다른 한편으로 전쟁은 김수영이 현실에 눈을 뜨는 계기가 되었다. 1954년에 쓴 몇 편의 시에 엿보이는 "죽음, 가족의 사랑, 평범한 것의 위대함"

등의 표현은 김수영의 심경을 잘 보여 주는 것들이다. 이것은 김수영의 삶에 대한 인식이 현실에 뿌리를 내리기 시작했음을 의미한다.

한국의 역사적 리얼리티는 김수영이 자유로운 삶을 추구할수록 폭압적으로 다가왔고, 일상 생활은 짐이 되었다. 냉전 이데올로기를 명분으로 인간의 권리가 무시되는 현실을 목도하였으며, 돈벌이를 위해 번역할 때는 비굴해지는 자신의 모습을 보았다. 바로 이러한 때 초현실주의에 대한 경험은 한국의 현실과 대비되어 김수영에게 그가 나아갈 방향으로 비추어졌다. 문명의 비극성과 황량함에 온몸으로 대항하는 서구 모더니스트의 정신과 행동의 자유는 그에게 새로운 계시로 비추어졌다.

여기서 우리는 김수영의 정신적 지향을 오해해서는 곤란하다. 흔히들 한 사람의 정신적 전망은 고정된 가치에 대한 믿음으로 나타나게 마련이라고 생각하지만, 김수영의 정신적 전망은 종교적 믿음처럼 고정된 가치에 대한 믿음을 가진 것이 아니었다. 서구 모더니스트의 세계관을 무비판적으로 수용한 것이 아니라, 서구의 모더니스트들이 주어진 현실에 온몸으로 대항하면서 새로운 가치를 만들어 나아가는 치열한 과정을 밟았던 삶의 방식을 수용한 것이다. 그 자신도 우리의 현실에 온몸으로 대항하면서 새로운 가치를 만들고자 하였다.

김수영이 한국에서 자유주의자의 한 유형이 될 수 있는 이유는 여기에 있다. 그는 어떤 고정된 틀에 갇히지 않는 자유를 추구하면서도 한국의 현실에 대항하는 행동성을 갖춘 자유주의자였던 것이다. 그렇다고 혁명가나 선동가가 될 위인은 아니었다.

김수영은 늘 자신에게 주어진 사태에 정직하게 반응할 뿐이었다. 거창한 이데올로기에 의해서 움직이는 것이 아니라, 몸이 느끼는 대로 말하고 또 행동했다. 느끼는 대로 말하고 행동한다는 것은 어린아이와 같은 순진함이 없으면 불가능하다. 어른이 어린아이와 같이 느끼고 행동하는 것은 주변 사람들에게는 매우 불편한 일이다. 체면을 차리려한다거나 일상의 행복을 위해 때로 비굴해지기도 하는 따위의 처세를 하지 않기 때문이다.

김수영은 주머니에 뻔히 돈이 보여도 돈이 없다며 술값을 내지 않고, 술에 취하면 온갖 악담과 욕설을 내뱉기를 서슴지 않으며, 그래 놓고 뒤에 후회하지도 않는다. 번역한 대가로 원고료를 받는 것을 부끄럽게 여길지언정 욕설하고 술값을 내지 않는 일은 금방 잊어버린다. 이미 정해진 윤리를 우습게 여긴다. 고정된 모든 이데올로기의 규칙을 인정하지 않기 때문이다. 그에게 고정된 모든 이데올로기는 현재의 사태를 재단하고 억압하는 기재였다.

이러한 거부는 맹목적인 것은 아니다. 그것은 자아를 있는 그대로 보려는 정직한 응시 방법에서 비롯된다. 이 응시 방법은 자기에게 속한 모든 것을 정직하게 드러냄으로써 비로소 자기 비판과 자기 부정이 가능하게 한다. 정직성은 변신의 근거이고, 동시에 주변 세계를 바라보는 눈을 트이게 한다. 그는 이렇게 해서 거창한 이데올로기와 무관하게 살아가는 평범한 사람들의 생명력을 발견하였다. 이것을 발견한 경이로움을 김수영은 <예지(叡智)>라는 시에서 '현실을 축소하지도 확대하지도 않고 사실 그대로 인식하는 이웃과 벗들의 모습'과 '생활과 소망이 일치하는 모습'에 대한 감탄으로 표현한다. 이데올로기의 허위를 넘어서는 민중을 목격한 것이다. 이렇듯 이데올로기가 억압할 수 없는 민중의 근원적인 힘은 김수영에게 변혁에 대한 믿음의 토대가 되어 주었다.

1957년 김수영은 이 평범한 사람들의 생명력을 폭포에 견주어 시로 완성하고 있다. 폭포에서 어떤 규정된 이데올로기에도 갇혀 있지 않지만 시인 자신과 세계를 뒤집어 버리는 힘을 본 것이다. 그는 폭포에서 암담한 사태를 두려워하지 않고 뚫고 나아가는 고매한 정신의 계시를 얻는다. 당시 이데올로기를 빙자한 정권의 폭력에 무기력하게 대응할 수밖에 없었던 김수영에게, 초현실주의의 계시가 자유로운 인간의 활동 공간을 찾아가는 '열정적인 태도'를 제공했다면, 민중의 생명력은 그 전망을 향해 나아갈 수 있다는 자신감을 부여해 주었다. 이것은 무력한 자유주의자가 실천적인 행동성을 획득하는 계기가 된다.

1960년 8월 4일에 쓴 「가다오 나가다오」는 외세에 대한 거부와 민중의 생명력에 대한 신뢰를 피력하고 있다. "이유는 없다—가다오 너희들의 고장으로 소박하게 가다오. 너희들 美國人과 蘇聯人은 하루바삐 가다오. 美國人과 蘇聯人은 '나가다오'와 '가다오'의 差異가 있을 뿐. 말갛게 개인 글 모르는 백성들의 마음에는. '美國人'과 '蘇聯人'도 똑같은 놈들. 가다오 가다오. '四月革命'이 끝나고 또 시작되고. 끝나고 또 시작되고 끝나고 또 시작되는 것은. 잿님이할아버지가 상추씨, 아욱씨, 근대씨를 뿌린 다음에. 호박씨, 배추씨, 무씨를 또 뿌리고. 호박씨, 배추씨, 무씨를 또 뿌리고. 호박씨, 배추씨를 뿌린 다음에. 시금치씨, 파씨를 또 뿌리는. 夕陽에 비쳐 눈부신. 일년 열두달 쉬는 법이 없는. 걸쩍한 강변밭 같기도 할 것이니." 미국과 소련이 한반도에서 나가고 우리 민중이 주인이 되어 씨를 뿌리고 거두며 살아가는 생명력으로 4월 혁명을 완성해 갈 것이라는 선언은 김수영 시의 핵심이자 행동성이다.

자유주의자 김수영은 고통스러운 현실을 벗어나는 꿈을 실천할 토대를 현실 속에서 찾았던 것이다. 때문에 4·19에서 보여 준 민중의 생명력에 무한한 신뢰를 보냈던 것이다. 그러나 김수영이 믿었던 생명력은 토속적인 리리시즘과는 달랐다. 단순히 끈질기게 살아 남는 민중의 생명력이 아니라, 끝없이 개혁을 계속하는 혁명적인 생명력이었다. 민중의 생명력을 수동적으로 바라본 것이 아니라, 적극적으로 해석하고 있다. 물론 4·19에 대한 이러한 입장은 현실 문제를 감성적이고 환상적인 차원에서 바라본 것으로 비춰질 수도 있다.

　최하림이 쓴 김수영 전기에 의하면, 4·19가 지난 어느 날 김수영이 비각 아래 있는 귀거래다방에서 도저히 발표할 수 없는 시 한 편을 내밀었다고 한다. 이 때 박연희는 "김형! 4·19가 혁명이라고 생각해? 4·19는 극우 보수주의가 온건 보수에게 밀려난 것에 불과한 게 아닐까?"라고 말했다. 최하림은 박연희의 입장에 동조하고 있다. 4·19를 혁명으로 보는 김수영의 사고에 다분히 보수적인 면이 서려 있다고 본 것이다. 최하림은 김수영이 경제에 대해 알고자 하는 열망을 일기에 수차 적고 있음에도 경제적 사고가 성숙되지 못했다고 보며, 사회 구조에 대한 통찰력도 부족했다고 평가하고 있다. 우리가 굳이 최하림의 견해를 부정하여 김수영을 영웅으로 만들 필요까지는 없겠지만, 자유주의자로서 그의 모습을 살피는 데 이런 평가는 퍽 흥미롭다.

　초현실주의적 사고에 영향받은 김수영에게 4·19는 자유와 꿈의 정신이요 표상으로 여겨졌다. 실제로 5·16 정권에 대한 함석헌의 공격적인 글을 찬양하며 지식인을 비판한 산문이나, 4·19를 혁명으로 묘사한 시, 4·19의 좌절을 절망으로 묘사한 시 등은 모두 군인들에게 연행되어 갈 소지를 다분히 안고 있는 것들이었다.

　여기서 한국의 자유주의자 김수영의 또 다른 특징을 찾을 수 있다. 자유스럽고 저돌적인 면모가 그것이다. 현실적인 억압에 대해 자유스럽고 저돌적으로 대항한다는 것이다. 조직적이고 신중한 저항이 아니다. 그런데 사회 운동의 차원에서 본다면 무모할 수도 있는 이러한 행동이 사람들에겐 지금까지도 감동을 주는 것 같다. 사회에 대한 과학적인 사고는 부족했을지라도 민중에 대한 무한한 신뢰를 바탕으로 자유스럽고 저돌적으로 현실의 억압에 대항한 문학인이 그때만 해도 보기 드물었기 때문일까?

2. 해체전략으로서 풍자 혹은 해탈

물론 김수영의 저돌성은 자유주의자로서의 한계를 안고 있다. 4·19를
적극적으로 옹호한 것을 제외하면, 그의 저항은 주변적이고 일상적인 차원
의 저항이었기 때문이다. 김수영의 시는 전통적인 심미주의자들로부터 비
시적인 것으로 비판받을 만큼 개인적인 체험을 두서없이 뇌까리고 있다.
사소한 제재를 취하여 소박한 언어로 말을 한다. 기존의 계급시가 계급
의식을 선전하고 민중시가 집단적인 계층 의식을 다루고 있는 것에 반해,
그의 시는 소시민의 사소하고 일상적인 이야기들로 가득 차 있다. 그러나
사소한 이야기 속에서 그는 늘 사회 문제를 고발한다. 이것이 그의 저항
방식이다. 조동일이 김수영은 언론의 자유를 과소 평가하고 현실을 지나치
게 중시한다고 비판한 것은 바로 이 점을 지적한 것이다. 김수영의 시와
행동이 사회 구조적인 문제보다 주변의 것들에 집착한다고 비춰졌기 때문
이다.

일상에 대한 김수영의 저항은 기존 문학인의 사회 참여 방식에 대한
문제 제기였다. 그는 과거 문학에서 이미 설파한 내용과 형식을 반복하는
것은 기존 질서에 안주하고 기대어 먹고사는 행위라며 질타했다. 그의
이러한 질타는 당시 정치 권력의 폭력에서 비롯된 인간의 고통과 무관한
아름다움이나 괴로움 따위를 읊조리는 문학 풍토에 대한 비판도 부분적으
로 아우르는 것이었다.

이 때문에 급기야 이어령과 불온시 논쟁이 일어난다. 이어령은 문학을
정치 권력의 시녀로 취급하는 김수영의 시는 불온한 시라고 비판한다.
이에 대해 김수영은 모든 전위 문학은 불온한 것이라고 해명한다. 이러한
논쟁이 어떤 식으로 진행되었느냐는 별반 중요하지 않다. 둘 사이에는
근본적으로 자유에 대한 생각이 달랐기 때문에 논쟁의 승부는 애초부터

없었던 셈이다. 김수영은 자유를 어떤 목적을 위한 부차적인 것으로 보지 않았다. 애초부터 그런 목적은 없었으며, 오직 자유 그 자체가 중요했다. 그에게는 정치 권력과 문학의 분리가 애초부터 없었다. 어쩌면 개인을 억압하는 모든 것으로부터 벗어나는 것 자체가 그에게는 목적이었다. 이렇게 김수영의 시와 행동은 일상과 정치 권력을 분리하지 않았기에, 일상에 대한 저항에는 당연히 정치 권력에 대한 저항도 내포되어 있었다. 위에서 말한 김수영의 사회 참여 방식은 이렇듯 개인을 억압하는 모든 것에 대한 저항이었던 것이다.

김수영의 눈에는 정치 권력을 옹호하든 그것에 저항하든 간에 모두가 이데올로기의 속박을 받아들이는 것으로 보였다. 김수영은 모든 이데올로기에 인간의 자유로운 움직임을 방해한다는 혐의를 두었다. 그에게 자유는 어떤 제도나 집단으로부터도 침해받아서는 안 되는 절대적인 것이었다. 그가 기존의 제도를 파괴하고 끝없이 새로운 것을 추구한 것도 여기서 연유한다. 기존의 모든 가치는 그에 맞는 제도를 창출하였지만, 그 제도는 결국 자유를 억압하는 제도였다. 따라서 자유를 구가하기 위해서는 모든 제도를 정복해야 했다. 이 제도 정복 방식은 기존의 고상하고 단아한 것에 대한 저항에서 출발한다.

그가 사소한 이야기를 수다스럽게 떠들거나 비속어와 구어를 사용하여 욕설을 퍼붓는 것은 기존 제도를 전복하려는 전략이었다. 오랫동안 인류 사회를 지배해 온 우상, 그 전통적인 우상이 지닌 신성한 권력을 전복함으로써 속박을 벗어나려는 의도였다. 그런데 이 전략은 그가 의도했든 안했든 소외된 인간이나 비천한 것을 새롭게 바라보게끔 해 준다. 권력의 중심을 해체함으로써 모든 것이 동등하게 자리 잡는 사태가 발생하게 되는 것이다. 이것은 기존의 제도로부터 억압받는 우리들에게는 통쾌함은 물론, 세계를 새롭게 해석하는 시각을 제공해 준다. 여기서 우리는 김수영의 자유주의가 지닌 또 하나의 속성, 곧 해체 전략을 확인할 수 있다.

김수영의 해체 작업을 좀더 구체적으로 살펴보자. 4·19가 실패하자 느끼는 무기력한 자아의 심경을 피력한 몇 편의 시 가운데 한 구절. "술 취한 바보의 家族(가족)과 運命(운명)과. 술 취한 어린 고양이의 울음. 역시. 니야옹 니야옹 니야옹 니야옹." 마치 언어의 유희를 보는 듯하다. 그러나 이러한 언어 유희는 포스트모더니스트들이 세계를 언어의 유희적 접목으로 바라보는 것과는 천양지차가 난다.

김수영은 세계를 언어의 유희적 놀이로 바라보지 않는다. 그는 세계와의 투쟁을 계속하는 탓으로 고뇌로부터 벗어나지 못한다. 기존의 가치에 경도된 의식을 해체함으로써 자유를 찾아가려는 투쟁을 전개한다. 그는 끝없이 의심하고 반성하는 과정을 되풀이하면서 자유를 꿈꾼다. 자신의 내부에 은폐된 적을 찾아내고 그 적과 싸움을 계속한다. 그가 "풍자 아니면 해탈이다"라고 말한 것도 이러한 싸움의 양상에 대한 고백이다. 이러한 싸움은 일상의 이야기를 정직하게 고백하거나 사고의 흐름을 정직하게 묘사하는 방식으로 나타난다.

여기서 일상적인 이야기를 고백하는 것은 서구의 피터 비어레크(Peter Viereck)나 쥘 슈뻴비엘(Jules Supervielle)의 방식을 수용한 방식으로, 김수영이 이것을 수용한 이유는 두 가지라 할 수 있다. 첫째로, 그는 현대인의 생활 이야기는 그 자체가 현대인의 비극성을 함유하고 있어 풍자적인 효과를 가져온다고 믿었기 때문이다. 둘째로, 스스로 이야기에 참여함으로써 연극에 참여한 배우가 깨달음을 얻을 수 있듯이 깨달음을 얻을 수 있다는 믿음, 즉 해탈의 가능성 때문이었다. 다음으로 사고 흐름을 정직하게 묘사하는 것은 초현실주의의 방식으로 의식의 자율성을 보장함으로써 자유를 실천하는 방법이었다. '풍자, 해탈, 의식의 자율성'은 김수영의 해체 전략의 핵심적인 전술이었던 셈이다.

이 세 가지 전술은 늘 김수영에게 기존의 구조를 해체하고 새로운 구조를 만드는 실험을 가능하게 하였다. 이러한 실험은 기존의 화법을 전복하고 새로운 화법을 창출한다. 그는 이미 우리 사회에 더 이상 의심할 필요가 없이 확고한 의미로 자리 잡은 언어를 해체하고자 한다. 언어가 지닌 권력을 해체하는 과정은 필연적으로 기존의 것을 풍자하고 새로운 해탈의 가능성을 열며, 의식의 자유를 펼치는 과정이라고 믿었기 때문이다.

그러나 김수영의 새로운 화법은 자유를 노래하지 못하고 늘 견고한 현실과의 싸움에서 패배한 자아의 비애를 기록하는 것이 대부분이었다. 다음의 「절망」이란 시는 이러한 패배를 잘 보여 준다.

> 風景(풍경)이 風景(풍경)을 반성하지 않는 것처럼
> 곰팡이 곰팡을 반성하지 않는 것처럼
> 여름이 여름을 반성하지 않는 것처럼
> 速度(속도)가 速度(속도)를 반성하지 않는 것처럼
> 拙劣(졸렬)과 수치가 그들 자신을 반성하지 않는 것처럼
> 바람은 딴 데서 오고
> 救援(구원)은 예기치 않은 순간에 오고
> 絶望(절망)은 끝까지 그 자신을 반성하지 않는다

그는 거듭해서 반성하지만, 세계는 반성하지 않는다. 졸렬하고 수치스러워도 반성하지 않는다. 구원을 모색해 보지만 절망은 다시 찾아오고 만다. 이 세계는 구원이 불가능하며 절망이 지속되는 사태일 뿐이다. 자아와 세계의 싸움은 자아의 철저한 패배로 기록되고 있다. 김수영의 패배는 한 개인의 패배가 아니다. 자유에 대한 그의 꿈과 패배는 바로 한국에서 자유주의자의 운명을 극명하게 보여 준다.

외적 세계와의 투쟁에 패배한 그는 이후 내면적인 초월에 더욱 집착한다. 정치 권력의 전선과 무관하게 어떤 집단에도 소속되지 않았던 자유주

의자였던 그는 자신의 꿈을 현실화할 무기가 아무 것도 없었으므로 내면에
경도될 수밖에 없었다. 김지하가 김수영의 "풍자냐 해탈이냐"를 "풍자냐
자살이냐"로 고쳐야 마땅했을 것이라 지적한 것은 한국의 자유주의자의
파산을 핵심적으로 짚은 것이다. 자유가 실천될 전망이 없는 상황에서
어떠한 타협도 죽음이나 다름없기 때문이다.

이렇듯 김수영의 패배는 출발부터 내재된 씨앗이 자라면서 발생한 필연
적인 것이었다. 서구의 자유주의자들이 산업화 사회가 도래하면서 노동자
권력에 대항하여 자신들의 특권을 지키려는 보수주의적 세력으로 된 것과
다르게, 김수영의 자유주의는 권력을 바탕으로 한 어떠한 세력도 될 수
없었기 때문이다. 김수영의 자유주의 전선은 개인의 자유와 이를 억압하는
외적 세계 사이의 전선이었기에, 애초부터 사회적 권력을 함유할 공간이
없었는지도 모른다. 그렇다고 해도 어떤 이데올로기든 자신의 의도와 상관
없이 특정한 세력의 입장을 지지할 수밖에 없는 것이 현실이다. 김수영의
자유주의가 민중적 생명력을 지지하고 있었던 것도 바로 이러한 법칙 때문
이었다. 하지만 김수영의 자유주의가 현실적인 전망을 얻지 못하고 파산한
이유는 분명하다. 그의 자유주의는 늘 개인에 집중되어 있어서 무역사적인
시간 속에 존재했던 것이다.

김수영은 우리의 현실이 늘 뒤떨어져 있다고 보았다. 그것을 늘 부끄럽
고 안타깝게 여겼다. 그런데 이 때 현실이란 무엇인가? 1966년 근대화에
대한 견해에서 그것을 엿볼 수 있다. "우리의 주변에서 기인이나 바보
얼간이들이, 자유당 때하고만 비교해 보더라도 완전히 소탕되어 있다. 부
산은 어떤지 모르지만, 서울의 내가 다니는 주점은 문인들이 많이 모이기
로 이름난 집인데도 벌써 주정꾼다운 주정꾼 구경을 못한 지가 까마득하게
오래 된다. 주정은커녕 막걸리를 먹으러 나오는 글쓰는 친구들의 얼굴이
메콩강변의 진주를 발견하기보다도 더 힘들다. 이러한 '근대화'의 해독은

문학 주점에만 한한 일이 아니다.” 이 글은 경제적 근대화에서 비롯되는 여러 현상을 객관적으로 인정하기보다는 자유를 향한 실천적 행위가 부족함을 지적한다. 세계 인식의 문제라기보다는 일종의 태도 문제로 귀착될 위험이 여기에서 보인다.

그는 사상을 강조할 때조차 종국에는 ‘폼’의 문제를 전면에 내세운다. 그는 “폼의 개혁은 종래의 부르주아 사회의 미(美)의 관념에 대한 부단한 부인과 전복에 의해서만 이루어진다”고 주장한다. 전복의 전략이 오직 자유를 위한 것이라는 말일 뿐 그 이상의 근거를 제시하지 못한다. 오늘날 해체주의가 세계를 언어의 놀이로 규정, 세계를 하나의 가상적인 구조가 끝없이 변모하는 체계로 바라보면서, 역사적 현실을 제거하고 세계를 재구성하려고 시도했던 것처럼, 김수영의 자유주의도 산업화 사회로 접어드는 당시 한국 사회에서 뿌리 내릴 공간을 스스로 거세한 셈이다.

그는 제도가 인간의 다양한 측면을 억압하는 사태에 저항하기 위해 일체의 예속에서 벗어나려는 모험을 감행한다. 이러한 인간관은 지극히 개인주의적이다. 사회적 관계 속에서 규정된 인간을 거부하고 오직 개별적인 인간 영역을 확장하고자 하는 시도라 할 수 있다.

3. 개인주의의 승리

그러나 이러한 지향은 나름대로 현실적인 근거를 지니고 있었다. 단순히 맹목적으로 서구를 추종하는 부박성을 지니고 있었던 것은 아니다. 서구 모더니스트들의 자유 지향이 산업화 사회가 빚어 낸 합리적이라는 논리에 맞추어 꽉 짜여진 기존 사회에 대한 저항이었다면, 김수영의 자유 지향은 한국에 이식된 냉전 이데올로기와 서구 추수주의에 대한 저항이었다. 김기림이 서구 문명 사회를 기준으로 한국 사회를 재단하고 서구를 추종하다가 파산한 것과는 확연히 달랐다.

김수영은 뚜렷하게 국적을 지니고 있었다. 그가 도시의 굉음과 광증과 속도를 비판하고 도시 문화를 허위로 바라본 것은 시사하는 바가 매우 크다. 당시에 도시적 세태를 속물적인 것으로 비판하면서 정신적인 자유를 주장한 것은 예사로운 일이 아니다. 영국 왕립학회 회원인 버나드 비숍 여사가 구한말 우리 나라에 대해서 쓴 『한국과 그 이웃 나라들』의 내용을 비판하면서 "전통은 아무리 더러운 전통이라도 좋다. 역사는 아무리 더러운 역사라도 좋다"고 역설한 것은 김수영의 주체성을 반증하는 것이다.

버나드 비숍은 "저녁 8시 인종이 울리면 남자들은 귀가할 시간이며 여자들이 외출을 하고, 자정이 되면 다시 인종이 울리고 이 때부터 부인들은 집으로 돌아가고 남자들이 자유롭게 외출한다. 양반의 어떤 아녀자들이나 민비는 아직도 장안 구경을 못하고 있다"며, 이를 두고 조선이라는 나라는 기이한 습관을 가진 나라라고 평가하였을 뿐 아니라, "대부분의 골목길이 짐을 실은 황소 두 마리가 지나가기 어려울 만큼 좁다. 더 정확히 말하면 한 사람이 짐을 실은 황소 한 마리를 끌고 지나갈 수 있을 정도이며, 그것도 퀴퀴한 물웅덩이와 초록색 점액질의 걸쭉한 것들이 고여 있는 수채 도랑에 의해 더 좁아진다. 수채 도랑들은 각 가정에서 버리는 마르거나 젖은 여러 쓰레기로 가득 차 있다. 더럽고 악취 나는 수채 도랑은 때가 꼬질꼬질한 반라의 어린아이들과 수채의 걸쭉한 점액 속에 뒹굴다 나온 크고 옴이 오른, 눈이 흐릿한 개들의 즐거운 놀이터이다"라며 악취가 나는 더러운 나라로 못박고 있다.

김수영은 서양인의 이러한 시선을 부정할 뿐 아니라, 근대화라는 미명 아래 주체성을 잃고 서구를 추종하는 세태를 경멸한다. 그렇다고 해서 김수영을 민족주의 감정에 사로잡힌 자로 오해해서는 곤란하다. 그는 말로

만 전통이나 주체성을 앵무새처럼 상투적인 형식 논리를 떠벌린 것이 아니다. 오히려 자신의 일상적인 삶의 고민에서 출발하지 않은 이데올로기를 맹목적으로 추종하는 부박한 지식인과 민중의 어리석음을 경고한다. 자신의 아내가 아들에게 피아노를 사 주고 지적 허영심에 만족하는 그런 허위의식과 천박성을 공격한다. 피아노 소리가 소음으로 다가오며 사념까지 중단하도록 위협하는 것을 괴로워한다. 자기로부터 출발하지 않은 어떠한 것도 인정하지 않는 것이다.

이것은 무국적의 망령들이 떠도는 우리의 현실에서 김수영의 자유주의가 그래도 국적을 지닌 메시지로 차 있었음을 반증하는 것이다. 김수영의 자유주의가 오늘날까지 우리에게 유효한 의미를 지니는 이유 가운데 하나가 바로 이것이다. 그의 자유주의는 자신이 거주하는 남한의 역사적 공간에서 자기로부터 출발한다.

그는 당시 일상에 스며 있는 냉전 이데올로기 담론과 권력에 순응해야하는 현실을 아파하고 있다. 1955년 「휴식(休息)」이란 시에서 그는 "군용로가 있는 고요한 마당에서 나와 역사를 속이면서 태연하게 취하는 휴식이 서럽다"고 말하고 있다. 죽기 두 달 전쯤에는 이 냉전 이데올로기가 고착되어 가는 현실을 지적하기도 한다. 일상 생활이 무언가에 자꾸 걸리고 흔들리는 불안에 휩싸여 있음을 고백하기도 한다.

대포 소리가 울리는 것에서부터 일어서고 앉는 사소한 행위에까지 불안은 깃들어 있다. 이 불안은 꼭 삼팔선에 막혀서 돌아오는 듯, 반복되면서 점점 견고한 형식과 격식이 되어 간다. 시인의 집마저 형식과 격식뿐인 관청과 철조망을 닮아 간다. 김수영은 이러한 집을 "바닥이 없고 소리만 남은 집"이라고 부른다. 이제 관청의 논리가 집마저 장악한 상태이다. 좀더 정확하게 말하면, 냉전 이데올로기 담론과 권력이 자식과 부모, 아내와 남편마저 기꺼이 등을 돌리게 하는 것이다. 지배 이데올로기 밖에 거주하는 자와 관계되는 어떤 사람도 용서받지 못한다. 이 폭압적 현실에서 김수영은 자유로운 공간을 확보하고자 노력한다. 이런 점에서 그는 한국의 현실로부터 출발, 자유를 확장하고자 했던, 우리 국적의 자유주의자였다고 할 수 있다.

앞서 살펴보았듯이 김수영은 서구에 대한 맹목적 추수나 냉전 이데올로기의 폭압적인 질서를 거부하였다. 그렇다고 그가 민족주의자는 아니다. 그의 '국적 있는 자유주의'는, 오히려 개인이 체험하고 부딪히는 문제만을 인정하는 철저한 개인주의라고 보아야 한다. 그는 민족적 이념을 앞세워 현실에 대해 전면적으로 고민하고 개입하려 하지는 않았다. 개인의 자유로운 공간을 확보하기 위한 노력이 민족적 현실을 바로 인식하는 계기를 만들어 주었을 뿐이다. 그러므로 그의 자유 지향은 사회 전반의 변혁과는 다른 곳에 뿌리를 내리고 있었다. 이러한 점에서 우리는 이제 김수영의 개인주의가 갖는 의미를 살펴볼 필요가 있다. 우리 사회에서 개인주의가 너무 남용되고 있는 점 또한 김수영의 개인주의를 살펴보아야 할 하나의 이유가 될 것이다.

누군가 개인을 강조한다하더라도, 그것이 당대의 사회 구조적 문제에 중대한 영향을 미치는 세력의 이데올로기에 기반을 두고 있다면 근대적 의미의 개인주의라 할 수 없다. 서정주와 조지훈의 입장을 개인주의라 할 수 있는가? 서정주는 전근대적 삶에서 빚어지는 한을 아파하고 흥겨운 일을 즐거워하는 사람으로 미적 세계를 탐닉하였으며, 조지훈은 삶을 유교적 윤리관에 근거해 파악하고 자연에 귀의해 안정을 도모하고자 하였다. 그들은 기존의 집단적 이념이나 정서에 의거해 자신의 삶을 지탱해 가고 있었다. 그것은 어떤 이데올로기에 의존하지 않고 개인이 직접 세계와 맞서는 개인주의와는 거리가 멀다. 그들은 현실의 한 세력에 뿌리를 두고 자신의 행복을 획득하고 있었던 것이다. 반면에 김수영은 현실에 철저히 묶여 있는 개인을 발견하였고, 그 구속으로부터 벗어나기 위해 투쟁하였다.

그가 구속이라고 느낀 것은 일상적으로 반복되는 행위나 담론이었다. 내면과 외부 세계가 조응할 때마다 끝없이 변화하는 사태를 고정된 틀에 맞추어 해석하고, 그 틀에 갇혀버린 개인을 구원하고자 한 것이다. 그러므로 김수영은 자신이 거주하는 생활 공간에서 느끼는 고통과 불안을 살피고, 그 고통과 불안의 정체를 탐구한다. 김수영은 이 정체를 '적(敵)'으로 묘사한다. 김수영에게 적은 정체가 없으면서도 늘비하게 있었다. 삼팔선, 월남인 학살과 같이 개인을 고통스럽게 하는 실체가 늘비하게 있는데도 일상 속에서 그 고통의 실체는 고도로 은폐되어 있기에 보이지 않았다. 그러면서도 개인을 고통스럽고 불안하게 옥죄는 실제적인 폭력이 바로 적이었다. 김수영에게 적의 발견과 적과의 투쟁은 바로 고정된 담론에 마비되고 무기력해진 개인을 발견하는 길이요 개인의 자유를 확보하는 길이었다.

그런데 김수영이 발견한 개인은 무엇일까? 그가 발견한 개인은 역사적 존재로 실재하는가, 아니면 역사 속에 부재한 이데아인가? 김수영에게 개인은 자유를 얻지 못하면 아무런 의미가 없었다. 자유야말로 김수영에게는 본질적인 것이었기 때문이다. 그러므로 개인의 표현 행위인 김수영의 시 역시 자유가 없다면 존재할 수가 없었다. 그는 억압된 모든 것을 해체할 때만 자유를 획득한다고 믿었다. 그러나 현실 속에서 모든 억압으로부터 자유로운 개인은 존재할 수 없는 이데아에 지나지 않는다. 현실에서는 그 이데아를 찾아가는 해체 방식만이 확실하게 붙잡을 수 있다. 그의 시론은 바로 이러한 해체 방식을 정식화한 논리다.

그의 시론은 바로 이 점을 잘 보여 준다. "시작(詩作)은 머리로 하는 것이 아니고, 심장으로 하는 것이 아니고, 몸으로 하는 것이다. 온몸으로 밀고 나가는 것이다. 더 정확하게 말하면 온몸으로 동시에 밀고 나가는 것이다.” 이 발언에 자유주의자 김수영의 삶의 방식이 잘 드러난다. 근대 사회에서는 인간이 온몸으로 밀고 나아가 새로운 것을 만들지만, 그것은 곧 낡은 것이 되어 버리고 오직 자유를 위해 기존의 것을 해체하는 방식만이 남기 때문이다. 그러므로 김수영은 이데올로기에 집착하지 않는다. 개인의 자유를 실천하는 방식만이 중요했다. “시는 문화나 민족이나 인류를 염두에 두지 않으면서도 문화와 민족과 인류에 공헌하고 평화에 공헌한다”는 논리는 이를 정식화한 시론이다.

기존의 이데올로기로부터 자유로워지는 것이 바로 김수영의 자유가 지닌 핵심이었다. 결과적으로 그것은 억압적인 현실에서 개인의 자유를 확보해 가는 고투라고 해석할 수도 있을 것이다. 이런 점에서 김수영은 개인을 발견하고 개인의 자유를 확보하기 위해 기존 세계를 해체했던 개인주의자라 말할 수 있다. 개인의 자유를 확보하려는 노력이 시대의 현실을 발견하고 그 현실과 투쟁하는 역사적 리얼리티를 확보한 것이다. 이것을 개인주의의 승리라 부르면 어떨까.

물론 김수영에게 현실적으로 자유 실천의 전망을 발견할 수 없었다는 점은 이미 확인하였다. 그에게는, 앞에 인용했던 김지하의 말처럼, 풍자 아니면 자살밖에 없었는지 모른다. 그렇다면 그것은 김수영의 자유주의가 파산한 지점이라고 할 수 있을 것이다.

그러나 우리는 여기서 김수영의 자유가 역사 속에서 뚜렷하게 붙잡히지 않는다고 해서 비난할 수는 없는 일이다. 자유의 전망이 어두운 역사적 상황에서 자유를 찾아가는 행위가 역사적 리얼리티를 발견하고 있으며, 기존의 세계를 해체하는 방식이 역사적으로 진보적 경향을 담고 있기 때문이다. 이런 점에서 김수영의 자유주의는 실천적 성격을 지니고 있다. 다시 말해서, 오늘날 선진적인 것에 대한 맹목적인 추수가 판치는 시대에 자기

로부터 출발한 정직성과 든든함을 통해 발견한 개인이나 개인의 자유를
확보하려는 투쟁에서 기존의 이데올로기를 해체함으로써 발견한 현실은
지울 수 없는 역사적 리얼리티다. 이 역사적 리얼리티는 어쩌면 오늘날까
지 지속되고 있는 것이다. 민족의 분단이 해소되지 못한 상황에서 민족
통일을 모색하는 우리가 미래의 전망을 만들어 가는 가장 기초적인 토대는
민족적 현실을 축소하거나 과장하지 않고 바라보는 데서 출발할 수 있기
때문이다.

　또한 김수영이 전 생애에서 일관되게 추구했던 자기 해체 방식은 일상에
은폐된 허위의식을 발견할 수 있게 해 주었으며, 허위의식이 부여한 삶의
무게를 벗는 고통과 그 무게로부터 벗어나는 존재의 무한한 자유의 가능성
을 보여 주었기 때문이다. 그것은 안정된 삶을 도모하지만 끝없이 불안정
한 삶을 살아가는 우리들의 자화상을 되돌아보는 계기를 마련해 준다.
한 걸음을 옮기는 것이 천근 만근의 무게로 다가오는 우리에게 그는 삶을
살아가는 용기를 주었으며, 자유가 지닌 비극적 황홀감을 체험하게 한다.
　이제 잠시 숨을 고르고, 그의 마지막 작품인「풀」을 감상해 보자. 수많은
평론가의 해설을 벗어 던지고, 자유를 향한 고뇌와 열정이 담긴 김수영의
육성을 직접 들어보자.

　　　풀이 눕는다
　　　비를 몰아오는 동풍에 나부껴
　　　풀은 눕고
　　　드디어 울었다
　　　날이 흐려서 더 울다가
　　　다시 누웠다

　　　풀이 눕는다

바람보다도 더 빨리 눕는다
바람보다도 더 빨리 울고
바람보다도 먼저 일어난다

날이 흐리고 풀뿌리가 눕는다
발목까지
발밑까지 눕는다
바람보다 늦게 누워도
바람보다 먼저 일어나고
바람보다 늦게 울어도
바람보다 먼저 웃는다
날이 흐리고 풀뿌리가 눕는다

투쟁과 패배로 점철되었지만 결코 자유 지향을 포기할 수 없었던 자유주의자의 삶과 운명을 느낄 수 있을 것이다. 쓰러지고 일어서고, 쓰러지고 일어서다가 그 아픔에 울고 있는 김수영과 쓰러져도 쓰러져도 웃는 김수영의 황홀한 순교를 발견할 수 있을 것이다. 그는 민중의 생명력과 자유실천 의지로 생명의 위축과 용솟음을 반복하면서 죽어야 하는 자신의 운명을 예감하고 있었던 것이다.

김수영 시 연구

주제 의식을 중심으로

김정훈

1. 서론

김수영은 일제 강점기 말기에 태어나, 해방과 6·25, 4·19, 5·16 등이 잇달은 격동기의 사회 현실을 진지하게 살며 고민했던 시인이다. 그는 자신에게 주어진 현실을 예리하게 바라보고, 진지하게 살아가려고 끊임없이 노력해 왔다. 그의 시정신은 바로 이와 같은 자신을 둘러 싼 현실 상황과의 '적극적 대응'에서 생성된 것이다. 당대의 현실은 김수영에게 있어 단순한 객관적 대상이 아니라, 언제나 그의 삶과 치열한 관계를 맺고 있는 밀접한 존재로 인식되고 있다. 따라서 이처럼 현실과의 치열한 관계 속에서 형성된 김수영의 시를 올바로 이해하기 위해서는, 그가 자신을 둘러싼 현실 상황에 대해 어떻게 대처하려 하였던가 하는 것을 알아봄이 무엇보다도 중요하게 된다.

김수영의 시에는 자신을 둘러 싼 현실 상황에 대처하는 시인의 심리적 태도의 변화 양상이 여실히 나타나고 있다. 우리는 이 중 대표적인 몇몇 양상을 일컬어 '주제'(subject)라고 부른다. 김수영의 시에 있어서, 이 '주제'는 각기 '바로 봄'의 의식, '자유'의 문제, '단절'의 문제, '적'의 인식, '사랑'의 의미 등으로 파악할 수 있다. 이런 '주제'에 대한 고찰은 김수영의 시정신을 이해하는데 있어, 빼놓을 수 없는 중요한 작업이 된다.

김수영 시에 나타난 '주제'에 대한 고찰은 이미 여러 논자들에 의해서 매우 다양하게 다루어져 있는 형편이다.[1] 그럼에도 불구하고 본 연구자가 이것을 굳이 다시 다루고자 하는 것은, 기존의 연구들이 각기 개별적인 주제의 고찰에는 어느 정도 성과를 얻었는지는 몰라도, 서로를 연결시켜 주는 인자의 고찰에는 여전히 뭔가 미흡하지 않았느냐는 나름의 판단 때문이다. 사실상 우리가 '주제'라고 부르는 것은, 시인이 그를 둘러 싼 외부 세계에 대응하는 방식 중 몇몇의 두드러진 특성을 일컫는 것에 불과한 것이며, 따라서 이때 각기의 주제를 개별적으로 다룬다고 하는 것은 별다른 의미를 가지지 못한다. 각기의 주제들은 서로의 상관성 속에 놓일 때만이 각자의 진정한 의미를 가질 수 있게 된다. 각기의 주제들은 독립된 개별 개념으로 존재하는 것이 아니라, 시인의 의식 속에서 서로 밀접한 관계를 맺고 있는 것이기 때문이다. 중요한 것은 개별화된 주제의 의미 파악이 아니라 이들을 서로 연결시키는 김수영의 시정신의 고찰이며, 그 시정신의 궁극적 지향점에 대한 고찰이 되어야 한다.

따라서, 본 논고는 구체적인 작품의 내밀한 분석에 의하여 각 주제의 의미를 종합적으로 검토하여 김수영의 주제 의식-시정신의 전모를 밝혀

---

1) 대표적인 몇 편의 기존 연구를 살펴보면,
   김혜련, "김수영 시 연구,"(중앙대, 석사, 1984.7)
   오정환, "한국 현대시에 나타난 민중의식,"(동아대, 석사, 1980)
   김병택, "시인의 현실과 자유,"(현대문학, 1978.7)
   김창섭, "김수영 시 연구,"(고려대, 석사, 1982.11)
   김우창, "예술가의 양심과 자유," 궁핍한 시대의 시인(민음사, 1978)
   유종호, "시의 자유와 관습의 굴레," <세계의 문학>(1982.봄) 등을 들 수 있다.

보고자 한다. 이렇게 함으로 해서 이제까지 단순하게 민중 지향적인 시인, 참여 시인으로만 인식되어 왔던[2] 김수영의 시사적 위치를 올바로 재정립할 수 있으리라 기대된다. 본 논고에서는 그의 시정신의 급격한 변화의 계기가 되는 1960년을 기준으로 크게 둘로 나누어 파악하고자 한다.

2. 작품 세계

1) 전기시의 경우

(1) '바로 봄'의 의식

김수영의 전기시에서 가장 두드러진 특징으로 살필 수 있는 것이 '바로 봄'의 의식이다. 이 '바로 봄'의 의식은 그가 영미 모더니즘에서 배운 주지적 정신의 다름 아니다. 이 주지적 정신은 한 시대가 또는 현상과 사물이 모두 혼돈과 무질서의 상태에 있을 때에 그것을 비판하고 정리하기 위하여 요구되는 정신이며, 또한 그러기 위해서 발동하는 정신[3]이다. W. 앰프슨의 말대로 시가 모든 사물과 사물의 관계에 대한 인식[4]이라면, 이 주지적 정신은 혼돈된 시대를 살아가는 시인이 반드시 갖추어야 할 필수적인 것이 된다. 혼란된 시대에는 무엇보다도 현상을 볼 수 있는 눈이 필요한 것이다. 따라서 이런 '바로 봄'에 대한 자각이 김수영 시의 출발점을 형성하게 되는 것이다.

---

2) 실제로 김현승은 <김수영의 시적 위치>(현대문학, 1967.8)에서 김수영을 "한국 참여시의 총수"라고 하고 있다. 또 김희수도 그의 "김수영론"(전남대, 석사학위 논문, 1980.11)에서 같은 견해를 보이고 있다.

3) 김기림, "1933년의 시단의 회고와 전망," 조선일보, 1933.12.13.

4) William Empson, *Seven Types of Ambiguity*, Edinburh, 1965. 250쪽.

꽃이 열매의 上部에 피었을 때
너는 줄넘기 作亂을 한다.

나는 發散한 形象을 求하였으나
그것은 作戰같은 것이기에 어려웁다.

국수-伊太利語로는 마카로니라고
먹기 쉬운 것은 나의 叛亂性일까

동무여 이제 나는 바로 보마
事物과 事物의 生理와
事物의 數量과 限度와
事物의 愚昧와 事物의 明晰性을

그리고 나는 죽을 것이다.

이 시5)는 우리가 김수영의 시의식과 경향을 파악하는 데 있어 중요한 열쇠를 제공해 준다. 우선 크게 보아 이 시의 1, 2, 3연은 시인이 당면한 현실의 상태를, 4연과 5연에서는 이런 타락한 현실의 상태를 극복하려는 시인의 의지를 드러내고 있다. 이런 시인의 의지는 4연에 와서 "동무여 이제 나는 바로 보마"라는 구절로 집약되고 있다. 이에 짐짓 목숨까지도 걸 정도로 그의 다짐은 매우 엄숙하기만 하다. 그러면 이런 김수영의 다짐은 어떻게 해서 형성된 것인지 이 시의 나머지 부분들을 살펴 보면서 알아 보기로 하자.

이 시의 전반부는 해방 이후의 혼란한 사회 속에서 생활하는 시인의 심적 상태 및 경험을 말하고 있다.6) 그의 시선은 1940년대의 혼란한 시대

---

5) 김수영, 김수영 전집1-시, <공자의 생활란>(민음사, 1981.9), 17쪽. 앞으로는 <전집 1>로 표시한다.

와 그 속에서 생활하는 인간의 모습에 집중된다.

주지하는 바와 같이 '공자'는 동양 윤리의 원조라 할 수 있는 이로, 우리나라에 있어서는 오랜 동안 우리 민족의 기본 가치요 생활 규범이었던 유학의 창시자로, 절대 불가침의 신성성을 누리고 있었던 인물이다. 김수영은 이와 같은 '공자'의 이름을 빌어 자기 당대의 혼란한 현실을 노래하고 있다.

한 사회를 이끄는 절대적인 가치가 있다함은, 그것의 옳고 그름은 차치하고서라도, 일단 그 사회와 사회의 구성원들에게 안정과 질서를 주고 편안함을 제공한다. 이제 오랜 동안 우리에게 절대적 가치가 되어 오면서 우리에게 안정을 주던 유학적 질서는 광복을 맞이한 이후 서구 문물의 홍수 속에서 그 권위를 점차 상실하게 된다. 광복 직후 시기는 이를 대신할 새로운 가치가 채 정립되지 않은 시대며, 또한 시대의 흐름을 거슬러 무너져 가는 옛 것을 다시 일으켜 세울만한 신념도 상실된 시대다. 시인은 바로 이런 변혁기를 살고 있으며 노래하고 있는 것이다.

시인은 자신이 당면한 시대를 "꽃이 열매의 上部에 피는" 시대로 파악한다. 이는 박남철의 말7)처럼 시인이 자신의 시대를 전도된 가치의 세계로, 혼돈과 타락의 세계로 인식함을 의미한다. 시인에게 있어 자신이 직면한 시대는 자신의 내적 비전(inner vision)과는 전혀 합일점을 이루지 못하는 混亂의 시대(질서, 도덕 등이 쇠퇴하여 어지러운 시대)일 뿐이다. 따라서 이런 시대에는 자기가 당면한 시대의 상황을 올바로 인식하고 살아가는

---

6) 이 시는 1945년에 쓰여져 1949년에 발표된("새로운 도시와 市民들의 合唱") 시로, 당시의 시대적 상황과 밀접하게 연관되고 있다. 광복과 더불은 가치관의 혼란과 혼돈, 민족의 분단에 따른 국민적 충격, 외국 문물과 문화의 범람 등은 이 당시 다른 사람에게서와 마찬가지로 김수영의 심적 상태도 그대로 전이되어 시로 형상화되고 있다.

7) 박남철, "김수영 시문학의 제1세대 연구," 경희대, 1983.8. 28쪽.

삶의 진지한 자세가 무엇보다도 절실히 요구되어진다. 그러나 그의 주위에는 이러한 시대에 대한 올바른 자각을 하지 못하고, 그저 자기에게 주어진 삶을 적당히 살며 삶의 진실을 외면하는 인간 군상들로 가득차 있다. 그들은 혼란된 자신의 시대를 제대로 파악하여 극복하지 못하고 있다. 이런 일상인들의 삶은 시인에게 있어서 "줄넘기 作亂"8)과 같이 위태위태한 삶으로 인식된다. 그들은 순간을 적당히 즐기며 미래에 대한 확신도, 현실을 극복하려는 적극적 의지도 결여되어 있다. 이런 일상인들 속에서 시인의 의식 또한 점점 마비되어 간다. 시인의 詩作은 바로 이런 현실[일상성]에 대한 불만에서 시작된다. 이 불만은 부조리하고 타락한 외부 세계에 대한 '叛亂'의 양상을 띠고 나타난다. '叛亂'은 외부 세계를 올바로 파악하여 극복하려는 시인의 의지를 상징한다.9)

외부 세계를 똑바로 보기 위해서는 이를 방해하는 일상성에 대한 끊임없는 객관적 비판과 반발이 필요하게 된다. 이런 객관적 비판과 반발이 심화되면 될수록 시인의 영혼은 점점 성숙되어 가고, 이런 시인의 영혼의 성숙

---

8) '作亂'이라는 말은 유종호(앞 글, 82쪽)나 염무웅("김수영론," 민중시대의 문학, 창작과 비평사, 1979. 215-216쪽) 등에 있어서는 단순한 '장난'의 의미 이상으로 해석되지 않고 있다. 그러나 이 말의 해석이 단순히 이에 머무르고 말 때에는, <공자의 생활난>은 그야말로 불가해의 시, '장난'으로 쓴 시 이상이 되기 힘들게 된다. 따라서 본 연구자는 이를 論語 學而篇에 나오는 新注의 예를 좇아 "作亂則爲悖逆爭鬪之事矣"로 파악하려고 한다.

9) 유종호(앞 글, 82쪽)는 이 '반란'을 단순히 "당대의 한국시 일반에 대한 하나의 반란적 시도"로 "모더니즘 특유의 촌스러운 현학 취미"로 규정하여 이 '반란'의 의미 파악이 부족했으며, 김현("자유와 꿈," 거대한 뿌리 해설, 9쪽)은 '반란'을 "비관습적이며 비상투적인 그의 대상 인식을 지칭하는 어휘"로 파악하고 있으나, 더 이상 이의 궁극적인 지향점에 대한 고구는 없는 상황이다. 본 연구자의 입장에서는 '반란'이 단순한 '반란' 그 자체로 끝나게 된다면 아무런 의미도 가질 수 없다고 본다. 이것이 그 의미를 갖는 것은 시인의 내적 비전과 외부 세계와의 갈등과 대립 관계에 의해서인 것이다.

에 의해서 타락한 외부 세계와 대립된 시인의 내적 비전은 보다 구체성을 띠게 되는 것이다. 즉 '반란'은 시인의 내적 비전을 구현할 수 있는 유일한 수단인 것이다. <공자의 생활난>에서 이 시인의 내적 비전은 "發散한 形象"[10]으로 표현되고 있다. 그렇지만 당대의 혼란한 현실 속에서 이의 구현은 그 어떤 것보다도 어려운 것이서, '반란'은 필연적으로 '작전같은 것'이 되고야 만다. '바로 봄'이란 바로 이런 세계에 대한 진지한 성찰을 의미한다.

그는 이 '바로 봄'에 짐짓 목숨까지 건다. 이런 작가의 엄숙한 태도는 쉽사리 論語 里仁篇에 나오는 "子曰 朝聞道 夕死可矣"라는 구절을 연상하게 한다. 이때의 '도'는 김수영에 있어서의 '발산한 형상'과 같은 의미를 지닌다. 즉 '도'는 '진실한 도'라고 하는 식의 추상적인 개념으로 사용된 것이 아니라, 자신이 살고 있는 시대를 올바로 보고 자신의 도덕적 이상사회를 구현하려고 하는 공자의 내적 비전을 상징한 말인 것이다.[11] 이 '도'의 실현을 위해 공자는 일생 동안 노력해 왔던 것이며, 그것이 바로 김수영에게 있어서 '바로 봄'의 형태를 띠고 나타나는 것이다.

사실상 이런 자세는 자신에게 주어진 삶을 성실하고 진지하게 살아가려고 하는 작가의 의지에서 비롯되는 것이며,[12] 따라서 그의 전 시작 생활을

---

10) 유종호는 이를 "모국어와 독자에게 가하는 희롱의 언사"(앞 글, 82쪽)로 파악하고 있으며, 박남철은 "발광체/태양, 밝음, 희망 등등..."(앞 글, 30쪽)으로 보고 있다. 하지만 본 연구자는 이를 세계와의 대립에서 나타나는 시인의 내적 비전이라고 파악한다.

11) 물론 윤유승의 말처럼 '죽는다'는 의미는 "현실에 대한 지각 현상"("김수영 시연구," 동아대 석사학위논문, 1984. 6쪽)이겠으나, 아직은 이것이 어떤 구체적인 대상 인식을 의미하는 것이 아니라 세계에 대한 피상적 인식과 자기 다짐으로 드러날 뿐이다.

12) 박남철은 이 <공자의 생활난>에서 벌써 시인의 의식이 대립적 세계 인식에서 적극적인 현실 인정으로 바뀌는 것(앞 그, 31쪽)으로 보고 있는데, 그렇다면 이 시 이

꿰뚫는 거대한 원동력이 되고 있다.

(2) '자유'의 문제

인간 존재가 현실 사회에서 삶을 전개하게 될 때 '자유의 실현'이라는 문제는 어쩔 수 없이 부닥치게 되는 삶의 숙명적이며 본질적인 과제가 된다. 그리고 현실적으로 이의 추구가 어려우면 어려울수록 자유 실현에의 욕구는 오히려 더욱 더 절실해진다. 자유는 인간의 표상인 동시에 인간의 기본 조건이라 할 수 있다.

> 사람이란 사람이 모다 苦悶하고 있는
> 어두운 大地를 차고 離陸하는 것이
> 이다지도 힘이 들지 않는다는 것을 처음 깨달은 것은
> 愚昧한 나라의 어린 詩人들이었다
> 헬리콥터―가 風船보다도 가벼웁게 上昇하는 것을 보고
> 놀랄 수 있는 사람은 설움을 아는 사람이지만
> 또한 이것을 보고 놀라지 않는 것도 설움을 아는 사람일 것이다
> 그들은 너무나 오랫동안 自己의 말을 잊고
> 남의 말을 하여 왔으며
> 그것도 간신히 떠듬는 목소리로 밖에는 못해왔기 때문이다
> 설움이 설움을 먹었던 時節이 있었다
> 이러한 젊은時節 보다도 더 젊은 것이
> 헬리콥터―의 永遠한 生理이다

후에도 오랜 동안 현실과의 괴리감(<아버지의 사진>, <달나라의 장난>, <헬리콥터―> 등에서 나타나는)에 시달리는 작가의 모습을 설명하기가 어렵게 된다. 이 점은 따라서 본 연구자의 평가-치열한 현실과의 대응 속에서 비로소 객관적 현실 인식의 눈을 획득하게 되는 후기시에 가서야 대립적 세계 인식에서 벗어날 수 있다고 보는-와는 상반된 입장을 취하게 된다.

一九五〇年 七月 以後에 헬리콥터-는
이나라의 비좁은 山脈위에 姿態를 보이었고
이것이 처음 誕生한 것은 勿論 그 以前이지만
그래도 제트機나 카-고- 보다는 늦게 나왔다
그렇지만 린드버-그가 헬리콥터-를 타고서
大西洋을 橫斷하지 않았기 때문에
우리는 지금 東洋의 諷刺를 그의 機體안에 느끼고야 만다
悲哀의 垂直線을 그리면서 날라가는 그의 설운 모양을
우리는 좁은 뜰안에서 뿐만 아니라
심지어는 항아리 속에서부터라도 내어다 볼 수 있고
이러한 우리의 純粹한 痴情을
헬리콥터-에서도 내려다 볼 수 있을 것을 짐작하기 때문에
「헬리콥터-여 너는 설은 動物이다」

－－自由
－－悲哀

－<헬리콥터-> 1-3연
(달나라의 장난, 춘조사, 1959.11. 83-86쪽)

전체 4연으로 되어 있는 이 시는 일단 '헬리콥터-'라고 하는 사물에 시인의 시적 상상력과 역사적 사실－일제 강점기 35년과 곧 이은 광복, 6.25전란 등으로 잇달은 사회의 혼란과 가치의 전도 등－이 결부되어, 시인의 자유에의 소외감을 투사한 것으로 파악된다.13) 무제한의 시간 위를 안개처럼 가벼웁게 날아가는 '헬리콥터-'는 "자유의 정신의 아름다운 원

---

13) 송명희는 '헬리콥터-'를 "우리 민족 전체의 정치적 소외감을 표시한 것"("김수영론," <현대문학> 1980.8. 303쪽)이라고 보고 있으나, 이는 너무 의미를 확대한 것이라고 생각한다. 이 당시에 있어서 그의 시의 주된 관심사로 등장하는 것은 언제나 비본래적인 현실 사회 속에서의 개인의 삶과 운명이며, 이 시에서도 그것은 예외가 아니다.

형”으로 상정되어, 어두운 대지에 붙박혀 움직이지 못하는 “우매한 나라의
어린 시인”과 대비를 이루며 강력한 효과를 자아내고 있다. 외부 세계의
압력에 의해서 시인의 생활은 ‘어두운 대지→비좁은 산맥→좁은 뜰안→항
아리 속’ 식으로 점점 위축되어 가기만 하고, 이에 비례해서 시인의 정신
또한 점점 왜소해져 가기만 한다. 그러나 그렇다고 이 모든 것을 떨치고
‘자유의 정신의 아름다운 원형’을 쫓기엔 그에게 지워진 짐이 너무나 많다.

> 앞서가는 현실을 포착하는 데 있어서 오든은 이미지스트들보다는
> 훨씬 몸이 날쌔다. 그것은 오든에게는 어깨 위에 진 짐이 없기 때문이
> 다.14)

‘New country school’의 대표자격인 오든에 대해 언급하고 있는 이 구절
에서, ‘짐’이라는 것은 상황과 관련된다. 자유로운 사회에서의 짐은 등산가
의 배낭처럼 경쾌하고 즐거운 것이지만, 어두운 사회에서의 그것은 형벌로
나타난다. 더구나 김수영에게 있어서는 변혁기의 역사적 현실까지도 얹혀
져 있는 것이다. 반면에 시인의 자유에의 원망이 투사된 사물인 헬리콥터
는 이 어두운 대지와 모든 짐을 훌훌 벗어던지고 “산도 없고 바다도 없고
진흙도 없고 진창도 없고 未練도 없이”, 어떠한 억제나 정지도 없이 이
땅을 박차고 가벼웁게 상승한다. 이런 ‘비상(flight)’15)은 ‘자유’의 전형적인
상징으로 표현된다. 이런 자유의 세계는 시간과 공간적 제약을 뛰어넘는

---

14) 김수영, “무제,” 김수영 전집 2-산문, 민음사, 1981.9. 24쪽. 이하 <전집2>로 약칭한
    다.

15) 김종철의 말대로(첨단의 노래와 정지의 미, 문학사상, 1976.9. 185쪽) ‘비상’은 모든
    종류의 지상적인 무거움과 굴레에서 벗어나려는 마음을 담은 전형적인 시적 상징
    이다. 그러나 이처럼 현실상의 모든 구속에 대하여 고뇌를 하고 벗어나려고 하지
    만, 그 관찰과 처리가 너무나 개인적인 관심사에 머물고 만다는 데에 김수영의 낭
    만성이 있는 것이다.

초월성과 영원성을 그 특징으로 하는 존재의 절정이며, 모든 존재가 궁극적으로써 지향하는 절대의 세계이며, 대상의 세계를 무화시킴으로써 나타나는 통합과 일치, 조화와 균형의 완전한 세계이다. 그러나 이의 구현은 하나의 불가능한 꿈의 개진에 불과하다는 현실적 한계에 부닥치고야 만다. 따라서 시인의 원망을 투사한 헬리콥터의 비상은 그 자체로 '자유'이면서 '비애'가 되고 만다. 3연에서 '자유'와 '비애'를 병치시키는 근거가 이에서 나온다. 그러나 이로 인해 시인은 포기하거나 좌절하고 있지만은 않는다. 그는 이 불가능을 가능으로 만들기 위해 전력을 다한다. 이 불가능에의 추구는 다음 글에서 보듯, 김수영 시의 본질적인 문제가 되고 있다.

> 모든 실험적인 문학은 필연적으로 완전한 세계의 구현을 목표로 하는 진보의 편에 서지 않을 수 없게 되는 것이다. 모든 전위 문학은 불온하다. 그리고 모든 살아있는 문화는 본질적으로 불온한 것이다. 그것은 두말할 것도 없이 문화의 본질이 꿈을 추구하는 것이고 불가능을 추구하는 것이기 때문이다.16)

이제 시인의 눈은 그의 '자유 실현'을 방해하고 구속하는 외부 세계로 보다 집중된다. 세상을 올바로 파악하지 않고는 어떠한 자유의 실현도 불가능하다. 시인의 내적 비전은 이와 같은 '바로 봄'의 자세에서 이루어지는 것이다. 따라서 이제 그는 자신의 내적 비전을 획득하기 위해 외부 세계에 대해 강력한 비판과 불온한 행동을 보이게 된다. 따라서 그의 작품에는 바로 이런 시인의 내적 비전과 그의 실현을 방해하는 외부 세계와의 갈등과 긴장이 담겨지게 되는 것이다.

눈을 살아 있다

---

16) 김수영, "실험적인 문학과 정치적 자유," <전집2>. 154-156쪽.

떨어진 눈은 살아있다
마당 위에 떨어진 눈은 살아있다

기침을 하자
젊은 詩人이여 기침을 하자
눈 위에 대고 기침을 하자
눈더러 보라고 마음놓고 마음놓고
기침을 하자

눈은 살아있다
죽음을 잊어버린 靈魂과 肉體를 위하여
눈은 새벽이 지나도록 살아있다

기침을 하자
젊은 詩人이여 기침을 하자
눈을 바라보며
밤새도록 고인 가슴의 가래라도
마음껏 뱉자.

— <눈>(문학예술, 1957.4)

　‘눈’은 시인의 내적 비전의 한 상징물이다. "기침을 하자"는 자아의 각성은 이런 ‘살아있는 눈’에 의해 촉발된 자각에 다름 아니다. 이제까지 무자각하게 넘겨왔던 자신의 속물 의식, 나태와 안일로 점철된 일상생활, 이를 조장한 현실 상황에 대해 눈은 보다 치열한 반성과 자각의 행위를 요구한다. 기침을 하는 행위를 통할 때, 젊은 시인은 비로소 살아있는 눈과의 교감을 이룬다. 기침을 하는 행위는 일상화된 삶 속에서 반성도 각성도 하지 못하고 그저 순응하여 살아가고 있는 젊은 시인에게 있어서는, 자신의 비전을 향하여 한 걸음 더 나아가게 하는 자유 이행(enforcement)의 적극적 행위가 된다. 바로 살아있는 눈에의 지향성을 갖는 것이다. 이 지향성은 시인에게 끊임없이 세계를 올바로 파악하고 행동할 것을 요구한다. 때문에 김수영은 다음과 같이 자신에게 되묻게 된다.

> 아아, 나는 작가의 - 만약에 내가 작가라면 - 사명을 잊고 있는 것이 아닌가. 나는 타락해 있는 것이 아닌가. 나는 마비되어 있는 것이 아닌가. 이 극장에, 이 거리에, 저 자동차에, 저 텔레비전에, 이 내 아내에, 이 내 아들놈에, 이 안락에, 이 무사에, 이 타협에, 이 체념에 마비되어 있는 것이 아닌가. 마비되어 있지 않다는 자신에 마비되어 있는 것이 아닌가.[17]

'자유의 정신의 아름다운 원형'은 공상 속에서 획득되는 것이 아니라, 이처럼 시인의 의식이 불완전하고 타락된 세계에 대해 치열하게 부닥치는 가운데에서 이루어지는 것이다. 관습에 매인 눈과 의식은 이때 오히려 자유에 대한 부정으로 작용한다. 결국 시인이 자유에 대한 자각을 시작했다는 것은 객관적인 새로운 시각을 획득했다는 것이 되는 것이며, 타락한 외부 세계에 대해 결별을 선언한다는 것이 된다. 이 결별을 김수영은 "가래를 뱉는다"라고 표현한다. 이 결별의 행위는 바로 자기에게 닥친 삶을 회피하지 않고 올바르고 진실되게 살려고 하는 작가 의식에서 나오는 것이다. 이는 <폭포>에 이르러 그 절정을 이룬다.

> 瀑布는 곧은 絶壁을 무서운 기색도 없이 떨어진다
>
> 規定할 수 없는 물결이
> 무엇을 向하여 떨어진다는 意味도 없이
> 季節과 晝夜를 가리지 않고

---

17) 김수영, "三冬有感," <전집2>. 86쪽.

高邁한 精神처럼 쉴사이 없이 떨어진다

金盞花도 人家도 보이지 않는 밤이 되면
瀑布는 곧은 소리를 내며 떨어진다

곧은 소리는 소리이다
곧은 소리는 곧은
소리를 부른다

번개와 같이 떨어지는 물방울은
醉할 瞬間조차 마음에 주지 않고
懶惰와 安定을 뒤집어 놓은 듯이
높이도 幅도 없이
떨어진다

— <폭포>(달나라의 장난, 52-53쪽)

'폭포'는 거짓된 현실과 일상적 부조리를 타파하는 자아의 행동 의지며, 새로운 현실을 여는 혁명적 기운으로서의 자유 이행의 한 표상이다. 폭포는 떨어지는 행위를 그 속성으로 하는 것이며, 이 행위 속에서 시인의 자신의 모습을 보는 것이다. '떨어진다'는 행위는 이 시 전체를 꿰뚫으며 강력한 부정과 거역의 정신으로 커다란 반향을 불러일으키고 있다.[18] 이 '울림'은 삶의 현실에 대한 맹목도 현실로부터의 초월도 비켜섬도 모조리 거부하는 작가의 진지한 삶의 자세에서 비롯된다. 그는 자신에게 주어진 시대, 자기가 거부하는 바로 그 현실로 뛰어들어 그 실체를 올바로 파악하

---

18) 김영무는 "김수영의 영향"(세계의 문학, 1982. 겨울)에서 '떨어진다'라는 움직씨의 계속적인 되풀이와 아울러 '없이' 및 '않고'라는 부정의 어사가 거듭 되풀이됨으로써 '나타'와 '안정'을 '뒤집어 놓은' 강렬한 부정과 거부의 몸짓을 보인다고 말하고 있다.

려고 한다. J.P. 샤르트르의 말처럼, 김수영에게 있어서는 자신의 시대가 그의 유일한 기회였던 것이다. 이처럼 현실의 중심을 향하여 '떨어지는' 적극적 행위 속에서, 김수영의 시의식은 "취할 순간조차 마음에 주지 않고 / 나타와 안정을 뒤집어 놓은 듯"한 힘으로 외부 세계와 강력히 대응하게 된다. 이것이 그에 있어서의 앙가주망이다. 이런 강력한 현실 대응에 의해서 그의 내적 비넌은 더욱 성숙되어 간다.

그러나 이런 폭포의 움직임은 여전히 "무엇을 향하여 떨어진다는 의미"와 만나지 못하고 있다. 이 '떨어짐'의 배경이 되고 있는 것은 바로 '금잔화도 인가도 보이지 않는 밤'으로 묘사되고 있는 타락과 혼란의 시대이다. 이 시대 속에서 시인은 끊임없이 자신의 내적 비전을 성취시키기 위해서 노력하나, 여전히 그 노력은 대상 인식의 불철저로 인해 정확한 대상을 설정하지 못하고 있다. 그저 그의 말대로 "어디로인지 알 수 없으나 / 어디로이든 가야 할 반역의 정신"(<구름의 파수병>, 전집1. 88쪽)일 뿐. 문제는 여전히 미해결 상태인 것이다.

(3) '단절'의 문제

앞에서 살펴본 것처럼 김수영의 '바로 봄'의 의지는 곧 그의 전기시를 지탱하는 원천인 자유 의지로 변한다. 대상(외부 세계)과 시인의 자아를 분리시키는 분별적 사고가 이 '바로 봄' 의식의 특징이다.

> 나는 구태여 생각하여 본다
> 그리고 비교하여본다
>
> — <시골 선물> 부분(전집1. 40쪽. 방점은 필자. 이하 동)
>
> 堅固한 것을 좋아하는 사람들이

팔을 고이고 앉아서 窓을 내다보는

― <水爐曖> 부분(문학예술, 1956.7)

먼 山頂에 서있는 마음으로
나의 자식과 나의 아내와
그 주위에 놓인 잡스러운 물건들을 본다

― <구름의 파수병> 부분(전집1. 87쪽)

시인은 자신의 내적 비전으로 자기를 둘러싼 세계를 바라본다. 이 내적
비전은 본질적으로 세계와 시인과의 대립적 인식에서 싹튼다. 시인이 세계
를 용납하지 못하거나 또는 세계가 시인을 거부하는 경우에 시인은 부득이
자기 자신의 가치를 스스로 결정하지 않으면 안되게 되는데, 이 나름의
가치로 등장하는 것이 바로 내적 비전이다. 시인이 이처럼 계속 자신의
분별적 태도를 고수하려고 하는 한, 세계는 언제까지나 시인의 의지와의
일치점을 찾지 못한 채 대립적 갈등 관계, 비우호적 관계를 유지하게 된다.

自意識에 지친 내가 너를
막상 좋아한다손 치더라도
네가 나에게 보이고 있는 시간이란
네가 달아나는 시간밖에는 없다.

― <煙氣> 부분(전집1, 77쪽)

시인의 세계에 대한 인식은 이런 절망적인 불일치에 대한 자각에서 시작
된다. 세계는 시인의 희망과는 관계없이 독자적 움직임을 갖는다. 따라서
시인의 의지는 필연적으로 외부세계에 대한 극복과 지양의 양상을 띠게
된다. 그러나 이런 극복과 지양은 <헬리콥터―>처럼 "남을 보기 전에

네 자신을 먼저 보이는 / 긍지와 선의"를 가지지는 못하고 있다. 자신을
내보이기에는 외부 세계에 대한 시인의 불신이 너무나 깊다.

> 길이 끝이 나기 전에는
> 나의 그림자를 보이지 않으리
> 적진을 돌격하는 전사와 같이
> 나무에 떨어진 새와같이
> 적에게나 벗에게나 땅에게나
> 그리고 모든 것에서부터
> 나를 감추리
>
> — <더러운 香爐> 부분(詩作, 4호, 1955.5. 14쪽)

  이렇게 되는 이상 이미 둘 사이의 화해의 여지는 없어지게 된다. 이는
시인의 자아와 외부 세계 사이의 관계의 파탄을 초래하게 된다. 이렇게
되어서는 외부 세계를 바로 볼 수도 자신의 내적 비전을 구현할 수도 없게
된다. 따라서 시인의 의식은 이제 이 파탄의 문제로 집중된다. 다음의 시는
이런 시인의 의식을 잘 나타내 주고 있다.

> 屛風은 무엇에서 부터라도 나를 끊어준다
> 등지고 있는 얼굴이여
> 죽음에 醉한 사람처럼 멋없이 서서
> 屛風은 무엇을 向하여서도 無關心하다
> 죽음의 全面같은 너의 얼굴 우에
> 龍이 있고 落口이 있다
> 무엇보다도 먼저 끊어야 할 것이 설움이라고 하면서
> 屛風은 虛僞의 높이보다도 더 놓은 곳에
> 飛瀑을 놓고 幽島를 점지한다
> 가장 어려운 곳에 놓여있는 屛風은

내 앞에 서서 죽음을 가지고 죽음을 막고 있다
나는 屛風을 바라보고
달은 나의 등뒤에서 屛風의 主人 六七翁海士의 印章을 비추어 주는
것이었다

— <屛風>(현대문학, 1956.2, 19쪽)

이 시에서 진술되고 있는 상황은 단지 "나는 병풍을 바라보고" 뿐이다. 그 외의 모든 것은 철저하게 차단되어 있다. 그리고 그나마 제시되고 있는 '나'와 '병풍'의 관계도 역시 단절[19]된(2행) 상태로 표현되고 있다. 모든 것이 철저하게 서로에 대해 단절되어 있다. 이 시의 주제는 바로 이 '단절'의 극복 과정 속에 놓여진다. 이 시는 처음부터 이 단절의 상태에 대한 묘사로 시작한다. 그러나 시인이 이 시에서 표현하고자 하는 '단절' 그 자체가 아니라, 이 '단절'을 만드는 요인에 대한 명확한 인식과 그 극복 과정이다.

김수영에게 있어 이와 같은 '단절'의 상태가 문제가 되고 있는 것은 그것이 바로 지금 '내 앞에'(11행) 당면한 문제라는 인식 때문이다. 시인이 자신의 내적 비전을 전개해 나가는데 있어서, 이 문제는 결코 그가 회피하거나 거부할 수 없는 것으로 시인에게 다가선다. 따라서 시인은 이제 이 '단절'의 상태를 직시하게 된다.

그러나 다음 시에서 보듯, 이런 '단절'에 대한 시인의 첫 반응은 '설움'의 양상을 띠고 나타난다.

---

19) 기존의 연구에서는 대개 이를 '죽음'이라고 말해왔다. 이것은 시인의 의식과 외부 세계를 차단하는 것으로 '병풍'을 인식하는 데서 나온다. 그러나 본 연구자는 이것을 시인의 외부 세계에 대한 심리적 반응의 일종으로 파악하여 '단절'이라는 용어로 대체한다.

내가 으스러지게 설움에 몸을 태우는 것은 내가 바라는 것이 있기
때문이다
　그러나 나는 그 으스러진 설움의 풍경마저 싫어진다

　나는 너무나 자주 설움과 입을 맞추었기 때문에
　가을바람에 늙어가는 거미처럼 몸이 까맣게 타버렸다

— <거미>(전집1, 49쪽)

인간은 다른 존재자들과 마찬가지로 일정한 환경 속에 들어있다. 이 환경이 바로 그 인간의 상황(situation)이다. 인간의 상황은 시간과 공간으로 규정지워진 역사적 현실이다. 물론 인간에게 있어서 상황이란 그저 객관화되어 고정되어 있는 것만을 의미하지는 않는다. 인간은 자신의 주체적 행동을 통해서 어느 정도까지는 자신의 상황을 자유로이 고치고 바꾸고 지배할 수도 있다. 그러나 완전히 자유롭게 자신의 상황 그 자체에서 벗어날 수는 없는 것이다. 야스페르스(Jaspers)가 말하는 '한계 상황'(Grenzsituation)이란 바로 이를 두고 하는 말이다.

시인은 자기 의지의 극대점이 내적 비전으로 그에게 주어진 상황 즉 세계를 판단한다. 세계를 바라보는 기준은 세계의 것이 아니라, 시인 나름의 기준인 셈이다. 그에게 있어 세계의 중심은 인간이다. 따라서 인간의 삶 그 자체가 모든 가치의 척도일 수 있는 것이다. 그러나 문제는 바로 여기서 생긴다. 이런 식으로 주어진 세계를 파악하려 할 때, 그의 현실은 그대로 혼란과 혼돈의 세계로 인시기될 수 밖에 없게 된다. 게다가 더욱 문제가 되는 것은 자기가 거부하는 이 혼란과 혼돈의 현실이 그가 거부할 수 없는 힘과 속력으로 자신을 속박하려고 한다는 점이다. 따라서 본래 선하고 완전할 수 있는 인간은 이 세계의 폭력적 힘에 의해 주체성을 상실

하고 상식과 습관이 지배하는 일상적 삶 속에 빠져드는 것이다.

　김수영은 그가 처해있는 이런 상황에 그저 맹목적인 추종을 하지 못한다. 오히려 그는 이에 대한 불신과 반역과 거부를 그의 詩作의 출발선으로 잡는다.

　　　서울에 돌아온 지 일주일도 못되는 나에게는 도회의 騷音과 狂症과
　　速度와 虛僞가 새삼스럽게 미웁고
　　　서글프게 느껴지고

— <시골선물> 부분(전집1. 39쪽)

　시인에게 있어 외부 세계는 그의 내적 비전을 억압하고 있는 타락한 세계로 인식되고 있으며, 때문에 스스로 이 타락한 세계와의 단절을 선언하게 되는 것이다.

　　　나야 늙어가는 몸 우에 하잘것없이 앉아있으면 그만이고
　　　너는 날아가면 그만이지만
　　　잠시라도 나는 취하는 것이 싫다는 말이다.

— <陶醉의 彼岸> 부분(달나라의 장난. 74-76쪽)

　김수영은 이처럼 일체에 대한 부정과 의문의 제기로 새로운 삶의 진실을 추구하는데 그의 온 정열을 바친다. 구도자의 성실한 자세로 그는 철저한 부정을 통해 인간을 이제까지 억압해온 상식과 습관의 일상적 삶에서 벗어나 자신의 무한한 가능성(inner-vision)을 실현하고자 한다. 그러나 시인의 이런한 희망은 삶을 영위해 나가면서 현실적인 수많은 불가능에 직면하게 된다. 현실적으로 시인의 신념이나 희망은 외부 세계에 대해 거의 아무런 영향도 미치지 못하고 있으며, 심지어 자신의 위치를 지킨다는 것 자체가

어렵게 된다. 외부 세계에 대한 객관적 인식을 가능하게 하려면 이제까지
의 태도를 변화시킬 필요가 있는 것이다. 다음과 같은 선언은 이런 상황에
서 나오게 된다.

> 나는 오늘도 누구에게든 얽매어 살아야 한다.
>
> — <꽃> 부분(전집1, 111쪽)

김수영의 '설움'은 바로 이런 외부 세계의 질서를 그대로 수용할 수도
없고, 그렇다고 무조건 거부만 할 수도 없다는 모순에서 비롯되는 것이다.
다음 구절은 이런 김수영의 심정을 여실히 보여주고 있다.

> 沙漠의 한 끝을 찾아가는 먼 나라의 외국 사람처럼 나는 어디로
> 가야할지 모르겠다.
>
> — <거리2> 부분(사상계, 1955.9)

이런 절망적 상태에서 김수영은 "무엇보다도 먼저 끊어야 할 것이 설움"
이라고 외친다. 그리고 그 방안으로 "뚫고 나가야 할 것"과 "받아 들여야
할 것"[20]의 명확한 인식과 선택을 들고 있다. 이는 시인이 이제까지의
대립적 대상 인식(주관적 대상 인식)에서 벗어나 화해의 대상 인식(객관적
대상 인식)의 단계로 접어들었음을 의미한다.

> 시인은 자기가 처한 상황(시대나 국가)에 대하여 나름의 편견을 버
> 려야 한다. 그리고 획일화된 현재의 상황을 뚫고, 옳고 그름을 판별할
> 수 있어야 한다. 즉 시인은 잘못된 현재의 법칙들과 여러 주장들을

---

20) 김수영, 1955년 2월 2일 일기 중, <창작과비평> 1968년 가을호

무시하고, 보편적이며 선험적인 진리들을 찾아내야 한다.[21]

자기 나름의 편견으로 자신이 처한 상황을 바라본다고 할 때, 시인과 그를 둘러싼 외부 세계는 '단절'에 빠지게 되고 만다. 이런 '단절'은 물론 실질적인 어떤 현상으로 드러나는 것이 아니라, 시인의 외부 세계에 대한 심리적 반응의 하나로 드러나는 것이다. 따라서 '단절'을 극복하는 방법으로 제시되는 것은 시인이 독단적인 생각을 버리고, 자신을 둘러싸고 있는 현실 상황을 올바로 파악하는 방법일 수밖에 없게 된다. 이런 방법에 의해서 시인은 이제까지 단절되어 있던 외부 세계와의 관계를 새롭게, 그리고 보다 강력하게 설정할 수 있게 되는 것이다. 그러나 아직 이런 인식은 행동으로까지는 표출되지 못하고 있다. 이제 막 그는 세계를 객관적으로 인식하기 시작했을 뿐이다.

2) 후기시의 경우

(1) '적'의 인식

전기시의 작품 세계를 살펴보면서도 지적했지만, 김수영은 외부 세계와 그의 자아와의 관계 단절을 극복하는 방법으로 자신이 '받아들여야 할 것'과 '뚫고 나가야 할 것'에 대한 명확한 인식과 선택을 들었다. 이때

---

21) Samuel Johnson, "A dissertation upon Poetry," ed., Laurance Sargent Hall, *A Grammer of Literary Criticism*, The Macmillan Company, 1969.9.

"He[poet] must divest himself of the prejudices, of this age or country: he must consider right and wrong in their abstracted and invouriable state, he must disregard present laws and opinions, and rise to general and transcedental truths, which will always be the same."

자신이 '뚫고 나가야 할 것'이라고 생각하는 것을 그는 '적'이라고 명명한다. 그의 의식은 이제 그가 극복해야 할 대상인 '적'의 실체를 규명하는데 집중된다.

　김수영에게 있어서 이 '적'은 고정된 어떤 상태로 따로 존재하는 것은 아니다. 그들의 실체는 명확하지 않고, 따라서 그들의 정체를 정확히 파악한다는 것이 결코 쉽지 않다. '적'은 언제나 우리들 주위에 가득히, 그림자도 없이 머물며 우리를 끊임없이 서로서로 불신하고 의심하게 하며, 상식과 습관이 지배하는 일상적 삶으로 우리를 타락시키려 한다. "그들은 말하자면 우리들의 곁에 있다."(<하… 그림자가 없다>, 민족일보, 1960.4)

　따라서 이 '적'은 단순히 의식이나 언어에 의해서 개념적으로 인식되거나 논리적인 재구(再構)에 의해서 인식되어지지는 않는다. 다만, 행위하는 인간의 체험에 의해서만 그 실체는 비로소 제대로 통찰되고, 파악되어질 수 있는 것이다. 생생한 삶의 진실을 있는 그대로 행하고 긍정하는 데서 '적'의 올바른 인식은 가능해진다. 그러나, 다음 시에서 보듯, 이렇게 해서 체험하게 되는 '적'의 실체는 그에게 한없는 고통을 가져다 준다.

　　　먼 곳에서부터
　　　먼 곳으로
　　　다시 몸이 아프다

　　　조용한 봄에서부터
　　　다시 내 몸이 아프다

　　　여자에게서부터
　　　여자에게로

　　　능금꽃으로부터

능금꽃으로 ....

나도 모르는 사이에
내 몸이 아프다

— <먼 곳에서부터>(전집1, 190쪽)

이 고통은 시인의 자아가 외부 세계를 올바로 보고 있지 못하고 있다고 느낌으로써 생기는 심리적 패배감이 육체적으로 형상화된 것이라 할 수 있다. 즉, 이 고통은 시인이 외부 세계를 올바로 파악하여 자신의 내적 비전을 실현하려고 하는 과정에서 생기는 갈등과 긴장의 한 양상으로 드러나는 것이다. 제대로 보려는 노력이 없다면 고통도 생기지 않는 것이다.

그렇다면 이 '적'은 시인에게 어떻게 다가오는가? 다음 시에서 살펴보자.

더운 날
敵이란 海綿같다
나의 良心과 毒氣를 빨아먹는
문어발같다

— <敵> 부분(신사조, 1962.7)

그가 마주치는 '적'은 바로 "나의 양심과 독기를 빨아먹는" 존재로 묘사되고 있다. '적'은 시인의 곁에서 언제나 시인의 방심을 노리고 있다. 시인을 일상적 삶에 빠지지 않게 하는 그의 '양심과 독기'는 이 거대하고도 모호한, 살아서 생동하며 수시로 변화하는 '적'과 아주 고통스럽고도 힘든 긴장 관계를 형성한다. "나의 양심과 독기"는 적을 運算(바로 봄)하려는 정신이다. 그는 끊임없이 자신에게 주어진 현실에 대해 질문하고, 반박한다. 여기서 '고통'이 생기는 것이며, 이 과정에서 그의 내적 비전은 점점 더 구체성을 띠게 되는 것이다.

> 아픈 몸이
> 아프지 않을 때까지 가자
> 온갖 식구와 온갖 친구와
> 온갖 敵들과 함께
> 敵들의 敵들과 함께
> 무한한 연습과 함께

— <아픈 몸이> 부분(전집1, 191-192쪽)

이런 점에서 봤을 때 김수영이 상정하는 '적'은 실제적인 대상이라기보다는 오히려 자신의 심리적인 알레고리에 가깝다. '적'은 실제 존재하는 어떤 대상으로 드러나기 보다는 인간 개개인이 자신의 실존을 향해 나아갈 때, 그의 자유와 생명을 위협하는 인간의 내적 심리 요인으로 드러나고 있다. 따라서 다음 김수영의 말마따나 이미 '무거운 적'도 '가벼운 적'도 없는 것이다. 그가 지금 당면하는 적이야말로 언제나 '제일 무겁고 무서운' 것일 수밖에 없다. 언제나 지나간 과거나 닥쳐올 미래보다도 더욱 고통스러운 것이 현재이다. 그렇다고 어느 누구도 자기의 현재를 외면할 수는 없다. 그가 자신의 내적 비전을 실현할 장소는 바로 그의 현실인 것이다.

> 우리는 무슨 敵이든 敵을 갖고 있다
> 敵에는 가벼운 敵도 무거운 敵도 없다
> 지금의 敵이 제일 무거운 것같고 무서울 것같지만
> 이 敵이 없으면 또 다른 敵—來日
> 來日의 敵은 오늘의 敵보다 弱할지 몰라도
> 오늘의 敵도 來日의 敵처럼 생각하면 되고
> 오늘의 敵도 來日의 敵처럼 생각하면 되고

> 오늘의 敵으로 來□의 敵을 쫓으면 되고
> 來□의 敵으로 오늘의 敵을 쫓을 수도 있다
> 이래서 우리들은 태평으로 지낸다
>
> — <적1>(전집1, 244쪽)

‘적’은 지금도 있고 앞으로도 계속 존재한다. 그러나 김수영은 ‘내일의 적’이 ‘오늘의 적’보다는 약하고 상대하기 손쉬울 것이라고 기대한다. 이런 기대와 신념을 토대로 하여, 김수영은 오늘의 적보다 약한 내일의 적을 상정함으로써 오늘의 “제일 무거울 것같고 무서울 것같은” 적을 이겨내려 한다. 그에겐 내일이 있고, 이 내일은 오늘보다 나으리라고 하는 희망이 있는 것이다. 이것이 바로 시인이 가진 비전이다. 그에게 있어서 어제와 오늘은 어려움과 고난의 연속이다. 이런 속에서 그에게 내일이 없다면, 내일은 좀더 나으리라는 희망과 기대가 없다면, 현재의 이 어려움과 고난은 이겨낼 수가 없게 된다.

> 그는 언제나의 시의 현시점을 이탈하고 사는 사람이고 또 이탈하려고 애를 쓰는 사람이다. 어제의 시나 오늘의 시는 그에게는 문제가 안된다. 그의 모든 관심은 내일의 시에 있다. 그런데 이 내일의 시는 미지(未知)다. 그런 의미에서 시인의 정신은 언제나 미지이다. 고기가 물에 들어가야만 살 수 있듯이 시인의 미지는 시인의 바다다. 그가 속세에서 우인시(愚人視)되는 이유가 거기 있다.[22]

이 글에서처럼, 내일은 언제나 미지다. 때문에 그것은 현재의 상태에 구속받지 않고 새로이 창조될 수 있는 여지를 갖는다. 그가 희구하는 내일의 상상적 실현이 바로 시인이 가진 내적 비전이다. 하지만, 이 내적 비전

---

22) 김수영, “시인의 정신은 미지―나의 시의 정신과 방법,” <현대문학> 1964.9.

의 세계는 그저 자연히 주어지는 것은 아니다. 내적 비전의 실현은 자신이 직면한 역사적 현실에 대한 치열한 갈등과 고통 속에서, 저항과 극복 속에서 이루어진다. 때문에, 시인에게 있어서 자신이 당면한 역사적 현실은 언제나 '제일 무것운 적'이며, 반드시 극복해야 할 대상으로 자리잡는다.

김수영의 시에서 이 현재의 '제일 무거운 적'은 대체로 다음의 두 가지 양상을 띠고 나타난다. 그 하나는, 사회나 개인의 자연적 발전을 저해하는 외형적 구속으로, 개인과 사회의 모든 '자유의 이행'을 거부하고 구속하는 모든 비본래적인 요소들이 이 범주에 든다. 때문에 시인은 다음과 같이 선언한다.

> 우리들의 적은 한국의 정당과 같은 섹트주의가 아니라 우리들 대
> 이여(爾餘) 전부이다. 혹은 나 대 전세상이다.[23]

시인에게 있어 외부의 세계는 개체의 의식을 마비시키고 전체의 의사를 개체에게 강요하는 반동적 존재이다. 따라서 시인에게 있어 그가 궁극적으로 꿈꾸는 예술가의 절대적 양심의 행사로서의 실천적 행동을 가로막는 '적'으로 인식된다. 시인은 이처럼 전체의 위협에 직면한 개체의 위기를 민감하게 느끼고, 그 위협에 대해 격렬하게 저항하고 경고한다. 김수영의 시에서 이에 포함되는 적의 양상은 정치적·사회적 제반 구속과 억압, 현대에 만연한 물질 만능주의, 육체적 쾌락의 추구, 사회에 만연한 타성 등으로 나타난다.

또 다른 하나는 항상 깨어있어야 할 그의 정신을 마비시키는, 스스로의 상식과 습관에 안주하려는 마음과 이를 옹호하는 '자기 애착(愛着)'(self-regard)을 말한다. 특히 '자기 애착'의 습성은 근본적으로 자신과

---

23) 김수영, "시의 <뉴 프런티어>," <사상계> 1961.3

타인과의, 자신과 다른 대상과의, 대상과 대상 사이에 있어서 단절과 거부
의 결정적 요인이 된다. 이는 다음 글에서처럼, 끊임없는 자신에 대한 이의
제기(contestation)에 의해서만 극복될 수 있다.

> 시인은 영원한 배반자다. 촌초(寸秒)의 배반자이다. 그 자신을 배반
> 하고, 그 자신을 배반한 그 자신을 배반하고, 그 자신을 배반한 그
> 자신을 배반한 그 자신을 배반하고…… 이렇게 무한히 배반하는 배반
> 자, 배반을 배반하는 배반자….. 이렇게 무한히 배반하는 배반자다.[24]

이런 끊임없는 이의 제기와 자기 부정에 의해서 극복되어야 할 '자기
애착'의 양상은, 역시 그의 시에서 비겁성과 이기주의, 도취, 정신적 패배
감, 불안, 도피, 무력감 등으로 드러난다.

김수영의 이런 '적'들은 언제나 널리 사회나 개인에 만연되어 여러 가지
병적 현상을 일으키고 있다. 적은 "하늘과 땅 사이에"(<하…. 그림자가
없다>) 가득차 있다. 때문에 무엇보다도 먼저 시인이 해야 할 일은, 무자각
한 사람들에게 '적'을 끊임없이 지적하여 경고하고, 스스로에 있어서도
이 '적'을 극복해 나가는 것이다.

> 오늘날 시인이 할 수 있는 일은 경고하는 것 뿐이다. 참다운 시인들
> 이 진실해야 함은 그런 이유에서이다.[25]

> 제일 피곤할 때 敵에 대한다
> 바위의 아량이다
> 날이 흐릴 때 정신의 집중이 생긴다
> 神의 아량이다

---

24) 김수영, "시인의 정신은 미지," 앞 글.
25) Wilfred Owen, "시인이 할 일은 오직 경고 뿐," <문학사상> 1974.4. 62쪽.

(이하 4연 생략)

제일 피곤할 때 敵에 대한다
날이 흐릴 때면 너와 대한다
가장 가까운 敵에 대한다
가장 사랑하는 敵에 대한다
偶然한 싸움에 이겨보려고

— <적2> 부분(전집1, 245-246쪽)

  '제일 피곤할 때'와 '날이 흐릴 때'는 각기 개인과 사회에 '적'의 세력이
가장 왕성할 때이다. 이 '적'과 대면하는 시인은 자신과 사회에 대해 엄격
하고도 객관적인 통찰을 보여준다. 이 통찰은 '정신의 집중'으로 나타난다.
이 '정신의 집중'에 의해 그는 이제 자신에게 닥친 '적'과의 '우연한 싸움'
을 이기고 자신의 내적 비전을 실현할 가능성을 찾게 되는 것이다.

(2) '사랑'의 의미

  죽음과 사랑의 문제는 말할 필요도 없이 만인의 만유(萬有)의 문제
  이며, 만인의 궁극의 문제이며, 모든 문학과 시의 드러나있는 소재인
  동시에 숨어있는 소재로 깔려있는 영원한 문제이며, 따라서 무한히
  매력있는 문제이다.26)

  김수영은 '정신의 집중'에 의해서 '단절'을 물리치고 적을 극복하는 방
법으로 '사랑'을 획득하게 된다. 그에게 있어서 이 '사랑'은 현대사회에서
의 상실된 인간성을 회복하기 위한 비전으로 제시된다.

---

26) 김수영, "죽음과 사랑의 대극(對極)은 시의 본수," <현대문학> 1967.10.

닳고 닳아지고 걸리고 걸려지고
모서리뿐인 形式뿐인 格式뿐인
官廳을 우리집은 닮아가고 있다
鐵條網을 우리집은 닮아가고 있다
바닥이 없는 집이 되고 있다 소리만
남은 집이 되고 있다 모서리만 남은
돌음길만 남은 難澁한 집으로
기꺼이 기꺼이 변해가고 있다

　　　　— <의자가 많아서 걸린다> 부분(사상계, 1968.7)

　　난삽하게 놓여진 의자와 테이블, 엮음대와 스탠드는 그대로 현대사회의
모습을 나타난다. 시인은 이런 현실과 쉽게 동화하지 못한다. "닳고 닳아지
고 걸리고 걸려지고" 하는 시인의 모습은 그대로 인간 상실과 인간 소외의
현장을 상기시킨다. 이런 인간 소외의 현장은 어느새 "한없이 순하고 아득
한 바람과 물결"로, "조화와 통일"로 가득찼던(<나의 가족>, 시와 비평,
1956.8. 161쪽) 시인의 집안까지 깊숙이 침투되어 있다. 이제 시인이 맘놓
고 쉴 수 있는 공간은 어디에도 없다. 따라서 이런 시대의 시와 시인은
필연코 소외의 현실에 대한 저항과 해독(解毒)의 임무를 띠게 된다.

　　오늘날의 시가 가장 골몰해야 할 가장 큰 문제는 인간의 회복이다.
　　오늘날 우리들은 인간의 상실이라는 가장 큰 비극으로 통일되어 있고,
　　이 비참의 통일을 영광의 통일로 이끌고 나가야 하는 것이 시인의
　　임무다.[27]

　　인간 소외의 상태란 바로 외부 세계에 의해서 인간이 자기 자신의 삶의
의미를 잃어버린 상태, 즉 자신의 삶을 지탱해 나갈 '중심'을 상실한 상

---

27) 김수영, "생활 현실과 시," <창작과비평> 1968년 가을호

태[28])를 말한다. 그리고 이 상실된 중심을 회복하기 위한 노력이 바로 현대에 있어 예술이, 타락한 외부 세계에 대해 가지는 진지한 우울, 고민인 것이다.

> 눈이 온 뒤에도 또 내린다
>
> 생각하고 난 뒤에도 또 내린다
>
> 응아 하고 운 뒤에도 또 내린다
>
> 한꺼번에 생각하고 또 내린다
>
> 한줄 건너 두줄 건너 또 내릴까
>
> 廢墟에 廢墟에 눈이 내릴까
>
> ─ <눈>(한국문학, 1966.6)

이 시의 1, 2, 3, 4행은 눈이 내리는 모습의 표현으로 시간적인 지속감을 나타내며, 5행과 6행은 앞으로 눈이 내릴 장소에 대한 예측을 나타내고 있다. 5행과 6행에서의 예측을 가능하게 하는 것은 바로 3행에서 제시되고 있는 '응아'라는 소리이다. 전체를 꿰뚫어 이어가는 정태적 이미지 사이에서 그야말로 느닷없이 튀어나오는 이 '응아'라는 의성어에 의해, 자칫하면

---

28) 독일의 미술사가 한스 제들마이어(Hans Sedlmayr)는 19세기와 20세기의 미술 뿐만 아니라 예술의 전반적인 부분에 대해 '중심의 상실'이라는 진단을 하고 있다. 아도르노 식으로 말하자면, 현대 사회 속에서 예술이 마침내 그 본래의 개념을 잃어버리면서 '탈예술화'의 상태에 처하게 되는 상태가 바로 '중심의 상실'인 것이다. 제들마이어는 1948년 같은 제목으로 책을 발간했다.

지속적인 정적 공간의 나열로 빚어질 수 있는 이완 상태에서 탈피하여
이 시는 신선감을 갖게 되고, 극도의 시적 긴장을 얻게 된다.

이 시에서 '내린다'라는 어미의 반복은 '-뒤에도 또'라는 말의 반복 사용
과 정태적 이미지의 연결로 인해, 시간적 지속감을 강조하는 효과를 가짐
과 동시에 시간의 흐름을 잊게 하는, 따라서 독자가 또는 화자가 어느
순간 이런 상태에서 탈피하는 기회가 주어질 때 무척이나 오랜 세월이
지났음을 느끼게 하는 작용을 함께 지니고 있다. 독자도, 이 시의 화자도
이 눈이 언제부터 오기 시작한 것인지 전혀 모르고 있다. 마찬가지로 언제
이 눈이 그칠는지도 모르고 있다. 아니 그런 것은 모두 그의 관심 밖의
일이다. 그는 눈을 보며 무언가 생각하고 있다. 그의 눈 앞에서 벌어지는
광경은 그저 눈이 내리고, 그치는 듯 하더니 다시 오곤 하는 단순한 형상으
로만 존재하는 것이 아니라, 그의 직접적 대상이 되고 있다 그는 '눈'의
현실적 의미를 찾고 있는 것이다. 이것은 '정신의 집중'에서 비롯된다.

정신의 집중에 의해서, 시인은 자신을 둘러싼 일상적 삶과 인습의 홍수
상태를 벗어나 외부 세계에 대한 친숙성의 막을 제거함으로써 세계를 올바
로 바라볼 수 있게 되고, 이에 따라 새로운 삶의 진실을 찾아낼 수 있게
되는 것이다. 이런 새로운 삶에 대한 각성은 몰아의 상태 속에서의 새로운
존재 방식의 획득을 의미한다. 닳아 있었던 자기의 거듭남과 새로운 존재
방식의 획득은 시인이 세계를 회피하지 않고 올바로 바라보기 시작했음을
말하는 것이기 때문이다. 그는 이를 '응아'라는 말로 표현한다. 여기서 '응
아'라는 소리는 이제까지 외부 세계를 바로 보지 못하게 했던 시인의 자기
애착이 깨어지는 '파과의 소리'이며, 세계와 나와의 관계를 올바로 정립하
게 하는 '사랑의 소리'가 된다. 다음 시에서 나타나는 '거위의 울음소리'와
이 시의 '응아'는 유사한 의미를 드러낸다.

거위의 울음소리는
밤에도 여자의 縞瑪色 원피스를 바람에 나부끼게 하고
강물이 흐르게 하고
꽃이 피게 하고
웃는 얼굴을 더 웃게 하고
죽은 사람을 되살아나게 한다

— <거위소리> 부분(현대문학, 1964.8)

　‘응아’하는 소리는 사유 속의 시인에게 ‘이웃’을 느끼게 하는 깨우침의 소리로 나타난다. 개인적 사유의 틀 속에 갇혀 있는 시인은 이제 이 ‘사랑의 소리’로 해서 자기 속으로만 삭여들던 시선을 밖으로 돌려 자기의 이웃을 바라볼 수 있게 되고, 인정할 수 있게 된 것이다. ‘눈’은 “한꺼번에 생각하고 또 내린다”. 이제 눈은 단순한 사고의 대상으로서가 아니라 ‘사랑의 행위’의 주체가 된다. 5행과 6행에서 ‘한줄 건너 두줄 건너’와 ‘폐허’로 묘사되고 있는 소외의 현실, 인간성 상실의 현장을 시인은 ‘사랑’으로 이기려 하고 있다. 따라서 5행과 6행의 ‘내릴까’라는 어미는 이때 부정과 의문의 뜻을 넘어선 사랑의 실천에의 희구가 되는 것이고, 사랑에의 의지가 되는 것이다. 이제 그는 자신의 ‘상실된 중심’이 무엇인지 알게 된 것이고, 따라서 그가 현사회에서 해야 할 일이 무엇인가 하는 것을 비로소 명확하게 깨닫게 된 것이다.

욕망이여 입을 열어라 그 속에서
사랑을 발견하겠다 都市의 끝에
사그러져가는 라디오의 재갈거리는 소리가
사랑처럼 들리고 그 소리가 지워지는
강이 흐르고 그 강건너에 사랑하는
암흑이 있고 三月을 바라보는 마른나무들이

사랑의 봉오리를 준비하고 그 봉오리의
속삭임이 안개처럼 이는 저쪽에 쪽빛 산이

(이하 5연 생략)

아들아 너에게 狂信을 가르치기 위한 것이 아니다
사랑을 알 때까지 자라라
人類의 종언의 날에
너의 술을 다 마시고 난 날에
美大陸에서 石油가 고갈되는 날에
그렇게 먼 날까지 가기 전에 너의 가슴에
새겨둘 말을 너는 都市의 疲勞에서
배울 거다
이 단단한 고요함을 배울 거다
복사씨가 사랑으로 만들어진 것이 아닌가 하고
의심할 거다!
복사씨와 살구씨가
한번은 이렇게
사랑에 미쳐 날뛸 날이 올 거다!

그리고 그것은 아버지 같은 잘못된 시간의
그릇된 瞑想이 아닐 거다

— <사랑의 變奏曲> 부분(현대문학, 1968.8)

'사랑'의 정신은 어떤 심오한 형이상학적 명상에 의해서 주어지는 것이
아니라, 인간 스스로가 자기에게 주어져 있는 상황과 진지하게 갈등하며
부닥치는 가운데 획득된다. '사랑'은 천상의, 관념의 것이 아니고, 이 땅
위에, 우리들 속에 존재하는 것이다. '사랑'은 관계의 장에서만 융성할 수
있는 것이다. 이때는 자신의 주위와 그들과의 관계를 새롭게, 올바로 볼

수 있는 자세가 무엇보다도 중요해진다.

> 우리가 우리를 출생시킨 양친을 선택할 수 없는 것과 마찬가지로,
> 시인은 그의 시대나 주제를 선택할 수 없는 것입니다. 그러나 위대한
> 시인은 그의 시대나 한계를 감수하면서 또 자기 재능의 요구로서 그
> 시대적 한계를 이용함으로써 자기 시대를 초월하는 것입니다.[29]

키에르케고르의 말처럼 비상(非常)한 인간이라 함은 진정한 범인(凡人)에거나 붙일 수 있는 말이다.("L'homme extraordinaire est le vé ritable homme ordinaire.") 사욕 없이 진지한 태도로 인생을 관조하는 평범한 인간만이 삶의 진실을 찾아내고 체득할 수 있는 것이다 진실은 허공 속에 있는 것이 아니라, 우리들 사이에 녹아 있다. 그러나 우리들 사이에 있다고 해서 손만 벌리면 얻을 수 있는 것은 아니다. 그래서 시인은 다음과 같이 말하는 것이다.

> 아들아 너에게 狂信을 가르치기 위한 것이 아니다
> 사랑을 알 때까지 자라라

진리는 맹목적으로 주어지는 것이 아니라 찾으려고 애쓰는 자들에게만 힘겹게 보여진다. 올바른 삶의 가치의 정립은 진리라고 명명되는 사상에 대한 맹목적인 믿음에서가 아니라 현상의 진면목을 바라보는 끝없는 '탐구와 의문 속에서', 자기 삶의 충실한 체험에서 일어나는 '자각'에서 획득된다. 기무영이 자주 쓰고 있는 표현대로 하자면 '생활의 피로' 또는 '도시의 피로'를 통하여 점차로 깨달아가는 것이다. 즉 '사랑'은 인간의 영혼이 성숙되어감에 따라 서서히 체득되는 것이다. 이처럼 인간 개개인들이 모두

---

29) 범대순 편역, 현대영미시론. 을유문화사, 1974.6. 127-128쪽.

이렇게 자신의 영혼을 성숙시켜 나간다면, "그렇게 먼 날까지 가기 전에" 사랑을 얻게 되고, 이 사랑이 현실에서 실현되어 이 세상이 온통 행복과 평화와 사랑으로 충만한 그런 세상을 맞이할 수 있게 될 것이다.

> 복사씨와 살구씨가
> 한번은 이렇게
> 사랑에 미쳐 날뜀 날이 올 거다!

이것이 바로 시인의 내적 비전이다. 시인은 벅찬 감격으로 그의 비전을 노래한다. 시인은 이제 그의 잃어버린 중심을 되찾은 것이다. 이런 '사랑' 의 강렬한 표현 앞에서는 이제 아무 것도 막아설 것이 없다.

3. 주제의 변모 양상

김수영의 작가적 시선은 항상 당대의 역사적 현실 속에서 살아가고 있는 사람과 그 사람의 행위에 집중되고 있다. 이때의 사람은 집합적 개념으로 서의 사람이 아니라, 개별적·독자적 소우주로서의 사람을 의미한다. 그러 나 이 독자적인 소우주를 바라보는 시선은 전기와 후기에 있어서 각기 다른 양상을 보이고 있다.

전기시에 있어서 김수영의 주된 관심사로 자리잡고 있는 것은 현대사회 에서의 개인의 운명과 체험이다. 개인은 자신의 결단에 있어 절대적으로 자유로우며, 오로지 자신의 결정에만 의존한다. 그러나 이런 인간의 의지 와는 상관없이 외부 세계는 독자적인 영역을 가지고 거대한 힘으로 인간을 속박한다. 현대는 이처럼 자아와 세계의 심연이 엄연히 존재하는 시대이 며, 이런 시대의 문학 역시 이 '단절'의 문제를 그 중요한 속성으로 할 수밖에 없게 된다. 따라서 현대 문학에 반영되고 있는 인물 역시 이를 반영하여 "원래 고독하고 비사회적이며 타인과 관계를 맺을 수 없는 존재"30)로 표현되고 있는 것이다. 이는 인간을 비역사적 존재로 상정함을 의미하며, 나아가 외부 세계를 정태적인 것으로 파악함을 뜻한다. 외부 세계는 그에게 있어서 언제나 상실과 분열, 고립과 소외의 현장일 뿐이다. 시인은 이러한 외부 세계에 대해 자아를 실현하기 위해 끊임없이 부닥치며 치열한 싸움을 전개한다.

> 의식과 반항, 이러한 거부는 포기의 반대이다. 인간의 마음 속에 있는 완강하고도 정열적인 모든 것은 그의 삶과는 반대로 이 거부를 고무한다. 중요한 것은 인생과 화해함이 없이 죽는 일이지, 스스로 자진하여 기꺼이 죽는 것이 아니다. 자살은 하나의 착오다.31)

이런 까뮈의 말처럼, 그를 둘러싸고 있는 외부 세계와의 합일점을 갖지 못하는 시인의 내적 비전은, 이 외부 세계에 대한 강력한 부정의 정신(spirit of denial)을 띠게 된다. 사실상 김수영의 정신세계의 드러냄은 모두 이런 작가의식의 형상화로 점철되어 있고, 이런 의식은 그의 시에서 '보다'라는 시어로 집약이 된다. 전기시에 있어서의 '보다'라는 시어는 시인이 자신에게 아무런 의미도 없다고 생각되는 이 현상적·일상적 세계 속에서 자신의 상태와 위치를 명확하게 인식하여 극복하려고 하는 시인의 의식을 반영한다.

그러나 사실상 이러한 의식은 시인 나름의 독단적인 생각 속에서 형성되는 것이다. 이는 시인의 의식이 주관적인 개인의 사고 속에서 세계를 파악

---

30) Georg Lukàcs, *Realism In Our Time,* Harper & Row, Harper Torchbooks, 1964. 20쪽.
   "Man, for these writers (Modernists), is by nature solitary, asocial, unable to enter into relationships with other human beings."

31) A. 까뮈(이정림 역), 시지프스의 신화, 범우사, 1977.6.

함을 의미한다. 따라서 이때 시인의 자아와 세계와의 갈등 또는 단절, 존재 (what is)와 당위(what should be) 사이의 불일치를 극복하거나 지양할 수는 없게 된다. 자기를 둘러싼 외부 세계의 모든 것을 무시하거나 거부하고, 독자적으로 자신의 내적 비전을 구현할 수는 없는 것이다. 세계의 현실이 무의미하다고 해서 생활을 떠난 곳에다 그의 비전을 설정할 수는 없는 것이다.

　이런 자각에서 김수영의 후기시는 시작된다. 여전히 그의 시에 반영되고 있는 인물은 하나의 개인이지만, 이 개인은 전기시에 반영되는 것처럼 외부 세계와의 단절된 상태로 묘사되고 있는 고립되고 소외된 존재가 아니라, 타인과의 연관성을 깨닫고 행동하는 존재이다. 이제까지의 비판적이고 부정 일변도의 분별적·대립적 시선으로 외부 세계를 바라보고 자신을 정립하려던 데서 벗어나, 이제 그는 종합적이며 총체적인 시선으로 '자아'와 그를 둘러싼 '외부 세계'의 관계를 파악하게 된다. 이제야 비로소 그는 세계를 올바로 인식하는 눈을 가지게 된 것이다.

　시인은 이제까지 무조건 거부만 하던 외부 세계에서 의미 있는 삶의 방식들을 찾아내고 그것을 선택함으로써 자아를 실현하게 된다. 시인의 관심은 끊임없이 생활과 현실 속에 집중되는 것이며, 이 생활과 현실은 전기시에서처럼 그저 정태적으로만 파악되는 것이 아니라, 온 인류의 참가 속에서 끊임없이 이루어져 가는 동태적인 것으로 파악된다. 이제 시인은 자신에게 주어져 있는 외부 세계에 대한 사정 없는 객관적 분석과 관찰을 거쳐서 자신의 내적 비전이 구현된 새로운 세계의 창조를 위한 보다 적극적 실천의 의지를 보이게 된다. 현실은 이미 김수영에 있어 대립적 인식의 대상이 아니라, 그의 예술이 늘 관련을 맺고 있는 '사랑'의 장소가 된다. '단절'과 '설움'의 대지가 아니라 '조화'와 '사랑'의 대지인 것이다. 이런 김수영 시의 변모 양상이 가장 잘 나타나고 있는 것이 바로 <풀>이다.

풀이 눕는다
비를 몰아오는 동풍에 나부껴
풀은 눕고
드디어 울었다
날이 흐려서 더 울다가
다시 누웠다

풀이 눕는다
바람보다도 더 빨리 눕는다
바람보다도 더 빨리 울고
바람보다 먼저 일어난다
날이 흐리고 풀이 눕는다
발목까지
발밑까지 눕는다

바람보다 늦게 누워도
바람보다 먼저 일어나고
바람보다 늦게 울어도
바람보다 먼저 웃는다
날이 흐리고 풀뿌리가 눕는다

— <풀>(현대문학, 1968.8)

1연은 '풀이 눕는다'라는 행을 제외한 다른 모든 행이 과거 시제로 처리되고 있다. 이는 곧 이 시의 화자가 과거를 회상하는 장면으로 볼 수 있다. 이 장면에서 '풀'은 '날이 흐려서'라는 상황 인식과 '비를 몰아오는 동풍'의 힘에 의하여 아무런 반발도 하지 못하고 패배하고 좌절한다. 자신의 의지와는 별 상관없이 외부 세계는 거대한 힘으로 그를 속박하고 지배한다. 그의 심리적 자세는 이런 외부 세계에 대해 비판적이며 배타적인 양태로 나타난다. 이는 세계와 자아와의 '단절'을 의미한다. 이 단절은 한때

시인에게 현실을 떠난 '비상'(flight)의 꿈을 꾸게도 한다.(<헬리콥터->)
그러나 여전히 그는 이 땅에 붙박여 떠날 수 없다.

　이제 그는 이 외부 세계와의 '적극적 대응'을 모색한다. 이것은 2연에서
'더 빨리' '먼저' 등의 부사의 사용으로 적절히 나타나고 있다. 소극적 자기
방어의 테두리에서 벗어나지 못하던 시인의 자아는 이제 그가 디디고 선
바로 그 자리에서 한 치도 물러섬이 없이, 자기 자신과 세계에 대해서
끊임없이 묻고 답하는 '적극적 대응'을 함으로써, 자신의 내적 질서를 구현
해 나간다. 삶이란 형이상학적이고 관념적인 것이 아니라, 구체적인 현실
에서 전개되는 개인의 치열한 생존 방식을 의미하는 것이다.[32] 이제 그는
자기가 직면하고 있는 현실에서 자신이 '받아들여야 할 것'이 무엇인지,
'뚫고 나가야 할 것'이 무엇인지를 명확히 인식하고 선택하게 된다. 이는
시인의 영혼이 성숙되었음을 의미하는 것이며, 이런 영혼의 성숙에 의해서
시인은 자신의 내적 필연과 외적 운명을 화해롭게 결합할 수 있는 비전을
설정하게 된다. 그리고 이런 비전의 설정에 의해서 시인은 외부 세계와의
괴리를 벗어나 화해와 사랑의 경지로 나가게 된다. 이 기쁨을 그는 다음과
같이 노래한다.

　　　캄캄한 소식의 실낱같은 완성

---

32) 모든 존재는 상호 유기적인 관련 속에서 끝없이 변화하면서 생성과 소멸을 거듭한
　　다. 이런 존재의 변화는 항상 홀로 일어나는 것이 아니라 어떤 원인이랄 수 있는
　　조건의 변화에 기인한다. 따라서 이 원인화된 조건을 찾게 될 때 비로소 그 원인의
　　조건으로 말미암아 일어난 결과로서의 '존재'에 대한 완전한, 올바른 인식이 가능
　　해진다. 그리고 이때서야 비로소 존재의 실상을 올바로 알게 되는 것이다. 여기서
　　이 '조건'으로 작용하고 있는 것은 이 시에서 '비를 몰아오는 동풍'과 '흐린 날'로
　　묘사되고 있다. 따라서 시인은 이런 객관적 상황에 대한 인식으로 자신의 본격적인
　　시 창작을 시작하는 것이다.

실낱같은 여름날이여
너무 간단해서 어처구니없이 웃는
너무 어처구니없이 간단한 진리에 웃는
너무 진리가 어처구니없이 간단해서 웃는
실낱같은 여름바람의 아우성이여
실낱같은 여름풀의 아우성이여
너무 쉬운 하얀 풀의 아우성이여

— <꽃잎3> 부분(현대문학, 1967.7)

3연은 바로 그런 자아 실현의 경지를 형상화하고 있다. 이 자아 실현은 자아의 행위의 의식적 목적으로 존재하는 것이 아니라 객관적 결과로 나타나는 것이다.

'풀'과 '바람'은 서로 어울려 아름다운 조화의 상태를 보여주고 있다. 개인의 모든 체험은 개별적인 자아와 타인의 상이한 의식과의 상호 관계를 의미하는, 상호 주관성에 의해서 정당성을 획득하게 된다.[33] 이제까지 시인을 괴롭혀오던 분별적 의식이 제거됨으로써, 시인은 이제 세계와의 진정한 화합(harmony)과 화해(reconciliation)를 이루게 되는 것이다. 이것이 시인이 세계를 대하는 내적 비전이다. 이 내적 비전에 의해서 시인과 세계는 비로소 정당한 관계를 맺게 된다.[34]

---

33) 이 시 전체에서 여러 가지로 혹은 겹치고 혹은 홀로 반복되고 있는 서술 구조(서우석, 시와 리듬, 문학과 지성, 1981.10. 155-156쪽 참조)에 의하여 독자는 자연스럽게 작가의 서술에 대한 객관성을 인정하게 되고, 이 객관성과 서술의 논리적 모순성, 빠른 템포의 리듬 전개가 서로 얽히면서 독자의 주술적 신뢰를 획득하게 된다. 이런 독자의 '주술적 신뢰'에 의해서 이 시는 작가의 개인적 판단과 능력, 희망, 편견에서 탈피하여, 작가와 독자 상호간의 '비개인적 주관간의 합의'(impersonal intersubjective agreement)로 재창조되어지게 된다.

34) 이때 시인과 세계가 맺게 되는 화합과 화해는 타협이 아니다. 비록 김수영이 그의 인식을 행동의 수준까지 끌어올리지는 못하고 있지만(김수영은 끝까지 비판적 지

4. 결론

　김수영의 시는 4.19를 사이에 두고 크게 변하는 모습을 보여주고 있다. 이와 같이 시가 변화를 일으키고 있다는 것은 곧 시인의 의식이 변화하고 있다는 것을 말하는 것이며, 이는 바로 현실을 대하는 시인의 태도가 변화했음을 의미하는 것이다.

　전기에 있어 김수영의 시는 자기를 둘러싸고 있는 외부 세계에 대한 분노와 불만, 그리고 이에 따른 자아와의 갈등 양상을 주로 다루고 있다. 시인을 둘러싼 외부 세계는 시인에게 있어 혼돈과 무질서의 세계로 인식된다. 따라서 시인의 자아는 이런 잘못된 세계에 휘말리지 않도록, 외부 세계로부터 자신을 분리시켜 지키려는 모습을 보이게 된다. 이런 분리의 태도는 바로 그의 시에서 '본다'라는 말로 드러난다. 이런 '본다'라는 인식은 필연적으로 외부 세계의 거대한 힘 앞에서 자신을 지키기 위해, 외부 세계에 대한 강력한 비판 정신과 '불온'한 행동을 요구하게 된다. '바로 봄'의 의식과 '자유의 의지'는 이처럼 밀접한 관계를 가지고 그의 초기시를 주도하게 된다.

　그러나 이런 시인의 의식은 필연적으로 시인의 자아와 그를 둘러싼 외부 세계와의 관계의 파탄, 즉 '단절'의 문제를 초래하고야 만다. 사실상 '바로 봄'의 의식과 '자유의 의지'는 자신이 직면하고 있는 바로 그 현실 속에서 자신의 자리를 지키고 확립하자는 의도였는데, 그 현실에 대한 나름의 편견에 의해서 모든 것은 무산되고 만다. 오히려 스스로의, 세계에 대한

식인의 한계를 벗어나지 못하고 있어, 이 점에서 동시대의 신동엽과는 대조를 이룬다.), 그의 가열찬 작가 의식은 이때에 이르러 '정당한 자리매김'을 한 것으로 보인다. 바로 여기서 그의 돌연한 죽음이 그의 시를 '행동의 시'로서의 가능성으로만 머물게 하고 만 것이 아닌가 하는 추측을 가능케 한다.

눈을 변화시키지 않은 상태에서의 '바로 봄'과 '자유'의 추구는 진정한 '바로 봄'도 '자유'도 되지 못한 채, 시인의 관계의 파탄 즉 '단절'을 초래하고 말게 된다. 갈수록 이런 '단절'은 더욱 더 심화되어 가고, 시인은 이에 심한 소외감을 느끼게 된다. 때문에 김수영은 한때 이런 '어두운 대지'를 떠나는 '비상'(flight)의 꿈을 꾸어 보기도 하지만, 그런다고 자신의 처지나 문제가 달라지지 않는다. 따라서 김수영의 의식은 이제 필연적으로 이 '단절'의 상황을 직시하고, 그 원인을 찾아 극복하려고 한다. 이런 '단절'에 대한 올바른 인식에 의해서 그는 이제 진정한 '바로 봄'의 자세를 확립하기 시작한다. 이 '바로 봄'의 확립은 시인이 이제 그가 처해 있는 상황을 객관적으로 정당히 인식하려고 함에서 비롯된다. 이제 그는 자신에게 닥친 문제를 냉철히 인식하기 시작한다.

자아와 세계와의 '단절'을 가져온 것은 바로 시인의 세계에 대한 부정적 시선 때문이었다. 이 부정적 시선 때문에 김수영은 자신의 시대를 정태적으로 파악했던 것이고, 결국 '단절'을 초래했던 것이다. 그러나 시인의 영혼이 성숙해감에 따라[35] 시인의 시선 또한 변화를 일으키게 된다. 이 변화된 시선은 종합적인 시선을 의미한다. 이 변화된 시선은 종합적인 시선을 의미한다. 이 종합적·총체적인 시선의 획득은 '단절'을 극복하는 유일한 방편이 된다.

이 총체적·종합적인 시선에 의해서, 시인은 이제 자신이 자기를 둘러싼 외부 속에서 무엇을 받아들이고, 무엇을 거부해야 하는지를 명확하게 인하게 된다. 그는 자신이 거부하고, 극복해야 할 대상을 '적'이라고 명명한다. 이 '적'은 따라서 실제적인 어떤 대상이라기보다는 오히려 시인의 현실에 대한 심리적 반응을 말하는 것이 된다. 따라서 이의 극복도 역시 심리적

---

35) 이런 '영혼의 성숙'은 그저 이루어지는 것이 아니고, 외부 세계와의 적극적 대응 속에서 서서이 이루어지는 것이다.

반응으로 나타날 수밖에 없게 된다. 그에게 이 치유(cure)의 심리적 반응으로 나타나는 것이 바로 '사랑'이다. 이런 '사랑'은 그에게 있어 자신만을 고집하지 않는 삶의 자세를 의미한다. 아니 오히려 자신을 버림으로 해서 진정한 자신을 찾는 것이 '사랑'인 것이다. 이 '사랑'을 상정함으로 인해서 이제 시인은 자신만의 고립된 방에서 떠나 이웃과 더불을 수 있는 넓은 광장으로 나오게 된다. 이는 시인의 영혼이 성숙되었음을 의미한다. 즉 자신이 직면한 현실에서 조금도 물러서지 않고 올바르게 살아가려고 하는 치열한 삶의 태도에 의해서, 그는 '사랑'을 발견하여 그를 둘러싼 외부 세계를 '바로 보게'된 것이고 자신의 내적 비전을 구현하게 되는 것이다.

본 연구에서는 김수영의 시에 나타난 작가의 '주제'들을 해당 작품들을 분석하면서 면밀히 검토해 보고, 그 속에서 그의 전 시작 생활을 꿰뚫는 시정신이 과연 무엇이었던가를 고찰해 보는데 노력을 경주했다. 그 결과 김수영은 자신을 둘러싼 불합리한 외부 세계를 자신의 내적 비전(inner-vision)으로 극복하려 했던 시인임을 알게 되었다. 이런 김수영의 자세는 과거 김기림 등이 수용했던 모더니즘이 본격적으로 이 땅에 뿌리박은 최초의 모습으로 드러난 것이라는 점에서 그 사적(史的) 의의를 갖게 된다. 그러나 그의 돌연한 죽음으로 말미암아, 본고에서 드러난 그의 시정신이 보다 구체적으로 성장·발전되지 못하고 다만 가능성으로 끝났다는 점은 큰 아쉬움을 남긴다.

김수영에 나타나는 '죽음' 의식

그의 詩作을 중심으로

이건제

1. 서 론

지식인에게는 안된 일이지만, 별빛이 길을 밝혀 주는 형이상학적 세계의 완전함이 이 세상에서 실제로 이루어진 적은 한 번도 없었다. 다만 개체 발생의 뿌리를 회감하는 데서 오는 자아와 대상의 일치에 대한 기억을 가지고 그대로 계통 발생의 뿌리를 더듬는 과정을 통해, 인간 의식은 가상 실재의 올된 총체성을 짜고 또 거꾸로 그 총체성의 원본으로서 '옛 시절'을 떠올리고는 해 왔을 뿐이다. 특히 지식인은 '가상 총체성'을 짜내기 위해 온갖 전략을 세우는데, 예술로서의 문학은 바로 이러한 지식인의 꿈을 위한 훌륭한 수단이 된다. 그 꿈은 문학이라는 심미적 대상 속에서 시인과 독자가 차별 없이 활동해 가는, 불완전하면서도 역동적인 욕망의 거친 바다를 항해하면서 겪게 되는 것이다. 사나운 욕망이 육체에 새겨진 이왕의 길을 거칠게 훼손하면서 끝 모르게 불어날 때, 시인은 외부의 에토스를 받아들임으로써 욕망을 억누르는 대신에 시쓰기를 통해 자신의 에토스를 드러내려 한다.

아니, 시로 하여금 스스로의 에토스를 말하게 하는 것이다. 시를 통해 욕망이 불어나는 것은 어느 정도 막아지게 되고, 억눌리는 과정을 끝없이 되풀이하게 된 욕망은 육체 속에서 자신의 길을 만들며 헤매게 된다.

육체의 감각은 감정의 바탕이며 감정은 이성을 낳는다. 언뜻 생각하면 이성의 작용은 감정과 감각을 능동적으로 정리해 주는 듯하지만, 기실 의식으로는 장악하기 힘든 육체의 욕망이 못 미더워 움직이게 된 수세적 작용인 것이다. 그런데 자본주의는 이 불안감의 내용을 다음과 같이 발전시킨다. 즉, 산업 사회가 육체를 침탈하는 것이 점점 더 불규칙해짐으로써 육체의 움직임 또한 미리 짐작하기가 꽤 힘들어짐에 따라, 육체는 일종의 방어적인 선택으로서 스스로를 점점 사물화해 가게 되고, 의식은 소외되어 점차 육체가 없는 상상의 세계에서만 유령처럼 떠돌기가 쉽게 되는 것이다. 이 상상의 세계는 바로 죽음의 세계이다. 죽음의 세계에 깊이 빠져들면 들수록 묘하게도 불안감은 주체가 스스로를 대상화하는 데에서 오는 쾌감을 늘리게 된다. 시인에게 특히 민감하게 느껴지는 이 피학대적인 쾌감은 분명 욕망에서 비롯했음에도 불구하고, 욕망이 초래한 육체의 훼손을 치유하면서 육체의 깊은 곳을 향한 뱃길을 열어 준다. 서로 견고트는 불안감과 쾌감은 죽음의 근저에서 죽음에 대한 변명으로서의 '생성'을 낳게 되는데, 이 생성의 동력이 바로 시인의 심미적인 에토스이다. 생성을 통해 죽음은 시적 육체를 얻게 된다. 그리고 이 과정을 통해 죽음은 지양돼 나아가고, 시 역시 진화해 나아가는데, 결국 이것들은 '절대적인 시'를 향한다. 끊임없이 수정되고 또 결코 다가설 수 없는 극한점으로서의 '절대적인 시'는 '총체성'의 다른 이름이다. '총체성'은 죽음과 생성이, 시인과 시가 서로 맞물려 가는, 헤맴의 끝 모를 형식을 약속하는 '유동적인 근거'로 있게 된다. 죽음을 완전히 버리지도 받아들이지도 않는 채 이 길을 가는 동안 점차 자연적 육체는 시적 육체로, 자연적 자아는 시적 자아로 바뀌어 가는 것이다.

‘죽음’은 김수영에게도 일생에 걸친 화두였다. 그가 죽음 의식을 동력으로 삼아 시를 써 간 데에는 서구 존재론의 근본을 뒤흔든 하이데거 철학의 영향이 컸다. 그는 일찍부터 서구 형이상학에 대한 과격한 비판자인 하이데거의 후기 사상에서 적지 않은 감화를 받아,[1] 현대 사회의 모순을 내면화하고, 관습화된 논리의 주관성과 정태성을 비판하였다. 하이데거는 인식 주관에 본질적인 듯이 드러난 것을 이 전까지의 형이상학자들이 객관적 본질로 규정함으로써 존재를 단순한 대상으로 여기는 데에 반대하였다. 현존재의 주관적 시각에 의해 왜곡되지 않는 ‘존재’를 드러내려는 그의 시도는 존재자를 존재자로 규정하는 ‘근원적인 존재’를 가정하게 된다. 이 ‘스스로 드러내 보이는 존재’의 세계에서 ‘죽음’은 ‘부정’이 아니라, ‘삶의 순수한 연관적 전체’에서의 ‘또 다른 측면’이 된다. 여기서 ‘죽음’은 ‘생성’과 맞물리는데, 김수영은 바로 이러한 ‘죽음’ 의식을 받아들임으로써, 결국 후기에 가서는 禪的 차원을 지향하는 시적 육체를 갖게 되기까지 하는데, 이렇게 움직여 간 과정은 그대로 ‘근대적 자아’와 어울리며 맞붙어 간 과정이라 할 수 있다.

김수영에게는 ‘근대성’ 또는 ‘탈근대성’[2] 문제와 관련된 여러 신화가

---

1) 그의 처인 김현경의 회상기 중 다음과 같은 구절을 참조하라. “그와 같이 마지막으로 사들인 하이데카 전집을 그는 두 달 동안 번역도 아니 하고 뽕잎 먹듯이 통독하고 말았다. 하이데카의 시와 언어라든가 그의 예술론 등을 탐독하고는 자기의 시도 자기의 문학에 대한 소신도 틀림없다고 자신 만만하게 흐뭇해 했었다.”(「充實을 깨우쳐 준 詩人의 魂」, 『女苑』, 女苑社, 1968.9) 물론 한 개인의 이와 같은 기록을 증거로 하여 시인이 하이데거의 전 저작을 다 읽었다거나 또는 하이데거를 온전히 이해했다고 확언할 수는 없겠다(하이데거가 죽으면서, 총 57권으로 계획된 『전집(Gesamtausgabe)』의 처음 두 권이 나온 해인 1976년까지도 이 노 철학자의 전 저작이 완간되지 않은 형편이었다). 그러나 이 회상기가 아니더라도, 김수영의 시와 산문에 나타나는 여러 정황으로 보건대 하이데거에 대한 그의 관심과 열정을 의심할 수는 없을 줄 안다.

뿌리깊게 따라붙고 있다. 그리고 그 신화와 함께 하는 '양심'과 '자유' 또는 '사랑,' '꿈,' '죽음' 등과 같은 주제도 그를 이해하고 평가하는 데에 한 몫을 차지하고 있다. 그러나 막상 이러한 주제의 내포가 좀더 다부지게 따져져 왔냐 하면, 별로 그렇지도 못한 형편이다. 필자는 김수영 신화 주변의 여러 주제 중에서도 '죽음'에 주목함으로써, '근대'나 '탈근대' 문제와 같은 커다란 이야기에 가려져 있는 김수영 시정신의 핵심을 밝히려 한다. 그것은 죽음이야말로 생성의 힘을 이끌어 내면서 유동적인 총체성을 관장해 가는 근원이기에, 이 주제에 대한 천착을 통해서만 '근대'나 '탈근대'와 같은 커다란 이야기와 그 밑에 따라붙는 여타 주제들의 내포가 좀더 충실히 따져질 수 있겠다 여겨지기 때문이다. 이제 시를 분석하여 시인의 글쓰기 의식 속에 담긴 욕망이 그 자체로 드러나도록 함으로써, 김수영에게 동력인이면서도 목적인이었던 죽음의 다양한 모습을 살피도록 하겠다. 그리하여 우리는 한 시인이 스스로를 없애 가면서 시로 다시 태어나게 되는 모습을 볼 수 있을 것이다.

2. 본 론

1) 演技的 죽음에 대하여

> 꽃이 열매의 上部에 피었을 때
> 너는 줄넘기 作亂을 한다
> 나는 發散한 形象을 求하였으나

---

2) '탈근대' 역시 '근대'의 모습인데, 이 탈근대에 대한 욕망을 통해 근대적 욕망은 역사적 구체성을 부여받는다 하겠다.

그것은 作戰같은 것이기에 어려웁다

국수── 伊太利語로는 마카로니라고
먹기 쉬운 것은 나의 叛亂性일까

동무여 이제 나는 바로 보마
事物과 事物의 生理와
事物의 數量과 限度와
事物의 愚昧와 事物의 明晳性을

그리고 나는 죽을 것이다

─ <孔子의 生活難(1945)> 전문

김수영의 시를 따지는 첫 자리에는 으레 <공자의 생활난>이 놓인다. 이 작품은 김수영 신화를 만드는 데에서나 없애는 데에서 각기 한몫을 해 왔다. 많은 이들이 이 시를 실패한 시로 규정짓고 있다. 그러나 김수영 자신도 이 시를 "급작스럽게 粗製濫造한 히야까시 같은 작품"[3])이라고 한 만큼 우리가 이 시에서 눈여겨보아야 할 것은 '시의 완성도' 같은 것이 아니라 그가 그렇게 말한 까닭과 혹시 이 시에 있을 수도 있는 김수영적 특색의 씨앗이다.

혼히 이 시를 분석할 때면 '作亂'과 '作戰'라는 두 단어를 함께 비교하는 것에서부터 시작한다. 그러나 연구자들은 이 두 단어의 기호 표현(signifiant)의 비슷함에는 별로 눈을 모으지 않는다. 화자가 3행에서 꽃의 형상, 즉 이미지를 구하는 짓은 작전 같은 것이기에 어렵다고 한 이유는 기호 표현의 音象에서 찾아야 한다. 作亂에서의 '亂'과 作戰에서의 '戰'은

---

3) 金洙暎, 「演劇하다가 詩로 전향─나의 처녀작(1965.9)」, 金洙鳴 편, 『金洙暎 全集 ②散文』, 민음사, 1981, 227쪽. 이후에는 『전집 ②』로 표기하겠다.

다 같이 '싸움'의 의미와 이어진다. 그러면서도 作亂은 '장난'의 의미로 뜻이 바뀌어 쓰인다. '作亂'은 '진지한 체하는 장난'이다. 그러나 '너' 자체 가 그런 마음을 가지고 있는 것은 아니다. '너'는 그야말로 놀이만 하고 있다. 거기서 진지한 장난을 읽어 내는 것은 '나'이다. 그것은 마치 열매의 상부에 핀 꽃에서 발산한 형상을 구하는 것과도 같다. 그런데 화자는 이 '구하는 행위'를 작전 같아 어렵다고 한다. 그에게 진지와 장난을 아우르는 짓은 원하는 바인데 그게 자연스럽게 나오지 않아, 그리하여 마치 작전과 같은 긴장이 부자연스럽게 요구되어 아주 거북스럽다. 이 네 행은 매우 짧은 찰나에 김수영의 인위적 발상법에 의해 쓰였다. 일종의 김수영식의 자동 기술법이 실험되었다고나 할까? 김수영의 이미지는 많은 경우 그가 시를 쓰는 현장에서 직접 겪게 된 경험과 밀접한 연관을 갖고 있다.[4] 김수 영은 꽃과 또 그 옆에서 줄넘기를 하는 사람을 보면서 시를 썼을 수 있다. 그리고 5행에 가서는 그 앞까지의 발상을 '국수'라는 화두로 아울러 버리 는데, 이것 역시 실제 김수영이 국수를 받아 들고 시상을 떠올린 결과일 수도 있다. 여기서 뒤엉킨 시상과 뒤엉킨 면발은 서로 어울린다. 이 국수를 객관화시켜 보고 싶은 마음은 對他的인 용어로 '마카로니'를 떠올린다. 그러나 이런 이성적인 의식 작용의 뒤를 이어 곧 바로 그냥 먹는 생각을 한다. 이것은 '마카로니'를 어색하게 떠올리는 짓이 부끄럽게 여겨졌기 때문이다. '반란성'에는 대단한 의도가 있는 것이 아니다. 그냥 '반란'이란 단어를 생각함으로써 자기의 부끄러움을 보상하고자 하는 것이다. 그 다 음, 화자는 이 '반란'이란 단어에 의한 자기 보상 행위의 유치한 의도마저 잊고 싶어한다. 그런데 이 부끄러운 자기 반성 행위가 계속 꼬리를 물게 되면 어떡할까? 화자는 그러지 않기 위해 4연 이하의 허세를 부린다. 그는

---

4) 이런 태도가 극단적으로 나타난 것이 <新歸去來 3-등나무(1961.6.27)>이다.

'생리'와 '수량, 한도'의 이원론을, 그리고 '우매'와 '명석'의 이원론을 아우르겠다고 한다. 바로 본 뒤에 그는 영원한 무의식의 상태인 '죽음'을 택할 것이라고, 과장기 어린 포즈를 취한다. 그는 과장기를 통해 그의 죽음 의도를 연기 상황처럼 떠벌여 놓는다. 그러나 사실 이 연기가 그리 장난기 어린 것만은 아닌 게, 화두를 던져 생각한 뒤, 앞선 구절을 변명하기 위해 뒤 구절을 이어 쓰는 것을 되풀이함으로써 뒤틀리게 된 생각의 惡無限을 일거에 해결하고 싶은 의도에서 낭만적 초월로서의 과장을 했기 때문이었다. 여기에다가 어려운 현실을 대신한 가상 현실에서의 연기를 하는 등에까지 이어지는 시를 쓰는 모든 과정에서 김수영은 일종의 '히야까시(ひやかし: 놀림, 조롱)'와 같은 자기 모멸감을 느꼈다. '연기'는 스스로를 보여지도록 한다는 점에서 일종의 피학대적인 쾌감을 준다. 그러나 생각의 악무한을 일거에 무화하려는 과장적 연기는 사실 '진지한 장난'의 결과치고는 아직 어색한 편이다. 그러므로 이러한 '연기적 죽음'에서 '생성의 동력'을 기대하는 것 역시 아직은 무리다.

그래도 <孔子의 生活難>이란 괴상한 시에서 드러나는 이 모든 것들은 이 후 김수영이 시를 쓰는 태도에서 변형, 발전되며 계속 나타나는데, 그 중 '화두를 던져 생각을 이끄는 태도'의 또 다른 모습을 먼저 살펴보도록 하자.

2) 投身的 죽음에 대하여

눈은 살아 있다
떨어진 눈은 살아있다
마당 위에 떨어진 눈은 살아있다

기침을 하자

젊은 詩人이여 기침을 하자
눈 위에 대고 기침을 하자
눈더러 보라고 마음놓고 마음놓고
기침을 하자

눈은 살아있다
죽음을 잊어버린 靈魂과 肉體를 위하여
눈은 새벽이 지나도록 살아있다

기침을 하자
젊은 詩人이여 기침을 하자
눈을 바라보며
밤새도록 고인 가슴의 가래라도
마음껏 뱉자

― <눈(1956)> 전문

   <눈>은 간단한 구조를 갖고 있으면서도 거의 오독되어 왔다. 그것은 김수영에게 매우 중요한 주제인데도 막상 그렇게 다부지게 따져지지 않는 '죽음' 개념 때문이다. <여름뜰(1956)>이나 <屛風(1956)> 등에서도 볼 수 있듯이 김수영에게 죽음은 부정적인 것이 아니다. 죽음은 드러나지 않는 '삶의 또 다른 측면'이고, 이 죽음을 받아들여 우리는 '세계 내의 순수한 연관적 전체'에 들어선다.[5] 그런데 많은 연구자들은 '죽음'을 보통 부정적인 대상으로 여긴 채 김수영의 시를 해석한다. 이 시에 대한 대부분

---

5) 마틴 하이데거의 「가난한 時代의 詩人」(『詩와 哲學』, 박영사, 1975, 207~276쪽)을 참고하라. 이 글은 『하이데거의 詩論과 詩文』(전광진 역, 탐구당, 1981)과 『三省版 世界 思想全集 6 하이데거, 야스퍼스 편』(황문수 역, 삼성출판사, 1982)에도 각각 「詩人의 使命은 무엇인가(Wozu Dichter)?」(원제와 가장 가까운 제목)와 「무엇을 위한 詩人인가?」라는 제목으로 번역돼 실려 있다.

의 해석에서도 그 오독들은 잘 드러난다. 그도 그럴 것이, 이는 '눈은 살아 있다'라는 구절에 대비하여 해석을 내리기 때문이다. 여기서 '살아 있는 눈'은 당연히 긍정적인 대상이다. 그러므로 '죽음을 잊어버린 영혼과 육체'가 단순히 '부정적이기만 한 죽음을 극복한 긍정적인 영혼과 육체' 정도로 이해되는 일이 대부분인 것이다. 이 해석이 아주 그릇되다 할 수는 없지만, 그럴 경우 이 시가 말하고자 하는 '투신적 죽음'의 의미가 제대로 이해될 수 없는 법이다.

화자는 1연에서 눈이라는 화두를 중심으로 직관적인 발언을 시작한다. 이미 떨어져 쌓인 눈이긴 하나, '눈→떨어진 눈→마당 위에 떨어진 눈'과 같은 누적적 발상을 통해 天上的인 눈은 세속성을 부여받으며 現前化한다. 이 현전화를 통해 차츰 화자와 눈은 서로 다가서고, 또 그러하기에 이미 떨어져 비록 움직임을 멈춘 눈일지라도 살아 있는 것이다. 그런데 2연에서의 화자의 기침은 1연에서의 물아 일체, 자연 동화를 순간적으로 끊어 놓는다. 대신 그는 다른 젊은 시인들과 함께 하기를 바라게 된다. 여기서의 기침도 누적적 발상을 이룬다. 그런데 1연의 누적적 발상은 '눈' 자체의 한정을 통해 이루어지는 반면 2연의 누적적 발상은 '기침' 자체는 그대로 인 채 젊은 시인들 행동의 누적적 구체화를 통해 이루어진다. 1연에서는 시인 이외에 다른 인간이 끼어 들 수가 없었다. 그런데 2연에서는 인간의 어수선함이, 즉 '소음'이 누적된다. 여기서의 기침은 단순히 상징으로서의 기침을 뜻하는 것만은 아니다. 실제로 기관지가 약했던 화자에게 기침은 그대로 실존의 확인이었다. 그래도 화자는 눈더러 자기는 그 차가운 살아 있음에 스스로를 한껏 내놓을 수 있고 또 내놓길 바라니 얼마든지 자기 모습을 보라고 마음껏 기침을 해 댄다. 이러한 용기는 그대로 젊은 시인들 에게 화자가 요구하는 것이기도 하다. 3연에서 드디어 화자는 특유의 '낭 만적 초월에 의한 과장'을 한다. 그는 2연에서의 기침을 하는 행위를 죽음과 맞닿는 투신 행위로 여기는 채, 3연에서 죽음에 대한 두려움과 불안을 잊어버림으로써 오히려 죽음에 더욱 가까이 가게 된 자기의 영혼과 육체를 찬양한다. 여기서의 '낭만적 초월에 의한 과장'에 의해 화자는 아예 떨어진 눈 자체가 되어 버리는데, 이는 4연에서 화자가 스스로에게 밤새도록 고인 가슴의 가래를 마음껏 뱉는 것과 함께 젊은 시인에게도 함께 가래를 뱉을 것을 권유함으로써 이 공간을 열락의, 쾌감의 공간으로 변화시킨다. 여기서의 '투신적 죽음'은 시로 하여금 스스로 에토스를 말하게 하고 있는데, 이러기 위해서는 젊은 시인에의 권유가 필요했다. 그만큼 이 공간의 쾌감은 온전히 자연발생적이지 않고 죽음은 생성의 동력을 온전히 얻어 내지 못한다. 이 투신의 미학이 성숙하기 위해서는 4·19와 5·16의 영욕이 필요하였고, 시인이 역사의 풍자적인 상황에 좀더 다가서는 것이 필요하였다.

3) 해탈적 죽음에 대하여

누이야
諷刺가 아니면 解脫이다
네가 그렇고
내가 그렇고
네가 아니면 내가 그렇다
우스운 것이 사람의 죽음이다
우스워하지 않고서 생각할 수 없는 것이 사람의 죽음이다
八月의 하늘은 높다
높다는 것도 이렇게 웃음을 자아낸다
누이야
나는 분명히 그의 앞에 절을 했노라
그의 앞에 엎드렸노라

모르는 것 앞에는 엎드리는 것이
모르는 것 앞에는 무조건하고 숭배하는 것이
나의 慣習이니까
동생뿐이 아니라
그의 죽음뿐이 아니라
혹은 그의 失踪뿐이 아니라
그를 생각하는
그를 생각할 수 있는
너까지도 다 함께 숭배하고 마는 것이
숭배할 줄 아는 것이
나의 忍耐이니까

— <누이야 장하고나!—新歸去來 7(1961.8.5)> 2, 3연

김지하는 이 시를 화두로 삼은 글인 「풍자냐 자살이냐」[6]에서 김수영의
풍자가 민중적 비애 없이 민중에게 가해지는 면이 있다고 비판을 한 적이
있다. 김수영의 다른 시에서는 김지하의 이 말이 맞을 가능성이 있을 지도
모르지만, 일단 이 시에서는 그 공격의 방향이 틀렸다.

김수영의 풍자는 다음을 향하고 있는 것이다. 즉, 끝없이 첨단의 노래만
을 부르는 시인에게 역사는 오히려 극복되기 힘들다. 말하자면 해탈이
오기 힘든 것이다. 그에 비해 누이동생과 같은 무심한 민중에게는 그들
자신도 모르는 채 해탈이 저절로 감지된다. 아니 '감지'도 없이 역사는
그를 이끌어 가는 것이다. 여기서 새삼 화자는 지식인적 청교도주의의
무력함을 느낀다. 이 모든 과정에서 화자는 풍자적 상황을 느낀다. 사실
이 풍자적 상황은 김수영이 계속 느껴 온 것이나, 특히 이 즈음에서 더욱
절감을 하게 된다. 지금까지 풍자적 상황의 모멸감을 느끼지 않으려고

---

6) 김지하, 『타는 목마름으로』, 創作과批評社, 1982, 140~156쪽.

김수영은 '화두 던져 생각하기, 앞선 구절 변명하기로서의 뒤 구절 이어 쓰기, 뒤틀린 생각의 惡無限을 일거에 해결하고 싶은 낭만적 초월로서의 과장하기, 어려운 현실을 대신한 가상 현실에서의 연기하기' 등을 실행해 왔으나 4·19의 영광과 5·16의 굴욕을 겪고 난 뒤 그는 이제 일상의 힘에서 역사의 힘을 보려고 하였다. 그리고 그 보는 방법이 바로 민중적 해탈을 감지하는 것이었다. 그러나 사실 시인의 무의식 한 구석에는 '해탈'을 통해 '역사'의 부담감에서 벗어나 보고자 하는 욕망이 있었다. 화자는 진혼가를 피해 왔던 세월을 물리치고 소외를 이겨내고자 과거에 화해를 청하면서 회상을 통해 풍요한 '근원적 시간'을 얻어내려 하고 있다. 그것은 단순히 과거를 '기억'하는 것이 아니라, 과거와 현재가 합쳐진 상태를 누리는 것인 데, 이것은 바로 '해탈'을 통해 일종의 초시간적 공간 속에서 자신을 해체 시켜 버리고자 하는, 일종의 '해탈적 죽음'의 모습을 보인다. 누이동생은 죽은 오빠의 사진을 부담 없이 걸어 놓은 채, 스스로도 의식하지 못하는 채 바로 이러한 상태를 누리고 있다. 지식인의 무력함을 더욱 절실히 느끼 게 된 시인에게 민중의 이 점은 <눈>에서의 '기침'이나 '가래'와도 같이 때로 힘이 될 수도 있다는 생각이 들었다. 근세사의 수많은 사건들과 이어 진 아버지의, 동생의, 그리고 여타 사람들의 역사적인 죽음은 오히려 풍자 적 상황을 통해 민중적 해탈의 모습을 보인다. 화자의 웃음은 '해탈적 죽 음'을 깨달은 사람에게서 볼 수 있는 생성의 동력으로서의 에토스를 드러 내 준다.

여기서 김수영의 의식은 '아나키즘적인 민중의 충동'과 바로 통하면서, 구체적이면서도 감성적인 역사와 민중의 에토스에서 멀어질 위험에까지 처한다. 물론 아나키즘의 충동이 시적 육체를 획득하기 위한 동력이 되는 것도 인정할 수 있다. 그러나 추상을 향한 낭만적 충동의 기미를 일방적으 로만 받아들일 수는 없는 것이, 시가 육체를 얻고자 한다면 자유에는 그에 어울려 가는 규제와의 상호 작용이 필요하기 때문이다.

4) 규제적 죽음에 대하여

설파제를 먹어도 설사가 막히지 않는다
하룻동안 겨우 막히다가 다시 뒤가 들먹들먹한다
꾸루룩거리는 배에는 푸른 색도 흰 색도 敵이다

배가 모조리 설사를 하는 것은 머리가 설사를
시작하기 위해서다 性도 倫理도 약이
되지 않는 머리가 불을 토한다

여름이 끝난 壁 저쪽에 서있는 낯선 얼굴
가을이 설사를 하려고 약을 먹는다
性과 倫理의 약을 먹는다 꽃을 거두어들인다

文明의 하늘은 무엇인가로 채워지기를 원한다
나는 지금 規制로 詩를 쓰고 있다 他意의 規制
아슬아슬한 설사다

言語가 죽음의 벽을 뚫고 나가기 위한
숙제는 오래된다 이 숙제를 노상 방해하는 것이
性의 倫理와 倫理의 倫理다 중요한 것은

괴로움과 괴로움의 履行이다 우리의 行動
이것을 우리의 詩로 옮겨놓으려는 생각은
단념하라 괴로운 설사

괴로운 설사가 끝나거든 입을 다물어라 누가

보았는가 무엇을 보았는가 일절 말하지 말아라
그것이 우리의 증명이다

— <설사의 알리바이(1966.8.23)> 전문

흔히 김수영에게 자유는 절대적이라고들 말한다. 많은 연구자들은 그 절대적 자유가 김수영이 시를 쓰는 원천이요 근거가 된다고 한다. 하지만 막상 그들은 규제를 당한 자유가 그 벽을 뚫고 나가면서 아슬아슬하게 시를 낳으려는 순간을 붙잡아 내는 데에는 게을렀다. <설사의 알리바이>는 바로 그 순간을 그린, 일종의 시로 쓴 시론인데,7) 보통 연구자들은 이 시에서 '타의의 규제에 의한 시쓰기의 괴로움'만을 읽어 내고는 해 왔다. 이들은 대개 설사를 견디는 것을 괴로움으로만 여기고, '언어가 죽음의 벽을 뚫고 나가는 순간'이야말로 시가 탄생하려는 순간이라는 것을 놓친 것이다.

1연에서의 설사氣는 화자를 불안함과 괴로움에 빠뜨리는데, 그것의 원인은 외부적 에토스로서의 '타의의 규제'이고, 구체적으로 그것은 性과 윤리로 나타난다. 처음에 화자는 괴로움의 근원인 줄도 모르고 치료를 위해 성과 윤리를 약으로 삼는다. 그러나 민중적 해탈의 현명함을 깨치게 된 시인은 이러한 어리석음을 통해서만 치료가 가능하다는 사실을 알고 있다. 이제 외부적 에토스는 마치 외부의 소음과도 같이 내부를 참견하며 규제하게 되는데, 이는 화자가 바라는 바이다. 5연에서의 '죽음'은 '규제로서의 죽음,' 즉 '규제적 죽음'인데, 언어가 이 죽음의 벽을 통과하기 위해서 현존재는 '입을 다물어야,' 즉 언어를 죽여 버려야 한다. 매우 짧은 이

---

7) 이 시는 이후 「시여, 침을 뱉어라—힘으로서의 詩의 存在(1968.4)」(『전집 ②』, 249~254쪽)와 「反詩論(1968)」(같은 책, 255~264쪽) 등의 산문으로 나타나는 그의 후기 시론을 시 형식을 통해 미리 보여 주었다.

순간이 바로 괴로움의 "履行(enforcement)"8) 순간이요 시의 생성 순간이다. '옴'과 '감'이라는 두 不在 사이에서 이 짧은 순간의 존재는 잊히지 않을 수 있다. 이행은 침묵에 붙여지는 것이 좋다. 그것은 초언어의 공간을 꿈꾸는 행위이기 때문이다. 없음을 통한 있음. 침묵을 통해서만 이행이 이루어지고 시는 생성의 동력을 타고 존재할 수 있게 된다. 이 침묵의 공간에서 시간은 무의미하다. 그러나 침묵의 공간은 순간으로나마 분명히 現前한다. '설사의 알리바이'는 성립되고, 자유는 규제됨으로써 시가 얻어진다. 이제 시인은 그가 그렇게도 바래 왔던 '시적 육체'를 얻을 수 있게 된다. 그러나 더욱 진화한 시적 육체를 얻기 위해서는 초언어적 공간을 스스로 창조하고, 운영할 수 있어야 하겠는데, 그것은 마치 神과도 같이 죽음을 관장할 수 있는 단계에서야 가능하다.

5) 글쓰기적 죽음에 대하여

눈이 온 뒤에도 또 내린다

생각하고 난 뒤에도 또 내린다

응아 하고 운 뒤에도 또 내릴까

한꺼번에 생각하고 또 내린다

한줄 건너 두줄 건너 또 내릴까
廢墟에 廢墟에 눈이 내릴까

— <눈(1966.1.29)> 전문

---

8) 김수영, 「詩作 노우트 7(1966)」, 같은 책, 307쪽.

이 66년의 <눈>은 <설사의 알리바이>보다 먼저 탈고되었지만 후자보다 발전된 모습을 보이는데, 그것은 이 시에서 시인 자신에 의해 장악되는 초언어의 공간이 이루어지기 때문이다. 66년의 <눈>에서 김수영은 56년의 <눈>과 같이 '눈'이라는 화두에서부터 출발하기는 하지만 그 태도가 좀 다르다. 후자의 시와는 달리 그는 언어 이전에 이미 내리고 있던 눈을 記述하려 한다. 더 정확히 말해 그는 시를 쓰기 위해 객관 현상을 관찰하거나 객관 현상을 감지하는 방법으로 글을 쓰는 것이 아니라, 자기의 글쓰기를 통해 객관 현상을 읽어 내려 한다.

그는 앞선 구절에 대한 변명을 위해 순간적으로 다음 구절을 쓰는 방법으로 시를 써 왔다. 그런데 이 즈음 그는 이렇게 행과 행 사이의 흐름의 속도는 포기하지는 않는 채 그 속도감을 잊어버리는 방법을 탐구하는 데에 몰두해 있었다. 속도는 유지하되 속도감을 잊어버리는 일은 단순히 머리 속의 사고만 갖고는 힘들다. 만약 시간을 완전히 자연의 무시간적 공간에 맡긴다면 기억은 불가능해지고, 속도감의 망각과 함께 속도의 상실까지도 초래하게 된다. 여기서 자아는 해체될 수밖에 없고, 그것은 곧 완전한 죽음을 뜻하게 된다. 죽음을 잊어도 시가 이루어질 수 없지만 죽음에 완전히 빠져들어도 시는 불가능한 것이다. 여기서 김수영은 다음과 같은 식의 두 가지 타협점을 내놓는다. 첫째, 그는 자기 사고의 흐름을, 그게 모자란 것일지, 허구적인 것일지에 대해 의심하는 것을 포기하고는, 그대로 자연의 흐름으로 믿도록 하는 것이다. 여기서 그가 생각하는 자연의 완전함이란 인간사의 불완전함까지를 아우른다. 둘째, 그만한 믿음을 지탱해 가기 위해 아예 글쓰기를 통해 흐름을 주체적으로 기술하는 것이다. 머리 속에 새겨지는 음성만으로 흐름의 속도를 감지할 때 인간은 그 대상에 관한 이미지를 붙잡아 내기가 힘들게 된다. 그럴 경우 자아의 해체가 닥쳐오기 일쑤인 것이다. 그에 비해 글자는 자아의 해체와 유지 사이의 움직임을 보장해 준다. 글자의 규정성을 통해 시인은 죽음 직전까지 다다르면서도 아주 죽지는 않을 수 있게 된다.

　1행에서 눈은 규칙적으로, 끊임없이 내리는데, 이는 시상의 전개 과정과 그대로 일치한다. 여기서 '내리다'는 '쓰다'와 동의어이다. 2행에서 '생각하고 난 뒤에도 또 내린다'는 말은, 생각에 의해 잠깐 동안 음성이 글을 압도하나, 이미 글은 변함없이 내리는 눈의 자연스러운 힘을 지녔기에 곧 음성을 다시 압도한다는 뜻을 갖고 있다. 여기에는 예전의 시에서 볼 수 있는 자기 변명의 연속 과정이 훨씬 약화돼 나타난다. 그만큼 화자는 변명에 대한 부끄러움을 덜 느끼는 것이다. 계속해서 꼬리를 잇는 변명의 고리는 해체될 기미를 보인다. 그러나 바로 이 점에서도 시적 자아는 자기의 완전 해체를 경계해야 하는데, 그 경계심은 바로 3행의 의문형 어조에서 나타난다. 3행의 응아 하는 아기 울음소리는 외부의 소음으로 일종의 음성에 해당한다. 여기에 대해 화자는 '내릴까,' 즉 '쓸까' 하며 경계한다. '내릴까'는 당연히 '내릴지 말지 예측이 안 된다'는 뜻이 아니라 '내릴까 말까 판단이 안 선다'는 뜻이다. 그런데 이 의문과 경계는 그 자체가 또 하나의 '음성적인' 사고이다. 하지만 걱정할 것은 없는 게, 생각이 쌓이면 마치 막힌 설사가 터지듯이 눈이 알아서 자연스럽게 내려 주기 때문이다. 그래서 4행은 다시 '내린다'라는 자연스러움의 어조를 갖는다. 이렇게 '한꺼번에 생각하는 것'에 가속도가 붙자 5행에서 순식간에 생각의 시공은 축소되고 글은 '내린다,' 즉 '쓰인다.' 하지만 이번에 역시 그 즉시 아까와 같은 경계의 의문형이 붙는다. '한줄 건너 두줄 건너' 가는 생각의 과정은 글쓰기의 세계에 비해 부서진 '廢墟'이다. 마지막 행에서 점차 호흡이 급박해지는데, 그것은 사실 이 '廢墟'라는 발언이 김수영 특유의 과장적 어조를 닮은 것에 대한 약간의 불안함 때문이다. 그럼에도 불구하고 김수영은 왜 "만세! 만세! 나는 언어에 밀착했다. 언어와 나는 한 치의 틈사리도 없다"9)라고 선언했을까? 그것은 그 불안함조차도 자연의 완전함의 구성물로 생각했기 때문이다. 56년의 '눈'은 '투신적 죽음'에서 생성의 동력을 온전히 얻어 내지 못하였지만, 이번의 '눈'은 내리는 것이 글쓰는 것과 일치함으로써, '글쓰기적 죽음'은 그 자체가 곧 '생성'이 되고, 시적 육체는 이제 '절대적인 시'에 한층 가까이 다가가게 된다. 시공의 연장을 없애고 글에 대한 음성의 우위를 뒤집는 김수영의 이런 육체의 길은 기존의 근대 주의적 주체 의식을 약화하면서 일종의 禪的 직관을 추구하는 데까지 이어진다.

6) 禪的 죽음에 대하여

> 풀이 눕는다
> 비를 몰아오는 동풍에 나부껴
> 풀은 눕고
> 드디어 울었다
> 날이 흐려서 더 울다가
> 다시 누웠다
>
> 풀이 눕는다
> 바람보다도 더 빨리 눕는다
> 바람보다도 더 빨리 울고
> 바람보다 먼저 일어난다
> 날이 흐리고 풀이 눕는다
> 발목까지
> 발밑까지 눕는다

---

9) 김수영, 「詩作 노우트 6(1966.2.20)」, 같은 책, 303쪽.

바람보다 늦게 누워도
바람보다 먼저 일어나고
바람보다 늦게 울어도
바람보다 먼저 웃는다
날이 흐리고 풀뿌리가 눕는다

— <풀(1968.5.29)> 전문

<풀>은 김수영의 최후작인 동시에 대표작이기도 하다. 또 그만큼 이 시에 대한 해석도 여러 가지이다. 그러나 필자가 보기에 이들 중 <풀>의 핵심을 찌르는 경우는 드물다. 이 시는 첫째, 풀과 바람이 어울리는 선적 공간에 주목해야 하고, 둘째, 풀과 바람 자체의 자연적인 움직임과 언어를 통해 다시 감지된 풀과 바람의 움직임이라는 양 측면에서 살펴야 한다. 여기에도 66년의 <눈>에서와 같이 글쓰기에 의해 '풀'과 '바람'을 읽으려 하는 면이 있다. 그러나 이 시에는 분명 자연 그 자체로서의 '풀'과 '바람' 도 있다. 시인은 언어와 세계와 자아를 합일시키려는 욕망을 가지면서, 자기 언어의 움직임을 풀과 바람의 움직임에 일치시키려 하는 동시에, '존재의 집'인 언어의 움직임을 통하여 관찰자와 관찰 대상을 포함한 존재 자의 움직임을 읽어 내려는 변증법적 과정을 수반한다.

詩에서 풀은 약하게 불거나 낮게 깔리는 바람에 따라 눕고, 거세게 불거나 높이 솟구치는 바람에 따라 풀이 일어선다. 1연에서 풀은 동풍에 나부껴 '누웠다가' 다시 솟구치는 바람에 '일어서며' 운다. 날이 더욱 흐려지면서 바람도 더욱 거세짐에 따라 풀은 더욱 일어서며 '울다가' 다시 '누웠다.' 그런데 여기서 한 가지 유의해야 할 것이, "'울다'라는 낱말이 자연물에 쓰일 때는 1차적으로 '울리거나 흔들리어 소리를 내다(鳴)'의 뜻을 갖고, 또 '눈물을 흘리며 우는 것'도 반드시 슬픈 정조만을 나타내지는 않는다"[10)는 점이다. 그래서 시가 진행됨에 따라 시인은 점차 '울다'라는 낱말

에서 '눈물을 흘리며 슬프게 울다'라는 뜻을 약화 내지 제거시키고 싶어하
게 된다. 그러므로 2연에서 풀이 바람보다 더 빨리 '누웠다가,' 더 빨리
'울면서' 먼저 '일어나더'니, 3연에서 바람보다 늦게 '누워도' 먼저 '일어
나면서,' 바람보다 늦게 '울었던' 것들이 어느새 먼저 '웃기' 시작하는
것이다. 이 웃음은 <누이야 장하고나!>에서 보였던 웃음과도 같이 생성
의 동력으로서의 에토스를 드러내 준다. 이렇게 자아는 글쓰기에 의해
풀과 바람의 움직임을 새롭게 읽어 내게 된다. 여기서 바람이 '압제적인
힘'이 될 수는 없겠다. 또한 바람과 앞서거니 뒤서거니 하는 풀의 모습은
자연 그대로의 모습이다. 그러나 동시에 여기에는 좌절과 실패를 의식하지
않으면서 열락의 공간으로서의 역사를 이끌어 온 민중의 모습이 투영되어
있다 보아도 무리가 없겠다.

앞의 시 <눈>에서의 눈은 눈보라 없이 규칙적으로 천천히 내리는 눈이
었다. 그에 비해 여기의 바람은 사나우며 불규칙하다. <눈>과 같은 시에
서 일단 조화로운 자연의 힘으로 시의식을 보강해 온 김수영은 이제 여기
서 사납고 불규칙한 자연을 조화란 이름으로 온통 감싸 안고 읽어보려
한다. 여기서 시간적 질서는 공간적 질서와 함께 자아의 직관에 의해 늘어
서기도 하고 엉기어 줄어들기도 한다. 시인은 선적 공간에서 풀과 바람의
노래를 '기술'하는 한편, 이러한 과정을 통해 자연계의 본래적인 흐름을
붙잡아 내려 하였다. 存在에의 귀속을 꿈꾸었던 이와 같은 시도는 근대주
의적 자아가 무화하는 순간에 시적 육체를 만들어 내려는 시인의 마지막
전략이었다. 무시간적 글의 공간에서 이미지는 섬광과도 같이 번쩍인다.

본시 선은 不立文字 直指人心을 지향하므로, '선적 죽음'은 동일률의
밑바닥에 흐르는 통합적 원리를 의심하면서 언어의 기호적 특성을 부수는

---

10) 졸고, 「김수영 시의 변모 양상 연구―자아와 세계의 관계를 중심으로」, 고려대 국문
과 석사 학위 논문, 1990.8, 50쪽.

것을 지향한다. 그러나 김수영의 '선적 죽음'은 그러한 의식의 급진적인
파괴를 지향하지는 않는다. 그는 시인답게 육체의 관능에 자기 감각을
내맡김으로써 신비주의적 禪師와 구별되고, 또 글쓰기를 통해 시적 육체를
이루어 갔다. '풀과 바람'의 공간은 이러한 김수영이 꿈꾸었던 '절대적인
시' 공간의 한 모습이었고, 여기서 시인은 소멸되어 시로 다시 이루어질
수 있었다.[11]

3. 결 론

메피스토펠레스는 말했다. "모든 이론은 회색이며, 오직 영원한 것은
저 생명의 황금 나무"라고. 이론은 디지털 세계에 속한다. 디지털 세계는
단절과 연속의 변증법을 이끄는데, 이는 디지털 세계와 아날로그 세계
사이의 관계가 디지털 세계 자체 내에서 섬광과 같이 재현(recapitulation)되
는 꼴이다. 재현의 순간순간마다 아날로그 세계는 끊임없이 나타났다 사라
지는데, 그 개개의 세계들은 어느 하나 완전히 같은 것이 없다. 사실 이렇
게 서로 다르기에, 면적도 길이도 없는 영원의 순간들은 각각으로 직관되
면서 거꾸로 단절과 연속의 디지털한 세계에 동력이 되어 주는 것이다.
세상의 모든 이항 대립은 실상 바로 이 단절과 연속의 근원적인 변증법에
신세를 지고 있다. 분절의 자극에서 오는 불안감과 흥분은 이분법이 감지
케 해주는 '연속'의 예감 덕분에 쾌감으로 변하고는 한다. 그러나 이 쾌감
은 디지털 세계에서 감지되는 차별과 복종이 고착되어 가는, 비싼 대가를

---

11) "시적인 것의 본질적인 특성을 종합하면 시적인 창조의 내적 뒤나미즘(Dynamismus)
의 수렴점에서 인간의 죽음에 대한 표현을 보게 된다."(L. 보로슈, 「죽음의 神秘」,
최창성 편역, 『죽음의 신비』, 삼중당, 1978, 80쪽)

치르도록 하는데, 이 고착 또한 그 자리가 확고해 지면 누구보다도 먼저 디지털한 이론 자신으로 하여금 갑갑증을 느끼도록 만드는 법이다. 여기서 이론은 스스로를 죽음의 회색으로 규정하면서 또 다시 이론 너머를 찾아가게 되고, 이 과정은 계속해서 반복되게 된다. 이론의 화신인 지식인은 바로 이러한 惡無限을 극복하려 한다. 그러나 비정할 정도로 강고한 악무한 속에서 그는 극한점을 향해 무한히 수렴해 가는 하나의 디지털한 점이다. 극한점은 이데올로기요 이데아인데, 있기는 하지만 결코 다가설 수 없는 이 점을 향해 가는 그는 분명 만족을 모르는 쾌락주의자이다.

시인은 생각보다 지식인과 닮은 점이 많다. 지식인이 '이데아'를 향하는 것과 시인이 '절대적인 시'를 향하는 것도 서로 닮았고, 아날로그한 세계 덕분에 쾌감을 느낀다는 것도 서로 닮았다. 그러나 지식인의 쾌감은 '安心'이라는 내용을 시인의 쾌감은 '不安'이라는 내용을 갖고 있다는 점에서 둘은 여전히 대조적이다. 그런데 현대 사회에 들면서 점차로 시인은 지식인의 역할을 부여받게 되었다. 산업화가 고도화해 감에 따라 근대적 자아가 유령으로 변할 위험에 처할 때마다 시인과 시의 역할은 중요해진다. 본래 시를 쓰는 행위는 "흩어져 있는 본연적인 실존의 순간 순간들을 서로 엮어 놓고 거기에서 세계와의 새로운 관계를 형성한다."12) 이 불안할 수밖에 없는 관계 형성 과정을 통해 산업 사회를 돌파하려는 행위가 언뜻 공허해 보일 수도 있겠으나, 반짝이는 동시에 허무 속으로 사라지는 사물의 시간을 돌파함으로써 얻어지는 시적 자아의 열락은 최소한 유동적인 근거로서의 '총체성'을 끊임없이 개진시켜 줄 수는 있는 것이다.

"김수영은 거의 언제나 자아를 객관화함으로써, 직관을 그대로 형상화하지 않고 자아와 세계의 전체적 연관을 읽어 내는 수단으로 변화시켜

---

12) 같은 글, 77쪽.

나아갔다. 이와 같은 까닭으로 시를 쓰는 행위는 하나의 문명 비판 차원으로 상승할 수 있었다."13) 그는 서구 형이상학과 또 그에 기반한 근대성에 대해 근본적으로 비판해 나아간 하이데거에게서 적지 않은 영향을 받은 결과, 관습화된 논리 따위의 정태성을 비판하였다. 현대 이성의 위기 상태를 극복해 보려는 그의 시도는 언어를 '존재'의 운동에 투신시키게 된다. 그는 이 운동을 통해 '민중'의 모습을 읽으려 했다. 그에게 민중의 여러 모순된 양태는 그대로 존재의 모순된 운동 모습이었다. 이러한 그에게는 '민중'의 실내용을 채워 나아감으로써, 유동적 총체성의 역동성을 유지하고 또 새롭게 할 것이 요구되고 있었다.

우리는 비주체적으로 제조된 감각과 비주체적으로 구성된 육체가 아닌, '나' 자신의 것을 가질 때 더욱 스스로의 내면을 책임질 수 있을 것이다. 이렇게 가지려는 충동이 바로 '자기 내면을 향한 형이상학적 충동'인 바, 이는 곧 '육체 담론'과도 통한다. 김수영은 자연적 육체를 죽임으로써 시적 육체를 형성하여 가는 과정을 통해 스스로를 기술하는 요령을 터득하였다. 스스로 내면을 세우고, 그에 따라 외계를 기술하고 재구성하는 것. 이렇게 형성된 시적 육체가 다분히 美的이어서 언뜻 탈역사 내지 몰역사적으로 보일 수도 있겠으나, 시적 육체는 자아의 완전 해체를 막아내는, 경계선의 보루이기도 한 것이다. 김수영식 이분법의 균형 감각은 여기까지 왔다. 그는 경계선의 보루에서 또 한 번의 새로운 모험을 하려다가 그만 산업 사회의 대표적 산물인 교통 사고에 의해 그 뜻을 꺾이고 만다.

많은 시인들이 '詩에서의 存在 추구'를 화두로 삼고는 해 왔다. 그러나 이와 같이 독창적으로 추구된 예는 보기 드물다. '민중 문학'이 침체에 빠지고, '리얼리즘'과 '모더니즘'의 교류가 제안되고, '포스트모더니즘'의

---

13) 졸고, 1~2쪽.

열풍이 쉽사리 일고 또 식고 하는 이 즈음에, 새로이 김수영 시와 글은 그 자체로 찬찬히 탐구되어야 하겠다. 이것들은 그 어느 외국 이론보다 우리에게 시사하는 바가 크다고 생각한다. 필자가 김수영의 '근대성'과 '탈근대성'이라는 커다란 이야기를 될 수 있으면 작품에 대한 천착을 통해 분석해 보려고 한 이유도 여기에 있다. 모자란 점에 대한 보충은 이후를 기약한다.

김수영의 초기 시에 끼친 영미 시론의 영향

박지영

1. 서 론

김수영은 외국문학 작품이나 이론을 번역하는 과정을 통해서 자신의 문학관을 체계화시켰던 사람이다. 그가 진술한 '내 詩에의 비밀은 내 번역을 보면 안다.[1]'는 말은 이러한 점을 증명한다. 그에게 번역은 단순히 생계 수단이 아니었다. 번역은 그에게 자신의 시론을 체계화시키기 위한 연구 과정이었던 것이다. 번역이 근대화의 요구에 처한 피지배국에게는 근대성의 확보를 위해 피할 수 없는 요청이[2]라고 할 때, 해방과 전쟁을 체험하면서 후진적인 자국의 문화적 토양에 대한 자괴감에 시달렸던 그에게 서구적인 문학이론은 진지하게 고찰하고 받아들여야 하는 대상이었다. 서구 문학은 시 「가까이 할 수 없는 서적」 등에서 나타난 대로 거부할 수 없는 외경의 대상이자 극복의 대상이었던 것이다. 그러므로 다른 경우

---

1) 「詩作 노우트」, 『전집2』, 301쪽 참조
2) 윤지관, 「번역의 정치학;외국문학의 번역과 근대성」, 영민문학연구회, 『안과밖』10. 2001. 상반기, 26~34쪽 참조

와 달리 특별히 김수영의 번역물을 연구하는 것은 그의 시론이 체계화되는 과정에 대한 연구에서 가장 가까운 방법일 수도 있는 것이다.

이미 조현일[3]은 김수영의 번역물을 통해서 그의 문학관을 설명한 바 있다. 그는 김수영이 번역한 「파르티잔 리뷰」에 실렸던 논의들과 김수영의 문학관을 비교 검토한 결과 '그의 참여론은 곧 급진화된 현대성의 표현'이라는 결론을 얻었다. 이 연구의 가장 큰 장점은 번역 작품을 살펴보는 것이 그의 문학적 인식을 고찰하는 데 보다 실증적인 연구 토대를 형성시켜 줄 수 있다는 점을 증명한 것이다. 조현일이 주로 김수영의 후기 번역작품에 논의를 집중하고 있는 데 반해, 이 글에서는 김수영의 초기 번역작품을 살펴봄으로써 그의 초기 문학적 세계에 끼친 서구 이론의 영향 관계를 살펴보도록 하겠다. 그의 초기 번역물은 주로 현대 불란서나 영미 문학에 관한 것[4]들이다. 그런데 오든 그룹에 속하는 스펜더의 글[5]을 제외하고는 A.멕레이쉬, P 블랙머, A.테잇트와 같은 신비평가들의 논의가 그의 초기 번역물에서 중심을 차지한다. 오든 그룹에 경도되었던 사실이 이미

---

3) 조현일, 「김수영의 모더니티관에 관한 연구」, 『작가연구』5호, 새비. 1998.

4) 조현일이 밝힌 김수영 번역 연보에 의하면 59년까지 번역된 김수영의 번역물은 19개이다. 이 중에서 시와 소설 등 문학 작품에 대한 것을 제외하고 문학론에 관한 번역물은 R. W. Emerson, 『문화, 정치, 예술』, 중앙문화사, 1956., A. Macleish, 「시의 효용」, 『시와 비평』, 58.8., L. Abel,, 「아마추어 詩人의 據點-워레스·스티븐스의 詩世界를 中心으로」,, 『현대문학』, 58.9., C. Vigee, 「反抗과 讚揚- 佛蘭西現代詩展望」, 『思潮』, 58.9·10·11, Y. Bonnefoy, 「英·佛비평의 差異」, 현대문학』, 59.1., R. P. Blackmur, 「제스츄어로서의 언어-詩語의 機能에 對하야」, 『현대문학』, 59.5~6, A. Macleish, 「詩人과 新聞」, 『현대문학』, 59.5~6.이다.(조현일, 앞의 글, 126~128쪽 참조) 이 중에서 문학적 성향에 있어서 한 일파를 이루고 있는 작가군은 블랙머, 맥레이쉬, 그리고 61년에 번역된 테잇(『현대문학의 영역』, 중앙문화사, 1962) 등 신비평가들이다.

5) Steven spender, 「모다니스트運動에의 哀悼」, F 브라운 편, 김수영, 유영, 소두영 공역, 『20세기문학평론』, 중앙문화사, 1970.

보편적으로 알려진 사실이지만 그 구체적인 내용은 '문학의 사회성'의 지
향이라는 정도에서 벗어나 점차 규명되는 단계6)에 있다. 이 점은 물론
그의 번역물을 살펴보면 보다 섬세하게 규명될 것이다. 그러므로 이 글에
서는 스펜더와 신비평가들의 번역을 주요 대상으로 삼아 그의 초기 시세계
의 문학적 자양분이 무엇이었는가를 살피고자 한다. 이 역시 이후 다양하
게 변모되어 가는 그의 시적 인식을 살펴보는 데 중요한 이론적 논거를
제기할 것이다.

2. 현대 시인의 태도와 문학의 자율성과 효용성

  김수영은 해방 후 「말리서사」 시절에 본격적인 문학적 활동을 시작하게
된다. 여기에서 그는 부르똥, 트리스탄 짜아라, 西脇順三郎7) 등 일본과
서구의 초현실주의 그룹의 전위적인 시인들의 시를 접하게 되었다고 이야
기한다. 그러나 김수영이 이미 일본 유학 중에 西脇順三郎이 주재하는『시
와 시론(詩と詩論)』에서 활약했던 일본 모더니스트들의 시와 영미 시를
찾아 읽었다는 점은 이미 연구사8)에서 밝혀진 바 있다.『시와 시론(詩と詩
論)』이 일본의 초현실주의 문학을 선도적으로 수행했던 잡지였다고 한다
면, 김수영은 이미 일본에서부터 급진적인 유럽 모더니즘을 접했었다고

---

6) 이에 대한 비교적 자세한 논의는 위의 박수연의 글과 조현일의 글에 있다.
7) 서협은 일본 문단에서 라이너 마이너 릴케, 폴 발레리, 엘리엇과 함께 20세기 대표
   적인 4대 시인으로 평가될 정도로 중요한 시인이다. 그는 일본 내에서「詩と詩論」
   이라는 잡지를 주관하면서 서구의 전위적인 초현실주의 사조를 시에 도입하는 데
   앞장섰다. 그러나 그의 초현실주의는 서구의 개념 그대로의 내용을 갖는 것이 아니
   라 초자연주의적 성격을 지닌 것으로 알려졌다.
8) 박수연,『김수영 시 연구』, 충남대 박사학위논문, 1999. 33쪽 참조

할 수 있다. 그럼에도 불구하고 김수영은 「말리서사」에서 접했던 초현실주의 시에 대하여 거리감을 가지고 있었다. 『말리서사』 일원들의 초현실주의 시에 대한 관점과 그의 관점은 달랐던 것이다. 그는 박인환을 비롯하여 이들이 가진 예술가적 치기를 '기계적이고 유치한 허위'라고 비난한다. 그에게 영향을 미친 것은 전위 예술이 갖고 있는 자유분방한 형식과 귀족적인 포즈가 아니었던 것이다. 오히려 그는 초현실주의보다는 현실비판적인 성향을 지닌 오든 그룹에 경도되었다. 이는 그의 산문에서 공공연히 드러나는 바다.

> 이를테면 심볼리즘이 득세를 하고 있었을 시대의 시인이나 지금도 심볼리즘의 시를 쓰고 있는 사람들은 작품의 내용에 있어서는 고사하고 그들의 문학태도에 있어서는 고하고 그들의 문학태도에 있어서는 스티븐 스펜더나 딜런 토마스에 비하여 훨씬 행복하다. 내가 시에 있어서 영향을 받은 것은 불란서의 쉬르라고 남들은 말하고 있는데 내가 동경하고 있는 시인들은 이마지스트의 일군이다. 그들은 시에 있어서는 멋쟁이였기 때문이다. 그러나 이들 이마지스트들도 오든보다는 현실에 있어서 깊이 있는 멋쟁이가 아니다. 앞서 가는 현실을 포착하는 데 있어서 오든은 어깨에 진 짐이 없기 때문이다.9)

위의 글에서 그는 자신이 불란서의 쉬르의 영향을 받았다고 생각하는 남들의 인식과 달리, '이마지스트의 일군'의 영향을 받았다고 서술한다. 이러한 이미지즘에의 경도는 인생의 후반기에까지 이어지고 있었다.10) 그

---

9) 「無題」, 『전집 2』 24쪽 참조

10) 그는 후기 산문에서도 이러한 뜻을 비치고 있다. '노상 느끼는 일이지만 배우도 그렇고, 불란서놈들은 멋있는 놈들이다. 영국사람들은 거기에 비하면 촌뜨기이다. 바타이유를 보고 새삼스럽게 그것을 느낀다. 그러나 당분간은 英美의 시론을 좀더 연구해보기로 하자'라고 말한다(「詩作 노우트」, 『전집2』 294쪽 참조)

중에서도 그가 가장 경도된 집단은 그 그룹 내에서도 사회성이 짙은 성격을 지닌 「오든 그룹」이었다. 오든 그룹은 오든과 스티븐 스펜더, C.D. 루이스, 로이스 맥니스 등이 속한 예술가들을 통칭해서 부르는 말이다.[11] 대표적인 시인인 스펜더가 잠시 파시즘에 대항하여 맑시스트가 되었던 경력이 있었을 정도로 이들은 문학의 사회성을 강조하고 있는 시인들이다. 그러나 이들의 본질적 성향은 개인주의[12]이다. 개인적 경험과 감정을 정치적 주체와 동렬에 놓고 의미를 부여하는 것이 그들 시의 특성이었다. 결국 이러한 성향으로 인해 스펜더의 사회주의자로서의 길은 곧 끝이 난다. 이후에 그는 예술과 정치적 행동의 분리를 주장한다.[13] "중요한 것은 분석이지 변화를 일으키는 수단이 아니고 그것은 예술의 주된 관심사가 아니다[14]" 라는 말은 그들이 지향하는 문학이 어떠해야 하는가를 잘 설명해 준다. 이들의 문학적 인식은 김수영의 문학과 사회에 대한 고민과도 연결된다. 김수영 역시 문학의 사회적 성격에 대하여 고민하지만, 여타의 참여시적인 경향에는 분명히 거리를 취하고 있었다.

김수영은 그의 글 「참여시의 정리」에서[15] '참여의식이 정치이념의 증인이 될 수 없다'고 하였다. '「詐欺」 논쟁'에서도 그는 전봉건이 자신이 말한

---

11) 범대순, 『1930년대 영시 연구』, 한신문화사, 1986.2-3쪽 참조

12) " Of human activities, writing poetry is one of the least revolutionary." "...artists have always been and always will be individualists." (Spender, 'Poetry and Revolution,' 1933)(범대순, 앞의 책. 216쪽에서 재인용)

13) 앞의 책 203~205쪽, 216쪽 참조

14) What is important is analysis, and not the means of achieving the change, which is not the primary concern of art. (Steven Spender, "The New Realism," a discussion london; Hogarth, 1939), the essay was originally as a lecture to the Association of writers for Intellectual Lieberty. 범대순, 앞의 책, 205쪽에서 재인용

15) 김수영, 「참여시의 정리」, 『창작과 비평』, 67. 겨울

'<현실>의 <직시>를 <사회참여>로 전위시킨' 것을 폭력적 논법16)이라 하여 자신을 참여 시인으로 부르는 데 대한 거부감을 표현하였다. 그리고 자신이 말한 <현실>은 외적 현실만이 아니라 시의 내적 현실, 즉 시인들 머릿 속의 판타지나 이미지나 잠재의식도 포함되는 것이라는 논조로 그의 논지에 대항하고 있다. 즉 그에게 중요한 것은 시 속의 현실비판적 내용이 아니라 자기에게 정직한 시인의 양심과 합당한 형상성이라는 것이다.

이처럼 그는 문학의 사회적 기능도 문학 고유의 성격을 도외시하고 이루어질 수 없다는 관점을 견지하고 있었다. 그리고 이러한 관점 이외에도 구체적으로 현대 세계에 문학이 어떻게 현실에 대응할 것인가에 대한 고민에도 역시 오든의 견해와 많은 유사점이 발견된다.

김수영은 자신이 관심을 가지고 있었던 분야를 외국 이론을 통해서 확인하고 있다. 산문 속에 등장하는 문인들의 작품을 번역한 것은 이러한 점을 입증한다. 그는 오든 그룹의 일원인 스티븐 스펜더의 「모다니스트運動에의 哀悼」(F 브라운 편, 김수영, 유영, 소두영 공역, 『20세기문학평론』, 중앙문화사, 1970)도 번역한다. 이 번역을 보면 김수영이 왜 오든을 추종했는가를 추측할 수 있다.

그의 번역문에서 오든의 문학적 인식 중 가장 두드러진 것은 모더니즘의 목적이 '사회와 그의 모든 제도에 대한 적대적인 태도17)'라는 것이다. 스펜더에 의하면 문학은 항상 억압적 제도와 싸워야 하는 것이다. 이 글은 그럼에도 불구하고 점점 제도화되고 있는 당대 모더니즘 운동에 대해 비판한다. 스펜더는 모더니즘은 '극도로 현대적인 동시에 몽상적인 특색이 있는 예술을 창조해야 한다'고 주장한다. 또한 그는 '영웅적이라고 할 만큼

---

16) 「文脈을 모르는 詩人들-「<詐欺>論」에 대하여」, 『전집2』, 224쪽 참조
17) 스티븐 스펜더의 「모다니스트運動에의 哀悼」 (F 브라운 편, 김수영, 유영, 소두영 공역, 『20세기문학평론』, 중앙문화사, 1970 74쪽 참조)

예민한 현대적 힘과 각고한 현대의 현실-기계, 도시, <아부산>酒 혹은 매음부같은- 사이의 긴장이야말로 <모다니즘>의 기조와 같이 생각된다' 고 하였다. 이들에게 현대적인 것은 막 현대화의 물결에 휩쓸려 들어가는 현실에 대한 비판적 긴장을 놓치지 않는 것이었다. 그래서 현대적인 것이 곧 저항적인 것이라는 명제가 성립할 수 있는 것이다. 그리고 위에서 살펴본 대로 그들은 제도에서 자유로울 수 있는 문학, 즉 문학의 자율성이 곧 저항성이 될 수 있다는 인식을 가졌다.

오든 그룹은 어떤 주의를 신봉하지는 않는다. 따라서 스펜더는 미래파와 같은 추상파와 초현실파에 대한 비판도 서슴지 않는다. 그 이유는 스펜더가 말한 대로 '그들이 너무나 이론적이고 현대적 장면의 외관을 전혀 무시하고 있기 때문'이다. 김수영이 초현실주의에서 멀어졌던 것도 이와 같은 점 때문이라고 할 수 있다. 또한 김수영도 신동엽에게 '문학이 무슨무슨 주의의 노예가 되어서는 안된다[18]'고 했다. 김수영도 문학이 어떤 主義에 복무하면 자율성과 저항성을 상실하게 된다고 보았던 것이다. 스펜더가 후기 시세계 속에서 사회주의와의 결별을 선언했던 것도 문학의 현대성과 자율성에 대한 신봉과 관련이 깊다. 이 역시 사회주의를 선택하지 않았던 김수영의 인식과 통한다.

김수영이 말한 '심볼리즘이 득세를 하고 있었을 시대의 시인이나 지금도 심볼리즘의 시를 쓰고 있는 사람들은 작품의 내용에 있어서는 고사하고 그들의 문학태도에 있어서는 스티븐 스펜더나 딜런 토마스에 비하여 훨씬 행복하다'는 문맥도 이를 통해 해명이 된다. 심볼리즘의 시인들인 보들레르, 발레리, 말라르메 모두 시의 본질적 성격에 천착했던 시인들이다. 이러한 성격의 심볼리즘은 당연히 '앞서 가는 현실을 포착하는 데'는 별 관심이

---

18) 신동엽, 「지맥 속의 분수」, 황동규 편, 『김수영의 문학-김수영 전집 별권』, 문학과 지성사, 1983. 45쪽 참조

없을 수밖에 없다. 이에 비해 오든 그룹은 시의 본질론에 대한 천착보다는 반휴머니즘적인 현대 사회에 대응하는 태도에 더 비중을 두고 고민하였던 그룹이다. 오든은 '어깨에 진 짐' 즉 시에 대한 본질적 인식을 개진해야 한다는 식의 책임 의식은 상대적으로 덜했던 것이다.

이러한 영·불 비평에 대한 관점은 그의 다른 번역물을 살펴보면 더욱 분명해진다. 그의 번역물인 비제의 「'반향과 찬양' 불란서 현대시의 전망」(『사조』, 58.9·10·11), 이브 본느프와의 「영·불 비평의 차이」(현대문학. 59.1)는 그의 영미비평에 대한 경도가 어떠한 연유로 이루어졌는지를 해명해준다. 이 두 글을 보면 김수영이 프랑스 시와 영미 시 사이에서 자신의 시적 방법론을 고민했다는 점을 알 수 있다.

전자의 글은 프랑스 상징주의의 존재론적 시에 대한 논의다. 그리고 후자의 글은 시의 현실성에 많은 비중을 두고 있는 영미 시와 시어의 존재론적 성찰에 비중을 두고 있는 프랑스 시를 비교하여 논한다. 본느프와는 '위대한 불란서 시와는 판이하여 영시는 항상 무엇인가를 주장하려고 시도하고 있는 종류의 시[19]이며, 이에 비해 불란서 비평은 '의미의 비평에 반기를 들고 나설 것[20]'이라고 하였다. 그러면서 본느프와는 '시는 정확한 기호-언어에 자기 자신을 세우고, 기호의 가장 객관적인 특질에 지지를 발견하려고 하는 개념적 의미와, 모든 뜻을 초월하고, 기호로 하여금 정확한 정의를 중단하도록 강요하는 직각(直覺)과의 사이의 투쟁이다.[21]'는 말로 이 두 비평의 대화가 필요함을 역설하고 있다. 그런데 김수영은 이 글에서 본느프와가 인용한 불비평이 '<진실된>것과 <현실적인> 것에서 지극히 멀리 떨어져 있는 것이며, 의미가 기호가 되는 여하한 현실과도

---

19) 이브 본느프와, 「영·불 비평의 차이」, 『현대문학』, 59.1. 327쪽 참조
20) 이브 본느프와, 위의 글. 331쪽 참조
21) 이브 본느프와, 위의 글. 336쪽 참조

아주 멀리 소격(疏隔)되어 있는 것'이라는 블랙머의 비판적 입장[22]을 받아 들인 듯하다. 김수영은 당시에는 문학의 본질적 인식을 추구하는 불란서 비평보다 현실성을 강조하는 영미 비평이 보다 당대 현실에 적합한 것이라 고 판단했던 것이다. 물론 그렇다고 해서 김수영이 시의 본질론에 대한 고민을 덜했다고는 할 수 없다. 이 점이 그로 하여금 신비평에 관심을 갖게 만들었다고도 할 수 있다.

김수영이 신비평가에 경도되었다는 점은 다소 의아스럽게 느껴진다. 하 지만 50년대 후반부터 우리나라에 유입되기 시작한 신비평은 인상적 비평 과 역사적·전기적 비평풍토 속에서 활동했던 많은 비평가들에게 그 객관 성이란 측면에서 매력을 준다. 그리고 반공이데올로기 때문에 이데올로기 적 비평이 거의 불가능했던 풍토에서 문학성 자체를 비평 대상으로 삼는 신비평은 문학인들에게 겨우 숨통을 틔워주는 것이었다[23]. 더구나 신비평 은 주로 시의 문학성을 옹호하는 비평이다. 이러한 풍토 속에서 영문학도 였던 김수영에게도 역시 시란 무엇인가라는 시인으로서의 본질적 고민에 신비평이 많은 해소책을 제공했으리라 추측할 수 있다. 그런데 그는 당대 풍토에서 주요하게 받아들여졌던 신비평의 문학적 형식에 관한 논의 뿐만 아니라 신비평가들이 갖고 있는 대사회적 인식까지 받아들이고 있었다는 점에서 선진적이었다.

김수영이 번역한 A.맥레이쉬의 「시의 효용」(『시와 비평』, 56.8.)과 「시인 과 신문」(『현대문학』.59.5~6)에는 '지식으로서의 문학'을 지향하고 있는 신비평적 인식이 그대로 드러나고 있다. 「시와 효용」에서 나오는 '예술과 지식과의 구별은 나에게는 전혀 근거가 없는 것 같이 생각된다'[24]는 말은

---

22) 이브 본느프와, 위의 글 335쪽
23) 송왕섭, 「전후 「신비평」의 수용과 그 의미」, 『성균어문연구』, 1997.299~300쪽 참조
24) A. 멕레이쉬의 「시의 효용」, 김수영 역, 『시와 비평』, 56.8. 250쪽 참조

이 점을 분명히 하고 있다. 신비평가들은 당시에 자본주의적 도래로 인하여 대두되고 있는 과학적 실용주의에 대항하기 위하여 시의 효용성을 옹호한다. 그들은 시의 인식은 과학적 인식에 비해 그 인식적 능력이 떨어지지 않으며 오히려 심미적 인식이 가지고 있는 장점 때문에 더 깊이 있는 인식을 드러내줄 수 있다고 말한다. 이러한 심미성에 기반하고 있는 시의 효용성에 대한 신뢰는 김수영의 문학 전반에 드러나는 인식이기도 하다. 그는 문학이 사회적 현실에 등한해서는 안된다는 생각을 하였지만 그것은 문학적 형상을 통해서 드러나야 하는 것이었다.

그는 시월평에서도 우선 작품이 되어야 한다는 점을 극히 강조했다. 그가 박목월이나 박두진의 시를 높이 평가했던 것은 이러한 맥락에서 나온 것이다. 이는 물론 후기 산문 속에서 드러난 인식이기는 하지만 이러한 인식은 이미 그의 초기 문학세계에서부터 형성된 것이었다고 할 수 있다. 그리고 이 점 때문에 그가 신비평가들에 관심을 가졌다는 점 역시 무리한 추측은 아닐 것이다. 그리고 그는 후기에도 '당분간은 英美의 시론을 좀더 연구해보기로 하자'라고 한 바 있다.[25] 이를 통해서 살펴보면 그는 죽기 전까지 문학론을 모색하는 과정에서 불란서과 영미문학 양자를 오가면서 자신의 문학적 경로를 고민했다고 볼 수 있다. 그러나 당시에 그는 오든 그룹과 신비평가 그룹 등 영미 비평의 번역을 통해 이들의 논리를 자신의 시의식의 자양분으로 삼았다고 할 수 있다. 오든 그룹을 통해서는 문학이 현대 사회에 어떻게 대응할 것인가에 관한 고민을, 그리고 신비평가를 통해서는 이외에도 현실에 대응하기 위해서는 문학이 어떠한 형식을 갖추어야 하는가라는 고민의 해결을 얻었다고 할 수 있다.

---

25) 「詩作 노우트」, 『전집2』, 294쪽 참조

3. '경험의 총체성'과 극화(劇化)

김수영의 번역물 중에서 번역서는 몇 권 존재하지 않는다. 그것도 한 문인의 책을 통째로 번역한 것은 소설을 제외하고는 R.W. 에머슨의『문화, 정치, 예술』(중앙문화사, 1956)과 알렌 테잇[26]의 책밖에 없다. 김수영이 이상옥과 공역한 알렌 테잇의『현대문학의 영역』(중앙문화사, 1962)은 테잇의『현대세계의 문인』(원제;'The man of letters in the modern world'(1955)과 그의 다른 글들을 첨가하여 편역한 것이다. 그리고 그는 산문 속에서 테잇의「현대작가론」을 구체적으로 인용하기도 한다.

> 민주주의 사회는 말대답을 할 수 있는 절대적인 권리가 있는 사회다. 그런데 이 지대에서는 아직까지도 이 <절대적인> 권리에 <조건>을 붙인다. 아렌 테이트「현대작가론」에 다음과 같은 구절이 있다.

> …우리들은 다른 특권을 향유하는 것과 같은 조건으로 민주주의 특권을 향유하고 있다-즉 우리들은 어떤 것은 반환할 수 있다는 조건으로, 작가가 그의 자유 대신에 돌려주는 것은 그의 형제들-쥬리앙 소렐, 램버트 스트레저, 죠 크리스머스-을 위한 어려운 자유의 모형이며, 작가의 분부를 받고 이들도 역시 자유를 누리게 되고, 작가 자신의 자유를 지탱해주게 된다. 작가가 사회에 반환하는 것은 흔히 민주주의 사회가 다른 사회처럼 거의 좋아하지 않는 것이 되는 수가 있다. 즉

---

26) 앨런 테잇은 뉴 크리틱들 중에서 비판적인 평론가로 평가된다. 첫 평론집『시와 사상에 대한 반동적 평론집』은 제목이 암시하듯이 <반동적>이다. 그가 반발한 것은 현대의 정신 상황에서 특히 과학주의, 공리주의, 산업자본주의 등이 보편적으로 팽배하고 있는 상황이다. 그는 정신적, 종교적, 성장을 저해하는 모든 현대적 요소들(특히 실증주의)에 대한 것들에 반발한 것이다. 이처럼 그는 처음부터 대결적, 공격적 자세를 취한 평론가였다.(이상섭,「앨런 테잇」,『복합성의 시학-뉴크리티시즘연구』, 민음사, 1987.93쪽 참조)

민주주의의 악용을 저주하는 용기, 특히 민주주의의 찬탈을 식별하는
용기가 그것이다.

미국의 민주주의의 성격이나 그의 수출태도나 자유의 본질을 논하
는 것은 나의 능력 이외의 일이며, 다만 내가 여기서 말하고 싶은
것은 언어의 문화를 주관하는 것이 작가의 임무이며, 그밖의 문화는
언어의 문화에 따르는 종속적인 것이며, 우리들의 언어가 인간의 정당
한 목적을 향해서 전진하는 것을 중단했을 때 우리들에게 경고를 하는
것이 작가의 임무라는 것이다. 사회인의 목적은 시간을 초월한 사랑을
통해서 적시에 심금의 교류를 하는 데 있다는 것이다. 그리고 그러한
활동에 지장이 되는 모든 사회는 야만의 사회라는 것이다.27)<1964>

다른 신비평가들인 리차즈나 부룩스가 아닌 알렌 테잇에의 경도는 테잇
의 상대적으로 두드러지는 비판적 의식 때문이었다고 할 수 있다. 김수영
이 인용한 테잇의 글의 핵심은 '민주주의의 악용을 저주하는 용기, 특히
민주주의의 찬탈을 식별하는 용기'라는 문학자의 대사회적 태도이다. 이
산문을 쓴 의도가 문학자의 '권리'와 '임무'에 대해 논하는 것이라고 할
때 테잇의 논의는 그에게 적절한 시사점을 준다.

이 글에서 말하는 작가의 권리는 창작의 <절대적>인 자유를 말하는
것이며, 임무는 바로 이 권리를 쟁취하는 것이다. 문학의 자율성이 곧 사회
적 저항성이라는 논지에서 본다면 문학자의 권리를 찾는 것은 곧 사회적
운동이다. '언어의 문화를 주관하는 것이 작가의 임무이며, 그밖의 문화는
언어의 문화에 따르는 종속적인 것이며, 우리들의 언어가 인간의 정당한
목적을 향해서 전진하는 것을 중단했을 때 우리들에게 경고를 하는 것이
작가의 임무'라는 문화주의적 발언은 중요한 테잇의 논지이다. 테잇은 시
인 대신 <문인>이라는 표현을 쓴다. 김수영이 번역한 이 책의 원제도

---

27) 「히프레스 문학론」, 『전집 2』. 206쪽 참조

『현대세계의 문인』이다. 그 이유는 그가 글쓰는 사람, 글 다루는 사람을 <문화>의 중심 힘으로 보고 있기 때문이다.[28]

김수영이 「히프레스 문학론」에서 테잇의 글을 인용한 것은 그 역시 이 논지에 동의하고 있음을 말하는 것이다. 그리고 그 이후에 인용된 '사랑'의 의미도 테잇의 논지를 따온 것이다. 테잇은 문학은 전달의 도구가 아니라 <친교>(communion)에의 참여[29]라고 말한다. 친교란 '시간을 초월한 사랑을 통해서 적시에 심금의 교류를 하는' 것이다. 그리고 테잇은 그러한 활동에 지장이 되는 모든 사회는 '야만의 사회'라고 한다. 김수영에게도 '사랑'은 중요한 개념이다. 그 개념은 이 글에서처럼 '친교'의 개념과도 가깝다. 자유주의적 개인주의자인 김수영이 택할 수 있는 유토피아적 세계는 개별적 자아의 자발성을 기반으로 각기의 존엄성이 보장되는 화합의 공동체였다고 할 수 있다. 그의 시 「사랑의 변주곡」에서 지향된 사랑의 공동체는 바로 이것을 말한다고 할 수 있다. 그러므로 여기서의 개별적 자아 간의 사랑은 중요한 매개체인 것이다. .

위와 같이 김수영이 알렌 테잇의 논의에 깊이 공감을 하는 것은 문인으로서의 태도와 시의 기능에 대한 원론적인 합의 때문이다. 김수영은 여기에 그치지 않고 테잇의 시론을 활용하기도 하였다.

> 도대체 시라는 것은 그것이 새로운 자유를 행사하는 진정한 시인 경우에는 어디엔가 힘이 맺어있는 것이다. 그러한 힘은 初行에 있는 수도 있고 終行에 있는 수도 있고 중간의 어느 行에 있는 수도 있고 行間에 있는 수도 있다- 이것이 시의 긴장을 조성하는 것이다. 진정한 시를 식별하는 가장 손쉬운 첩경이 이 힘의 소재를 밝혀내는 일이다.[30] <64년>

---

28) 이상섭, 앞의 글, 123~124쪽 참조
29) 알렌 테잇, 김수영·이상옥 역, 『현대문학의 영역』, 중앙문화사, 1962.

이 시에서도, 그밖의 시에서도 나는 알렌 테이트의 시론을 충실히 지키고 있다. Tension의 시론이다. 그러나 그의 시론은 검사를 위한 시론이다. 受動的 詩論이다. 眞僞를 밝히는 도구로서는 우선 편리하지만 위대성의 여부를 자극하는 발동기로의 역할은 못한다. 이것은 시론의 숙명이다. 이런 때는 시를 읽는게 최상이다. 예를 들자면 보들레르의「고양이」를 읽어보라.「파리의 憂鬱」보다도「고양이」가 더욱 위대하다.「파리의 憂鬱」도「고양이」도 둘 다 모두 Tension의 시론의 두레박으로 퍼낼 수 있지만,「고양이」는「파리의 우울」보다도 팔이 아프도록 퍼내지 않으면 바닥이 보이지 않는다.<66>31)

위의 시에서 나오는 가장 중요한 개념은 '긴장(tension)'이라는 개념이다. 이미 많은 연구자들이 이 긴장에 대한 용어에 관하여 논한 바 있다32). 그러나 이 논의들은 '긴장'이 갖는 의미를 이 이론을 원용한 테잇의 이론 속에서 구체적으로 살피지 못하고 있다. 테잇에 의하면 '텐션'은「외연」과「내포」의 결합체33)이다. 외연은 '字義대로의 記述'이고「내포」는 '비유적 의의'이다. 테잇의 의하면 외연만 표현한 시는 '전달하는 시'이고 내포만 표현한 시는 '가느다랗게 흘러내리는 말초적인 시', 즉 감정적인 시이다. 그런데 현재의 시는 '외연이란 언어를 과학자들에게 引渡해 버리고 자기들은 계속적으로 가느다랗게 흘러내리는 말초적인 내포를 간직하게 되었다'34)는 것이다. 테잇은 시가 외연적인 기능 즉 전달의 기능을 하는 것에 무척 반감을 가지고 있었다. 시가 '친교에의 참여'라는 의미는 시가 일방적

---

30)「生活現實과 詩」,『전집 2』197쪽 참조

31)「시작 노우트」,『전집2』303쪽 참조

32) 대표적으로 강웅식,『김수영의 시의식 연구; '긴장'의 시론과 '힘'의 시학을 중심으로』, 고려대 박사학우논문, 1997

33) 알렌 테잇, 김수영역,「시에 있어서의 텐슌」, 앞의 책 100쪽 참조

34) 위의 책 99쪽 참조

인 전달의 기능을 넘어서서 시적 경험을 독자로 하여금 공유하게 만드는 것이므로 외연의 기능이 시에 전체화되는 것을 막아야 한다는 것이 그의 논지였다. 그렇다고 해서 역으로 내포의 의미만을 강조한 것은 아니다. 내포의 시는 '가느다랗게 흘러내리는 말초적인' 감각만을 전달하기 때문에 독자에게 하등 도움이 되지 않는다는 것이다.

테잇은 인간의 정신에는 '세계에 대한 감각과 지적 능력이 공존'한다고 본다. 그는 '정신의 그 두 극이 서로 분리되어 있지 않다. 우리는 상극적 활동에 의해 쉽사리 노정됨은 명백한 긴장에서 그 두 극을 짐작한다. 생각 그 자체라는 것도, 감정 그 자체라는 것도 없고, 둘이면서도 둘이 아닌 경험의 독특한 초점만이 있다'[35]고 한다. 이러한 정신에 호소하는 것이 시라고 한다면 시는 감각과 지적 능력 모두에 호소해야 한다. 그래서 시에는 지적 능력에 관한 '외연의 언어'와 감각적 능력에 관한 '내포의 언어'가 공존해야 하며 이 둘이 어우러져 긴장을 만들어야 한다는 것이다. 그런데 이 구절에서 주의해서 보아야 할 부분은 감각과 지적 능력을 통합해서 인간의 정신이 인식할 수 있는 것은 '경험의 독특한 초점'이라는 것이다. 테잇의 논리대로 한다면 시가 인간 정신의 감각과 지적 능력 모두에 호소하기 위해서는 이 '경험'을 보여주는 방법이 가장 현명한 방법이라는 결론이 도출될 수 있다. 테잇은 물론 이 점에 대해서도 과학적으로 분석하고 있다.

> 논리적으로 연결되지 않는 사물 사이의 연결을 시는 **극적**으로 가능
> 케한다. 그것은 역사적인 맥락 관계도, 철학적인 연역 관계도 아닌
> 구체적 상황의 체험에서 얻어지는 것이다. 그 상황을 고착시킨 것이
> <형식>이다. 삶의 한 질이라고만 느껴졌던 것이 특수한 경험의 차원
> 으로 승격된 것이 즉 형식인 것이다. 논리적 모순을 담고서도 성립될
> 수 있는 통일된 형식이므로 <긴장>이 있다. 이 긴장이야말로 그 형

---

35) 이상섭, 앞의 글 96쪽 참조

식을 맥빠진 죽은 형식으로 전락하지 않게 한다. 이 형식은 경험되는
<살아지는> 지식의   모습이다36)(강조-인용자)

위의 인용문에 의하면 시에서의 긴장은 '논리적으로 연결되지 않는 사
물 사이의 연결'에서 형성된다. 시는 '논리적 모순을 담고서도 성립될 수
있는 통일된 형식이므로 <긴장>이 있다는 것이다. 그런데 테잇은 이 연
결을 시가 '극적(劇的)'으로 가능케 하기 때문에 '긴장'이 형성된다고 한다.
'극적'인 것은 사건이나 인물간의 갈등을 통해서 형성되는 것이다. 다음에
나오는 '구체적인 상황의 체험'이라든가 '특수한 경험의 차원으로 승격된
것'이라는 구절은 테잇이 비평 대상으로 하고 있는 시가 극적인 것, 즉
'구체적인 상황' 혹은 '경험'을 형상화한 것이라는 점을 알려준다.

테잇은 에밀리 디킨슨의 시를 분석하는 글에서 그녀의 시의 위대성은
시가 철학적인 설교를 하는 대신 '경험'을 보여준다는 데 있다고 하였다.
그녀는 '개인의 경험에 대해서 영웅적 均衡과 비극적 樣相'을 부여했다고
한다. 그리고 그녀의 시에는 경험의 나열만이 있을 뿐 '거기에는 문제에
대한 해결은 없다 다만 知性과 感情의 충분한 연관 속에 그것에 대한 표현
이 있을 수 있을 뿐이다. 心意의 모든 抽象力으로 다듬어진, 인간 의지의
구조가 구체적인 경험의 시험대에 제시되어 있다. 불멸의 관념이 물질적
崩壞의 사실에 직면하고 있는 것이다. 무엇을 생각할까 우리들에게 말하
고 있는 것이 아니라 그 상황을 바라보라고 우리들에게 말하고 있는 것
이37)라고 한다.

그런데 이들에게는 왜 이렇게 경험의 서술이 중요했을까? 이 역시 역사
적인 맥락 속에서 살펴보아야 할 것이다. 현대 비평에 있어서 중요한 토대

---

36) 알랜 테잇, 김수영·이상옥 역, 앞의 책. 69·106쪽 참조
37) 엘런 테잇, 김수영 역, 위의 책, 268쪽 참조

는 전통의 상실이다. 전통의 상실로 이 시대의 시인들에게는 체계적인 철학이나 사상의 외적인 체계를 갖지 못하였다. 그 때문에 이들은 경험과 의미의 알맹이로서 그들 자신의 개성을 이것 대신에 사용한다. 에밀리 디킨슨의 시에서 발견할 수 있는 바와 같이, 현대시인에게서 영혼의 극화 대신에 '배경에 위배되는' 개성의 극화를 확인할 수 있는 것은 바로 이 때문이다.[38]

그래서 테잇은 디킨슨의 시를 중요한 비평 텍스트로 선정하고 경험의 서술을 통해서 시는 '일종의 연극'으로 劇化되고 그것을 통해서 <긴장> 이 형성된다는 것을 밝힌 것이다. 이들은 자기 경험만이 삶에 대한 진실을 알려줄 수 있다고 믿었다. 그렇기 때문에 이들에게는 이러한 자기 경험만 이 삶의 전체성을 드러내 줄 수 있다. '경험의 전체성'[39]은 이것을 설명해 주는 용어라고 할 수 있다.

에밀리 디킨슨 외에도 김수영이 산문에서 언급했던 예이츠, 오든 그룹, 그리고 뢰스케, 멕레이쉬, 브레히트, 프로스트 등 모두가 자기 경험의 서술 을 시 창작의 주요한 방법으로 삼았다. 이는 김수영의 창작 방법이 왜 자신의 경험을 극화시키는 방향으로 흘렀는가를 설명해 주는 것이다. 그리 고 이 경험의 비논리적인 드러냄을 통해서 형성되는 긴장은 이 경험의 전체성에 더 큰 힘을 실어주는 것이다. 그리고 긴장은 결국 시의 힘이다. 김수영이 그의 산문 「생활 현실과 시」에서 말한 '진정한 시인 경우에는 어디엔가 힘이 맺어있는 것이다'라고 말했을 때 그 힘이 바로 테잇의 이 <긴장>의 효과인 것이다. 원래 긴장의 뜻은 생명적 활기, 탄력을 뜻한다. 그 힘은 독자의 입장에서 보았을 때는 그 시에 집중력을 부여하는 힘이

---

38) 로버트 스톨먼, 「뉴크리틱스의 공동이념」, 정태진 편역, 『뉴크리티시즘-신비평의 이 론과 실제』, 원광대 출판부, 1989. 141~142쪽 참조.
39) 이상섭, 앞의 글.

될 것이며, 인지적 지각을 불러일으키는 시의 능력인 것이다. 물론 김수영의 시가 아니더라도 어느 시에서든지 긴장이라는 요소는 드러날 수 있는 것이다. 그러나 특별히 김수영에게 '긴장'은 독자의 인지적 지각이라는 시의 인식적 기능을 위해서 필요했던 것이다.

김수영은 그의 시세계의 후반에 이르러서는 텐슌의 시학이 '검사를 위한 시론'으로 '수동적 시론'이라고 비판한다[40]. 그것이 '진위를 밝히는 도구로서는 편리하지만 위대성의 여부를 자극하는 발동기로의 역할은 못한다'는 것이다. 그럼에도 불구하고 그는 초입에 '나는 알렌 테이트의 시론을 충실히 지키고 있다'고 말한다. 그리고 다음의 시월평에서 쓰여진 용어는 그가 알렌 테잇의 시론에 깊이 경도되어 있었음을 증명한다.

> '기술과 감성의 半徑은 同伴的인 사상의 반대반경의 伸長을 동시에 정리해나가야 하는 것이 이상적이라는 평자의 평소의 그에 대한 개인적 요구는 이런 면에서 다시 한번 강조되어야 할 증좌를 보이고 있다.[41]<1966>

> 또한 작품형성의 과정에서 볼 때는 <의미>를 이루려는 충동과 <의미>를 이루지 않으려는 충동이 서로 강렬하게 충돌하면 충돌할수록 힘있는 작품이 나온다고 생각된다. 이런 변증법적 과정이 어떤 先入見 때문에 충분한 충돌을 하기 전에 어느 한쪽이 약화될 때 그것은 작품의 감응의 강도에 영향을 줄 뿐만 아니라 작품의 성채를 좌우하는 치명상을 입히는 수도 있다.[42]

같은 해에 쓰여진 이 산문에서는 앞에서 다룬 시작 노우트에서와 다른

---

40) 「시작 노우트」, 『전집2』. 303쪽 참조
41) 「詩月評」, 『전집2』, 370~371쪽 참조
42) 「변한 것과 변하지 않은 것」, 『전집2』. 245쪽 참조

입장을 보여주고 있다. 김영태의 시를 평가하면서 쓴 글에서 나온 '기술과 감성의 반경'을 정리하는 방법은 분명 시에서 긴장을 조성하는 방법에 대한 조언이다. 그는 이 '작품은 가장 중요한 끝대목이 좀 미흡하다'고 했는데 이 역시 마지막까지 놓치지 말아야 할 시의 긴장에 관련된 조언이었다. 그는 테잇의 시론이 '수동적 시론'이라고 하고는 있지만 그 자신의 무의식 속에서는 이 '긴장'의 시학이 체화되어 있었던 것이다. 그러나 무엇보다도 중요한 것은 그의 시 속에서 테잇의 논리가 보이고 있다는 점이다. 단지 <긴장>이라는 형식적 의미에서뿐만 아니라 경험의 전체성이 발현되고 있다는 점에서 그러하다.

그의 시는 주로 자기 경험의 형상화이기 때문이다. 김수영의 시의 특성은 시의 소재가 '일상'에서 온다는 것이다. 유종호는 이를 '교양주의의 붕괴와 언어의 범속화'라는 말하고 있는데 이는 분명 우리 시문학사 속에서 증명할 수 있는 김수영 시의 '새로움'이다. 그런데 언어의 범속화라고 하는 일상어의 도입은 그가 자신의 일상생활의 경험을 그대로 詩化했다는 데에서 당연히 따라오는 결과다. 그 시는 대개가 자신의 일상적 체험을 詩化한 것이다. 이 역시 에밀리 디킨슨의 시에서 나타났던 현대시에 나타난 자기 경험의 중요성과 같은 맥락에서 이해되어야 할 것이다. 김수영 역시 전통에 대한 부정의식에 사로잡혀 있었던 시인으로 그에게도 역시 자기 경험만을 가장 중요한 진리로 믿을 수밖에 없었던 것이다. 예를 들면 시 「달나라의 장난」의 경우도 흔히 볼 수 있는 당대 최고의 놀이감인 '팽이'와 관련된 그의 일상적인 경험의 서술이다. 이 시의 결론은 '너도 나도 스스로 도는 힘을 위하여/공통된 그 무엇을 위하여 울어서는 아니된다'는 것으로 간단하게 정리가 될 수 있다. 그러나 그렇게 하지 않은 이유, 즉 굳이 성찰의 시간을 늘여서 보여주는 것이 이 시에서는 중요한 형식적 고리다. 그 이유로는 먼저 시인이 이 시를 쓰는 목적이 자기 성찰에 있기 때문이다. 그러므로 시를 쓰는 과정은 시인이 자기 자신을 성찰해 가는 과정과 일치한다[43].

그리고 그의 시에 드러나는 또 하나의 보편적 특성은 자기 성찰의 과정 속에서 문득 자기 성장을 지각하는 순간이 반드시 존재한다는 것이다. 테잇은 시의 '극화'된 양식 속에서 성찰의 빛나는 순간이 존재함을 그는 에밀리 디킨슨의 시 분석을 통해서 보여준 바 있다[44].

이 시 역시도 목적은 김수영 자신이 팽이를 보면서 느꼈던 내적 성찰의 경험을 극화시키는 데 있다. 경험을 그대로 극화시켜 보여주는 가운데 김수영은 이 시에서 자신이 말한 결론 '공통된 그 무엇을 위하여 울어서는 아니된다'는 결론 이상의 것을 드러내 줄 수 있는 것이다. 그것은 시인 자신의 성찰 과정이 가지는 지난함이나 '나 자신을 고쳐가야 할 운명과 사명'과 같은 의무감, 그리고 설움의 정서와 같은 것들은 논리화시키지 않았기 때문에 가능한 것이다.

테잇은 시에 나타난 경험은 '해결해야 할 문제라기보다는 그 온 뜻을 지니 채로 보존해야 할 문제>라고 하였다. 에밀리 디킨슨을 분석하는 자리에서는 테잇은 그녀가 자신이 경험을 통해 체득한 문제를 그대로 열어두었다고 하였다. 결론을 보여주는 것은 이미 시가 설교의 차원으로, 실용성의 차원으로 전락하게 되는 것이다. 경험을 공유하는 것으로 시는 시가 드러내고자 하는 바를 효과적으로 전달하면서 비유용성이 가지는 휴식 속에 더 큰 예술적 공감을 만들어낼 수 있기 때문이다. 위의 시에서도 김수영은 '공통된 그 무엇을 위하여 울어서는 아니된다'로 결론을 짓는

---

43) 김수영의 창작 방법이 자신의 의식의 흐름을 연쇄적으로 표현하는 것이었다는 점은 한 연구자에 의해서도 밝혀진 바이다.(노철, 「김수영과 김춘수의 창작방법 연구」, 고려대 박사학위 논문, 1998.)

44) 알렌 테잇, 김수영 역, 「에밀리 디킨슨」, 앞의 책

것이 아니라 '공통된 그 무엇을 위하여 울어서는 아니된다는 듯이 서서 돌고 있는 것인가'라는 물음으로 열려진 결론을 유도하고는 팽이가 도는 모습을 그대로 보여주는 방식을 통해서 여운을 남기고 있다.

그리고 이 시가 긴장을 갖는 데는 시구들간의 비논리적인 결합에서 형성되는, 불협화음 속에 울려나오는 화음이 가장 중요한 원동력이었다. 김수영은 이 긴장의 힘을 시의 효용성 차원에서 신뢰하고 있었다고 할 수 있다. 그리고 당시 김수영이 테잇만큼 관심을 가지고 있었던 신비평가겸 시인인 블랙머의 번역은 그의 시작 방법이 추구하는 것이 무엇인가를 이 긴장의 논의와 더불어 설명해주고 있다. 블랙머의 번역물을 살펴보면 알 수 있는 것은 김수영의 시의 힘의 근원이다.

4. '제스츄어로서의 언어'

시인이라면 누구나 시적 언어에 대한 탐색에서 벗어날 수 없다. 자신만의 방법을 통한 언어 숙련은 독자적인 세계를 추구하는 시인에게는 필수적인 과정이다. 일상어의 사용 등 당대에는 파격적인 시적 언어를 운용했던 김수영에게 언어에 대한 인식 역시 중요한 고민이었을 것이다. 그런 면에서 리챠드 P 블랙머(Richard Palmer blackmur)[45]의 「제스츄어로서의 言語-詩語의 機能에 대하여」(『현대문학』. 59.5~6)는 그의 시에 대한 고민의 향방을 암시해주고 있다. 제스춰(Gesture)는 몸짓, 행동이라는 의미다. 언어

---

[45] 문학평론가 겸 시인, 신비평가들 중에서 가장 분석적인 비평을 행하는 사람으로 유명하다. 후기에는 신비주의적 경향으로 변모한다. 그의 이러한 변모가 김수영이 후기로 가면서 비의적 세계에 대한 관심을 가졌던 것과 어떠한 연관성이 있는가를 살펴보는 것도 흥미로운 일이다.

가 제스춰가 된다는 것은 시가 행동 그 자체가 될 수 있다는 논리다. 김수영은 그의 산문에서 '詩의 마력, 즉 말의 마력도 원은 행동의 마력이다'[46]고 말한 바 있다. 이는 그만큼 언어 그리고 시가 대중에게 끼치는 위력이 정치적 행동의 논리와 맞먹을 만큼 강하다는 정치적 믿음을 보여주는 것이다. 이 역시 강한 정치적 성향에도 불구하고 시인으로서의 길을 포기하지 않았던 김수영의 논리와 통하는 것이기도 하다. 김수영에게 시는 무엇인가를 주장하는 것이 아니라 시에 드러난 경험을 공감하게 하는 것이다. 그러므로 그 경험을 공감할 수 있게 하는 시적 언어의 형식적 힘에 대한 고민은 자연스럽게 도출되는 것이다. 그러면 블랙머의 논의를 통해서 이 점을 좀 더 구체적으로 살펴보아야 할 것이다.

> 言語라는 것은 語句들로서 成立되어 있다 …(중략) 語句들은 움직임으로 成立되어 있으며, 行動 즉 상호간의 反應으로 성립되어 있고 제스츄어는 언어로서 성립되어 있다. 語句의 言語의 위나 아래나 옆에 있는 言語로서 성립되어 있다. (중략) 만약에 우리들이 전진을 해서 語句의 언어가 가장 성공을 할때에 그것은 그 語句 속에서 제스츄어가 된다고 말한다면, 우리들은 藝術의 언어속의 意味深長한 表現의 中心的이거나 혹은 終局的인 極意에의 接近으로서 시작되는 語句上의 수수께끼를 해결한 것이 된다. 또한 우리들은 詩의 言語는 象徵的行動으로 看做될 수 있다는 케네스·버어크 Keneth Berk의 한결 더 知的인 命題의 想像上의 同價物을 만든 것이 된다.(중략) 나는 여러 가지 同類의 一連의 標本속에서 象徵이 어떠한 方法으로 言語속의 行動에 詩的 實感을 賦與하는가를 보이어 주려고 노력하고 있다.[47]

---

46) 그러나 이 말 이후에 그는 '그러나 그것은 시의 원리상의 문제이고, 속세에 있어서는 말과 행동은 완전히 대극적인 것이다.'라고 부연하고 있다. 이 산문이 씌여진 시기가 67년인 만큼 이 구절은 그가 후기에는 시가 행동이 되는 원리에 대하여 다시 한 번 깊이 고민하게 되었다는 점을 말해준다. 그 과정에서 그는 블랙머의 논의에서 벗어나 하이데거의 언어론을 공부하게 된다.(「民樂記」, 『전집 2』, 82쪽 참조)

그가 해야 할 일은 속기자나 보도의 全理論을 잊어버리고 그의 붓
끝의 어구로 하여금 그의 입끝의 어구가 한 것을 할 뿐만 아니라 우선
그가 얼굴과 손으로의 육체적 제스츄어와 억양의 변이에 있어서의
음성의 제스츄어를 시작할 절박한 순간에 그 어구들이 하지 못한 것을
하도록 할 일이다. 또한 그는 자기가 적은 어구를 독자의 내면의 귀에
들리도록 함으로써 또한 따라서 그 어구가 그 어구의 뒤에 생명의
제스츄어를 끌어당길 뿐만 아니라 그 어구 자체의 새로운 제스츄어를
생산하는 협력과 對位와 標型에 의해서 彼此의 위에 작용하도록 함으
로써 이 일을 하지 않으면 아니된다. (중략) 그것은 형태내에서 행해지
지 않고서는 도저히 명확하게 표현될 수 없는 것이다.[48]

위의 글들은 시어의 제스취가 개별적 언어가 아닌, 언어가 형성하는
語句에서 형성되는 것임을 알려준다. 블랙머는 '케네스 버크가 '언어'의
수수께끼를 탐구'하는 데 비해 자신은 '언어가 제스취의 힘을 획득하는
상황'에 대하여 탐구한다고 한다. 이 역시 시의 효용성을 강조한 신비평가
의 인식의 일면이 엿보이는 부분이다. 그리고 신비평가들이 중요시하는
것은 바로 경험을 독자들과 공감하는 것이다. 알렌 테잇에게 극적인 순간
이 독자들을 흡입하는 힘이었다면 제스취를 만드는 상황은 블랙머가 주장
하는 시의 힘이다. 다음 인용구에 나와있는 '그 어구 자체의 새로운 제스츄
어를 생산하는 협력과 對位와 標型에 의해서 彼此의 위에 작용하도록 함으
로써 이 일을 하지 않으면 아니된다.'는 말 역시도 어구의 배열에서 흘러나
오는 함축적 파장이 얼마나 중요한 것인가를 강조하는 것이다. 블랙머
역시도 개별 언어의 함축적 의미보다는 시구들의 배열을 통해서 형성되는
효과를 더욱 중시한다. 그러므로 '언어속의 意味深長한 表現의 中心的이거

---

47) 리챠드 P 블렉머, 「제스츄어로서의 言語-詩語의 機能에 대하여」, 김수영 역, 『현대문
학』. 59.5~6. 243~244쪽 참조
48) 리챠드 P 블렉머, 앞의 글. 252~253쪽 참조

나 혹은 終局的인 極意에의 接近으로서 시작되는 詩句上의 수수께끼', '언어의 상징적 행동'인 제스추어는 완성된 詩 전체를 통해서 울려나오는 것이다.

블랙머는 자신이 거리를 걸으면서 바라본 간판을 통해 느꼈던 경험을 서술하면서 제스춰가 어떤 힘인가에 대하여 은유적으로 설명한다. 그는 간판 속의 어구를 바라보면서 '高揚되고 興奮된 存在意識의 일정한 經驗을 가졌다'고 한다. 이처럼 시어의 제스춰가 만들어낸 효과는 '존재의식의 일정한 경험'이라는 근본적인 의식적 전환의 체험을 형성시켜 주는 강력한 영향력이다. 그러나 이 효과는 이성에 호소하는 계몽의 체험과는 거리가 다른 것이다. '나는 이 語句속에 있는 熱狂은 理解하였지만, 그 語句는 이해하지 못했다'는 말이나 '내 자신이 그 안에 포괄되어 있었고 또한 사실상 내가 일부분은 그것을 창조하였기 때문에' 제스춰의 체험이 가능했다는 말은 이 체험이 의미의 전달이 중요한 이성적인 체험이 아니라 심미적인 경험이라는 점을 알려준다. 이러한 심미적 체험 특히 다른 여타 장르의 예술보다 뛰어난 제스춰를 형성하는 시적 체험은 '전존재를 형성하는 의미의 모든 작용49)', 더 나아가 '시는 의미의 의미, 혹은 적어도 의미의 예언이' 될 수 있다. 이 말은 블랙머가 시어의 제스춰가 가지는 힘이 얼마나 위대한 것인가를 역설한 것이다. 이 논의를 김수영에 대입시켜 보았을 때 그의 시의 특질 중 한 가지가 해명된다. 그것은 그 역시 시를 쓸 때 언어의 의미를 추구하기보다는 어구의 배열을 통해 드러나는 시적 파장력을 중시하였다는 점이다. 그의 시에서는 어구가 반복될수록 시적 정서가 심화되어가는 것을 지향하였다. 그 결과 그 역시 '의미의 의미, 혹은 적어도 의미의 예언이' 가능한 시의 경지를 추구한 것이다. 그리고 '전존재를

---

49) 리챠드 P 블렉머, 앞의 글. 252쪽 참조

형성하는 의미의 모든 작용50)'인 제스춰로서의 시어를 만들어내는 과정은
시의 힘이 존재의 전면적인 변이를 일으킬 수 있는 경이적인 것이라는
점을 주장한 것이다.

그런데 이 논문에서 눈에 띄는 것은 '시인은 가장 자기 자신을 잃고
있는 순간에는 그의 가장 深奧한 제스츄어는 아닐지라도 그의 가장 순수한
제스츄어를 만들고 싶어한다.'는 말이다. 그는 이는 '의미의 짐을 넘어서서
도약하는 어구들'을 만들어낸다고 한다51). 이는 김수영의 후기 산문 속에
등장하는 죽음과 침묵의 의미를 예언한 말로도 들린다.52)

5. 결론

김수영에게 번역의 과정은 서구적인 문학이론을 자기화시키는 과정이
었다. 그가 산문에서도 번역한 논의들을 인용하면서 자신의 논지를 증명하
곤 하였다는 점은 번역이 그의 문학적 자양분으로 얼마만큼 많은 영향을
끼쳤는가를 증명해 주는 것이다.

---

50) 리챠드 P 블렉머, 위의 글. 252쪽 참조

51) 리챠드 P 블렉머, 위의 글 237쪽 참조

52) 물론 여기서 블랙머는 이러한 '넌센스에의 의존'에 의한 제스추어보다는 프롯트와
    같은 의도된 형식에 의한 제스츄어가 더 유능하다고 말하고 있다. 제스춰를 만들어
    내는 방법으로 블랙머는 반복이나 푸롯트와 운율meter과 후럼refrain과 같은 형태를
    들었다. 그러나 김수영은 후기에 이 의미를 역으로 도용하고 있다. 김수영에게는
    이 구절이 신비평적인 인식에서 벗어나 「반시론」에 나온 대로 '아무 것도 바라지
    않은 입김'이라는. 유용성을 배제한 심미성을 구현하려는 그의 의도에 역으로 도용
    된 것이다. 바로 이 점이 그가 번역을 주체적으로 수용했다는 증거이며, 그의 번역
    문을 탐구하는 연구자가 느끼는 묘미인 것이다.

그러므로 그의 번역물을 살펴보는 것은 그의 문학적 인식의 변모 과정을 추적하는 데 많은 실증적인 토양을 제공할 수 있다. 이미 오든 그룹과 하이데거, 그리고 파르티잔 리뷰의 뉴욕 비평가 그룹이 그에게 끼친 영향 관계는 규명된 바이다. 그러므로 이 글은 그동안 등한시되었던 그의 초기 신비평에 관한 번역물들을 살펴봄으로써 그의 시의식의 형성 기반을 살펴보았다.

그의 초기 번역물은 주로 당대의 영미시에 관한 것들이다. 먼저 스펜더와 오든이 중심이 된 오든 그룹에의 경사는 그가 문학적 언어의 본질적인 천착보다는 현대적 세계의 부조리함에 대항하는 비판적 인식이 좀 더 현실적인 시의식이라는 판단 때문에 가능했던 것으로 보인다. 이 시기에 형성된 오든 그룹의 자유주의와 개인주의, 그리고 문학의 자율성에 대한 신봉은 그의 시세계 전반에 영향을 끼치는 중요한 것이었다.

그는 오든 그룹에 의해서 현대 세계에 대항하는 현대 시인의 태도와 양심에 관하여 배웠다면, A .멕레이쉬, P 블랙머, A.테잇과 같은 신비평가들의 비평 번역을 통해서는 문학의 효용성에 대한 구체적인 논리와 형식에 영향을 받는다. 신비평가들은 당시에 자본주의적 도래로 인하여 대두되고 있는 과학적 실용주의에 대항하기 위하여 시의 효용성을 옹호한다. 그들은 시의 인식은 과학적 인식에 비해 그 인식적 능력이 떨어지지 않으며 오히려 그것은 감각적 인식으로 과학적 인식이 강요하는 강압에서 벗어나 사물의 본질을 본능적으로 지각해 낼 수 있다고 한다. 이러한 심미성에 기반하고 있는 시의 효용성에 대한 신뢰는 김수영의 문학 전반에 드러나는 인식이기도 하다. 그리고 그는 시에서 경험의 총체성을 실현하고자 한다. 이는 전통이 단절된 상황에서 자기 경험의 내용만을 신뢰할 수밖에 없었던 전후 세대의 자의식과 관련된 것이라고 할 수 있다. 그리고 경험을 서술하는 방법도 어떤 논리적인 방식에 의존하기보다는 비논리적으로 어구들이 어루어지는데 이 가운데 긴장(tension)이 형성된다. 특히 김수영은 시에서 자기 의식의 순환 과정을 그대로 서술하는 방식으로 창작을 한다. 그리고 그 가운데 새로운 진리를 깨닫는 순간인 극적(劇的)인 순간이 존재한다는 것이 특성이다. 이를 김수영은 시를 쓰는 과정에서 '성장의 희열'을 느끼는 순간이라고 하면서 이렇게 새로움을 체득하는 순간이 존재할 때만이 현대적인 시라고 하였다.

또한 김수영은 블랙머의 논의를 통해서는 어구의 배열을 통해서 이루어지는 시적인 파장력이 바로 시의 힘이 될 수 있다는 논리를 얻어, 그의 시는 자신이 경험한 의식의 변모 과정을 시 속에 배열하는 방식을 통해 창작된다. 그리고 이러한 자기 경험의 극화라는 시 창작방법은 시에 대한 의식이 변모해 가는 후기 시에서도 꾸준히 나타나고 있어 그의 시의 중심적인 양상이 된다.

그런데 이러한 영미 문학 편향성은 그가 영문학도였다는 의식성향에서 나타난 결과이기도 하지만 전통 단절 세대가 갖는 왜곡된 지향성을 드러내 주는 일례가 되기도 한다. 전통이 단절된 상태에서 수용할 수 있었던 지식이 서구적인 것 뿐이었던 시대에 그가 순응해갈 수밖에 없었다는 점은 그를 비롯한 50년대 우리 시문학 전반의 문제점이라고 할 수 있다.

이 과정에서 그의 시에는 '설움'이라는 자기 연민의 정서가 드러난다. 이는 서구 문학 이론을 통해 관념으로 선취한 예술가상과 전근대적 현실의 불화에서 만들어진 정서라고 할 수 있다. 그는 실존적인 죽음과 싸워가야 하는 현대 예술가의 태도로 이 불화를 승화시키고자 한다. 그러나 이러한 시도는 한계에 부딪히고 그는 새로운 길을 모색하고자 한다. 그 결과 그의 시는 또 다른 시적 인식의 국면을 맞이하게 된다. 그것은 후기 시세계를 살펴보는 자리에서 규명되어야 할 것이다.

혁명을 겪은 이후에는 신비평에 대한 번역이 나타나고 있지 않다. 이러한 점은 그가 점점 신비평적인 인식에서는 벗어나고 있었다는 점을 알려주는 것이다. 대신 그는 하이데거의 릴케론을 숙독하거나 자코메티, 예이츠에 관한 글의 번역을 통해서 새로운 시의식을 모색하게 된다. 그리고 번역의 대상을 통해서도 추측할 수 있는 것처럼 그의 인식은 점차 지식으로서의 문학에서 벗어나 문학의 순수한 심미성, 본질적인 인식에 다가가고 있었다.

김수영 시론의 두 지향

황정산

1. 머리말

김수영은 시정신이나 시형식 면에서 현대시단에 큰 영향을 미친 인물이다. 특히 기존의 시적 형식을 해체한 대표적인 시인으로 이해된다. 거침없이 써내려간 산문식의 시행, 아무데서나 시행을 바꾼듯한 부자연스러운 호흡 등 이러한 시형식의 해체는 그의 시정신과 긴밀한 관련을 갖는다. 모든 일상적인 나태와 안주를 거부하고 거침없는 자유의 정신을 추구하려는 그의 시적 태도가, 안정적이나 그래서 상투적인 기존의 시적 형식은 뒤엎는 시형식의 파괴로 드러나고 있다고 생각할 수 있다. 이제 김수영식의 시적 스타일이 현대시의 주류적 관습으로까지 이어져 오고 있다해도 과언이 아니다

이렇듯 현대시사에 굵직한 궤적을 남긴 김수영은 아직도 우리에게 커다란 무게로 남겨져 있다. 모더니즘과 리얼리즘의 대립과 발전으로 이어져온 7,80년대의 문학에서는 양 문학 진영에서 모두 서로 준거해야 할 전통으로 추앙되기도 했고, 리얼리즘과 모더니즘을 입에 올리는 것조차 꺼려지

는 최근에도 김수영은 넘어야 할 산이기도 하고 풀어야 할 화두이기도 하다. 이는 30년전에 그가 제기한 문학적 과제들이 아직도 우리에게 유효하다는 것을 말하는 것이기도 하지만 또 한편에서는 우리 문학의 후진성을 말해주는 반증이기도 하겠다.

본고의 과제는 김수영의 시론에 대한 이해이다. 엘리어트를 두고 흔히 하는 '훌륭한 시인은 또한 훌륭한 비평가이다.'라는 말처럼 김수영 역시 당대의 시에 요구된 중요한 논의들을 시평과 시론을 통해 제기해 왔다. 1930년대에 시작하여 1950년대에 다시 개화한 모더니즘 운동이 종래의 경박한 추수적 경향을 청산하고 당대의 사회 현실과 결합하면서 진정한 현대성을 추구해야 할 필요성에 당면해 있었고, 또 한편으로 4.19이후 성장하기 시작한 우리 사회의 민주적 역량이 시인에 있어서도 사회적 역할과 참여를 요구하게 만들었다. 김수영이 활동하던 1960년대는 진정한 모더니즘시와 예술적 참여시가 요구되던 바로 그런 시기였다고 할 수 있다. 김수영의 시는 이러한 움직임에 적극적으로 대처하고 또한 이를 선도해왔다는 점에서 커다란 시사적 의의를 갖는다. 그리고 본고가 다루고자 하는 그의 시론들은 이러한 실천의 과정에서 소산된 이론적 결과물이라 할 수 있다.

그러나 김수영의 시론에 대한 연구는 그리 풍부하지는 못하다. 그 이유로는 먼저, 시평과 시론에 대한 그의 글들이 그의 시작(詩作) 성과에 비추어서는 그 양과 질이 다소 떨어진다는 점을 들 수 있다. 때문에 그의 시를 연구하는 데에 있어 부수적인 차원에서 그의 시론에 대한 언급이 행해지는 것이 보통이고 그의 시론에 대한 전면적인 논의는 사실 상당히 드물다고 할 수 있다.[1] 다음의 이유로는 그의 시론의 특성을 들 수 있다. 그의

---

1) 김수영의 시와 분리해서 그의 시론만을 다룬 비교적 본격적인 연구로는 이승훈의 「김수영의 시론」(『한국현대시론사』, 고려원, 1993)과 최두석의 「현대성론과 참여시론」(『한국현대시론사 연구』, 문학과 지성사, 1998)이 있다.

시론은 논리적이고 이론적이기보다는 비유적 언어의 사용과 논리적 비약이 두드러져 손쉬운 이해를 가로막는 측면이 다분하다. 또한 그의 시론은 우리 현대시가 가진 여러 문제를 예리하게 통찰해내고는 있으나 완결된 하나의 체계를 이루기에는 많은 점에서 미흡하다. 때문에 그의 시론에 대한 전면적인 연구로는 어떤 가시적인 성과를 거두기가 쉽지 않다. 많은 연구자들이 그의 시론에 관심을 갖기는 하지만 선뜻 연구의 대상으로 정하지 못하는 이유는 바로 여기에 있다. 마지막으로 또 하나의 이유는 그가 가진 독특한 시사적 위치에서 찾을 수 있다. 60년대 후반부터 드러나기 시작한 리얼리즘과 모더니즘 운동의 대립속에서 김수영은 어느 한편의 극단에서 자주 자의적으로 단순화되어 이해되어 온 경향이 있고, 이 때문에 이 두 운동의 접점에 서있던 김수영의 다소 복잡한 시의식이 제대로 완전한 모습으로 이해되지 못하고 있다는 점을 지적할 수 있다. 때문에 그의 시론의 본령을 본격적으로 파헤치기보다는 어느 한 입장에서 일면적인 과장이나 의도적인 왜곡으로 그의 논의를 쉽게 재단하는 측면이 있음을 전혀 부정할 수 없다.

이러한 문제의식 하에서 본고는 김수영 시론이 가지고 있는 핵심을 비교적 폭넓게 조명해보고자 한다. 하지만 본고의 논의 역시, 김수영의 시론을 완전하게 분석하는 작업을 행하기에는 역부족이라는 점을 인정하지 않을 수 없다. 이러한 작업은 보다 섬세하고 보다 방대한 본격적인 연구를 필요로 하는 작업이다. 본고는 우리의 시사적 맥락에서 제기된 주요한 문제의식의 측면에 집중하여 그의 시론을 재구성해보는 수준에서 그의 시론을 설명해보고자 한다.

2. 현대성의 지향

김수영이 자신의 시론을 통해 가장 강조하고 있는 것은 바로 '현대성'이다. 그의 시평이나 월평의 제목들이 「진정한 현대성에의 지향」, 「모더니티의 문제」, 「'현대성'에의 도피」 등인 것을 보와도 그가 현대성을 시에 대한 논의의 주요 주제로 삼아 왔을 뿐 아니라 현대성 자체를 시평가의 가장 중요한 기준이나 잣대로 생각하고 있다는 것을 쉽게 알 수 있다.

> 얼마전에 비하면 소위 모더니스트들의 비현대적인 시도 많이 줄어진 것 같고, 영월파의 색채가 진한 젊은 시인들의 모더니티에 접근하려는 은근한 기도가 엿보이게 된 것도 같은데, 이달의 시만 보더라도 확고한 우리의 모더니티의 기반에서 우러나온 시라고 볼 수 있는 것이 없다.[2]

이렇듯 김수영에 있어 '모더니티'란 우리 시가 걸어야 할 길이며 획득해야 할 단계를 의미한다. 때문에 그에 있어서 현대성은 단순한 유행 풍조나 시대적 조류에의 영합을 의미한다기보다는 현대시가 갖춰야 예술적 수준을 말하는 것으로 이해될 수 있다. 그의 시평에 자주 등장하는 '현대적 감각'이니 '모던한 형태' 등의 용어만을 주목할 때 우리는 그에게서 흔히 분방한 모더니스트의 모습을 보게 된다. 그러나 그의 시평이나 시론이 크게 우려하고 비판하는 것은 바로 포오즈에만 사로잡힌 경박한 모더니즘이다.

포오즈가 성공을 거두고 실패를 하는 분기점이 되는 것은 무엇인

---

2) 「모더니티의 문제」, 『김수영 전집 2 산문』(민음사, 1981), p. 350.
　* 앞으로의 각주에서는 『전집』 2로 약해서 표기하겠다.

가. 대답은 지극히 간단하다. - 진지성이다. 포오즈 이전에 그것이
있어야 한다. 포오즈의 밑바닥에 그것이 깔려있어야 한다. 꼭또의 포
오즈를 보면 안다. 요즘에는 끄노의 포오즈를 보면 안다. 진지한 자세
가 쑥스러워서 애교로 부리는 포오즈와 패댄틱한 포오즈와는-혹은
무의식적인 포오즈와는 - 다르다.3)

　　우리의 현대시가 겪어야 할 가장 큰 난관은 포오즈를 버리고 사상
을 취해야 할 일이다. 포오즈는 시 이전이다. 사상도 시 이전이다.
그러나 포오즈는 시에 신념 있는 일관성을 주지 않지만 사상은 그것을
준다. 우리의 시가 조석으로 동요하는 원인의 하나가 여기에 있다.
시의 다양성이나 시의 변화나 시의 실험을 나는 두려워하지 않는다.
오히려 그것은 어디까지나 환영해야 할 일이다. 다만 그러한 실험이
동요나 방황으로 그쳐서는 아니 되며 그렇지 않기 위해서는 지성인으
로서의 시인의 기저에 신념이 살아 있어야 한다.4)

　이 두 인용문에서 김수영이 주장하는 바는 포오즈를 극복하는 데에서
우리시의 진정한 현대성이 이루어진다는 것이다. 즉, 시의 변화나 시의
실험을 포함한 현대성 추구가 진정한 것이 되기 위해서는 포오즈를 넘어
신념이나 진지성이 있어야 한다는 것이다. 이러한 신념이나 진지성이 몰각
될 때 그것은 '실험을 위한 실험의 난행'5)이고 결국 시적 실패로 귀결될
수밖에 없다고 강조한다.

　이렇게 보았을 때 김수영은 시의 현대성을 사상의 현대성 또는 시대를
바라보는 현대적 지성으로 이해했다고 생각할 수 있다. 그런데 이렇게
이해하고 보면, 김수영은 현대적 시의 내용과 형식을 이분법적으로 분리하
여 형식이 아닌 내용적 현대성만을 진정한 현대성으로 바라보았다고 단순

---

3) 「포오즈의 폐해」, 『전집』 2, p. 381.

4) 「요동하는 포오즈들」, 『전집』 2, p.363.

5) 「현대성에의 도피」, 『전집』 2, p. 359.

화시켜 판단하기가 쉽다.

그러나 박태진의 시를 평하는 글에서 김수영은 다음과 같은 논의로 내용과 형식을 매개한다.

> 이 시에서 나타나있는 현대성은 육체에서 나오고 있는 것이다. 그것은 시를 쓰기 전에 준비되어있는 것이다. 우리 시단에서 가장 아쉬운 것이 이것이다. 진정한 현대성은 생활과 육체 속에 자각되어 있는 것이고, 그 때문에 그 가치는 현대를 넘어선 영원과 접한다.[6]

시의 현대성은 포오즈로서의 시의 형식에 있는 것도 그렇다고 사상이라는 형태로 시인의 머리속에 있는 것도 아니라 생활과 육체속에 자각되어 있는 것이라고 한다. 또 다른 글에서는 시의 현대성은 시가 추구할 것이 아니라 육체로서의 시인이 추구할 것이라고도 얘기된다.

> 시의 모더니티란 외부로부터 부과하는 감각이 아니라 내면에서 우러나오는 지성의 화염이며, 따라서 그것은 시인이-육체로서-추구할 것이지 시가-기술면으로-추구할 것이 아니다.[7]

육체로서 추구되는 현대성이라는 다소 막연한 그의 논의는 흔히 인용되는 그의 '온몸의 시학' 논의와 연결된다. 「시여, 침을 뱉어라」라는 그의 시론은 시적 비유와 논리적 비약으로 가득차 쉽게 이해되기 곤란하기는 하지만 그의 온몸의 시학을 나름의 예리한 문체로 제시해주고 있다. 그에 따르면 시를 쓴다는 것은 <온몸>으로 밀고 나가는 것이지 <머리>나 <심장>으로 하는 것이 아니라는 것이다. 현대적 정신이나 현대의 사상이 바로 현대성의 시가 되는 것이 아니고, 전래의 서정시와 같은 감정 과잉의 뜨거운 시 또한 참다운 현대성의 구현

---

6) 「진정한 현대성의 지향」, 『전집』 2, p. 214.
7) 「모더니티의 문제」, 『전집』 2, p. 350.

과는 거리가 있으며, 시란 현실의 삶을 구현하고 그것을 지적으로
반성하며 감각으로 체현하는 시인의 육체성 자체에서 나온다고 말하
고 있다.

> 그러면 온몸으로 동시에 무엇을 밀고 나가는가. 그러나 -나의 모호
> 성을 용서해준다면- <무엇을>의 대답은 <동시에>의 안에 이미
> 포함되어 있다고 생각된다. 즉 온몸으로 동시에 온몸을 밀고나가는
> 것이 되고, 이 말은 곧 온몸으로 바로 온몸을 밀고나가는 것이 된다.
> 그런데 시의 사변에서 볼 때, 이러한 온몸에 의한 온몸의 이행이 사랑
> 이라는 것을 알게 되고, 그것이 바로 시의 형식이라는 것을 알게 된
> 다.[8]

시의 형식과 내용이 따로 따로 존재하는 것이 아니라 현실에 사는 시인
의 삶이 통째로 시로 드러나는 곳에 즉, 시인의 사상과 감성이 생활속에서
시적 언어로 표현될 때 바로 그것이 시의 형식이 된다는 것이다. 이러한
인식은 결국 예술가의 양심의 문제로 귀결된다. 시의 현대성이 관념화된
사상에만 존재하는 것도 아니고, 반대로 외적 '기술', 즉 형식에만 존재하
는 것도 아니라, 현실에 직면에 있는 시인의 생활 자체 다시 말하면 시적
실천에 있다고 한다면 그것은 시인이 얼마나 진지하게 현실을 고민하느냐
의 문제가 되는 것이다. 즉 시의 현대성은 '기술의 우열이나 경향 여하가
문제가 아니라 시인의 양심이 문제다.'[9]

이렇게 보았을 때 김수영에 있어서 시의 현대성이란 결국 시인이 얼마나
정직하게 당대의 현실을 고민하고 표현했는가의 문제가 된다. 전래의 형식
과 정서에 매몰되어 변화된 현대의 삶을 담아내지 못하는 전통적인 서정시
는 물론이고, 형식 실험에 골몰한 텅빈 포오즈의 시나 관념성에 매몰된

---

8) 「시여, 침을 뱉어라」, 『전집』 2, p.250.
9) 「난해의 장막」, 『전집』 2, p. 208.

정치의식 과잉의 시 등은 모두 진정한 현대성과는 큰 거리를 갖는 것이다.

그렇다면 이러한 시의 현대성을 김수영은 구체적으로 어떻게 모색했는가? 간단히 말하자면 김수영은 이를 산문성의 확대를 통해 모색하고자 했다.

> 산문이란, 세계의 개진이다. 이 말은 사랑의 유보로서의 <노래>의 매력만큼 매력적인 말이다. 시에 있어서의 산문의 확대작업은 <노래>의 유보성에 대해서는 침공적이고 의식적이다.   ……중략……
> <노래>의 유보성, 즉 예술성이 무의식적이고 음성적이기는 하지만, 그것은 반이 아니다. 예술성의 편에서는 하나의 시작품은 자기의 전부이고, 산문의 편, 즉 현실성의 편에서도 하나의 작품은 자기의 전부이다. 시의 본질은 이러한 개진과 은폐의, 세계와 대지의 양극의 긴장 위에 서있는 것이다.10)

그에게 있어 시란 세계를 열어나가는 끊임없는 모험의 세계인데, 이러한 모험을 추진해나가기 위해서는 산문의 확대 작업이 필요하다는 것이다. 산문과 반대되는 <노래>로서의 시의 성격, 즉 예술성은 그 자체의 완결성으로 인해 세계의 개진을 끊임없이 유보함에 반해 산문은 세계의 개진 즉 현실 인식의 확대로 나아간다는 것이다. 그러나 그는 그렇다고 <노래>의 포기와 그것의 산문으로의 대체를 말하고 있지는 않다. 시란 이 둘 사이의 긴장 위에 있다는 점을 인식하고 있다. 산문의 현실성이 형식의 제약과의 긴장속에서 드러날 때 거기에 참다운 시가 태어난다는 것이다.

현대사회에서 왜 산문성이 현실성과 동의어가 되고 산문과 노래의 긴장이 왜 현대성의 추구에 필수적인 것이 되는지 그의 시론에서는 자세히 논의되어 있지 않다. 또한 그의 이런 논의가 과연 타당하고 바람직한 것인

---

10) 「시여, 침을 뱉어라」, 『전집』 2, pp. 251-2.

지도 다시 한 번 생각해보야할 할 문제이다. 산문적 형식과 산문적 언어의 도입을 통한 전통적인 시형식의 파괴가 꼭 산문성의 확대라는 측면으로 파악될 이유는 없다. 새로운 <노래>, 새로운 예술성의 확립이라는 관점에서도 충분히 논의될 문제이기 때문이다.

아무튼 우리가 여기에서 주목해야 할 것은 김수영의 시론에서의 현대성의 논의는 한국 모더니스트의 대부분이 그래왔던 것과 같이 단순히 현대적 소재나 현대적 표현기교의 문제에 국한된 것이 아니라 또한 그 반대로 현대적 정신의 구현이라는 추상적 이념적 차원에만 골몰한 것이 아니라 구체적인 시창작의 태도와 방법의 문제까지 사고되고 모색되고 있다는 점이다. 물론 그것의 성과나 한계는 그의 실제 시작품의 분석을 통해 이루어져야 할 성질의 것이다.

3. 현실성의 지향

예술가의 양심을 바탕으로 현실의 삶의 문제를 시인의 실천인 시작(詩作)을 통해서 추구해 나갈 때 비로소 시의 현대성이 구현된다는 김수영의 시론은 당연히 시의 현실성의 문제와 연결된다. 이는 다음의 말에서 잘 드러난다.

> 시인이 자기의 시인성을 깨닫지 못하는 것은, 거울이 아닌 자기의 육안으로 사람이 자기의 전신을 바라볼 수 없는 거나 마찬가지이다. 그가 보는 것은 남들이고, 소재이고, 현실이고, 신문이다. 그것이 그의 의식이다. 현대시에 있어서는 이 의식이 더욱더 정예화 ― 때에 따라서는 신경질적으로까지 ― 되어 있다. 이러한 의식이 없거나 혹은 지극히 우발적이거나 수면 중에 있는 시인이 우리들의 주변에는 허다하

게 있지만 이런 사람들을 나는 현대적인 시인이라고 부를 수는 없
다.[11]

이렇듯 그는 시의 현대성은 바로 현실에 대한 첨예한 의식에서부터 나온
다는 점을 명확히하고 있다. 때문에 진정한 현대적 시를 쓴다는 것은 현실
로부터 결코 자유로울 수 없으며 그 현실에 대한 주체적이고 실천적인
책무가 따를 수밖에 없다는 생각을 갖게 된다.

> 시인의 스승은 현실이다. 나는 우리의 현실이 시대에 뒤떨어진 것
> 을 부끄럽고 안타깝게 생각하지만, 그보다도 더 안타깝고, 부끄러운
> 것은 이 뒤덜어진 현실을 직시하지 못하는 시인의 태도이다. 오늘날의
> 우리의 현대시의 양심과 작업은 이 뒤떨어진 현실에 대한 자각이 모체
> 가 되어야 할 것 같다.[12]

여기에는 김수영 나름의 현실주의적 통찰이 들어있다. 시인의 양심에
기반한 진정한 시는 현실로부터 분리될 수 없을 뿐만 아니라 현실로부터
배움을 받고, 조건지어져 있고, 그러한 현실을 자각하고 변화시키려는 노
력을 가질 수밖에 없다는 지적이다. 때문에 그의 현실성 논의는 참여시의
문제로 연결된다.

그러나 김수영의 참여시 논의는 상당히 독특한 성격으로 전개된다. 김수
영 자신이 "참여시의 옹호자라는 달갑지 않은, 분에 넘치는 호칭을 받고
있다."고 하는 것처럼 당시의 속류적 참여시에 대한 거부의 의사를 명확히
하고 그러한 참여시론이 가지는 한계와 맹점을 날카롭게 지적하는 데에
게으르지 않다. 그는 시의 참여 문제를 '역사적 요청'이니 '시대 정신'이니

---

11) 윗 글, p, 251.
12) 「모더니티의 문제」, 『전집』 2, p. 350.

하는 문학외적 차원으로 설명하려는 것을 극히 배제하고 그것을 문학내적
인 원칙으로 설명하려고 애쓰고 있다. 그는 시의 사회적 참여를 주장하는
장일우의 시론에 대해 비판하면서 당시 제기되고 있던 참여시론과 참여시
의 미숙성을 우려하며 다음과 같이 지적한다.

> 그가 한국시인들에게 좀더 사회적 관심이 있는 −혹은 사회적 관심
> 의 위치 위에 있는− 시를 쓰라고 하는 말은 극단적으로 볼 때 이북시
> 인들에게 형이상학적 시를 쓰라는 말과 같은 난제를 포함하고 있다.13)

또한 "우리나라의 시는 지게꾼이 느끼는 절박한 현실을 대변해야 합니
다."라는 신동엽의 주장에 대해서도 시를 쓰는 지게군이 나오지 않는 사회
적 조건의 결여에서는 공소한 주장이라 비판하며 보다 필요한 것은 작품다
운 작품을 하나라도 더 많이 내놓는 일이라고 주장한다. 그리고 이러한
현실을 이기는 시인의 방법을 이들은 시작품상에 나타난 '언어의 서술'에
서 보고 있지만 그것이 '언어의 서술'에서뿐만 아니라 언어의 작용에서도
찾아져야 한다고 말한다.14) 여기에서 김수영이 말하는 '언어의 서술'과 '언
어의 작용'은 시의 의미적 내용적 측면과 표현적 측면을 지칭하는 김수영
나름의 독특한 용어일 것이다. 김수영은 내용과 형식의 통일이라는 논의를
통해 당시 우리 시단에 팽배해 있던 극단적인 이분법을 넘어서고자 했다.
알맹이 없는 형식추구적 경향과 그에 반발하여 출현한 참여시의 생경성을
비판하면서 사상성과 예술성이 고도로 통일되어야만 진정한 참여시가 가
능하다는 점을 강조하고 있다. 이러한 그의 논의는 앞서 제기한 그의 온몸
의 시론에서도 다시 확인되는 바이다.

---

13) 「생활현실과 시」, 『전집』 2, p. 192.
14) 윗 글, p. 193.

> 시는 온몸으로, 바로 온몸을 밀고 나가는 것이다. 그것은 그림자를
> 의식하지 않는다. 그림자에조차도 의지하지 않는다. 시의 형식은 내
> 용에 의지하지 않고 그 내용은 형식에 의지하지 않는다. 시는 그림자
> 에조차도 의지하지 않는다. 시는 문화를 염두에 두지 않고, 민족을
> 염두에 두지 않고, 인류를 염두에 두지 않는다. 그러면서도 그것은
> 문화와 민족과 인류에 공헌하고 평화에 공헌한다. 바로 그처럼 형식은
> 내용이 되고 내용이 형식이 된다. 시는 온몸으로 바로 온몸을 밀고나
> 가는 것이다.[15]

내용과 형식이 분리되는 것이 아니고 내용이 형식이 되고 형식이 내용으로 전화하는 온몸으로서의 시, 그것은 앞서도 논의하였듯이 시인의 삶 그 자체인 시인데, 바로 이러한 내용과 형식이 통일된 시가 민족과 인류에 공헌하는 사회적 책임을 완수한다는 것이다. 순수시와 참여시라는 이분법적 사고를 부정하면서, 진정한 순수시, 즉 시인의 양심에 입각한 진지성을 잃지 않는 시라면 그것은 한국의 현실을 반영하지 않을 수 없다는 주장이다.

이러한 논의는 사실 참여시의 성격을 말하는 것이기보다는 시의 참여적 성격을 논의하는 것이라고 볼 수 있다. 참여시는 모름지기 어떠어떠해야 한다는 것에 그의 논의가 초점이 주어져 있는 것이 아니고, 모든 진정한 시는 현실에 대한 진지한 성찰을 담을 수밖에 없고 이런 점에서 참여적 성격을 가질 수밖에 없다는 것이 김수영 시론의 핵심적인 지적이다. 이러한 참여시의 논의를 통해 김수영은 참여시에 대한 그릇된 오해나 참여시의 생경함을 동시에 극복하여 시의 현실성을 보다 폭넓게 이해하는 토대를 만들었다.

---

15) 「시여, 침을 뱉어라」, 『전집』 2, p. 253-4.

4. 자유의 이행

앞서 논의한 김수영 시론의 두 개의 지향, 즉 현대성과 현실성의 완성은 자유라는 개념을 통해서 이루어진다. 그런데 김수영에게 있어 자유는 '자유의 이행'이다. 현실도피의 공간으로서의 낭만주의적 자유 개념에서처럼 영원히 도달해야 할 이상적 가치로서의 자유도 아니고 '서술의 자유' 즉 정치적 자유와 같은 회복해야 할 대상으로서의 자유도 아니다. 현대성과 현실성이 시적 실천으로 현현하여 세계를 개진해가는 모험의 과정이 바로 자유이다. 이를 그는 다음과 같이 표현하고 있다.

> 그러나 나는 아직까지도 <여직까지 없었던 세계가 펼쳐주는 충격>을 못주고 있다. 이 시론은 아직도 시로서의 충격을 못 주고 있는 것이다. 그 이유는 여직까지의 자유의 서술이 자유의 서술로 그치고, 자유의 이행을 하지 못한 데에 있다. 모험은, 자유의 서술도 자유의 주장도 아닌 자유의 이행이다.[16]

이러한 이행으로서의 자유의 성격은 '모호성' 또는 '혼란'이라는 개념으로 설명된다. 그는 「시여, 침을 뱉어라」 첫머리에서 자신의 시작(詩作)의 가장 첨단의 부분이 모호성임을 밝히고 이는 '무한대의 혼돈'에의 접근을 가능하게 하는 유일한 도구라고 지적하고 하고 있다.

이런 무한대의 혼돈이나 모호성의 개념에 대해 일부의 평자는 "현대적인(탈구조적인) 불가지론으로 빠져 결국 현실주의와는 정반대의 것이 되고 말 수가 있다."고 지적하면서 그의 시론이 가진 현실주의적 불철저성을 비판하기도 한다.[17] 그러나 이는 그의 논의를 너무 협소하게 이해한 결과

---

16) 윗 글, p. 252.

이다. 김수영은 불가지론으로 현실 의식을 몰각하거나 포기하려는 것이 아니라 현실을 은폐하는 억압에 대항하여 현실을 개진해나가는 자유의 정신을 말하고 있다. 때문에 "도대체가 시라는 것은 그것이 새로운 자유를 행사하는 진정한 시인 경우에는 어디엔가 힘이 맺혀있는 것이다."[18]라는 말처럼 도피나 위안으로의 자유가 아니라 실천적 힘으로서의 자유가 된다. 자유가 자유의 이행인 이유가 여기에 있다. 다음의 김수영의 말은 바로 이러한 인식을 비유적으로 표현해 주고 있다.

> 그러고 보면 <혼란>이 없는 시멘트회사나 발전소의 건설은, 시멘트 회사나 발전소가 없는 혼란보다 조금도 나을게 없는 것같은 생각이 든다. 이러한 자유와 사랑의 동의어로서의 <혼란>의 향수가 문화의 세계에서 싹트고 있다는 것은, 그것이 아무리 미미한 징조에 불과한 것이라 하더라도 지극히 중대한 일이다. 그리고 이러한 문화의 본질적 근원을 발효시키는 누룩의 역할을 하는 것이 진정한 시의 임무인 것이다.[19]

세계를 개진하는 사랑을 자유의 동의어로 인식하는 이러한 김수영의 시론은 사실 하이데거의 시론에 기대는 바 크다.

하이데거에 의하면 언어는 존재 자체를 밝히면서 동시에 은폐하는 측면을 가지고 있다고 한다. 특히 과학적 언어는 자신의 서술과 설명만이 객관적 진리라고 자처하는데 이러한 과학적 이론은 그 대상을 개방하고 밝혀주기보다는 그것을 더욱 은폐하는 결과를 낳는다는 것이다. 여기에 바로 사유가 부딪치는 언어적 문제가 생긴다. 사유의 목적은 존재를 근원적인

---

17) 정남영, 「김수영의 시와 시론」, 『창작과 비평』 93년 가을호, p. 128.
18) 「생활현실과 시」, 『전집』 2, p. 197.
19) 「시여, 침을 뱉어라」, 『전집』2, p. 253.

차원에서 들어내는 데 있지만 언어 없이는 사유할 수 없다. 그러나 언어는 존재를 밝히는 동시에 그것을 은폐하게 마련이다. 문제는 어떻게 하면 존재를 은폐하지 않는 언어를 통해 존재를 밝혀낼 수 있는가에 있다. 여기에서 하이데거는 시와 예술의 중요성을 강조한다. 존재를 될수록 덜 은폐하고 가능한 한 그것을 최대로 밝힐 수 있는 언어를 찾는 것이 중요한다. 그렇다면 그 언어는 <가장 언어 아닌 언어> 가장 적고 희미한 의미를 가진 언어여야 할 것이다. 하이데거에 의하면 그것은 바로 시와 예술의 언어이다. 그에 따르면 진정한 진리, 즉 '존재의 의미'는 철학이나 과학에서 전형적 모델을 볼 수 있는 진술적 언어로서가 아니라 시적 언어로서만 전달될 수 있다고 한다. 이는 시적 언어가 가진 근본적 모호성 때문이다.[20]

이러한 하이데커의 시적 언어 이해에 기반하여, 김수영은 근본적인 시적 언어의 모호성이 '대지의 은폐'에 반대되는 '세계의 개진'을 가능하게 하고 그러한 과정이 바로 자유의 이행임을 말하고 있다. 이렇게 보았을 때, 김수영이 지적한 시적 모호성은 세상에 대한 인식을 부정하고 대상에 접근 가능성을 의심하는 회의주의나 허무주의적 태도가 아니라, 세상을 은폐하고 존재의 의미를 왜곡하는 억압의 체계를 거부하고 저항하는 자유의 이행의 근본적인 출발점이라 할 수 있다.

그런데 이러한 시적 모호성의 문제는 필연적으로 난해시의 문제와 관련된다. 시쓰기 자체가 자유의 이행이 되는 경지는 명백한 논리의 세계나 자명한 과학적 언어의 세계가 아니라 어슴프레하고 희미한 언어의 미로를 통해 도달되는 지난한 과정 끝에 있기 때문이다.

백낙청은 이러한 김수영의 난해시에의 경향을 민중성의 측면에서 비판한 바 있다.

---

20) 이상의 설명은 박이문의 「왜 하이데커가 중요한가」(『세계의 문학』 93년 여름호)와 김병우의 『존재와 상황』(한길사, 1981)을 참고하였음.

김수영에게서 우리가 문제삼아야 할 핵심적인 사항은 그가 난해한 시를 썼고 심지어 난해시를 옹호하기까지했다는 사실 자체보다도, 어째서 그에게는 진정한 난해시를 쓰려는 욕구가 민중과 더불어 있으려는 대척적인 욕구보다 그처럼 명백한 우위를 차지했느냐 하는 것이다. 이것 역시 어디까지나 상대적인 문제지만, 김수영의 한계가 모더니즘의 이념 자체를 넘어서지 못했다기보다 그 극복의 실천에서 우리 역사의 현장에 풍부히 주어진 민족과 민중의 잠재역량을 너무나 등한히 했다는 데 있다는 말이 된다.21)

물론 풍부히 주어진 민족과 민중의 언어적 잠재 역량이 이 땅의 억압의 실체를 밝히고 자유로 나아가는 해방의 가능성을 가지고 있고 또 보여주었다는 점은 부정할 수 없다. 그러나 민중의 언어와 형상을 재료로 하는 것만이 이 땅의 현실을 제대로 바라보고 올바로 변화시킬 수 있다는 생각은 김수영의 생각에 따르면 또하나의 현실 은폐일 뿐이다. 민중의 언어이건 난해한 현대 지식인의 복잡한 내면의 언어이건 그것이 진지한 현실적 긴장을 풀지않는다면 자유와 해방으로 나아가는 실천적 과정이라 하겠다. 결국 이 또한 앞서 지적한 예술가의 양심의 문제로 귀결되는 것이기도 하다. 김수영은 바로 이 문제를 자유를 이해하는 언어의 새로움이라는 측면에서 설명하고 있다.

오늘날의 시가 가장 골몰해야 할 가장 큰 문제는 인간의 회복이다. 오늘날 우리들은 인간의 상실이라는 가장 큰 비극으로 통일되어있고, 이 비참의 통일을 영광의 통일로 이끌고 나가야 하는 것이 시인의 임무다. 그는 언어를 통해서 자유를 읊고, 또 자유를 산다. 여기에 시의 새로움이 있고, 또 그 새로움이 문제되어야 한다. ……중략…… 따라서 우리의 생활현실이 담겨있느냐 아니냐의 기준도, 진정한 난해

---

21) 백낙청, 「참여시와 민족문제」, 『전집』 별권, p. 168.

시냐 가짜 난해시냐의 기준도 이 새로움이 있느냐 없느냐에서 결정되는 것이다. 새로움은 자유다. 자유는 새로움이다.[22]

5. 맺음말

이상에서 본고는 김수영의 시적 논의의 성과를 두 가지의 지향을 보여준다는 관점에서 살펴보았다. 현대성의 지향과 현실성의 지향이 바로 그것이다. 서론에서도 제기했듯이 이러한 두 지향은 1960년대 우리의 시에 요구된 문제의식을 진전시키는 중요한 토대가 되는 것이라 할 수 있다. 우리의 시사에서 1960년대는 진정한 현대성을 구현한 모더니즘 운동과 예술성을 수반하는 참여시를 동시에 요구하던 시대였다고 범박하게 지적할 수 있다. 김수영의 시론은 바로 이러한 요구에 대한 진지한 대응이었다.

김수영은 진정한 현대성의 획득을 포오즈를 극복하는 데에서 찾았다. 시의 변화나 시의 실험을 포함한 현대성 추구가 진정한 것이 되기 위해서는 포오즈를 넘어 시인의 양심에 근거한 신념이나 진지성이 있어야 한다는 것이다. 즉, 김수영은 시의 현대성을 사상의 현대성, 시대를 바라보는 현대적 지성으로 이해했다. 이러한 인식은 종래의 모더니즘 운동이 가지고 있던 박래성(舶來性)과 경박한 유행풍조와같은 공허성을 극복하여 어떤 의미에서 토착화된 모더니즘을 만들어나가기 위한 모색을 보여주는 것이기도 하다.

김수영은 진정한 시는 현실성을 지향하지 않을 수 없다는 점을 들어 참여시론을 옹호한다. 시인의 양심에 기반한 진정한 시는 현실로부터 분리될 수 없을 뿐만 아니라 현실로부터 조건지어져 있고, 그러한 현실을

---

22) 「생활현실과 시」, 『전집』 2, p. 196.

자각하고 변화시키려는 노력을 가질 수밖에 없다는 것이다. 이러한 논의를 통해 김수영은 순수시와 참여시라는 이분법적 사고를 부정하면서, 진정한 순수시, 즉 시인의 양심에 입각한 진지성을 잃지 않는 시라면 그것은 한국의 현실을 반영하지 않을 수 없다는 인식을 보여준다. 모든 진정한 시는 현실에 대한 진지한 성찰을 담을 수밖에 없고 이런 점에서 참여적 성격을 가질 수밖에 없다는 것이 김수영 시론의 핵심적인 지적이다. 이러한 참여시의 논의를 통해 김수영은 참여시에 대한 그릇된 오해나 참여시의 생경함을 동시에 극복하여 시의 현실성을 보다 폭넓게 이해하는 토대를 만들었다.

그런데 앞서 말한 두 가지의 지향은 김수영에 있어서는 자유라는 개념을 통해서 완성된다. 그런데 김수영에게 있어 자유는 이행으로서의 자유이다. 즉, 현대성과 현실성이 시적 실천으로 현현하여 세계를 개진해가는 모험의 과정이 바로 자유인 것이다.

실존적 이성의 한계인식 혹은 극복의지

김수영론

김경숙

1. 근대성의 문제와 1960년대 문학

근대와 전근대, 그리고 탈근대는 세계를 인식하는 틀의 변화를 표현하는 개념들이다. 동서양을 막론하고, 오늘날의 지성사에서는 근대성과 탈근대성의 문제가 논쟁의 가장 커다란 쟁점을 형성하고 있다. 그런데 포스트모더니즘이란 용어는 그 자체가 이중적 의미를 내포하고 있다. 한편으로는 모더니즘을 계승하고 있으면서, 다른 한편으로는 모더니즘의 속성을 극복하고 벗어나려는 성향을 지니고 있다. 즉, 포스트모더니즘을 후기모더니즘으로 볼 수도 있고, 탈모더니즘으로 볼 수도 있다는 것이다. 그러나 포스트모더니즘을 후기모더니즘으로 보건 탈모더니즘으로 보건간에, 분명한 것은 그것이 양자의 공통 분모인 모더니즘에 대하여 일정한 태도를 표명하고 있다는 사실이다. 따라서 근대성과 탈근대성의 논쟁은 하나의 문제에 접근하는 두 가지 방향이라고 할 수 있겠다. 탈근대적 사유의 부상은 서구 문명의 위기와 그 극복의 요구로부터 나온 것이며, 이는 근본적으로 서구의 근대적 삶과 사유 체계에 대한 반성적 성찰을 전제로 하기 때문이다.

잘 알려져 있듯이, 한국의 근·현대사는 서구의 근·현대사와 불가분의 관계를 맺어 왔다. 한국의 근대사가 진행되어 온 과정은 첫째 기존의 전근대적 성격에서 벗어나 자본주의적 근대성을 따라잡는 것을 국가적 과제로 삼아왔고, 한편 자생적 발전 과정 속에서 발현되는 근대성이 이에 대한 대항담론으로서 늘 공존해 왔다. 그러므로 탈근대성 논쟁의 파장과 그로 인한 근대성에 대한 반성은 우리에게도 당면한 중요성을 갖는다.

특히, 1960년대는 한국이 식민지하에서의 왜곡된 근대화 경험 그리고 전후 사회의 원조 경제와 빈곤이라는 세계적 특수성의 상황에서 벗어나, 나름의 일상적 삶을 회복하고 본격적으로 근대 자본주의 질서 체제의 기본 궤도에 진입하기 시작한 시기이다. 4.19 혁명 직후에 출범한 5.16 군사 정권은 그들의 정치적 정당성을 확보하기 위하여 급속한 경제 성장을 꾀하였다. 국가의 경제 성장이 곧 국민 개개인의 행복을 보장한다는 전제 하에, 개인을 국가가 기획한 질서 체계 속으로 편입시켜 나갔다. 그러나 그 질서는 사실상 모든 개인들의 자유를 담보로 하는 것이었고, 국가 주도의 산업화 정책은 비약적인 경제 성장을 가져왔음에도 불구하고, 그 성장의 이면에 자본의 재벌 집중과 소득 분배 구조의 악화, 이에 따른 노동 계급의 정치적 저항과 국가의 획일적 통제 등 많은 부정적인 문제들을 파생시켰다. 더구나 분단 국가인 남한은 세계 냉전 체제에 따라 더욱 강화된 반공 이데올로기에 의해 이와 같은 대내적 문제들이 무시당하고, 미국과 일본에 대한 경제 예속이 심화되어 가는 신식민지 국가가 되었다.

이처럼 한국에서 1960년대는 근대 자본주의의 모순을 가장 전형적으로 함의하고 있던 시기라고 할 수 있다. 그리고 대항담론으로서의 근대성은 이 타율적 질서에 대한 부정과 반항으로부터 시작된다. 공동체 내의 질서는 외부로부터 강제로 주어지는 것이 아니라 구성원들의 자발적인 동의와 참여로 자연발생할 때, 비로소 구성원 모두를 자유롭게 할 수 있기 때문이다.

이에 필자는 당대인의 삶과 의식을 형상화한 1960년대 문학을 통하여, 한국적 주체가 객관 세계의 모순을 발견하고 그 극복의 방향을 모색해 가는 양상을, 근대적 사유 체계의 형성 과정이라는 맥락 위에서 밝혀보고 자 한다. 이때 1960년대 문학사뿐만 아니라 한국의 근대 문학사 전체를 통틀어서, 김수영의 시 세계만큼 견고하고 일관되게 근대적 사유 체계를 성숙한 방향으로 구축해 가고 있는 사례를 우리는 아마도 찾아보기 힘들 것이다. 우리가 일반적으로 김수영의 시를 이상의 시에 버금가는 난해시의 범주에 집어넣듯이, 그의 시는 언제나 고도의 지적 사유 과정을 보여주고 또한 요구한다. 그러므로 필자는 이 글에서 김수영 시 세계의 핵심이자 근대적 사유 체계의 중심이기도 한 몇 가지 기본 개념을 대상으로 하여, 1960년대 문학과 근대성의 관계 망을 풀어보고자 한다. 그리고 필자는 이 과정을 통해서, 김수영 문학이 갖는 소중한 의미와 다양한 전망을 1990 년대라는 우리 시대의 문학적 지평 속으로 끌어올릴 수 있기를 기대한다.

2. 김수영, 성숙한 이성의 다른 이름

(1) 전통과 사랑 — 새로운 역사 만들기

김수영의 시 세계는 동양의 전근대적 질서 체계에 대한 부정과, 서구 근대의 합리적 질서 체계에 대한 긍정으로부터 출발한다. 근대 이성으로서 시적 자아가 경유하는 반성의 사유 과정은 혼란스럽고 후진적인 한국의 당대 현실 속에서 새로운 질서와 진보를 모색하려는 노력이며, 이 현실 극복의 열망은 전통과 사랑의 개념으로 구체화되어 나타난다. 전통은 종적인 시간 개념으로서 역사에 대한 이해와 결부되는 문제이고, 사랑은 횡적인 공간 개념으로서 공동체에 대한 이해와 관련되는 문제이다. 다음 몇 편의 후기 시 분석을 통하여, 김수영이 마침내 도달하는 전통과 사랑의 내적 의미 체계를 구체적으로 밝혀보고, 그에 따라 김수영의 전체 시 세계를 다시 조망해 보고자 한다.

근대적인 사유는 시간 개념에 획기적인 변화를 가져왔다. 근대 이전에 인간은 시간의 흐름을 순환적인 것으로 인식해 왔었는데, 이제는 과거에서 현재로 그리고 다시 미래로 선적인 진행을 하는 것으로 파악하게 된 것이다. 전자에 의하면 세상에는 변하지 않는 보편적 진리가 존재하고, 자연과 마찬가지로 인간 사회는 끊임없이 반복될 뿐이다. 그러나 후자에 의하면 세상에 영원한 진리란 없으며, 인간 사회는 쉬지 않고 변화·발전해야 한다. 따라서 과거는 언제나 현재보다 못하며, 미래는 반드시 현재보다 더 나을 것이 틀림없다. 그리고 이와 같은 시간 인식은 과거보다는 현재가 더 중요하고, 현재보다는 미래가 더 중요하다는 가치 개념으로 연결되기 쉽다. 사실상 1960년대 국가 주도의 계획 경제도 과거의 빈곤에서 탈피하여 미래의 복지를 이루기 위해 현재를 희생하자는 지표를 내세우고 있었다.

이처럼 근대적 시간관에서 과거는 반드시 부정되어야 한다. 현재는 미래로 나아가기 위해서 과거와 결별해야 한다. 그러나 한 사회가 자신의 과거를 부정하는 일은 곧 역사를 부정하는 일이다. 역사를 부정한 사회가 과연 훌륭한 미래를 만들어 갈 수 있을까? 김수영은 바로 '전통'의 개념을 통하여 이와 같은 근대적 시간관을 반성한다.

> 現代式 橋梁을 건널 때마다 나는 갑자기 懷古主義者가 된다
> 이것이 얼마나 罪가 많은 다리인줄 모르고
> 植民地의 昆蟲들이 二四시간을
> 자기의 다리처럼 건너다닌다

나이어린 사람들은 어째서 이 다리가 부자연스러운지를 모른다
그러니까 이 다리를 건너갈 때마다
나는 나의 心臟을 機械처럼 중지시킨다
(이런 연습을 나는 무수히 해왔다)

그러나 문제는 이러한 反抗에 있지 않다
저 젊은이들의 나에 대한 사랑에 있다
아니 信用이라고 해도 된다
「선생님 이야기는 二十년 전 이야기이지요」
할 때마다 나는 그들의 나이를 찬찬히
소급해가면서 새로운 여유를 느낀다
새로운 歷史라고 해도 좋다

이런 驚異는 나를 늙게 하는 동시에 젊게 한다
아니 늙게 하지도 젊게 하지도 않는다
이 다리 밑에서 엇갈리는 기차처럼
늙음과 젊음의 분간이 서지 않는다
다리는 이러한 停止의 증인이다
젊음과 늙음이 엇갈리는 순간
그러한 速力과 速力의 停頓 속에서
다리는 사랑을 배운다
정말 희한한 일이다

— <現代式 橋梁> 부분 (1964. 11. 22)

위의 시에서 '현대식 교량'은 복합적인 상징물이다.

첫째로, '현대식 교량'은 근대의 모순성을 상징한다. 현대식 교량은 식민지 시대에 세워진 근대 과학 문명의 산물이다. 서구 사회에서 과학의 발달은 인간의 이성과 진보에 대한 믿음을 낳았다. 그리고 이성과 진보에 대한 믿음은 기술과 문명의 발전이 인간의 품성과 행복도 향상시킬 수 있다는 인간 해방의 논리를 포함하고 있는 것이었다. 그러나 현실 속에서 서구의

근대 이성은 점차 도구화되어 갔고, 도구화된 이성은 그 자체가 지배 또는 폭력의 속성과 쉽게 연계되었다. 대상으로부터 주체를 분리해 낼 줄 아는 근대적 이성의 분별 능력은 모든 사물을 이분법으로 구분하기 시작했고, 그것은 우열을 가리는 배제의 논리가 되었던 것이다. 그리고 이에 따라, 근대화의 발전 과정은 착취 또는 소외의 과정과 병행하게 되었다. 궁극적으로 근대화는 인간의 자유를 억압하는 역기능으로 작용하게 된 것이다.

더구나 일본 제국주의에 의해 진행된 한국의 비자발적 근대화는 이중의 착취와 억압을 토대로 하고 있었다. 현대식 교량은 문명의 이기로서 편리함과 경제성을 통하여 인간의 삶에 자유로움을 주는 것이다. 그러나 일제 식민지 정책의 일환으로 놓여진 현대식 교량은 한국민이 그것을 이용하면 할수록 스스로 식민지화에 잠식당해 갈 뿐이라는 모순을 안고 있다. 이와 같이 첨예화한 근대화의 모순성을 화자는 '죄'라는 단어로 표현한다.

둘째로, '현대식 교량'은 우리의 전통과 역사를 상징한다. 현대식 교량은 과거에 만들어진 것이면서 현재의 삶 속에서도 여전히 사용되고 있는 사물이다. 즉, 현대식 교량에는 과거와 현재라는 이중의 시간이 내재되어 있다. 화자는 이 다리를 건널 때마다 '죄'의 과거를 기억해 낸다. 기억은 과거를 현재 시간 속으로 다시 불러들이는 행위이다. 기억은 우리의 현재 상태를 역사의 경과로 인식하게 하고, 역사를 거슬러 올라감에 의해 비로소 자기 자신을 발견할 수 있게 한다.[1] 따라서 과거를 기억한다는 것은 자기 자신에 대하여 성찰한다는 것을 의미한다. 이 자아 성찰의 욕구는 화자로 하여금 주관 장르인 시 텍스트상에서 생략 가능한 '나는'을 반복적으로 언술화하여 드러나게 하는데, 그것은 자신의 모습을 객관화시켜 바라보려는 화자의 의지를 표현해 주고 있다.

---

1) Friedrich Kummel, 『시간의 개념과 구조』, 권의무 역, 계명대학교출판부, 1986, 35쪽~43쪽 참조.

자신에 대하여 성찰하고 반성하는 행위는 가장 이성적인 인간의 태도라고 할 수 있다. 화자가 과거를 잊어버린 사람들을 "식민지의 곤충들"이라고 경멸하고, 자신을 과거가 없는 "나이 어린 사람들"과도 변별하는 이유는 그들에게 바로 이 자아 성찰의 행위가 결여되어 있기 때문이다. 과거를 기억하는 일과 기억하지 않는 일은 위의 시에서 '알다'와 '모르다'의 대립으로 나타난다. 과거를 기억하지 않는 식민지의 곤충들은 현대식 교량이 얼마나 죄가 많은 다리인 줄을 '모르고', 과거가 없는 나이 어린 사람들은 어째서 그 다리가 부자연스러운지를 '모른다'. 오직 과거를 기억하는 "회고주의자"인 화자만이 그 다리의 죄 많음과 부자연스러움을 '알고 있다'. 왜냐하면 과거를 기억하는 일은 반성과 성찰의 행위이고, 반성과 성찰의 행위는 곧 깨달음의 행위이기 때문이다.

우리는 흔히 근대성의 가장 큰 특징으로 '전통과의 단절'을 언급한다. 그리고 근대화라는 명제를 과거보다는 현재가, 현재보다는 미래가 나을 것이라는 믿음으로 등치시킨다. 그러나 전통과의 결별이 단순히 과거에 대한 무조건의 부정이나 청산을 의미하는 것은 아니다. 과거는 기억함으로써 비로소 지양되는 것이다. "어제도 빛나지 않고, 오늘도 빛나지 않는다. (다만) 그 연관만이 빛난다." (<엔카운터지>에서)

나는 이사벨 버드 비숍 女史와 연애하고 있다 그녀는
一八九三년에 조선을 처음 방문한 英國王立地學協會會員이다
그녀는 인경전의 종소리가 울리면 장안의
남자들이 모조리 사라지고 갑자기 부녀자의 世界로
화하는 劇的인 서울을 보았다 이 아름다운 시간에는
남자로서 거리를 無斷通行할 수 있는 것은 교군꾼,
내시, 外國人의 종놈, 官吏들뿐이었다 그리고
深夜에는 여자는 사라지고 남자가 다시 오입을 하러

闊步하고 나선다고 이런 奇異한 慣習을 가진 나라를
세계 다른곳에서는 본 일이 없다고
天下를 호령한 閔妃는 한번도 장안外出을 하지 못했다고……

傳統은 아무리 더러운 傳統이라도 좋다 나는 光化門
네거리에서 시구문의 진창을 연상하고 寅煥네
처갓집 옆의 지금은 埋立한 개울에서 아낙네들이
양잿물 솥에 불을 지피며 빨래하던 시절을 생각하고
이 우울한 시대를 패러다이스처럼 생각한다
버드 비숍女史를 안 뒤부터는 썩어빠진 대한민국이
괴롭지 않다 오히려 황송하다 歷史는 아무리
더러운 歷史라도 좋다
진창은 아무리 더러운 진창이라도 좋다
나에게 놋주발보다도 더 쨍쨍 울리는 追憶이
있는 한 人間은 영원하고 사랑도 그렇다

비숍女史와 연애를 하고 있는 동안에는 進步主義者와
社會主義者는 네에미 씹이다 統一도 中立도 개좆이다
隱密도 深奧도 學究도 體面도 因習도 治安局
으로 가라 東洋拓殖會社, 日本領事館, 大韓民國官吏,
아이스크림은 미국놈 좆대강이나 빨아라 그러나
요강, 망건, 장죽, 種苗商, 장전, 구리개 약방, 신전,
피혁점, 곰보, 애꾸, 애 못 낳는 여자, 無識쟁이,
이 모든 無數한 反動이 좋다
이 땅에 발을 붙이기 위해서는
――第三人道橋의 물 속에 박은 鐵筋기둥도 내가 내 땅에
박는 거대한 뿌리에 비하면 좀벌레의 솜털
내가 내 땅에 박는 거대한 뿌리에 비하면

— <거대한 뿌리> 부분 (1964. 2. 3)

위의 시에서 과거에 대한 기억은 두 가지 형태로 나타난다.

먼저, 화자는 이사벨 버드 비숍 여사와의 '연애'를 매개로 하여 과거와 만나게 된다. 이사벨 버드 비숍 여사는 1893년에 영국왕립 지학협회 회원으로서 조선을 처음 방문한 사람이다. 당시 그의 눈에 비친 조선은 "기이한 관습을 가진 나라"였다. 그 기이함은 일차적으로 영국과 조선이라는 공간적 거리가 함의하고 있는 문화 차이에 기인한 것이다. 그러나 이사벨 버드 비숍 여사와 '나'와의 만남을 통하여, 이 공간적 거리는 곧 1960년대의 대한민국과 조선이라는 시간적 거리로 전이된다.

조선시대의 서울은 "인경전의 종소리가 울리면 장안의 남자들이 모조리 사라지고 갑자기 부녀자의 世界로 화"했다. 이러한 현상은 인경전이라는 특정한 시간 이외에는 여자가 함부로 장안 외출을 할 수 없었다는 것을 의미한다. 즉, 여성과 남성은 폐쇄성과 개방성의 대립 관계를 이루고 있는데, 이것이 '집'이라는 여성 공간과 '장안'이라는 남성 공간의 대립으로 나타나고 있다. 한편, "深夜에는 여자는 사라지고 남자가 다시 오입을 하러 闊步하고 나선다". 즉, 남성 공간인 '장안'은 낮과 밤이 서로 다른 양면적인 모습을 띠고 있다. 이와 같은 현상은 낮에는 도덕군자연 하지만 밤이면 오입쟁이가 되는 남성의 이중적 性 윤리를 보여주는 것이다.

이와 비교할 때, 김수영의 여러 시작품들을 통해서 엿볼 수 있는 1960년대의 사회 현실은 너무나 달라져 있다. 여성 공간인 '집 안'과 남성 공간인 '집 밖'은 서로 수평적으로 연결되어 있으며, 이 두 개의 공간을 동시에 지배하고 있는 것은 바로 돈의 원리이다. 그리고 생활의 어려움 속에서 남성과 여성의 관계는 오히려 역전되어 대부분이 무능한 남편과 억척스러운 아내로 나타난다. 즉, 여성이 돈의 원리가 지배하는 사회 속에 적극적으로 편승하고 있다면, 남성은 자의든 타의든 거기에서 끊임없이 이탈하고 있다.2) 또한 김수영의 시작품들은 노골적인 성적 표현과 내용들을 적지 않게 담고 있는데, 이것은 '숨김의 대상으로서의 성'이라는 성적 금기를 깨뜨리는 행위로서 기존의 허위적인 윤리 체계가 부정되고 있음을 의미한다.

다음으로, 화자는 '추억'을 통하여 과거와 만나게 된다. 추억은 동일한 공간에 대하여 화자가 갖는 현재적 경험과 과거적 경험 사이의 거리로부터 발생한다. 화자는 "光化門 네거리에서 시구문의 진창을 연상하고", "지금은 埋立한 개울에서 아낙네들이 양잿물 솥에 불을 지피며 빨래하던 시절을 생각"한다. 현재와 과거의 거리 사이에 내재하는 그 추억은 생활문화의 변화를 환기시킨다. 그리고 추억은 현실에 대한 화자의 의식에도 변화를 가져온다. 보잘것없던 과거에 대한 추억은 현재를 우울한 시대에서 패러다이스로 전환시킨다. 더러운 과거에 대한 추억은 화자로 하여금 썩어빠진 대한민국의 현실조차도 괴로움이 아니라 황송함으로 받아들이게 한다.

과거는 현존했던 시간이고, 미래는 부재하는 시간이다. 따라서 일반적으로 현재에 대하여 과거가 구속의 시간이라면, 현재에 대하여 미래는 무한한 가능성을 가진 자유로움의 시간으로 생각된다. 그러나 본래 인간의 삶에 있어서 진정한 자유는 미래가 아니라 과거에 의해 근거지워지는 것이다. 우리가 미래를 기준으로 하여 삶을 이해하려 할 때, 과거는 미래의 무한한 자유를 구속하는 힘으로 작용할 뿐이다. 그러나 과거에 뿌리내리지 않은 미래의 어떠한 가능성도 결코 현실적인 것이 될 수는 없다. 과거를 부정하는 "進步主義者와 社會主義者", "統一도 中立도" 모두 공허한 논리에 불과한 것이다. "요강, 망건, 장죽, 種苗商, 장전, 구리개 약방, 신전, 피혁점, 곰보, 애꾸, 애 못 낳는 여자, 無識쟁이", 이 모든 것들은 결코 우리가 자랑스러워하며 계승하고 빛내야 할 전통은 아니다. 이 모든 과거의 것들, 또는 소외된 것들은 진보를 목표로 하는 현재에 대하여 일종의

---

2) 특히 詩 <만용에게>, <피아노>, <후란넬 저고리>, <돈>, <이혼취소>, <金星 라디오>, <도적> 등에서 잘 나타나고 있다.

반동의 의미를 갖는다. 그러나 화자는 "이 모든 無數한 反動이 좋다"고 말한다. 우리가 과거를 근거로 하여 삶을 이해할 때, 자유는 비로소 구체성을 띨 수 있기 때문이다. "傳統은 아무리 더러운 傳統이라도 좋다". "歷史는 아무리 더러운 歷史라도 좋다". 이 전통과 역사야말로 현재를 미래로 이끄는 근원적 시간이며, 이 땅에 발을 붙이고 사는 존재가 드높은 하늘을 향해 가지를 뻗어가기 위해 "내가 내 땅에 박는 거대한 뿌리"이기 때문이다.

전통과 역사에 대한 발견은 화자에게 감격스러움의 정서를 촉발시키고, 그 정서는 개성 있는 리듬을 통해서 독자에게 전달된다. 김수영의 시에서 가장 두드러진 형식적 특징은 행 구분에 있다. 행 구분은 크게 두 가지 형태를 띤다. 하나는 구문상의 분절과 일치하는 형태의 행 구분이고, 다른 하나는 구문상의 분절을 파괴하는 형태의 행 구분이다. 연결어미나 쉼표를 매개로 몇 행에 걸쳐 길게 이어지는 문장들이나 단어들을 끝없이 열거하는 방식과 결합하여, 후자가 연 전체를 하나의 호흡 단위로 묶어줌으로써 격정적인 리듬을 형성한다면, 반복어구나 대구적인 표현들과 더불어, 전자는 호흡에 일정한 단위를 줌으로써 리듬을 조절한다. 이와 같이 김수영은 행 구분의 두 가지 형태를 적절하게 혼용함으로써, 감정의 분출과 절제를 표현하고 호흡의 지속과 휴지를 조절하는데, 그것이 시에 긴장과 리듬을 부여해 주고 있다.

지금까지 살펴본 대로, 김수영의 전통과 역사에 대한 새로운 인식은 형이상학적 개념으로서의 진보와 자유를 현실적 계기로 바꾸어 놓고 있다. 그런데 진보와 자유를 향한 혁명적 열망인 4.19가 좌절된 직후인 1960년대의 현실 속에서 김수영은 어떻게 전통과 역사에 대하여 이와 같은 새로운 인식을 가질 수 있었을까? 필자가 보기에 그 새로운 인식의 동인은 다름 아닌 '사랑의 발견'에 있다. 나와 타자의 만남인 '연애'나 현재와 과거의 만남인 '추억'은 둘 다 일종의 사랑의 행위들이다. 더러운 전통과 더러운 역사를 이해할 수 있는 것도 사랑이 있기 때문이고, 우울한 시대를 패러다이스로 인식하고 괴로움을 황송함으로 느낄 수 있는 것도 사랑이 있기 때문이다.3) 내 안에서 싹트는 사랑이야말로 "내가 내 땅에 박는 거대한 뿌리"이며, 내 안의 사랑으로 인해 비로소 인간과 만물은 소생하고 영원하게 되는 것이다.

다시, 앞서 제시한 시 <現代式 橋梁>으로 돌아가 보자.

셋째로, '현대식 교량'은 사랑을 상징한다. 2연에 나오는 "선생님 이야기는 二十년 전 이야기이지요"라는 문장은 화자와 젊은이들 간에 형성된 대화 과정을 암시한다. 대화는 길의 이미지를 갖는다. 그리고 길의 의미는 '이어주는' 데 있다. 다리가 발로 걸어서 오갈 수 있는 길이라면, 대화는 마음과 정신이 오갈 수 있는 길이다.4) 특히, 대화는 일방적인 것이 아니라 본질적으로 쌍방적이다. 대화 행위의 목표가 대화자들 사이의 상호 이해에 있기 때문이다.

3연에서는, 화자와 젊은이들 사이의 대화 과정이 서로 반대 방향에서 출발하여 다리 밑에서 엇갈리는 기차에 비유되고 있다. 만약 화자가 회고주의자로서 현재의 시점으로부터 끊임없이 과거로 돌아가는 기차가 되고,

---

3) 한국의 전체 문학사 속에서 보더라도 김수영과 우열을 가릴 수 없을 만큼 치열한 반성적 사유를 보여주었고, 김기림이 가장 우수한 최후의 모더니스트라고 불렀던 이상의 사유체계를 김수영의 그것과 비교해 보는 일은 나름대로 의미가 있을 것이다. 김수영과 달리, 이상은 아내로 표상되는 타자로부터 자아를 철저히 분리하고, 타자로의 연속성을 거부한다. 그는 모든 외계로부터 자신을 격리시킴으로써 근대적 주체의 소멸과 무화를 지향한다. (서영채, 「이상의 소설과 한국 문학의 근대성」, 『민족문학과 근대성』, 민족문학사연구소 엮음, 문학과 지성사, 1995, 209쪽 참조.) 비극적 근대인의 초상인 이상과 성숙한 이성의 다른 이름인 김수영 사이에 가로 놓인 이 극단적인 거리에서, 우리는 식민지에서 자주독립국가로 변신해 온 우리나라의 슬픈 역사를 실감하게 된다.

4) 송항용, 『동양인의 철학적 사고와 그 삶의 세계』, 명문당, 1991, 70쪽.

젊은이들은 단지 미래를 향하여 달려가기만 하는 기차가 된다면, 이들은 결코 만날 수가 없는 대립적 존재들이 될 것이다. 그러나 그들 사이의 대화는 '늙게 하는 동시에 젊게 한다 → 늙게 하지도 젊게 하지도 않는다 → 늙음과 젊음의 분간이 서지 않는다'라는 중복 부정의 과정을 거쳐서, 그들을 하나가 되게 한다. 즉, 화자와 젊은이들 간의 대화는 "심장을 기계처럼 중지"시키던 화자의 배타적 긴장을 "새로운 여유"로 전환시켜 준다. 화자가 취하던 반항적인 단절과 고립의 의지는, 젊은이들과의 대화 과정을 통하여 '사랑'과 '신용'에 이르게 되는 것이다. 대화를 통하여 자기를 성찰하고 상대를 이해하는 과정은 나와 너, 젊음과 늙음, 세대와 세대간의 대립 관계를 해체시키기 때문이다. "속력과 속력의 정돈"이 '정지'로서 질적 전환을 이루듯이, 사랑은 적을 형제로, 대립 관계를 상보 관계로, 개체를 공동체로 변화시키는 힘이다. 이 사랑의 발견을 화자는 희한하고 경이로운 체험으로 느끼며, 새로운 역사의 시작으로 규정한다.

모더니즘의 한 특징은 주체를 대상으로부터 분리해 낼 줄 아는 능력이다. 대상과 주체, 그리고 너와 나를 구분하는 능력은 궁극적으로 개인에 대한 자각을 가져오기 때문이다. 그러나 이 인간 존중의 사상은 근대 자본주의 현실 속에서 너보다는 나를 우선시하는 배타적 경향으로 나타나게 되었다. 그러므로, 김수영의 성숙한 이성은 사랑의 개념을 통하여 너와 나의 관계를 새롭게 정립하고자 하는 것이다.

> 욕망이여 입을 열어라 그 속에서
> 사랑을 발견하겠다 도시의 끝에
> 사그러져가는 라디오의 재갈거리는 소리가
> 사랑처럼 들리고 그 소리가 지워지는
> 강이 흐르고 그 강건너에 사랑하는
> 암흑이 있고 三월을 바라보는 마른나무들이

사랑의 봉오리를 준비하고 그 봉오리의
속삭임이 안개처럼 이는 저쪽에 쪽빛
산이

사랑의 기차가 지나갈 때마다 우리들의
슬픔처럼 자라나고 도야지우리의 밥찌끼
같은 서울의 등불을 무시한다
이제 가시밭, 덩쿨장미의 기나긴 가시가지
까지도 사랑이다

왜 이렇게 벅차게 사랑의 숲은 밀려닥치느냐
사랑의 음식이 사랑이라는 것을 알 때까지

난로 위에 끓어오르는 주전자의 물이 아슬
아슬하게 넘지 않는 것처럼 사랑의 節度는
열렬하다
間斷도 사랑
이 방에서 저 방으로 할머니가 계신 방에서
심부름하는 놈이 있는 방까지 죽음같은
암흑 속을 고양이의 반짝거리는 푸른 눈망울처럼
사랑이 이어져가는 밤을 안다

그리고 이 사랑을 만드는 기술을 안다
눈을 떴다 감는 기술——불란서 혁명의 기술
최근 우리들이 四·一九에서 배운 기술
그러나 이제 우리들은 소리내어 외치지 않는다

복사씨와 살구씨와 곶감씨의 아름다운 단단함이여
고요함과 사랑이 이루어놓은 暴風의 간악한
信念이여
봄베이도 뉴욕도 서울도 마찬가지다

信念보다도 더 큰
내가 묻혀사는 사랑의 위대한 도시에 비하면
너는 개미이냐

아들아 너에게 狂信을 가르치기 위한 것이 아니다
사랑을 알 때까지 자라라
人類의 종언의 날에
너의 술을 다 마시고 난 날에
美大陸에서 石油가 고갈되는 날에
그렇게 먼 날까지 가기 전에 너의 가슴에
새겨둘 말을 너는 都市의 疲勞에서
배울 거다
이 단단한 고요함을 배울 거다
복사씨가 사랑으로 만들어진 것이 아닌가 하고
의심할 거다!
복사씨와 살구씨가
한번은 이렇게
사랑에 미쳐 날뛸 날이 올 거다!
그리고 그것은 아버지 같은 잘못된 시간의
그릇된 瞑想이 아닐 거다

— <사랑의 變奏曲> 전문 (1967. 2. 15)

위의 시에는 '도시'와 '산'이라는 두 개의 대립 공간이 나타난다. '강'을
중심으로 하여 강 이쪽은 도시이고 강 저쪽은 산이다. 강 이쪽의 도시는
욕망과 소음과 불빛으로 가득 차 있는 공간이다. 이와 반대로 강 건너의
산은 사랑과 고요와 암흑이 있는 공간이다. 화자에게 있어서 욕망·소음·
불빛 등 확산의 이미지를 띠는 도시는 부정적 공간이고, 사랑·고요·암흑
등 응축의 이미지를 띠는 산은 긍정적 공간이다. 화자는 현재 도시 속에
있다. 그러나 화자의 시선은 점차 도시로부터 벗어나 산으로 이동해 간다.

도시의 중심으로부터 도시의 끝 → 강 → 강 건너 → 마른 나무 → 봉오리
→ 산으로 화자의 시선은 멀리 나아가고 있다. 그러나 이 도시와 산은
사실상 별개의 공간이 아니다. 화자는 "욕망이여 입을 열어라 그 속에서
사랑을 발견하겠다"고 말한다. 화자에게 있어서는 사랑이 욕망 속에 존재
하는 것이듯이, 산은 바로 도시 속에 존재하는 공간인 것이다. 즉, 산은
도시와 수평적으로 이어져 있는 공간이 아니라, 도시 속에 숨겨져 있는
심층 공간인 것이다. 따라서 사랑의 숲은 도시라는 욕망의 숲 속에서 우리
가 찾아내야 하는 발견의 공간이며, 화자는 그 발견의 기쁨을 "왜 이렇게
벅차게 사랑의 숲은 밀려닥치느냐"라는 자문의 형태로 표출하고 있다.

한편, 본질적으로 사랑은 열정이다. 그러나 화자는 그 사랑 속에서 '절
도'라는 또 하나의 속성을 보고 있다. 물이 끓어오르되 아슬아슬하게 넘지
않듯이, 사랑에는 열렬함과 동시에 절도가 있어야 한다는 것이다. 절도가
있을 때 비로소 사랑의 열렬함은 "그릇된 瞑想"이 아니라 "단단한 고요함"
이 되고, "狂信"이 아니라 "暴風의 간악한 信念"이 된다. 이 사랑을 만드는
기술을 화자는 4.19에서 배웠다고 고백한다.

우리에게 있어서 4.19 혁명은 이 땅에 자유를 구현하려던 자랑스러운
경험인 동시에, 그 실천에 있어서 실패했던 부끄러운 경험이다. 4.19가
일종의 신념에서 비롯된 것이었다면, 이 4.19의 실패 이후에 화자는 '밤'으
로 표상되는 억압의 현실 속에서도 "이 방에서 저 방으로 할머니가 계신
방에서 심부름하는 놈이 있는 방까지", 間斷을 극복하고 끊임없이 이어져
가는 사랑의 위대한 힘을 발견하게 된다. 신념이 지식을 통하여 조성되는
혁명의 기술이라면, 사랑은 도시의 피로 속에서 서로의 삶을 통하여 깨달
아 가는 혁명의 기술이기 때문이다. 따라서 신념이 한때의 낭만적 외침이
기 쉽다면, 사랑은 시간이 지날수록 더욱 끈끈해지는 결속력을 갖게 된다.
참으로 위대한 사랑은 내가 너에게 베풀어주는 계몽주의적 지성이 아니라,

복사씨와 살구씨와 곶감씨, 즉 너와 내가 함께 나누는 공동체적 정서이기 때문이다. 더구나 사랑은 사랑하는 것이고 사랑하는 것은 너와 나, 바로 우리 자신들이다. 따라서 사랑이야말로 가장 주체적인 행위라고 할 수 있겠다. 사랑을 발견하고 실천할 이 새로운 주체를 화자는 곧 '새로운 역사'라고 본 것이다.

사랑을 발견하고 거기에서 새로운 역사의 가능성을 본 화자의 벅찬 감동은 위의 詩 마지막 연에서 절정에 달하고 있다. "인류의 종언의 날에", "너의 술을 다 마시고 난 날에", "미대륙에서 석유가 고갈되는 날에", "너의 가슴에", "도시의 피로에서" 등은 사랑을 발견할 시간과 공간을 지시해 주는 구문들로서, '에' 또는 '에서'라는 각운에 따라 행 구분되고 있다. 또한 이 연은 전체적으로 "도시의 피로에서 배울 거다", "단단한 고요함을 배울 거다", "-이 아닌가 하고 의심할 거다", "미쳐 날뛸 날이 올 거다", "그릇된 명상이 아닐 거다" 등, '-거다'라는 종결어미로 끝나는 문장을 반복하고 있다. 동일한 각운과 종결어미의 반복은 시에 리듬감을 형성해 주는 한편, 화자가 사랑을 발견했을 때 느끼는 감동의 폭을 점차 극대화시켜 가는 기능을 한다.

근대성이란 혼돈 속에서 하나의 질서를 찾아나가는 과정이라고 할 수 있다. 해방 이후 남한은 본격적으로 자본주의적 근대 체계에 편입되어 갔다. 자본주의적 근대는 혼란한 해방의 정국 속에서 모색된 하나의 질서였던 것이다. 그러나 자본주의적 근대 질서는 대다수 국민의 경제적 소외와 정치적 억압을 전제로 하여 유지되는 질서였다. 그것은 통제와 구속으로서의 질서였고, 1960년대 벽두에 터져 나온 4.19는 그 구속으로서의 질서가 초래한 반동의 힘이었다. 혁명은 기존의 모든 질서를 뒤흔들어 놓는다. 혁명은 혼돈의 국면을 조성한다. 그러나 모든 새로운 질서는 그 혼돈으로부터 나오는 것이다.

1960년대 김수영의 詩作 과정은 4.19라는 혼돈의 체험을 근원으로 하여 기존의 질서를 부정하고 새로운 질서를 모색해 나가는 성숙한 근대 이성의 사유과정이라고 할 수 있다. 지금까지 위에서 살펴 본 바와 같이, 김수영의 새로운 질서 모색은 전통과 사랑의 발견으로 구체화된다. 그리고 전통과 사랑에 대한 김수영의 새로운 이해는 역사적 주체로서의 자아 동일성을 회복하고, 공동체 의식을 확인함으로써 새로운 역사를 만들어 보려는 의지의 표출이라고 할 수 있다. 이와 같이 새로운 역사를 만들기 위해 김수영이 밟아나가는 시적 사유의 과정에 4.19의 혼돈 체험은 결정적인 활기를 부여하고 있다. 그런 의미에서 김수영의 시가 여전히 우리에게 유의미하듯, 4.19 또한 여전히 우리 안에 살아 숨쉬고 있는 현재 진행형의 혁명인 것이다.

(2) 혼돈 — 창조적 이성을 위한 열린 지평

근대 이성의 발현 양식인 합리적 사고의 특징은 질서 세우기라고 할 수 있다. 합리적 사고는 자연과학의 발전에 의해 확립된 것인데, 자연과학은 자연의 다양한 변화 현상을 어떤 신비롭고 불가해한 힘에 의존해서가 아니라, 객관적인 인과론으로 설명해 내고자 한다. 근대 이성에게 있어 세계는 하나의 전체로 이루어져 있으며, 그 속에는 일정한 질서가 내재해 있다. 따라서 주체가 세계를 명료하게 인식하기 위해서는 이 함축된 질서 체계를 파악해 내야 한다.

그러나, 사물의 현상은 어떤 조건 아래에서는 질서로 구성되어 있는 것처럼 보이지만, 다른 조건 아래에서는 무질서하게 이루어져 있는 것처럼 보이기도 한다. 인간의 경험은 불완전한 것이고, 개인은 한정된 조건 안에서만 사물을 볼 수 있을 뿐이기 때문이다. 하지만, 근대적 주체는 인간

경험의 불완전성을 인정하면서, 어떤 현상이 현재 우리에게 질서로서 관찰
되지 않을지라도, 그것은 내일 혹은 다른 곳에서는 관찰 가능한 것으로
될 수 있다고 믿는다. 그래서 궁극적으로는 이성으로 이해되지 않는, 즉
질서로 체계화되지 않는 모든 현상을 이 세계로부터 제거하고자 한다.

> 풀이 눕는다
> 비를 몰아오는 동풍에 나부껴
> 풀은 눕고
> 드디어 울었다
> 날이 흐려서 더 울다가
> 다시 누웠다
>
> 풀이 눕는다
> 바람보다도 더 빨리 눕는다
> 바람보다도 더 빨리 울고
> 바람보다 먼저 일어난다
>
> 날이 흐리고 풀이 눕는다
> 발목까지
> 발밑까지 눕는다
> 바람보다 늦게 누워도
> 바람보다 먼저 일어나고
> 바람보다 늦게 울어도
> 바람보다 먼저 웃는다
> 날이 흐리고 풀뿌리가 눕는다

― <풀> 전문 (1968. 5. 29)

　위의 시에는 두 가지 법칙이 작용하고 있다. 하나는 풀과 바람이 상호
작용하면서 드러내는 오묘한 존재의 법칙이고, 다른 하나는 그것을 관찰하

는 화자의 인식론이다.

발목, 발밑 등의 단어에 의해서 드러나는 화자의 위치나 '-ㄴ다'라는 현재 진행형의 서술어법을 통해서 알 수 있듯이, 이 시의 화자는 여기와 오늘이라는 구체적인 시·공간 속에서 자연 현상을 관찰하고 있다. 자연 현상은 논리나 인식에 의해서 완전히 파악되는 대상이기에 앞서 하나의 생리이다. 풀과 바람이 함께 어우러져 흔들리는 자연 현상 자체에는 어떠한 의미도 가치도 내재해 있지 않다. 그러나 관찰자로서의 화자는 이 자연 현상 속에서 하나의 인과율과 질서를 발견해 내고 있다. 즉, 위의 시가 보여주는 풀과 바람의 일정한 운동은 화자의 시각에 의해 재구성된 세계인 것이다.

인과율과 질서는 객관적인 사실을 있는 그대로 표현하는 것이 아니다. 그것은 차라리 인간이 지닌 정신적 경향에서 생겨나는 것이다. 인간의 정신적 경향은 다양한 외적 사실과 내적 사실 사이에서 합리적인 관계를 찾고자 한다. 따라서 자연이나 인간적 삶의 질서를 설명하려고 할 때, 인간은 그것의 객관적인 성질을 찾아 구하거나 발견하는 것 대신에 자기 자신을 만나는 것이다.[5]

이 시에서 관찰되고 있는 풀과 바람의 운동은 결코 대립 관계에 있지 않다. '-보다'라는 비교급 조사는 언제나 두 사물의 유사성을 전제로 기능하는 것이다. 풀은 바람이 누울 때 눕고, 바람이 일어날 때 일어난다.

1연에서, 눕다와 울다라는 풀의 운동은 시간의 순차성과 인과율에 따라 설명되고 있다. "동풍에 나부껴"와 "날이 흐려서"가 각 운동의 원인으로 제시되고 있다면, '-고, 드디어, 더, -다가, 다시' 등의 어미나 부사는 시간의 순차성을 표시해 준다. 한편, 눕다와 울다는 풀의 외부 운동과 내부 운동으로

---

5) 카알 G. 융 편, 『존재와 상징』, 설영환 역, 동천사, 1983, 297쪽.

대립을 이루는데, 눕다가 육체 행위라면 울다는 그에 대한 정서 반응이다.

근대 이성은 개인의 내적 속성을 이성과 감정의 대립으로 파악하고, 감정에 대하여 통제를 시도한다. 감정은 인간 내부에 있는 자연으로서, 비합리적이고 혼란스러운 존재이기 때문이다. 질서를 추구하는 근대 이성에게 기존의 질서와 권위를 위협하는 존재인 감정은 억압되고 정복되어야 할 대상인 것이다.

그러나 위의 시에서 울다라는 정서는 이중의 의미 맥락을 가지고 있다. "풀은 눕고/드디어 울었다"와 "더 울다가/다시 누웠다"라는 두 문맥에서 울다의 의미는 매우 다르게 작용한다. 전자에서 눕다는 일어나다와 의미상 대립되는 것으로서 절망의 상태를 표현한다. 따라서 울다는 그로 인한 슬픔의 정조를 나타낸다. 반면에 후자에서 눕다는 울다 자체와 의미상 대립을 이루며, 이때 울다는 눕다라는 절망적 상태에 대한 저항의 의지를 담고 있다. 따라서 이 의지의 좌절은 마지막에 제시되는 눕다의 절망감을 심화시킨다. 이와 같이 울다라는 행위는 수동적인 정서 반응에 불과한 것이 아니라, 상황에 변화를 꾀하는 적극적인 감정 표출이기도 한 것이다.

1연에서는 실패로 돌아갔던 울음의 역동성이 2연에 오면 '눕다→(울다)→일어나다'로 풀의 상태를 전환시키고 있다. 눕다 또는 일어나다와 연관되는 울음의 양가적 의미를 화자는 통사 구조의 배열을 통하여 다음과 같이 드러내고 있다.

① 바람보다도 더 빨리 눕는다
② 바람보다도 더 빨리 울고
③ 바람보다 먼저 일어난다

①과 ②가 구문의 구조상 동일 형태를 이룸으로써 '눕다→(울다)'를 연

관시킨다면, ②와 ③은 '울고'라는 연결어미를 통해 하나의 문장을 형성함
으로써 '(울다)→일어나다'를 연관시킨다.

또한 3연에서는, 울음의 역동성이 '누워도' '울어도'에서 반작용의 의미
를 나타내는 어미 '-도' 속으로 응축되고, 이에 따라 풀의 운동은 '눕다→일
어나다'로 곧바로 전환한다. 그리고 '울다→웃다'로의 변화가 여기에 의미
상 대구를 이루면서, 운동의 반복성을 창출하고 있다. 특히, 이 반복운동은
아래의 ①-④와 같이 복문 형태인 하나의 문장 내에서 발생하고 있어, 풀의
운동에 한층 더 속도감을 부여한다.

    ① 바람보다 늦게 누워도
    ② 바람보다 먼저 일어나고
    ③ 바람보다 늦게 울어도
    ④ 바람보다 먼저 웃는다

지금까지 울음의 행위를 통하여 살펴본 바와 같이, 감정은 인식하기에
따라서는 인간을 속박하는 굴레가 되기도 하지만, 반대로 인간을 살아
있게 하는 힘의 원천이 되기도 하는 것이다.

다른 한편, 화자는 풀과 바람의 불규칙한 운동 속에서 일정한 질서를
찾아내고 있다. 이 질서 체계는 '늦게'와 '먼저'라는 부사의 대립을 통하여
보다 선명하게 감지될 수 있다.

2연에서 풀은 바람보다 더 빨리 눕고, 더 빨리 울고, 먼저 일어난다. 이때,
'더 빨리→더 빨리→먼저'라는 시간 부사의 순차성은 하나의 질서를 낳고,
그 질서가 주는 예측가능성은 인간의 정신에 믿음과 희망을 부여한다.

그런데 풀과 바람이 무질서하게 흔들리는 동일한 자연현상을 관찰하면
서도, 2연에서 화자가 찾아낸 계기적 질서가 3연에서는 훨씬 역동적인

질서 체계로 발전하고 있다. 3연에서 풀은 바람보다 늦게 누워도 먼저 일어나고, 늦게 울어도 먼저 웃는다. 이때, '늦게→먼저/늦게→먼저'라는 탈순차성은 또 하나의 독자적인 질서 체계를 구축해 내고 있다.

필자는 다음에서 이 탈순차성이 지시하는 현상과 의미를 좀더 뚜렷하게 파악할 수 있도록, 바람의 운동을 중심으로 서술되는 이면 텍스트를 함께 고찰해 볼 것이다.[6]

아래의 도표는 시의 2연과 3연을 비교할 경우 늦게와 먼저 사이에 내재하는 상대적인 속도를 측정하기 위하여, 이 부사들이 지시하는 순서를 풀과 바람이 누웠다가 일어나는 과정으로 표현해 본 것이다.

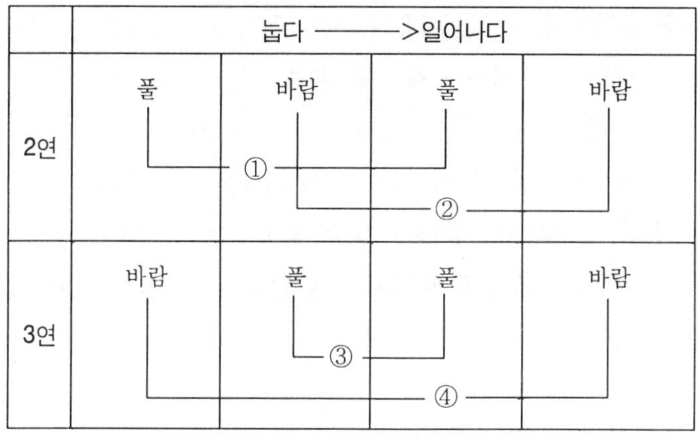

2연에서, 풀이 누웠다가 일어나는 속도는 ①과 같이 2단계의 간격을 보인다. 그리고 풀보다 더 나중에 눕고, 더 나중에 울고, 늦게 일어나는

---

6) 김수영의 시 「풀」은 풀과 바람의 상관적 운동을 형상화한 것임에도 불구하고 텍 스트상에는 풀의 운동을 중심으로 서술되고 있다. 그러나 우리는 바람의 운동을 중 심으로 서술되는, 이 시의 이면 텍스트를 재구성해 낼 수 있다.

바람은 시간 부사가 '더 나중에→더 나중에→늦게'로 순차성을 보이면서, 속도 또한 ②와 같이 원텍스트와 동일한 2단계의 간격을 유지하고 있다.

이와 달리 3연에서, 풀이 누웠다가 일어나는 속도는 ③과 같이 1단계로 간격이 단축되고 있다. 그리고, '풀보다 먼저 누워도 늦게 일어나고, 먼저 울어도 늦게 웃는' 바람은 '먼저→늦게/먼저→늦게'로 시간 부사가 탈순차성을 보이면서, 속도는 ④와 같이 3단계의 간격으로 2연보다 훨씬 길어지고 있다.

순차성과 탈순차성이 상보적인 쌍을 이룰 때, 탈순차성은 순차성보다 속도가 더 빨라질 수도 있지만, 반대로 더 늦어질 수도 있는 양면성을 갖는다. 이 시의 화자가 풀과 바람의 상관적 운동 속에서 굳이 풀의 운동성에 주목하여 사유하고 있는 이유가 바로 이 점에서 해명될 수 있다. 시간 부사의 탈순차성을 통해 전달되는 풀의 역동성은 속도감을 낳고, 이 속도감은 독자로 하여금 강인한 생명력을 느끼게 한다.

누운 것만이 다시 일어설 수 있고, 우는 것만이 다시 웃을 수 있다. 풀은 존재의 상징이고, 눕다와 울다는 그 존재가 직면한 실존적 한계 상황을 나타낸다. 그리고 한계 상황에 던져진 존재만이 실존에 대한 자각과 의지를 가질 수 있다. '풀이 눕는다→발목까지 (눕는다)→발밑까지 눕는다→풀뿌리가 눕는다'와 같이, 점점 깊어지는 풀의 흔들림은 역설적이게도 바로 그만큼의 반동적인 힘을 잉태한다. 화자는 시 전편에 걸쳐 표면적으로는 '풀이 눕는다'를 반복하고 있지만, 본질적으로는 언제나 먼저 일어나는 풀의 형상을 그려내고 있는 것이다. 아마도 그와 같은 풀의 형상을 매개로 하여 화자는 우리 모두를 향하여 실존적 물음을 던지고 있는 것인지도 모르겠다.

이와 같이 김수영의 창조적 이성은 모든 선입관에서 벗어나 열린 마음으로, 객관 세계의 복잡하고 다양한 현상들을 이해하기 위해 끊임없이 노력

하고 있다. 그럼으로써 그는 감정이나 탈순차성과 같은 혼돈의 양상들을
그 자체의 특성을 파괴시키지 않으면서, 이성적 사유에 의해 구축해 나가
는 자신의 질서 체계 내부로 결합해 내고 있다. 이를 통하여 그의 시 세계는
독특한 긴장과 감동을 획득한다.[7]

3. 1960년대 김수영 詩의 문학사적 의미

전후의 혼란한 사회 속에서 지속적으로 모든 사물과 외부 현실 바로
보기에 전력해 온 김수영의 근대적 이성은, 4.19를 기점으로 하여 커다란
변화를 겪는다. 한국의 근 · 현대사에서 4.19는 진보와 자유를 향한 근대적
이성의 정점을 보여 준 사건인 동시에 지식인적 자의식의 허상을 적나라하
게 드러내 주었던 사건이었다. 또한 4.19 혁명이 좌절된 직후에 쿠데타의
방법으로 집권한 5.16 군사 정권은 역사적 정당성을 결여하고 있었으며,
정당성을 확보하기 위해 경제 제일주의를 내세움으로써 공동체 내의 인간
관계를 왜곡시켜 갔다.

김수영의 시에서 1960년대의 현실은 더러운 전통, 더러운 역사, 우울한

---

7) 5.16 군사 정권에 의한 획일적 통제 사회 속에서 김수영의 창조적 이성은 혼돈의
미학을 발견함으로써 종합적 사유에로 나아간다. 이때, 혼돈의 미학은 문화적 억압
으로부터 해방되려는 시인의 욕구를 반영하는 것으로, 대항담론으로서의 의미를
갖는다. 그리고 바로 이 지점에서 김수영은 역사의 전환기를 함께 살아낸 동시대의
위대한 시인 신동엽의 사유 체계와 만난다. 신동엽은 소외로 고통받는 당대 현실
모순의 근본 원인을 사회의 분업화에서 찾는다. 따라서 그의 시정신은 이 次數性의
세계를 버리고, 분업화되기 이전에 원초적 생명력이 넘치던 原數性의 세계로 돌아
갈 것을 주장한다. 미래를 위해 과거로 돌아가야 한다는 열망의 표현인, 신동엽의
이 歸數性의 시세계를 문화적 원시주의라고 할 수 있다.(김응교, 「신동엽 시 연구-
장르적 특성을 중심으로」, 연세대 석사논문, 1987.)

시대, 썩어빠진 대한민국, 도야지우리의 밥찌끼 같은 서울 등으로 인식되고 있다. 한편으로는 그러한 사회 속에서 여전히 살아가고 있는 자기 자신에 대하여 시적 자아는 죄의식을 가지면서도, 다른 한편으로는 자신의 내부에 도사리고 있는 속물성과 비굴성을 자각한다. 이와 같은 내적·외적 현실은 김수영에게 실존적 한계 상황으로 작용하고 있으며, 한계 상황으로서의 현실 인식은 본문에서 살펴 본 작품 「풀」에서 눕다와 울다의 정서로 표출되고 있다. 그러나 인간은 실존적 한계 상황 속에 던져질 때 비로소 진정한 자아와 만날 수 있다.

김수영의 근대적 이성은 한계 상황에 직면함으로써 사유의 새로운 장을 마련하게 된다. 일반적으로 한국 현대문학사에서는, 한국에 실존주의 사조가 유입되어 커다란 영향권을 형성한 시기를 6.25 전쟁 직후의 1950년대라고 규정한다. 처참한 전쟁의 현장과 그 상흔이 당대인들로 하여금 삶과 죽음에 대하여 절실하게 생각하도록 만들었기 때문이라는 것이다. 그러나 1950년대 대부분의 작가들에게서 나타나는 전쟁의 영향은 실존주의가 아니라, 단지 생존에 대한 위기감 또는 삶에 대한 허무감일 뿐이었다. 이와 달리 우리는 당시에 왕성한 활동력을 보여주었던 김수영의 1950년대 작품들에서 전쟁에 대한 흔적을 거의 발견하기 어렵다. 그의 실존의식은 6.25 전쟁이 아니라 4.19 혁명에 뿌리를 두고 있으며, 그 본질은 위기감이나 허무감이 아니라 소위 소시민적 자아와의 적나라한 대면을 통한 실존적 각성이다. 이 실존적 각성은 김수영의 근대적 자아를 더욱 성숙한 이성으로 승화시키고 있다. 이것이 작품 「풀」에서는 혼돈 속에서 새로운 질서를 찾아내려는 의지로 구체화되는데, 시적 자아는 그것을 일어나다와 웃다의 정서로 표출하고 있다.

이 글의 서두에서 이미 말한 바와 같이, 한국 근·현대사의 최대 과제는 자본주의적 근대성의 모순을 주체적으로 극복해 내는 일이다. 경쟁과 양적 성장만을 목표로 하는 1960년대 자본주의적 근대화의 질서 체계 한가운데서, 김수영의 시적 자아가 꿈꾸는 것은 새로운 역사와 위대한 도시였고, 이것의 실현을 위해 그는 전통과 사랑을 역설한다. 즉, 그의 시적 자아가 경유하는 반성의 사유 과정은 전통과 사랑의 발견을 통하여 새로운 질서와 진보를 모색하려는 노력이었다.

진정한 근대 극복의 길은 단지 근대 극복을 주장하는 또 하나의 거대 담론을 구축하는 것이 아니다. 탈근대주의자 푸코는 이성과 질서를 신뢰하는 계몽사상의 담론 체계가 다른 담론 체계를 비정상적이거나 열등한 것으로 억압하는 하나의 특수한 담론 체계에 지나지 않는다고 말한다. 우리가 푸코의 이와 같은 근대 비판을 반근대적 사유로 이해할 것인가, 근대극복의 사유로 이해할 것인가에 관계없이, 계몽의 진정한 의미가 결코 특정한 담론 체계를 고수하는 데 있지 않음은 명백하다. 이러한 점에서 김수영의 시적 사유 과정은 우리에게 바람직한 근대인의 상을 제시해 준다. 그의 성숙한 이성은 삶에 대한 성실한 관찰과 이해를 바탕으로 끊임없이 자신의 사유 틀을 수정하고, 심화·확대해 나가는 열린 주체이기 때문이다.

제2부

김수영의 시 세계

김수영 시 자세히 읽기

황현산

1. 꽃이 열매의 上部에 피었을 때

　우리 출판·문학계의 무작스러움을 증거하는 것 가운데 하나로는 1981년에 발간되어 여전히 쇄를 거듭하고 있는『金洙暎 全集』을 들어야 할 것이다. 특히 그 제1권인 시편이 그렇다. 무엇보다도, 김수영의 작품으로 판명되는 모든 시를 발표·제작연대순으로 늘어 놓은 이 전집에서는 김수영의 손으로 발간된 유일한 시집인『달나라의 장난』이 사라지고 없다. 물론 이 시집을 구성하는 40편의 시들은 전집의 여기저기에 흩어져 있지만, 이 시집을 거기서 재구성해낼 수 없는 것은 말할 것도 없고, 느끼거나 짐작하는 것조차도 불가능하다. 한 시인이 자신의 시편들 가운데 어떤 작품을 골라 어떤 방식으로 배열하였는가를 아는 일은 그의 시 몇 편을 이해하는 일보다 더 중요할 수 있다. 해방 이후 사일구 이전까지의 시를 담은『달나라의 장난』에는 그것이 출판되던 무렵 김수영 자신이 자신의 모습으로 내세우고 싶어했던 김수영이 들어 있으며, 이 김수영은 그의 사후 다른 사람들의 손에 의해 그들의 이데올로기에 따라 편집된『거대한 뿌리』의 김수영이나 『사랑의 변주곡』의 그것과 여러 면에서 같지 않다. 이 김수영은 그 자체로서도 우리의 관심을 끌지만 다른 김수영들을 이해하는 길에 있어서도 좋은 안내역이 된다. 또 하나의 문제는 그 전집이 제시하는 텍스트를 믿을 수 없다는 것이다. 그 텍스트들이 김수영의 원고를 다시 살린 것인지, 최초의 발표지면에 의지한 것인지, 다른 참고 자료가 있었는지, 그 정서법이나 띄어쓰기는 어떻게 교열하였는지, 등등에 관해 한 구절 반 마디의 설명이 없다. 전집의 편집자들에게는 정본을 만든다는 의식이 없었던 것이다.

그렇더라도 이 전집의 공적을 말해야 한다면, 김수영의 전작품을 연대순으로 통독할 수 있게 해주었다는 것, 시인 그 자신이 버려 두었던 <孔子의 生活難> 같은 시를 다시 평가할 수 있는 기회를 마련했다는 것 정도가 될 것이다.

김수영이 쓴 난해시의 한 예가 되어 자주 거론되어온 <孔子의 生活難>은 비교적 짧은 시이다.

> 꽃이 열매의 上部에 피었을 때
> 너는 줄넘기 作亂을 한다
>
> 나는 發散한 形象을 求하였으나
> 그것은 作戰같은 것이기에 어려웁다
>
> 국수 — 伊太利語로는 마카로니라고
> 먹기 쉬운 것은 나의 叛亂性일까
>
> 동무여 이제 나는 바로 보마
> 事物과 事物의 生理와
> 事物의 數量과 限度와

事物의 愚昧와 事物의 明晳性을

그리고 나는 죽을 것이다[1]

이 시의 첫행 "꽃이 열매의 上部에 피었을 때"에 관해 한 젊은 비평가가
이렇게 쓰고 있다 :

> 일반적으로 '열매'란 '꽃'이 지고 난 자리에 열리는 것이다. 그러나
> 이 시에서 꽃은 열매가 열린 다음에, 열매의 위쪽에서 피어난다. 꽃은
> 피어 바깥으로 확산하는 것이고 열매는 맺혀 안으로 뭉쳐지는 것이다.
> 따라서 꽃이 열매의 위쪽에 피어나는 것은 맺힌 것이 터져 밖으로
> 확산되는 것이며, 이것이 바로 시인의 구하는 것이다.[2]

명민한 분석이다. 나는 이것을 신세대의 발상이라고 말하고 싶은데, 이
는 꽃을 자주 또는 오랫동안 살펴볼 기회가 없었던 세대에게만 가능한
생각이라는 뜻이다. 이 젊은 비평가가 말하는 것처럼 열매는 일반적으로
꽃이 지고 난 자리에 열리는 것이 아니라, 많은 경우 "상부"에 꽃을 달고
열린다. 호박의 암꽃을 살펴 보거나, 장미나 해당화를 한 번 뒤집어 보라고
권하고 싶다. 사과도 가지도 오이도 토마토도 마찬가지이다. 꽃이 진 다음
열매가 열리는 것이 아니라, 꽃이 진 다음에야 열매가 겉에 드러나고 본격
적으로 자라는 것이라고 말해야 할 것이다. 상부에 꽃을 달고 있는 열매는
아직 어린 열매이며, 아름다움과 실질이, 유희와 삶이 분리되지 않은 시절
의 열매일 뿐이다. 사람에게 있어서도 어린 시절의 줄넘기 장난 또는 '作
亂'은 무슨 스포츠이거나 체조이기 이전에 생명의 자연스런 "발산"이다.

---

1) 『金洙暎 全集 1 詩』, 民音社, 1981, p. 15
2) 장은수, 「간지러운 육체에서 인공의 육체까지」, 『현대시』, 97년 6월호, p. 40.

이 첫 연은 문학사조로 치자면 아마 로망주의에 해당하리라.

그러나 삶은 언제까지나 그렇게만 영위되는 것이 아니다. 생명의 자연스런 발산은 유용성에 대한 요구 때문에 어쩔 수 없이 억압된다. 시인은 삶을 유희로는 살 수 없는 어떤 나이에, 또는 어떤 지경에 — 즉 "생활난"에 — 이르러 있다. 그의 시는 무시할 수 없는 삶의 실제 속에서 저 포기할 수 없는 유희의 발산을 '조직'해 내야 한다. 가난 속에서 끝내 분리될 수밖에 없는 실질과 유희를 어떤 시적 "형상"으로 통합하려는 이 인위적 조직 행위가 곧 "작전"이다. 그러나 이 작전은 장난과는 다른 것이어서 생명의 자연스런 발산에 항상 이르는 것은 아니다. 작전은 "어려웁다". 이 작전의 단계를 필경 주지주의적 모더니즘이라고 부를 수 있을 것이다.

세 번째 연은 문맥이 쉽게 파악되지 않는다. "국수 — 伊太利語로는 마카로니라고 / 먹기 쉬운 것은…"에서의 "라고"가 문제이다. 이 '라고'는 '날씨는 추워도 봄이라고 꽃이 핀다' 같은 말에서의 '라고'와 같은 뜻, 즉 '그래도 …이기 때문에'의 뜻으로 이해하는 수밖에 없다. 그러나 '伊太利語로는 그래도 마카로니이기 때문에 / 먹기 쉬운 것은…'이라고 말해 보아도 불편함이 남는다. 어쩌면 이 '라고' 다음에 어떤 구절, 이를테면 '그렇게 말해야' 같은 말이 있었는데, 시인이 스스로 생략했거나 인쇄 과정에서 누락된 것이 아닐까 :

> 국수 — 伊太利語로는 마카로니라고 '그렇게 말해야'
> 먹기 쉬운 것은 나의 叛亂性 '때문'일까

아무튼 하는 수 없이 밥 대신 먹어야 하는 국수를 마카로니라고 생각한다거나 불러본다는 것은 비루하고 곤궁한 일상에 발산의 형식을 얻어 주려는 시도에 속한다. 이 시도는 한편으로 국수를 그저 한 번 마카로니라고 불러보는 作亂에 가난한 제 처지를 자위하려는 作戰의 의도성을 부여하며, 또 한편으로는 이 호도책에 불과한 作戰의 저변에 作亂의 무위성을 여전히 깔아놓는 것이기에, 두루치기적 발상이며, 게릴라적·叛亂的 사고에 속한다. 언어의 차원에서도 作亂의 '亂'과 作戰의 '戰'이 합해져 '叛亂'을 형성한다. 사조로 치자면 전위적 모더니즘에 해당할까. 그런데 金洙暎은 왜 문맥을 알아보기 어렵게 만들어 놓았을까. 그는 무언가를 부끄러워 했던 것이 틀림없다.3) 그는 자신의 '반란성'에 자신이 없다.

이 부끄러움 때문에 김수영은 "동무"에게 고백하는 어조로 "이제 나는 바로 보마"라고 말한다. 김현은 이 대목에 관해 한 절의 설명을 남겼다.

> 그가 "바로 본다"고 표현하고 있는 동작은 (…) 바로 위에 나오는 "나의 叛亂性"이라는 어휘와 밀접하게 관련되어 있다. 바로 본다는 것은 대상을 사람들이 그 대상에 부여한 의미 그대로 이해하지 않고, 그 나름으로 본다는 것을 뜻한다. 그것은 도식적이며 관습적인 대상인식이 아니다. 그건 의미에서 그것은 상식에 대한 반란을 뜻한다. 그의 叛亂性은 비습관적이며, 비상투적인 그의 대상인식을 지칭하는 어휘이다. 그것은 때때로 作亂이라는 어휘로 대치되기도 한다. 그는 作亂이라는 어휘를 선택할 때 그것은 손作亂을 나타내기 위한 것이 아니라 意識作亂을 나타내기 위한 것이다. 그의 의식 작란에서 그의 시의 破格性이 생겨난다.4)

---

3) 김수영의 이 부끄러움은 『달나라의 장난』에 이 시를 넣지 않았을 뿐만 아니라, 아예 없는 것으로 취급했다는 점에서도 확인된다. 그는 이 시집의 <後記>에서 「거리」나 「꽃」 같은 작품의 텍스트가 일실된 것을 한탄하면서도 이 「孔子의 生活難」에 관해서는 아에 언급하지 않았다. 혹자는 이 시집의 「奢侈」 같은 시에서는 이보다 더한 치부도 드러내고 있다고 말할지 모르겠다. 그러나 「사치」의 치부는 인간이라면 누구도 피할 수 없는 그런 종류의 것이지만, 한 지식인의 자기모멸에의 성격을 지니는 이 <국수-마카로니>의 치부는 극히 개인적이다.

4) 김현, 「자유와 꿈」, 『金洙暎詩選·거대한 뿌리』의 서문, 민음사, 1974.

김현의 이 의견은 김수영의 '반란성'에 관해서 좋은 설명이 되며, 그의 전작품을 이해하는 길에도 하나의 열쇠가 된다. 그러나 예의 "바로 보마"에 관해서는 옳은 설명이 아니다. 김현은 "바로 보마" 앞에 "동무여"라는 호격이 있고 "이제"라는 부사가 있음을 잊고 있다. 동무를 부른다는 것은 더 이상 저 혼자만 잘난 체할 수 없어 세상의 시선을 받아들이겠다는 뜻을 함축한다. '이제'는 벌써 불가능해진 것만 같은 '작란'과 이미 확신을 갖기 어려운 '반란성'에 대해 재고해야 할 때가 왔음을 말한다. 김현은 이 시의 문맥보다는 자신의 문맥을, 또는 김수영의 전작품의 문맥을 더 중하게 여겼던 것 같다.

한 철학자도 이 시를 해설했다.

사물 자체에 또는 道에 이르렀을 때, 삶은 그 현장성을 잃는다. 삶의 의미가 없어지는 것이다. "나는 죽을 것이다", 아침에 도를 들으면 저녁에 죽을 것이다 — 이것이 우리에게 남은 공자의 말이고, 김수영이 택한 삶의 여정이기도 하다. 완성된 시쓰기를 희구하는 김수영은 공자의 생활난이 자기의 것이 되리라는 예감과 그로 인한 공자에의 동지 의식을 이 시에서 표현하고 있다고 볼 수 있다. 공자는 그의 <동무>인 것이다. 또는 이 시인은 시쓰기의 완성과 공자의 求道를 한자리에 놓는다고도 할 수 있다. 참된 시, 그 <발산하는 형상>은 아직 씌어지지 않았다. 씌어지지 않았고, 그것이 씌어졌을 때, 시인은 죽을 것이다. 시쓰기를 위한 습작은 아무렇게나 이루어지지는 않는다. 그것은 "작전 같은 것이기에 어려움다."[5)

역시 명민한 분석이다. 그러나 시적 '작전'에 속하는 김수영의 말을 너무 진지하게 산문적으로 받아들인 것은 아닐까. 김수영은 보기는 '바로' 보겠

---

5) 김상환, 「스으라의 점묘화」, 『철학연구』, 30 (1992년 봄호), pp. 378-379. 한자 노출 필자.

다고 하면서도 실상 그 말은 '삐딱'하게 하고 있기 때문이다. 무엇보다도 "바로 보마"의 '마'가 수상쩍다. 그것은 '어디 한 번 네 식으로'의 뜻을 함축한다.

　시인이 바로 보겠다고 말하는 "事物"은 말할 것도 없이 '事實' 또는 '現實'을 제유법으로 표현하는 말이다. 국수를 오직 국수로 보기, 열매로부터 그 꽃의 추억을 제거하는 방식으로 사물을 바라보기, 이것이 앞의 작란이나 작전과는 대비되는 '바로 보기'이다. 우선 사물의 요지부동한 "생리"를, 그리고 "사물의 수량과 한도"를, 즉 모든 종류의 꿈과 희망에 대한 사물의 인색함을, 그리고 "사물의 우매와 사물의 명석성"을, 즉 사물의 무자비함과 냉혹함을 그는 어쩔 수 없이 인정해야 한다. 여기에는 물론 사실주의적 태도가 있는데, 이런 종류의 사실주의는 오직 죽음에 이를 뿐이다. 사실이 곧 죽음이라는 뜻은 아니다. 사실이 진정한 사실이라면 그것은 꽃과 열매와 그 관계를 한데 어우른 전체여야 할 것이다. 사실 속에는 '발산'이 있다. 그러나 시인이 현실을 직시하고 정시하려 하는데 그 현실이 각박할 때, 거기에 상상력의 공간이 두텁게 마련되기는 쉽지 않다. 가난에 쪼들린 그가 곤궁한 현실로부터 '발산'을 조직해낼 수 있는 수단은 국수를 마까로니라고 불러보는 것과 같은 졸렬한 작전에 불과하다. "그리고 나는 죽을 것이다" — 이 구절이 "아침에 도를 들으면 저녁에 죽어도 괜찮다(朝聞道夕死可矣)"는 공자의 말에 의지하고 있는 것은 사실이지만, 여기서 말하는 시인의 죽음은 진리를 깨친 자의 그런 행복한 죽음이 아니다. 가난은 종종 '도통'한 사람을 만들어내어 현실은 다 그런 것이라고 말하게 한다. 시인은 공자도 아닌 처지에 갑자기 도통하여 '발산'의 열망을 잃을 것이 두려우며, 상부에 꽃을 단 어린 호박에서 갑자기 늙은 호박으로 변해버릴 것이 두렵다. 현실로부터 그 현실을 넘어설 "발산한 형상"의 발견을 포기한다는 것, 그러기에 현실에 더 이상 시비를 걸려 하지 않는다는 것, 그것이 죽음이다.

이 시에서의 '바로 보기'는 동무들과 똑같이, 세상사람들과 똑같이 사실을 바라보기이지만, 김수영은 그의 문학적 생애 내내 이 바로 보기를 다른 방식으로, 말하자면 '삐딱한' 방식으로 실천했다. 그는 반란의 길로 더욱 멀리 나아갔으며, 사물의 냉혹함으로부터 가장 효과적인 발산의 말들을 끌어내었다. 그는 도통한 사람으로서가 아니라 반란군으로 죽었다.

2. 이와 책 – 젊은 김수영의 초상

김수영은 1947년에 스물여섯 살이었다. 김수영이 이 나이에만 유달리 괴로웠던 것은 아니었겠지만, 이 해에 쓴 것으로 알려진 세편의 시, <가까이 할 수 없는 書籍> <이(虱)> 그리고 <아메라카 타임誌>가 모두 마음 속에 쳐박아 두기에도 공공연히 드러내기에도 어려운 어떤 고통을 증명하려는 듯 특별하게 난삽하다. 이 시들은 끝내 떨쳐버리지 못하는 과거의 시간에 대해, 젊은날의 방황과 결의에 대해 말한다. 그의 身인 재능과 의지는 나쁜 기억에 잠식되어 있으며, 그의 土인 가족과 사회는 미망에 얽힌 그의 불우한 나날들을 되돌려 보여 준다. 身土는 그때도 지금도 둘이 아니다.

<아메리카 타임誌>[6)는 이 정황을 포괄적으로 전달한다. 그는 여기서

---

6) 독자의 편의를 위해 全文을 적어 둔다. (『金洙暎 全集 1 - 시』, 민음사, p. 17).

> 흘러가는 물결처럼
>
> 支那人의 衣服
> 나는 또하나의 海峽을 찾았던 것이 어리석었다

자신이 낭비한 시간을 기름방울(油滴)로, 그 보잘 것 없는 결실을 "능금"으로 표현하고, 자신을 "아메리카"[7] 벌판의 낯선 시간에서 떠돌게 하던 실질 없는 "활자"들과 다시 돌아와 맞이하는 부황한 현실을 한데 묶어 "瓦斯의 정치가"라고 부른다. 그는 회한과 고뇌로 "응결"된 눈물을 떨어뜨리고, "바위"를 물듯 어금니를 앙다물지만. 그의 희망도 세상도 모든 것이 헛바람("瓦斯")으로만 부풀어 있다. 그에게는 단단한 어떤 것, 서로를 끝없이 되비치기만 하는 이 身과 土의 숙명을 벗어나게 할 어떤 것이 필요하다. 그것은 물론 시쓰기이다. 나머지 두 시와 또 한 시를 읽으면 그의 실존에 이 시쓰기의 가치가 무엇이었던가를 알 수 있을 것 같다.

<이(虱)>는 시인이 자신의 아버지에 관해 언급하는 세 편의 시 가운데

機會와 油滴 그리고 능금
올바로 精神을 가다듬으면서
나는 數없이 길을 걸어왔다
그리하야 凝結한 물이 떨어진다
바위를 문다

瓦斯의 政治家여
너는 활자처럼 고읍다
내가 옛날 아메리카에서 돌아오던 길
뱃전에 머리 대고 울던 것은 女人을 위해서가 아니다

오늘 또 活字를 본다
限없이 긴 활자의 連續을 보고
瓦斯의 政治家들을 응시한다

7) 김수영은 "옛날 아메리카에서 돌아오던 길"이라고 시에서 말하고 있지만 그는 아메리카에 간 적이 없다. 이 "아메리카"는 미국을 가르키는 것이 아니다. 그것은 보들레르에게서처럼, 또는 서정주에게서처럼, 현실의 "海峽"을 떠나고 싶어하는 젊음이 그 헛된 꿈을 걸어보는 저 <아>자 돌림의 대륙 가운데 하나일 뿐이다. "아메리카 타임誌" 역시 잡지의 이름이라기보다는 그런 미망의 이력서이다.

시기적으로 첫 번째 것이다. 그의 전집에 딸린 연보에 의하면, 시인의 아버지는 이 시가 쓰여지기 두 해전부터 병상에 누워 있었으며, 그리고 다시두 해 후에 세상을 버렸다.

倒立한 나의 아버지의
얼굴과 나여

나는 한 번도 이(蝨)를
보지 못한 사람이다

어두운 옷 속에서만
이(蝨)는 사람을 부르고
사람을 울린다

나는 한 번도 아버지의
수염을 바로는 보지
못하였다

新聞을 펴라

이(蝨)가 걸어나온다
행렬처럼
어제의 물처럼
걸어나온다

"倒立한 나의 아버지"라는 말에는 별다른 뜻이 없다. 그것은 "바로는 보지 못한" 아버지라는 말과 같은 말이다. 그가 아버지를 바로 보지 못하는 것은 家長의 권위인 그 수염 아래 불결한 '이'가 서식하고 있기 때문이다. 수염 밑에 실제로 이가 있다는 것은 물론 아니겠다. "어두운 옷 속에서만"

사람을 부르고 사람을 울리는 이 이는 필경 시인의 가족사와 얽혀 있을, 아버지를 존경할 수 없게 만들 나쁜 기억들이리라. 그것이 직시하기에 너무 괴로운 것이라면 어두운 곳에 감춰두는 것이 타당하겠으나, 기억은, 더구나 부끄러운 기억은 우리의 의지에 순종하지 않는다. 그것은 가장 적절하지 못한 시간에 악질적으로 떠오르며 바로 보려 할 때는 오히려 이미 가슴을 할퀸 그것은 사라진다.

新聞을 펴라

이(虱)가 걸어나온다
행렬처럼
어제의 물처럼
걸어나온다

신문에서 이가 걸어나온다는 말은 아니다. 차라리 그 반대이다. "新聞을 펴라"는 다른 활자들보다 한 글자 뒤로 물러서 있다. 그것은 전체의 시행들과 다른 어조의 목소리이다. 젊은 시인은 행렬지어 기어나오는 몹쓸 기억들을 막아내기 위해 신문을 펴고 그것을 읽으라고 저 자신에게 권고한다. 신문은 기억을 풍문으로 가리고 역사를 시사로 차단한다. "어제의 물"에서 풍기는 악취를 오늘의 잉크 냄새로 중화한다. 그것은 이 기억의 고통에 일종의 아편이다.

그러나 김수영이 그의 정신위생을 위해 선택하고 싶어 했던 것은 언제나 용이하게 이용할 수 있는 이 아편보다 훨씬 더 멀리 있는 것이었다. 「가까이 할 수 없는 書籍」은 한 연으로 이루어졌고 어조가 재빠르다.

가까이 할 수 없는 書籍이 있다

이것은 먼 바다를 건너온
容易하게 찾아갈 수 없는 나라에서 온 것이다
주변없는 사람이 만져서는 아니될 冊
만지면은 죽어버릴 듯 말 듯 되는 冊
가리포루니아라는 곳에서 온 것만은
確實하지만 누가 지은 것인줄도 모르는
第二次大戰 以後의
긴긴 歷史를 갖춘 것같은
이 嚴然한 冊이
지금 바람 속에 휘날리고 있다
어린 동생들과의 雜談도 마치고
오늘도 어제와 같이 괴로운 잠을
이루울 準備를 해야 할 이 時間에
괴로움도 모르고
나는 이 책을 멀리 보고 있다
그저 멀리 보고 있는 듯한 것이 妥當한 것이므로
나는 괴롭다
오오 그와 같이 이 書籍은 있다
그 冊張은 번쩍이고
연해 나는 괴로움으로 어찌할 수 없이
이를 깨물고 있네!
가까이 할 수 없는 書籍이여
가까이 할 수 없는 書籍이여.

　　외국 서적을 구하기가 하늘의 별따기에 비교될 만큼 어려웠던 그 시절
에, 미국에서 저작되어 바다 건너왔고 외국어로, 필시 영어로, 쓰여졌을
이 문제의 책에 시인은 심정적으로도 "가까이 할 수 없는" 거리를 두고
있다. 그것은 "주변없는 사람이 만져서는 아니될 冊"이며, "긴긴 歷史를
갖춘 것같은" "嚴然한 冊"이다. 그는 이 책을 경외하는 것이 분명하다.

그러나 이 점을 트집잡아 시인의 서구편향을 논하고 그의 <모더니즘>을 규정해야 옳을까.

책은 가까이 할 수 없는 책일 때 그 책으로서의 본질을 잘 드러낸다고 말해야 할 것 같다. 책은 여타의 사물과도 다르고 사람과도 다르다. 실존주의의 방식으로 설명하자면, 책은 사물처럼 그 자체로 완성되고 항상 충만한 즉자적 존재에 그치는 것도 아니고, 인간의 의식처럼 그 비어 있음을 다른 대상으로 채워야 하는 대자적 존재에 그치는 것도 아니다. 한 저자의 책은 그 저자가 아닌 다른 사람의 눈에는 즉자일 수 있다. 둥근 바위를 그렸으면 그 둥근 모습 그대로, 시든 꽃을 말하였으면 그 시든 내용 그대로, 독자에게 책은 거기서 완결되어 있다. 반면에 저자의 눈에 그의 책은 여전히 대자이며, 그것도 뒤틀린 대자이다. 내 글을 내가 읽을 때, 거기에서 나는 나의 작전과 나의 서투름과 나의 망설임과 나의 무모함을 다시 발견한다. 내 글은 결코 완결된 것이 아니며, 나는 여전히 도중에 있다. 내 글에서 내가 발견한 것을 물론 독자도 발견할 수는 있겠지만, 나와 같은 방식으로는 아니다. 내가 무모하게 한 구절을 썼을 때, 독자는 거기에 영원히 그 모습으로 있을 무모함을 발견하지만, 나에게 그 무모함은 나를 뉘우치게 하거나 합리화를 유혹하는 방식으로, 방치하거나 제거하거나 고쳐써야 할 것으로, 언제나 심리적 부담을 주는 것으로, 그러나 언제나 변할 수 있는 것으로 거기 있다.[8]

책은 독자에게 즉자이며, 저자에게 대자이다. 그러나 모든 독자가 한결같은 것은 아니다. 독자들 가운데는 저자와는 다른 환경에서 다른 언어와 다른 사고법으로 길들여진 사람도 있고, 그와 같은 토양에서 그의 생각을 같이 나누거나 깊이 이해하며 살았던 사람도 있다. 저자의 가족과 친구와

---

8) 사르트르 (정명환 역), 『문학이란 무엇인가』, 민음사, pp. 59-60 참조.

연인은 어느 정도는 저자와 같은 방식으로 저자의 책을 읽으며, 저자처럼 자신을 거기서 발견할 수 있다. 책은 저자에게서 멀어질수록 즉자적 성격을 더 강하게 지닌다.

　김수영이 원했던 것은 이 즉자로 완결된 책이었으며, 그것을 "容易하게 찾아갈 수 없는 나라에서 온" 서적에서 발견한다. "누가 지은 것인지도 모르는", 다시 말해서 한 생활인으로서의 그 저자가 문제되지 않는, "만지면은 죽어버릴 듯 말 듯 되는", 다시 말해서 접촉과 독서로 그 완결성을 훼손하기보다는 그대로 보존하는 편이 더 좋을 것 같은, "第二次大戰 以後의 긴긴 歷史를 갖춘 것같은", 다시 말해서 전후의 고뇌를 역사적 전망으로 삭여 안고 있는 것같은 이 "嚴然한 책"은 그의 불안정한 생활과 심란한 정신의 대척점에 있다. 이 책에서 이가 행열을 지어 "어제의 물처럼" 걸어 나오는 일은 없을 것이다. 책은 또한 신문과 다르다. 신문의 번화한 소식들은 나쁜 기억을 미봉하는 그 순간 그것들 자신이 기억들 속에 눅눅하게 섞여 들어가 "어제의 물"이 된다. 책은 불투명하게 흐르는 기억을 거기 투명하게 정리된 기억으로 누르고 항상 현재를 확보한다. 책은 끈끈하고 걸기적거리는 현실 속에 깔끔하게 완결된 공간을 들어앉힌다. 책은 나쁜 기억에서, 그리고 나쁜 기억으로 저주받은 삶에서 우리를 해방한다. "오늘도 어제와 같이 괴로운 잠을" 자야하는 김수영이 어떤 구원의 기획처럼 책에 걸었던 희망이 그것이다. 그러나 시에서 이 기획은 실패한다. 시의 첫머리에서 "가까이 할 수 없는 書籍이 있다"라는 중립적인 서술은 끝내 "가까이 할 수 없는 書籍이여"라는 두 번 겹치는 영탄이 되어 시를 막음한다. 그의 앞에 놓인 것은 먼 책일 뿐만 아니라 돌아앉는 책이었다. 책장이 배타적으로 번쩍이는 이 책의 투명할 수도 있는 공간을 시인은 자신의 현실 속에 들어앉히지 못했다. 그는 이 시를 시집 『달나라의 장난』에 넣지 않았다.

　김수영은, 7년 후인 1955년, 이 시의 개작은 아니더라도 적어도 착상의
토대를 같이 하는 시 「書冊」을 발표했다.

　　　덮어놓은 冊은 祈禱와 같은 것
　　　이 冊에는
　　　神밖에는 아무도 손을 대어서는 아니된다

　　　잠자는 冊이여
　　　누구를 향하여 앉아서도 아니된다
　　　누구를 향하여 열려서도 아니된다

　　　地球에 묻은 풀잎같이
　　　나에게 묻은 書冊의 熟練 —
　　　純潔과 汚點이 모두 그의 象徵이 되려 할 때
　　　神이여
　　　당신의 冊을 당신이 여시오

　　　잠자는 冊은 이미 잊어버린 冊
　　　이 다음에 이 冊을 여는 것은
　　　내가 아닙니다

　"덮어놓은 冊"은 가까이 할 수 없는 책의 다른 이름이겠지만, 이 책의
폐쇄된 상태는 그 본래의 성격보다 시인의 의지를 더 많이 반영한다.
시인은 책이 담고 있을 내용보다 그에 대한 자신의 기대에 더 비중을 둔다.
시인은 방만하게 흩어져 있는 삶을 책에서 다시 발견하게 될 것이 두렵다.
그가 책에 거는 기대는 기도처럼 순결하고 절실한 것이다. 그는 "神밖에는
아무도 손을 대어서는 아니" 될 책을 말하는데, 그것은 신이 창조한 사물들
처럼 그 저자에게마저 즉자인 책이다. 책이 잠들어 있는 동안에는 누구에

게나 즉자일 것이기 때문이다. 그가 바라는 것은 열어도 잠들어 있는 것과 같이 "누구를 향하여 앉아서도 아니" 되고 "누구를 향하여 열려서도 아니" 되는, 거기에 거는 모든 인간적 예상이 부정되는, 절대적으로 완성된 책이다.

사실 이 책은 시인이 바로 그렇게 되고 싶어 하는 그 자신이다. 이미 서책으로 숙련된 그는 반쯤 그 책이 되어 있다. 그 자신의 모든 현실이, 그의 "純潔과 汚點이 모두" 그 절대적인 책의 "象徵"으로 될 수 있을 때, 행열지어 나오는 이와 "어제의 물"을 포함하여 그 자신에 속한 모든 것이 보편적인 진리로 종합될 때, 그 자신의 인격 전체가 순수이성의 투명한 능력으로 되었을 때, 그는 신만이 열 수 있는 책이 제 안에서 완성되었음을 알게 될 것이다. 그 책은 거친 현실이면서 동시에 현실 속에 들어앉은 투명한 공간이다. 그는 열어도 잠들어 있는 이 순결한 책을 쓸 것이다. 그는 이 책을 씀으로서 그 책이 될 것이다. "잠자는 冊은 이미 잊어버린 冊", ― 그는 그 책을 열 때 자신이 그 책을 썼다는 사실을 잊어버릴 것이다. 완성된 그는 이미 그가 아니기 때문이다. 김수영은 이 시를 『달나라의 장난』에 넣었다.

고독과 비상의 시학

김수영의 <푸른 하늘을>,<그 방을 생각하며>

이기성

1. 근대 그리고 김수영이라는 텍스트

그간 김수영의 시에 쏟아 온 후학들의 관심과 배려는 우리 시사에서 김수영이 차지하는 위치가 그만큼 문제적이라는 점을 보여주는 것이다. 최근의 근대에 관한 수다한 논의들 역시 김수영이라는 텍스트가 내포한 문제의식을 쉽사리 건너 뛰지 못하고 있는 듯하다. 세계에 대한 비판적 인식과 반성적 자기 응시를 통해 주체의 내면을 확보해 나갔던 김수영의 시적 궤적은, 세계와 대응해 가는 비판적 주체의 확립의 문제라는 근대적 인식을 드러내는 역동적 텍스트라 할 수 있을 것이다.

식민지 이래 근대에의 지향은 시적주체들에게 자기 소멸에의 공포를 동반한 것이었다. 근대적 세계가 주체를 위협하는 거대한 폭력으로 외부로부터 우리에게 다가온 경로가 그러했고, 세계의 광포한 힘에 대응할만한 주체가 성숙되어 있지 못 했다는 점에서도 역시 근대는 공포의 다른 이름이었던 것이다. 그리하여 근대를 향한 열망의 반대편에는 소멸의 위기로부

터 주체를 보존하려는 내적의지가 길항하고 있었으며, 그것은 죽음으로
상징되는 세계와 대응해 갈 강력한 주체의 성립이 시적 과제로서 요구되었
다는 말이기도 하다. 이때 주체를 보존하는 힘은 세계와 주체의 상호관계
에 대한 반성적 인식 속에 놓이며, 그것을 가능케 하는 것은 지성의 힘이다.
지성은 자아와 세계에 대한 반성적 인식을 통한 자기 인식을 획득하게
하는 눈이 된다. 그러므로 비판적 지성의 힘으로 사유하기야말로 진정한
근대를 향한 도정에서 우리에게 요청되는 정신적 자세였다고 할 수 있다.

확실히 김수영은 근대라는 죽음의 공포를 직시하고 이에 대응해 가는
새로운 주체의 모습으로 우리 시사에 각인되어 있다. 그가 보여주는 새로
운 주체는 세계와의 대응하는 자아의 내면을 끊임없이 갱신해 감으로써
근대의 동의어인 죽음 극복해 가는 과정에서 생성된다. 이러한 그의 시적
태도는 식민지적 근대에 억압된 자아의 내면을 왜곡된 양상으로 표출했던
이상의 공포와는 얼마나 다른 것이며[1], 또 그것은 김수영과 동시대를
경험했던 50년대의 모던보이 박인환이 보여준 미성년의 절망의 몸짓과는
얼마나 거리를 두고 있는가. 근대의 억압적인 힘에 질식당하지 않고 건강
한 사유 속에서 세계와의 긴장을 유지해 가는 주체의 모습은 물론 4,19라
는 단절적 매개의 경험과 근대의 물질적 토대의 성숙이라는 외부적 요소와
떼어서 생각할 수는 없을 것이다. 김수영의 시는 4,19의 경험을 누구보다
도 직접적이고 깊이 있게 받아들임으로써 새로운 시적 영역으로의 전환을
보여준다.

이 글에서는 60년대 초반에 쓰여진 김수영의 시를 통해서 그가 4,19라는
역사적 순간을 내면화함으로써 주체로서의 자아를 확립해 나가는 양상을
살펴 보기로 한다. 이러한 작업은 김수영이라는 텍스트의 거대한 흐름의

---

1) 서영채 「이상 소설의 수사학과 한국문학의 근대성」『소설의 운명』문학동네, 1995.
   382쪽

한 지류를 살펴보는 데 불과할 것이기는 하지만, 우리는 그 흐름을 더듬어 감으로써 김수영의 시적 세계를 폭넓게 이해하는 새로운 길의 트임을 기대해 볼 수도 있을 것이다.

2. 설움의 육체와 검은 공간

1948년 박인환 등에 의해 출간된 「새로운 도시와 시민들의 합창」의 동인이기도 했던 김수영의 경우, 새로운 것 서구적인 것으로 표방되는 근대적인 세계에 대한 관심과 지향이 그의 시적 세계를 출발시키는 바탕이 되었음은 물론이다. 그러나 전후의 죽음과 절망적 상황에 함몰된 박인환 등의 50년대 시인들과는 달리, 김수영의 초기시를 관류하는 것은 세계에 대한 긴장된 시선을 유지하려는 내적 노력이며, 그것은 50년대를 특징짓는 감상적이고 폐쇄적인 내면의 세계를 극복함으로써 가능한 것이었다. 그의 초기시에서 세계와의 거리두기를 통해서 주체의 자리를 보존하려는 의식이 강하게 드러나고 있다.

가까이 할 수 없는 서적이 있다/ 이것은 먼 나라를 건너온
용이하게 찾아갈 수 없는 나라에서 온 것이다
주변머리 없는 사람이 만져서는 아니될 冊
만지면 죽어버릴듯 말듯 되는 冊
가리포루니아라는 곳에서 온 것만은
確實하지만 누가 지은 것인줄도 모르는
第二次大戰 以後의 긴긴 역사를 갖춘 것 같은
이   嚴然한 冊이/지금 바람 속에 휘날리고 있다
어린 동생들과의 잡담도 마치고
오늘도 어제와 같이 괴로운 잠을

이루울 準備를 해야할 이 時間에
괴로움도 모르고
나는 이책을 멀리 보고 있다.
그저 멀리 보고 있는 듯한 것이 타당한 것이므로
나는 괴롭다
오오 그와 같이 이 書籍은 있다
冊張은 번쩍이고
연해 나는 괴로움으로 어찌할 수 없이
이를 깨물고 있네!
가까이 할 수 없는 書籍이여
가까이 할 수 없는 書籍이여

― <가까이 할 수 없는 書籍>전문

이 시에서 '가루포루니아에서 온 서적'은 서구적 근대 문화의 상징적 표지로 드러난다. 그런데 자아 앞에 '엄연한' 현실로서 존재하는 이 서적은 '만져서는 아니될' 금기의 대상으로 인식되며, '서적'을 멀리서 바라보는 자아의 내면은 괴로움으로 채워져 있다. 그것은 '번쩍이는 책장'을 통해서 드러나는 근대의 유혹과 그것에 가까이 갈 수 없다는 인식 사이의 간극에서 비롯되는 괴로움이다. 김수영은 왜 그토록 동경해 마지 않던 근대를 향해서 선뜻 다가가지 못하고 있는 것일까. '만지면 죽어버릴 듯 말듯 되는 책'이라는 귀절에서 시인은 근대에 잠복한 죽음의 징후를 간파하고 있다. 즉 이 시에서 김수영은 서적과 자아 사이의 거리를 '멀리' 떨어뜨려 놓음으로써 근대에의 경사가 가져올 죽음을 스스로 차단하고 있는 것이다. 이때 '번쩍이는 책장'의 유혹으로부터 눈을 돌리지 못 하면서도 '이를 깨물고 있는' 망설임의 태도 속에는 근대에의 이끌림과 한편으로는 그것에 휩쓸려가지 않으려는 상반된 의지를 내포한 시선이 갈등을 이루고 있다.

이 괴로운 간극을 어떻게 건너 뛰는가 하는 문제는 김수영의 이후의 시에서 근대적 세계에 대응하는 주체의 존재양상을 드러내주는 문제가 된다. '멀리', '바라본다'에서 드러나는 대상과 자아의 거리를 근대에 대응하는 치열한 내적투쟁의 공간으로 전화시킴으로써 시인은 그 간극을 넘어서고자 한다. 그러나 김수영의 초기 시에서는 근대라는 세계의 강력한 힘에 압도 당하는 자아의 모습을 확인할 수 있다. 이때 자아의 시선은 세계와의 긴장을 상실한 채 폐쇄된 내면을 향하게 된다.

> 내가 으스러지게 설움에 몸을 태우는 것은 내가 바라는 것이 있기 때문이다
>
> 그러나 나는 그 으스러진 설움의 풍경마저 싫어진다
>
> 나는 너무나 자주 설움과 입을 맞추었기 때문에
>
> 가을 바람에 늙어가는 거미처럼 몸이 까맣게 타버렸다.
>
> ― <거미> 전문

이 시에서 자아의 내면은 설움이라는 정조로 가득 차 있다. 자아의 내면이 설움으로 가득 찬 것은 '바라는 것'이 있기 때문이며, 이 '바라는 것'에 대한 열망은 자아의 '몸을 태우고', '으스러뜨리는' 강렬함을 동반한 것이다. 그러나 육체가 으스러질 만큼 강렬한 열망에도 불구하고 자아의 시선은 대상을 향해 있지 않고 자아의 어두운 내면을 향하고 있다. 그런데 여기서 주목해 보아야 할 것은 이 시에서 시인이 '열망과 절망'이 길항하는 자아의 내면을 객관화 시켜 풍경으로 바라보고 있다는 점이다. '풍경'이란 자아가 부재하는 세계의 모습이며 자아의 개입이 배재된 상황을 의미한다. 이렇게 자아의 내부를 풍경으로 바라보는 건조한 시선의 한편에는

내면에 대한 거리를 확보하지 못한 채 설움에 젖어드는 시선이 공존한다. 이때 '설움과 입을 맞추는'에서 보이는 대상과 자아의 거리의 부재는 시적 자아의 육체와 내면을 까맣게 태워버린다. 그리하여 자아의 내부는 텅 비게 되고, 그 속은 '검은빛'으로 가득 차게 된다. '3월도 되기 전에 /그의 내부에서는 더운 물이 없어지고/ 어둠이 들어 앉는다'(<수온계>)에서도 시인의 내면은 어둠이 가득한 수온로의 내부와 동일시 되고 있다. 이 검은 빛은 의식의 단절, 정신의 진공상태를 의미하며,2) 주체의 부재를 환기하는 빛깔이다. 이렇게 자아의 내면을 채운 어둠은 강한 자기연민의 그림자로 드러나기도 한다.

　　　　　검은 철을 깎아 만든
　　　　　고궁의 흰 지댓돌 우의
　　　　　더러운 향로 앞으로 걸어가서
　　　　　잃어버린 愛兒를 찾은 듯이/ 너의 거룩한 머리를 만지면서
　　　　　우는 날이 오더라도

　　　　　향로인가 보다
　　　　　나는 너와 같이 자기의 그림자를 마시고 있는 향로인가보다

　　　　　　　　　　　　　　　　　　　　　　　— <더러운 향로> 중

　역사적 의미를 상실한 채 비어 있는 고궁의 더러운 향로는 시인의 그림자를 담고 있을 뿐이며, 자아의 내면은 역시 향로의 텅 빈 속과 같은 상실감으로 차 있다. 이 향로를 만지면서 우는 행위는 '자기의 그림자를 마시는'

---

2) 김수영의 시에서 백색이 시적 사유를 촉발하는 계기로서 작용하는 것(김상환 「스으라의 점묘화」『철학연구』30집, 92. 봄, 364쪽)과는 대조적으로 죽음의 빛깔인 검은빛은 사유의 단절, 정신적 진공의 상태를 의미하게 된다.

나르시즘적 행위와 동일한 의미를 지닌다. 이렇게 세계를 향하지 못하고 내면에 함몰된 시선을 통해서 시인은세계와의 긴장을 상실한 자아의 폐쇄된 내면을 보여준다. 이때 검은 내면 공간을 채우는 설움은 주체의 죽음으로 드러나는 것이다.

그리하여 김수영의 시에서 설움에 가득찬 자아의 시선은 내면의 검은 공간으로 침몰하거나, 객관적 대상으로서의 세계를 향할 때조차 대상에 시선을 고정시키지 못하고 미끄러져 간다. '하나의 갸날픈 物體에 저히 固定될 수 없는 / 나의 눈이며 나의 정신이며' (<방 안에서 익어가는 설움>), '너의 表皮의 圓滑과 角度에 이기지 못하고 미끄러지는 나의 발을 나는 미워한다'(<레이판彈>), '등 등판 光澤 巨大한 여울/ 미끄러져가는 나의 의지'(<풍뎅이>) 에서 보이듯 자아의 시선은 대상과의 연관성을 상실한 채 대상의 외면에 머무를 뿐 대상의 내면을 파고들어 가지 못 한다. 자기 갱신의 의지로 전화되지 못하고 있음을 알 수 있다.

앞에서 본 <가까이 할 수 없는 서적>에서 세계에 대한 자아의 경도가 죽음을 예견한다면, <거미>에서 드러난 내면으로의 경사 역시 죽음이라는 절망의 상황으로 자아를 이끌어 간다. 이때 죽음을 넘어서려는 시적 노력은 세계와 자아의 긴장 속에서 세계에 대응하는 주체를 보존하는데 놓여야 하는 것이며, 그것은 '풍경'과 자아 사이의 긴장과 거리를 유지하는 일이 된다. '논리와 세계에 대한 비판적 인식이 거세된' 전후 50년대의 상황이 시인에게 가르쳐 줄 수 없었던 것은 바로 이 거리를 인식하는 눈이며, 더 앞서는 30년대 선배 시인들이 거리에서 쉽게 피로에 젖을 수 밖에 없었던 이유도 이 지성의 눈을 획득하지 못한 데 있다.[3) 따라서 '거리의

---

3) 30년대의 모더니스트들에게 사유의 대상으로서의 풍경은 거리에서만 존재한다. (조영복, 『한국모더니즘 문학의 근대성과 일상성』,다운샘, 1997, 89쪽) 풍경을 바라보는 그들의 시선에는 자아의 시선과 대상 간의 긴장과 충돌 속에서 만들어지는 내면

풍경을 뚫어지게 본다'(<거리(二)>) '바로 본다'(<孔子의 生活難>)는 시
어를 통해서 드러나는 응시의 시선은 바로 세계에 대한 확장된 시선, 혹은
세계와의 자아의 긴장을 가능케 하는 비판적 지성으로 사유하기를 의미하
는 것이다. 이 반성적 시선이 자기 갱신에의 의지로 전화될 때 비로소
세계의 부정성을 넘어설 가능성을 발견할 수 있다.

　이런 점에서 김수영의 지속적인 시적 지향이 '바로 본다'는 시선의 확보
에 놓여 있다는 점은 세계에 대한 비판적 거리를 확보하려는 의지를 보여
주며, 그것은 죽음으로부터 자기를 보존하려는 의지와 다르지 않음을 알
수 있다. 이제 우리가 관심을 가져야할 것은 이러한 주체의 의지가 시적으
로 관철되는 방향이다. 다른 시<방안에서 익어가는 설움>에서 '방'은
자아의 내면 공간을 상징하는데, 이때 내면의 공간을 채우는 것은 역시
설움이다. 방안을 채운 설움을 흐르는 시간과 동일한 의미로 드러난다.
자아 내부에 변화와 의지를 가져오지 못하는 무의미한 시간의 흐름을 '역
류'하는 것은 자아의 '정신'이며, '생명'이며, '생활'이다. 그러므로 문제는
이 설움과 무의미한 시간의 흐름을 정지 시키는 주체의 의지가 어떻게
발현되는가 하는 점이다. 이때 '익어가는' 이라는 진행의 술어에서 보이는
시간의 흐름은 '마지막 설움'이라는 종착을 향해 귀결되고 있다. 따라서
이 설움에 몸을 맡기는 시인의 행위는 수동적으로 설움에 안겨가는 것이
아니라, 설움이 완료되는 마지막 순간을 향해서 의식적으로 자기를 투사하
는 일이 된다. '죽음이 싫으면서 / 너를 딛고 일어서고 / 시간이 싫으면서
/ 너를 타고 가야 한다//창조를 위하여/ 방향은 현대-'(<레이판탄>)에서처
럼 죽음을 넘어서기 위해서 죽음의 시간에 자아를 맡기는 일은 살인적인
근대적 속도와 시간 속에서 자아를 보존하는 역설적 방식이다. 근대의

───────────────────────

의 공간이 부재한다. 김수영은 자아의 내면조차 풍경의 하나로 파악하고, 이 풍경
에 관계하는 자아의 존재방식에 주목한다.

환멸과 권태, 피로라는 정신적 가사상태에 빠졌던 이상의 경우와 달리, 김수영은 근대의 속도와 그 속에 내포된 죽음의 의미를 간파하고 이를 적극적으로 내면화함으로써 그것을 주체의 속도로 변화시켜 가는 순발력을 보여주고 있다.

그리하여 근대적 시간을 부정하기 위해 그 시간 위에 올라타야 한다는 역설적인 상황의 인식에 의해 흐르는 시간은 정지되고, 설움의 시간이 빠져나간 텅 빈 공간은 백색의 공간으로 전화된다. 자아와 세계에 대한 새로운 인식을 촉발하는 백색의 공간에서 '머물러 앉다'의 정지상태에 놓여 있던 자아는 '책을 열어보는'(<가까이 할 수 없는 서적>)의 행위의 주체가 된다. 책이 열리고 새로운 세계의 문이 열린다. '앉다', '멀리 보다'가 보여주는 자기의식의 정지 상태는 역동적 비상의 행위로 치환되며, 그 정신의 역동성은 내면의 공간인 '방'에서 푸른 하늘이라는 광대한 공간으로 시인을 이끌어 낸다.

3. 고독한 비상과 푸른 하늘의 세계

김수영의 시에서 세계와 주체의 대결은 금지된 책을 읽어보는 행위, 방의 문을 열고 나오는 주체의 행위를 통해 상징적으로 드러난다. 금지된 책을 읽는 행위는 근대라는 텍스트와의 소통을 의미하며, 비판적 지성을 무기로 세계와의 긴장된 대결을 수행하는 것이다. 그것은 또한 '설움이 힘찬 미소와 더불어 寬容과 慈悲로 통하는 곳에서/../生氣와 愼重을 한몸에 지니'(<구라중화>)는 시적 태도를 견지함으로써 죽음이라는 근대에의 폭력을 견디는 일이 된다. 시인이 生氣와 愼重이라는 세계에 대한 새로운 태도를 발견하는 것은 4.19라는 전환적 계기를 통해서이다. 물론 세계와 자아에 대한 비판적 인식이라는 시적 화두는 4,19라는 외적 계기만으로 얻어진 것은 아니다. 오히려 시인의 내면에 흐르던 자기부정과 갱신에의 의지가 4,19라는 계기를 통해 한층 새로운 양상을 띨 수 있었다고 보는 것이 타당할 것이다. 여기서 4,19가 정치역사적 의미를 넘어서 보다 깊은 내면적, 존재론적 계기로 작용하게 됨을 주목해야 한다.

4,19는 근대라는 허울을 둘러싼 야만적 권력을 발가벗기고 자유와 민주주의라는 근대적 이념에의 요구가 최초로 모습을 드러낸 순간이다. 또한 4,19를 통해서 드러난 민중적 주체의 모습은 식민지 이래의 근대라는 가위눌림에서 벗어나 진정한 근대적 주체로서의 자아가 성립할 수 있다는 가능성을 보여준 것이었다. 4,19의 섬광이 어두운 내면에 비추었을 때, 내면을 향해 있던 시인의 시선은 세계와 정면으로 마주볼 수 있게 되었다. 그것은 이후 김수영이 근대적 사유의 틀을 형성해 나가는 바탕이 되었으며, 이후 김수영의 시적 세계는 이 순간의 빛으로부터 자유로울 수 없었다. 그것은 자아의 갱신의 근거를 마련해 주는 바탕이 되는, '설움을 역류하는' '생활, 생명, 정신, 시대'의 구체적 의미를 역사적 현실 속에서 가능성으로 확인할 수 있게 되었다는 의미이며, 근대적 세계와의 주체의 긴장의 확보라는 시적과제의 성취를 향한 도약을 의미하는 것이기도 하다. 이때 비로소 우리는 그의 시에서 내면을 가득 채웠던 죽음의 빛이 '자유'라는 생에의 의지로 전환되어 감을 확인할 수 있다.

> 혁명은 안되고 나는 방만 바꾸어 버렸다
> 그 방의 벽에는 싸우라 싸우라 싸우라는 말이
> 헛소리처럼 아직도 어둠을 지키고 있을 것이다
>
> 나는 모든 노래를 그 방에 함께 남기고 왔을 게다
> 그렇듯 이제 나의 가슴은 이유없이 메말랐다

그 방의 벽은 나의 가슴이고 나의 사지일까
일하라 일하라 일하라는 말이
헛소리처럼 아직도 나의 가슴을 울리고 있지만
나는 그 노래도 그 전의 노래도 함께 다 잊어버리고 말았다

혁명은 안되고 나는 방만 바꾸어 버렸다
나는 인제 녹슬은 펜과 뼈와 광기
실망의 가벼움을 재산으로 삼을 줄 안다
이 가벼움 혹시나 역사일줄 모르는
이 가벼움을 나는 나의 재산으로 삼았다

혁명은 안되고 나는 방만 바꾸었지만
나의 입속에는 달콤한 의지의 잔재대신에
다시 쓰디쓴 냄새만 되살아났지만

방을 잃고 낙서를 잃고 기대를 잃고
노래를 잃고 가벼움마저 잃어도

이제 나는 무엇인지 모르게 기쁘고
나의 가슴은 이유없이 풍성하다.

— <그 방을 생각하며> 전문

이 시에서 방은 '생각한다', '되살아나다' 등의 시어를 통해서 드러나는 과거의 공간이다. 그곳은 '노래'와 '어둠'이 상징하듯 유토피아적 열망과 좌절이 공존했던 공간이다. '혁명'의 열망이 좌절된 방은 설움으로 충만한 곳이다. 그런데 이 과거의 방을 생각하는 현재의 자아의 내면은 '무엇인지 모르게 기쁘고', '이유없이 풍성하다'에서 보이듯 강한 의지와 희열에 넘쳐 있다. 이러한 내적인 상승은 '녹슬은 뼈, 광기, 실망, 의지의 잔재'의 과거의 부정적 의미들과 '기쁨'으로 드러나는 현재의 자아 사이에 놓인

간극을 극복하는데서 얻어진다. 그것은 '쓰디쓴 과거의 찌꺼기'를 현재를 위한 재산으로 삼는 인식의 전환을 통해서 가능해지는데, 이때 좌절된 혁명 즉 '실망과 역사'의 무게를 '가벼움'으로 치환하는 역설적 인식의 바탕에는 새로운 세계를 향한 강렬한 시인의 의지가 놓여 있는 것이다.

그러나 죽음과도 비견될 내면 공간의 어둠 속에서 시인은 어떻게 그토록 가볍게 빠져 나올 수 있었던 것일까. 절망으로 가득 차 으스러지는 육체를 그토록 가볍고 풍성하게 바꾸어 줄 수 있는 동력을 단순히 4,19의 희열과 환희가 가져온 낙관적 전망에 편승한 것으로 보기에는 무리가 있다. 그는 이미 4,19직후에 <육법전서와 혁명>이라는 시에서 4,19의 역사적 의미와 한계를 꿰뚫어 보는 날카로운 현실인식을 보여주지 않았던가. 우리는 자아의 내면을 풍성함으로 채우는 '이유 없는' 기쁨에 대한 의혹을 해소할 수 있는 가능성을 다음의 시에서 발견하게 된다.

> 푸른 하늘을 제압하는
> 노고지리가 자유로왔다고 부러워하던
> 어느 시인의 말은 수정되어야 한다
>
> 자유를 위해서
> 비상하여본 일이 있는
> 사람이면 알지
> 노고지리가
> 무엇을 보고
> 노래하는가를
> 어째서 자유에는
> 피의 냄새가 섞여있는가를
> 혁명은
> 왜 고독한 것인가를

혁명은
왜 고독해야 하는 것인가를

　　　　　　　　　　　　　　　— <푸른 하늘을>

　이 시에서 푸른 하늘의 광활함은 시인이 지향하는 자유로운 세계를 상징하는 것으로 보인다. 노고지리의 비상은 세계를 향해 자신을 투사해가는 자아의 응축된 내면을 드러낸다. 그 자유를 향한 비상에서 시인은 혁명과 피의 의미를 읽는다. '피의 냄새'에서 보이는 붉은 빛은 하늘의 푸른 빛과 긴장을 이루며, 노고지리의 '고독'하게 응축된 수직의 상승은 하늘이라는 광대한 배경 속에서 강렬한 이미지로 충돌한다.　이 시에서 시인은 그의 시적 특성인 수사의 과잉, 요설과 절연된 단순하고 절제된 언어의 힘을 획득하고 있다. 절제된 언어의 행간은 비상의 강렬함과 속도감으로 채워지며, 이때 광대한 하늘의 공간을 '제압하며' 솟구치는 노고지리의 단단한 응결성은 현실의 어떠한 구차함과도 절연된 정신의 힘이 폭발하는 절정을 보여준다. 그것은 「폭포」에서 수직낙하 하는 폭포의 힘이 보여주는 '고매한 정신'의 깊이와 상응하는 수직의 높이를 의미한다. 이 속도의 절정은 결코 흔들림없는 정신의 부동성을 지시하며, 그 부동성은 설움의 시간이 보여주는 수평적 흐름을 정지시킨다.

　바로 여기에 김수영의 시가 도달하고자 하는 '자유'의 모습이 드러난다. 노고지리의 내면을 채우는 것은 고독이며, 솟구치는 비상에의 동력은 이 고독으로부터 나온다. 고독은 비상의 절정에서 不動하는 내면이며, 그것은 세계와의 팽팽한 긴장을 유지하는 주체의 자기 견인력이기도 하다. 그런데 이 시에서 김수영이 주목하는 것은 고독 자체가 아니라, '고독해야 하는' 당위성에 자기를 맡기는 태도이다. 그것은 그 고독을 자기 것으로 승인한 후에야 진정한 비상과 혁명이 얻어지는 것임을 자각한 데서 나오는 시적

태도이다. 그것은 비상을 '부러워하는' 소극성을 넘어, 고독을 향해 자신을
투사하는 강한 역동성을 의미한다.

김수영의 시에서 드러나는 강력한 자기 갱신의 힘은 바로 이 고독에
대한 당위성을 자아의 존재 근거로 삼는 태도에서 비롯된다. 이러한 시적
태도를 김수영은 <사랑의 변주곡>에서 그것을 '단단한 고요함'이라 하였
다. 그것은 시인을 둘러싼 세계의 소음에 대응해가는 활력과 내면을 견인
하는 고요가 통일된 순간을 의미한다.[4] 이렇게 볼때 김수영의 시작을 관통
하는 화두였던 '자유'의 의미는 시인의 삶의 토대를 이루는 사회적 제도적
억압으로부터의 해방인 동시에, 근대라는 무한한 공간 속에서 내면의 긴장
을 유지함으로써 얻어지는 정신의 자유와 그에 상응하는 생에의 의지로
확장되어 감을 알 수 있다.

4. 맺음말

이 글은 김수영의 초기시와 4.19직후의 시편을 이어 흐르는 작은 지류를
살펴본 데 불과하다. 이 작은 흐름을 통해서 우리는 김수영이라는 광대한
텍스트가 담고 흐르는 몇가지 문제의식에 닿아 보고자 했다. 그것은 진정
한 근대를 향해가는 도정에서 김수영이 보여주는 정신적 태도의 문제로

---

4) 그의 산문에서 당시 김수영의 내면을 짐작할 수 있다.
　"<4월26일> 후의 나의 정신의 변이 혹은 발전이 있다면 그것은 강인한 고독의 감
　득과 인식이다. 이 고독이 이제로부터의 나의 창조의 원동력이 되리라는 것을 나는
　너무나 뚜렷하게 느낀다. 혁명도 이 위대한 고독없이는 되지 않는다. 두말할 나위
　도 없이 혁명이란 위한 창조의 추진력의 複本이니까. 요즈음의 나의 심경은 외향적
　명랑성과 내향적 침잠 혹은 섬세성을 완전히 일치시키는데 성공하고 있다."
　『김수영전집2』 민음사,1981,331쪽

요약될 수 있을 것이다. 식민지 이래 우리 시가 걸어온 길은 근대에 대한 이끌림과 부정이라는 양가적 태도였다. 근대에 경사되는 주체의 자기의식의 부재 상태는 근대라는 죽음의 이미지로부터 주체를 자유롭게 하지 못했다. 김수영의 시는 폐쇄된 내면을 채우던 설움을 역동적인 비상의 힘으로 전화시켜 나가는 과정을 통해서 세계에 대응해가는 주체의 자리를 확보해 나가고 있다. 이러한 태도는 근대라는 세계에 대한 응시의 시선을 놓치지 않으면서, 내면의 긴장을 유지하는 주체의 정신적 긴장에서 얻어지는 것이다. 그것은 세계에 대응하는 주체의 확립과 세계의 부정성을 극복하는 비판 정신의 획득이라는 시사적 과제에 닿아 있었다. 근대의 텍스트인 '책'을 열어 봄으로써 세계를 향해 단호한 손을 내밀었던 김수영은 이러한 성숙된 주체의 모습을 보여준다는 점에서 우리시가 올랐던 한 정점이라 할 수 있다.

자기 갱신의 모색과 탐구

50年代 金洙暎의 詩

강연호

1.

해방 후의 우리 현대시사를 논하는 자리에서 徐廷柱, 金春洙와 함께 중요한 위치를 차지하고 있는 시인 중의 한 사람이 바로 金洙暎이다. 그는 사실 어떤 의미에서는 자신이 살았던 당대보다는 70년대 이후의 평자들에게서 더욱 관심과 조명의 대상이 되어왔던 시인이다. 물론 그것은 김수영의 문학세계 자체에 대한 주목의 폭이 그만큼 넓어진 이유 때문이기도 했지만, 다른 한편으로는 우리의 정치적 상황에 연유한 점도 있음을 부인할 수 없다. 어떤 의미에서는 그가 그토록 소리 높여 외쳤던 사랑과 자유와 혁명의 목소리가 일종의 예언처럼 들리는, 아니 들려야 했던 질곡의 시대를 우리가 거쳐야 했기 때문인지도 모른다. 김수영의 문학세계에 대한 그 동안의 수많은 논의와 평가는 한 평론가의 극적인 표현을 빌면, 영광의 절정에 있다1)고 말할 수 있을 정도이다.

이러한 점에서 김수영의 문학세계는 이제 어느 정도까지는 정리되고 있다는 느낌을 받게 되는 것도 사실이다. 그 중요한 몇몇 평가들은 크게 나누어 대략 다음의 몇 가지 측면에서 이해될 수 있을 것이다.

첫번째는 김수영 시에 나타나는 특정 주제를 추출해 내어 그의 시세계 전반을 이해하려는 시도이다. 대부분의 기존 논의가 여기에 속한다고 하겠는데 이러한 작업들을 통해 김수영의 시적 주제는 자유, 사랑, 정직성, 도덕성과 양심 등으로 이름 붙여지게 된다. 물론 이들 주제는 각각 독립되어 있는 것이라기보다는 서로 긴밀히 연관되어 상호작용을 하고 있으며, 또한 김수영의 시가 지금까지도 재조명되고 있는 가장 큰 이유가 되고 있기도 하다. 두번째는 김수영 시의 구조적 측면에 중심을 두는 경우로서 여러 평자들에 의해 이른바 속도감, 난해성, 반복의 어조와 리듬, 요설적 서술과 아이러니 등에 대한 연구가 이루어져 왔다. 이러한 연구는 아울러 김수영 시의 부정적인 측면에 대한 지적도 시도하고 있다. 마지막으로 김수영의 생애와 전기에 대한 고찰이 있다. 시인의 삶에 대한 이해가 때로는 그의 작품세계를 규명하는 데 긴요한 역할을 한다는 점에서도 그렇지만, 특히 김수영의 경우 삶의 문제가 곧 그의 시세계의 핵심이었다는 여러 평자들의 지적에 비추어 볼 때, 이러한 연구들은 비록 회고적 차원에 머문 것들이 많다고 하더라도 특별한 의의를 갖는다고 하겠다.

기존의 연구성과들을 개괄해 보면 작품 자체에 대한 문학적 평가보다는 오히려 그의 삶의 태도나 시정신 등에 더 많은 관심이 쏠려 있음을 쉽게 알 수 있다. 다시 말해 이미 전집까지 출간된[2] 그의 시세계 전반에 대한

---

1) 김 현, 「김수영에 대한 두 개의 글」,『책읽기의 괴로움/살아있는시들』, 문학과 지성 사,1992,p.42

2) 민음사에서 세 권으로 나온 이 전집은 각각『金洙暎 全集1 詩』와『金洙暎 全集2 散 文』(1981),그리고 그에 대한 평론모음인『金洙暎 全集 別卷 - 金 洙暎의 文學』(1983) 으로 이루어져 있다. 앞으로 인용되는 시는 모두『전집1』에 의존하며, 이하 다른 글 들도『전집 2』,『전집 별권』으로 표기한다.

연구라기보다는 주로 어느 한 측면에서의 집중적 고찰이거나 주제 이해에 중심을 두고 있다고 하겠다. 즉, 모든 기존 사실이나 관념의 거부와 정직한 언어의 추구3), 자유에의 끈질긴 탐구4), 끊임없이 앞을 향하여 움직이는 정신5), 자유에 대한 간구와 진실에 대한 갈증의 詩化6) 등의 평가가 바로 그것이다. 여러 평자들에 의해 각각 달리 표현되고 있기는 하지만 이러한 평가들은 모두 김수영 시의 특정 주제와 시정신에 주로 집중되어 있다. 그러다 보니 논의의 상당부분이 그의 시작품보다는 시론 및 산문에 의존하여 전개되는 경우도 적지 않았다고 하겠다. 물론 김수영의 경우, 진정한 작가는 그가 쓴 것 전부가 한개의 작품을 이룬다는 T.S.Eliot의 말이 해당될 수 있는 많지 않은 한국 시인 중의 한 사람이라는 평가7)도 있었고, 여기에 별다른 이의가 없다는 점에서 이러한 연구방법의 성과를 의심하자는 것은 아니다. 다만 한 시인의 시세계를 연구하는 데 있어서 주 텍스트는 역시 그의 작품이 중심이 되어야 하며, 아울러 거기에 대한 정확한 주석과 이해가 뒤따라야 비로소 전체적인 윤곽을 파악해 낼 수 있을 것이다.

김수영에 대한 기존의 많은 논의에도 불구하고 아직 더 규명되고 연구되어야 할 사항들이 또한 남아 있는 것이 사실이다. 그의 작품에 자주 나타나는 거침없는 행갈이나 난해한 비유, 야유와 풍자 등에 대한 보다 자세한 접근이 요구되고 있으며, 또한 50년대 모더니즘과의 관계나 프랑스시 영미시 등이 그의 시와 시론에 끼친 영향력에 대해서도 더 많은 천착이 필요하다고 지적할 수 있다. 특히 대개의 연구자들이 김수영 시의 본령을 4.19

---

3) 金禹昌,「예술가의 양심과 자유」,『전집 별권』, 앞의 책,pp.189-205.

4)김　현,「자유와 꿈」,『문학과 유토피아』,문학과 지성사, 1992, pp.13-21.

5) 廉武雄,「金洙暎論」,『民衆時代의 文學』,창작과 비평사,1979,pp.213-40

6) 柳宗鎬,「시의 자유와 관습의 굴레」,『同時代의 시와 진실』, 민음사, 1982,　pp.65-87

7) 白樂晴,「김수영의 시세계」, 황동규 편,『김수영의 문학』, 민음사, 1983, p.38

이후의 이른 바 후기시로 한정하여 이 부분에만 논의를 집중시키고 있는 것은 그의 시세계에 대한 전반적인 변모과정을 파악하고자 하는 점에서는 부분적인 성과만을 보여줄 뿐이라고 하겠다.

이 글의 기본 목적은 1950년대 김수영의 시세계를 구명해보고자 하는데 있다. 따라서 이 글은 김수영의 작품들 가운데 흔히 초기시나 전기시[8]로 파악되고 있는 작품들에 한정하여 그의 시세계를 구명해 보고자 한다. 결과적으로 이 글은 1950년대라는 시간적 제약 아래 김수영의 시세계를 살펴본다는 점에서 전체적인 변모양상에 대한 연구가 되지는 않는다.

2.

전쟁과 폐허의 연대였던 1950년대는 김수영에게 있어 자연인으로서는 고난의 연대였으며, 문학인으로서는 모색의 연대였다고 할 수 있다.

전쟁 당시 김수영의 행적에 대해서는 평전을 통해서 잘 살펴볼 수 있다.[9] 6.25가 발발한 뒤 김수영은 서울을 빠져나오지 못하고 결국 의용군에 징집당했다가 탈출했으나, 이어서 다시 경찰에 의해 체포되어 거제도에서 포로생활을 하게 된다. 그런데 유달리 자의식이 강했던 그가 이 기간 동안의 고통스런 체험을 남에게 얘기하거나 글로써 남긴 것은 별로 없다. 또한 이후 4.19 라는 역사적 변혁에는 그토록 즉각적으로 현실과 직접 부딪치는 작품들로 대응하게 되는 그가, 전쟁과 분단의 문제에 대해서는

---

8) 4.19를 중심으로 하여 그 이전의 작품들을 초기시 혹은 전기시로 보는 데는 별다른 이의가 없어 보인다. 白樂晴, 김 현, 庶茂雄 등의 글과 김종윤, 유재천 등의 논문을 보라. 다만 논자에 따라서는 후기시를 하나로 묶지 않고 다시 세분하기도 한다.

9) 최하림 편저 ,『 김수영』 한국현대시인연구9,문학세계사, 개정판, 1993

이렇다할 작품으로서 표현해내지 않았다는 사실도 무척 흥미로운 일이다. 비록 자신의 체험담을 바탕으로 한 듯한 소설 「義勇軍」이 미완인 채로 남아 있고 산문을 통해서도 분단 및 통일에 대해 언급하는 경우가 몇 번 있기는 했어도, 정작 시작품으로서는 거의 그 문제를 다루지 않았던 것이다. 그 이유는 전쟁체험이, 당시 누구나 그랬겠지만, 상당하게 그의 내면에서 일종의 콤플렉스로 자리잡았기 때문인 것으로 보인다.

> 일전에 어떤 친구를 만났더니 날더러 다시 捕虜收容所에 들어가고
> 싶은 생각이 없느냐고
> 正色을 하고 물어봅니다.
> 나는 대답하였습니다.
> 내가 捕虜收容所에서 나온 것은
> 捕虜로서 나온 것이 아니라,
> 民間抑留人으로서 나라에 忠誠을 다하기 위하여 나온 것이라고.
>
> — <祖國에 돌아오신 傷病捕虜 同志들에게> 일부

> 戰亂도 서러웠지만
> 捕虜收容所 안은 더 서러웠고
> 그 안의 여자들은 더 서러웠다
>
> — <여자> 일부

> 일전에도 또 술이 억병이 되어서 눈 위에 쓰러진 것을 지나가던 학생이 업어가자고 고반소에 데리고 갔다는데 나중에 여편네 말을 들으니 고반소의 순경을 보고 내가 천연덕스럽게 절을 하고 『내가 바로 공산주의자올시다』하고 인사를 하였다고 한다. 나는 이튿날 사지가 떨어져나갈 듯이 아픈 가운데에도 이 말을 듣고 겁이 났고……[10]

---

10) 『전집2』, p.175-176

사실 전쟁 후 우리의 지식인들치고 당시 이러한 콤플렉스에서 자유로웠던 사람은 별로 없었을 것이다. 특히 김수영의 경우 그것은 유별난 것이었으며 이것은 또한 그가 나중에 李御寧과 벌인 이른바 不穩性 논쟁에도 잘 나타나 있다.[11]

그러나 김수영은 그가 처음으로 작품을 발표했던 1945년부터 4.19에 이르기까지는 사실 이데올로기의 현실성보다도 상상력의 초현실성에 관심이 깊었고 민족적인 암흑보다도 그의 내면의 어둠 때문에 괴로워했다[12]는 것이 일반적인 평가이다. 50년대가 문학인으로서의 김수영에게는 모색의 연대였다는 앞서의 언급은 이런 이유 때문이다. 이 시기에 그는 어떤 형태로든 모더니즘과 깊이 연관되어 그의 시세계를 이루어 나간다.

모더니즘은 그 용어의 개념뿐만 아니라 그 출발 시기에 있어서도 논란이 끊이지 않고 있는 20세기의 대표적인 예술사조라고 할 수 있는데 우리에게 있어 모더니즘의 전개는 1930년대부터이다. 당시의 대표적 이론가였던 김기림에 의해 그 의미의 핵심이 피력되어[13], 그 이후 우리의 시문학에 끼친 모더니즘의 영향력은 긍정적이든 부정적이든 대단했다고 할 수 있다.

---

11) 『전집 2』, p.162

<다만 그것은, 불온하다는 의혹을 받을 수 있는 작품이기 때문에 발표를 꺼리고 있는 것이지, 나의 문학적 이성으로는 추호도 불온하지 않다. 그러니까 李御寧씨는, 내가 불온하다고 보여질 우려가 있어서 발표하지 못하고 있는 작품을 <불온하다>고 낙인을 찍으려면, 우선 그 작품을 보고나서 말을 해야 할 것이다>

12) 최하림, 앞의 책, p.49

13) 金起林, 「모더니즘의 역사적 위치」, 『詩論』, 백양당, 1948, p.74

<모더니즘은 두개의 否定을 준비했다. 하나는 로맨티시즘과 세기말 문학 의 末流인 센티멘탈 로맨티시즘을 위해서이고, 다른 하나는 당시의 使內容主義的 경향을 위해서였다. 모더니즘은 시가 우선 언어의 예술이라는 자각과 시는 문명에 대한 일정한 感受를 기초로 한 다음 일정한 가치를 의식하고 씌어져야 된다는 주장 위에 섰다.>

특히 30년대의 모더니즘은 그대로 50년대까지 이어져 여러 가지로 비판을 받는다.14)

그런데 김수영이 당대 모더니스트들인 <後半期> 동인들과 어울리면서도 그들이 가진 모더니즘의 허상에 깊이 침윤되지 않았던 이유는 무엇일까. <後半期> 동인이 처음 결성된 것은 1951년이며 그 주역은 합동시집 『새로운 都市와 市民들의 合唱』(1949년)을 펴낸 시인들, 특히 그 중에서도 박인환과 김경린에 의해서였다.15) 이 시기는 바로 김수영이 포로 수용소에 있던 시절이었으므로 우선 물리적으로도 이에 참여할 수 없는 처지였다.16) 문제는 앞의 인용시에서 보이듯 이 시기의 생활은 김수영의 자의식에 상당한 상처와 그늘을 드리웠으며, 이로 인해 그가 다른 모더니스트들과 일종의 거리감을 갖게 되었던 것으로 여겨진다. 50년대 우리의 모더니스트들은 실제 체험으로서의 모더니즘 의식을 갖지 못하고 일종의 보엠(bohème)적 허상에 빠져 있었는데, 전쟁체험으로 그늘진 김수영의 자의식은 그것을 허락하지 않았던 것이다. 물론 50년대 당시의 모더니즘이 피상적이라고

---

14) 김종길은 우리에게 있어 모더니즘 실패의 이유를 네 가지로 든다. 즉, 첫째 현대성의 추구가 피상적이어서 <보케뷸러리즘>(語彙主義)이라고 부를 수 있을 천박한 스타일을 낳았으며, 둘째 모더니즘이 현대시의 한 유파에 불과함에도 50년대의 모더니스트들은 현대시와 모더니즘을 동의어로 생각했고, 셋째 인습적인 기존의 것에 대하여 실험적인 것 혁신적인 것이 갖고 있는 불안정 때문이고, 마지막으로 30년대보다 오히려 우수한 모더니즘 시인 평론가의 자질 부족이라고 진단한다.(金宗吉, 「모더니즘」, 『詩論』, 탐구당, 1975, p.24) 한편 廉武雄은 모더니즘이 새로움을 추구하는 문학적 경향이라는 점에서 모든 참된 문학에 항상 존재한다는 전제 아래, 우리의 모더니즘은 새로운 인식과 실천이 빈약한 상태에서 서구적 현대문예이론의 학습을 통해 받아들여졌고,따라서 어떠한 예술적 세련에 의해서도 상쇄될 수 없는 자기상실을 낳았다고 비판한다.(廉武雄, 「50년대 시의 批判的 槪觀」, 앞의 책, 1979, p.197)

15) 金春洙, 「戰後 15年의 韓國詩」, 『韓國戰後問題詩集』,신구문화사, 1961

16) 吳世榮, 「<後半期> 同人의 詩史的 位置」, 『20세기 한국시연구』, 새문사, pp. 274-76

해서 그 의의를 무조건 부정하거나 과소평가할 수는 없다. 또한 우리에게 유입되었던 많은 서구의 문예사조들이 어떻게 잘못 수용되고 변화되어 본래의 의미와 달라졌느냐를 밝혀내는 작업은 그 나름대로의 의의가 있기는 하지만, 상당히 거부감이 있는 연구태도이기도 하다. 그렇지만 50년대 당시의 모더니즘은 그들이 결연히 맞설 것을 주장한 기존의 전세대 문학의 특징인 이른 바 '낡은 센티멘탈리즘'에서 전혀 벗어나지 못했을 뿐 아니라 다만 노래의 대상을 자연에서 도시로 옮겨 소시민의 애환과 戰後의 불안감, 낯선 이국풍의 詩語를 남발했다는 혐의를 벗어나기 어렵다. 이런 점에서 김수영이 전쟁의 고통을 겪은 후 돌아와 다시 이들과 어울리면서도 그 분위기에서 벗어날 수 있었던 계기는 그의 상처 입은 자의식에서 연유하는 것으로 보인다. 김수영의 산문 <茉莉書舍>를 보면 그가 박인환을 사귀면서 그 포즈와 제스처로서의 모더니즘을 어떻게 인식하게 되었는가가 잘 나타나 있다.

> 나는 그(박인환)를 통해서 三岸節子 安西冬衛 北園克衛 近藤東 등의 이상한 시를 접하게 되었고, 그보다도 더 이상한, 그가 보여주는 그의 자작시를 의무적으로 읽지 않으면 아니 되게 되었다. (중략) 寅煥의 최면술의 스승은 따로 있었다. 朴一英이라는 畵名을 가진 초현실주의 화가였다. 그때 우리들은 그를 <복쌍>이라는 일제시대의 호칭을 그대로 부르고 있었다. (중략) 어떻게 해서 인환이하고 알게 되었는지는 몰라도, 쓰메에리를 입은 인환을 브로드웨이의 신사로 만들어준 것도, 꼭또와 자꼬브와 東鄕靑兒의 「가쓰빠돌의 입술」과 부르똥의 「超現實主義宣言」과 트리스탄 짜아라를 교수하면서 그를 전위시인으로 꾸며낸 것도, 말리서사의 <말리>를 시집 「軍艦말리」에서 따준 것도 이 복쌍이었다.[17]

---

17) 『전집2』, p.72

당시 박인환이나 김수영이 모더니즘, 특히 초현실주의에 관심을 가지고 있었다는 사실은 최하림이 쓴 평전에 나오는 한 일화[18]로도 잘 알 수 있다. 50년대 모더니스트들의 시는 서구의 모더니즘이 보여주는 '과거 유산에 대한 반역과 문학적 관습의 파괴'라는 면을 지니고 있기는 했으나, 그것이 감상적이며 표피적인 모방에 그침으로써 모더니스트적인 포즈와 제스처만 유난할 뿐 진정한 현대성을 지니고 있다고 하기는 어려웠다. 『새로운 도시와 시민들의 합창』동인들은 그 시적 사고가 주체적인 삶으로부터 나왔다기보다는 일본의 모더니즘과 영미시, 프랑스시 등을 통해서 받아들인 일종의 舶來品的인 성격이 강했던 것이다. 김수영이 이러한 모더니즘의 '제스처'와 '포즈'에서 빠져나오게 되는 가장 큰 깨달음은, 김현에 의하면, 당시 모더니스트들의 태도, 즉 非詩的 요소와 현대문명을 '도입하기 위해서 도입하는 태도'까지를 그 자신이 비판할 수 있었다는 데서 찾아진다[19]고 한다. 이런 점으로 볼 때 김수영이 모더니즘에서 빠져 나왔다는 표현을 흔히 쓸 때, 그것은 1950년대 우리의 문예운동으로서의 모더니즘이라는 단서를 달고 언급되어져야 할 것이다. 어떤 의미에서 보면 그는 가장 모더니즘의 본질에 충실했던 시인이라고 할 수 있다. 모더니즘의 본질적 모티브는 바로 더 이상 명백한 것은 없다는 부정의 논리에 있고 그 부정은 새로움을 추구하게 만들기 때문이다. 물론 김수영이 '시적 인식이란 새로운 진실(즉 새로운 리얼리티)의 발견이며 사물을 보는 새로운 눈과 각도의 발견'[20]이라고 뚜렷이 인식하게 되는 것은 그 이후의 일이었

---

18) 최하림편저,「한낮의 이카루스」, 앞의 책, p.80
　　박인환이 김수영에게 '쉬르레알리즘의 시를 한 번 쓰던 사람이 거기에서 개종해 나오게 되면 그전에 그가 쓴 쉬르한 시들은 모두 무효가 된다'고 하자 김수영은 그말이 무엇을 뜻하는지 두고두고 생각했다고 한다.
19) 김　현,「자유와 꿈」, 앞의 책, 1992, p.14
20)『전집2』, p.399

을 것이다. 그러나 우리는 50년대에 이미 김수영의 작품들에서 그 징후를 충분히 발견할 수 있다. 이 시기는 결국 김수영에게 있어서 문학적으로 볼 때 모색의 연대로 파악되는 시기였다고 하겠다.

3.

　김수영이 처음 작품을 발표한 것은 1945년 《藝術部落》을 통해서였지만 이때의 작품 「廟庭의 노래」는 사실 그의 처녀작21)이라고 하기에는 너무나도 비김수영적인 요소가 많다. 대부분의 연구자들에 의해 그의 처녀작으로 인정되는 작품은 「孔子의 生活難」이다.

> 꽃이 열매의 上部에 피었을 때
> 너는 줄넘기 作亂을 한다
>
> 나는 發散한 形象을 求하였으나
> 그것은 作戰같은 것이기에 어려웁다
>
> 국수── 伊太利語로는 마카로니라고
> 먹기 쉬운 것은 나의 叛亂性일까
> 동무여 이제 나는 바로 보마
> 事物과 事物의 生理와
> 事物의 數量과 限度와

---

21) 김수영 자신은 이 작품에 대해 강한 불만을 나타내며 뒷부분만 기억난다는 「거리」를 그의 처녀작으로 삼고 있다. (『전집2』, pp.226-30) 참고로 <後半期> 동인들에게 서조차 비판을 받았다는 「廟庭의 노래」의 앞부분은 이렇게 시작된다. < 南廟문고리 굳은 쇠문고리 / 기어코 바람이 열고 / 열사흘 달빛은 / 이미 寡婦의 靑裳이어라 // 날아가던 朱雀星 / 깃들인 矢箭 / 붉은 柱礎에 꽂혀있는 半절이 過하도다>

事物의 愚昧와 事物의 明晳性을

그리고 나는 죽을 것이다

— <孔子의 生活難> 전문

비록 김수영 자신에게는 '급작스럽게 粗製濫造한 히야까시같은 작품'22)으로 여겨지는 것이기도 하지만, 이 작품 역시 '難解'하다는 점만을 제외하고는 그의 다른 작품들과 구별되는 점이 있다. 대부분의 논자들이 지적하듯이 김수영의 많은 작품들은 대개 산문적인 요소가 강하다. 그런데 산문적인 요소가 강하다는 말은 그만큼 경험적 자아와 시적 자아의 동일시라는 측면에서도 설명되어질 수 있을 것이다. 실제로 김수영의 많은 작품들에 나오는 화자 '나'는 곧 현실생활 속의 김수영 자신을 의미하리만큼 있는 그대로 묘사되는 경우가 많다. 부부싸움과 우산, 집에 들어온 도둑과의 신경전, 양계와 수지타산, 친구의 사무실이나 도서관에서의 명상, 금성라디오와 아이의 수련장 등등 일상적 삶의 체취가 그대로 진술되어 있는 작품들에서, 시적 화자는 그대로 소시민으로서의 김수영의 모습이라고 일기처럼 파악할 수 있다. 그런데 이 작품은 시적 자아를 그렇게 동일시하기는 어렵다. 시적 화자가 직접 드러나는 김수영의 작품들 중에서, 이 작품처럼 시인과 시적 화자가 일정한 거리를 두고 있는 경우는 흔치 않아 보인다. 김수영 자신은 詩作에 있어서 이런 거리를 거의 의식하지 않은 것으로 보이는데, 그가 이 작품에 대해 불만을 갖고 있는 이유를 이런 점에서도 찾아볼 수 있지 않은가 한다.

그렇지만 어쨌든 이 작품은 김수영의 초기 시세계를 파악할 수 있는 중요한 단서를 제공해주고 있기도 하다. 즉 '너 - 作亂' / '나 - 作戰'이라는

---

22) 『전집 2』, p.227

이분법적 인식과 죽음 앞에서의 대응 태도를 보여준다는 점에서 의미를 갖는다고 할 수 있다. 우선 '作亂'과 '作戰'이라는 말이 이 시에서 어떤 뜻으로 쓰였는가를 파악해보자. '作亂'(장난)은 김수영의 다른 시 「달나라의 장난」에도 나오는데, 김수영은 '장난'이라는 말을 '놀이나 희롱 혹은 무의미한 행위'라는 사전적인 뜻 이상의 의미로 쓰고 있는 것으로 보인다.

팽이가 돈다
팽이가 돈다
팽이 밑바닥에 끈을 돌려 매이니 이상하고
손가락 사이에 끈을 한끝 잡고 방바닥에 내어던지니
소리없이 회색빛으로 도는 것이
오래 보지 못한 달나라의 장난같다
팽이가 돈다
팽이가 돌면서 나를 울린다
제트機 壁畵밑의 나보다 더 뚱뚱한 주인 앞에서
나는 결코 울어야 할 사람은 아니며
영원히 나 자신을 고쳐가야 할 運命과 使命에 놓여있는 이 밤에
나는 한사코 放心조차 하여서는 아니될 터인데
팽이는 나를 비웃는 듯이 돌고 있다
(중략)
생각하면 서러운 것인데
너도나도 스스로 도는 힘을 위하여
공통된 그 무엇을 위하여 울어서는 아니된다는 듯이
서서 돌고 있는 것인가

— <달나라의 장난> 일부

팽이가 도는 것이 달나라의 장난 같고, 돌면서 나를 울린다는 진술에서도 우리는 김수영의 초기 시세계의 중요한 모티브인 울음, 설움, 비애와

만날 수 있다. '장난'은 단순한 놀이가 아니라 누군가를 설움에 젖게 하는 의미로 쓰이고 있는 것이다. '팽이는 나를 비웃는 듯이 돌고 있다'는 진술은, 이 시의 인용되지 않은 앞부분에서 나와 있듯이 '나 사는 곳보다는 餘裕가 있고 / 바쁘지도 않으니 / 마치 別世界같이' 느껴진다는 상대적 빈곤감 때문이기도 하겠지만, 그보다는 자신의 삶의 태도가 어떤 부분에서는 다른 사람에게는 경멸의 대상이 된다는 자각 때문이기도 하다. '나는 결코 울어야 할 사람은 아니며/ 영원히 나 자신을 고쳐가야 할' 진지한 삶을 살려 하는 데 비해서 상대방은 그걸 오히려 비웃고 있다는 인식이 나타나 있는 것이다. 이러한 인식은 그 비웃음이나 울림에도 불구하고, 또한 결과적으로 <孔子의 生活難>에서 보이듯 그러한 '作亂'에도 불구하고, 나는 나의 바로 보려는 어려운 '作戰'을 '叛亂性'처럼 끝까지 추구하겠다는 다짐을 보여준다고 하겠다. '다짐'은 어떤 어려운 일을 수행하고자 할 때 그야말로 다짐다워지는 법이다. 그 다짐이 바로 <孔子의 生活難> 마지막 행에서 '그리고 나는 죽을 것이다'로 집약된다고 하겠다.

김수영의 시는 대부분 작품으로서의 완결성보다는 난해한 직설적 토로가 그대로 노출된 개방구조로 되어 있어서 읽는 이로 하여금 의미의 혼란과 애매성을 가져다 준다. 그런 만큼 <孔子의 生活難>에 대한 평가도 여러가지인데, 나로서는 공자가 그의 경륜을 한 곳에서 펼치지 못해 천하를 이리저리 떠돌아야 했다는 사실을, 김수영이 자신의 '生活難'에 빗대어 표현한 것으로 여겨진다. 따라서 '朝聞道夕死可矣'라는 문구가 이 시의 이해에 도움이 된다는 점에 주목한 견해[23]에 동조하고 싶다. 즉 '이제 나는 바로 보마'라는 진술은 공자의 道에 대한 추구와 크게 다르지 않다고 하겠다. 따라서 마지막 행의 '나는 죽을 것이다'를 삶에 대한 비극적 인식의

---

23) 柳宗鎬, 「詩的 自由와 관습의 굴레」,『전집 별권』,p.245

한 단면으로 보는 것은, 죽음에 대한 두려움을 전제로 한다는 점에서 옳지
않다. 김수영이 '죽음'의 문제를 어떻게 받아들였는가 하는 점은 다음의
시들에 잘 나타나 있다.

> ① 나비의 몸이야 제철이 가면 죽지만은
> 그의 몸에 붙은 고운 지분은
> 겨울의 어느 차디찬 등잔 밑에서 죽어 없어지리라
> 그러나
> 고독한 사람의 죽음은 이러하지는 아니하다
>
> 나는 노염으로 사무친 정의 소재를 밝히지 아니하고
> 운명에 거역할 수 있는
> 큰 힘을 가지고 있으면서
> 여기에 밀려 내려간다
>
> 등잔은 바다를 보고
> 살아있는 듯이 나비가 죽어누운
> 무덤 앞에서
> 나는 나의 할 일을 생각한다
>
> — <나비의 무덤> 일부

> ② 무엇보다도 먼저 끊어야 할 것이 설움이라고 하면서
> 屛風은 虛僞의 높이보다도 더 높은 곳에
> 飛瀑을 놓고 幽島를 점지한다
> 가장 어려운 곳에 놓여있는 屛風은
> 내 앞에 서서 주검을 가지고 주검을 막고 있다
>
> — <屛風> 일부

> ③ 눈은 살아있다
> 죽음을 잊어버린 靈魂과 肉體를 위하여

눈은 새벽이 지나도록 살아있다

— <눈> 일부

④ 죽음이 싫으면서
  너를 딛고 일어서고
  시간이 싫으면서
  너를 타고 가야 한다

  創造를 위하여
  방향은 현대——

— <레이판彈> 일부

  그의 작품에 이처럼 빈번히 나타나는 죽음은 일상적인 육체의 죽음을 의미하는 것이 아니다. 그것은 새로운 삶의 완성을 향해 끊임없이 열려있는 의식으로서의 죽음이다. ①에서는 자신의 할 일에 대한 자각의 계기로서, ②에서는 무엇보다도 먼저 끊어야 할 게 현실의 설움이라고 일러주는 상태로서 죽음을 인식하고 있다. 또한 ③에서 보듯 살아있다는 것은 동시에 죽음을 잊지 않고 있다는 의미로 받아들이도록, 깨어있을 것을 '눈'의 살아 있음으로 강조하고 있기도 하고 ④에서처럼 '創造'를 위해 딛고 일어서야 하는 것으로 다짐되기도 한다. 김수영이 후에 詩 月評에서 '사람은 죽을 곳을 알아야 한다'고 하지만 이 말은 시에도 통한다'라고 하며, 이어서 '모든 시는—마르크스주의의 시까지도 합해서—어떻게 자기나름으로 죽음을 완수했느냐의 문제를 검토하는 방법'이며 '모든 詩論은 이 죽음의 고개를 넘어가는 모습과 행방과 그 행방의 거리에 대한 측정의 의견'[24]이라고 언급한 것은 이런 점에서 시사하는 바가 크다. 金鐘哲이 김수영의

---

24) 『전집 2』, P.407

후기시 중의 하나인 「말」을 분석하면서 김수영에게 있어 죽음은 단순히 생명의 끝남을 의미하지 않고 오히려 살아있는 존재를 더욱 참되고 살찌게 하는 어떤 것으로 파악한 점[25]도, 비록 초기시와의 맥락을 분명히 밝히지는 않고 있지만 타당한 지적이라고 할 수 있다.

그런데 <孔子의 生活難>에서 보다 중요한 것은 그러한 인식의 기초를 김수영이 '너 - 作亂' / '나 - 作戰'이라는 이분법적 대립을 통해 하게 되었다는 사실이다. '너'가 '作亂' 같은 표피적 삶의 일상에 몰두해 있다 해도 '나'는 현실을 바로보기 위해 '作戰'같이 어려운 일을 감행해야 한다는 인식은 진지한 삶을 향한 자기 확인 행위에 다름이 아니다. 이분법에 의한 인식의 출발은 논리적 명증성과 철저함을 추구하려는 의도에서 비롯된다. 그렇지만 또한 이것은 현실의 사회 인식과 시적 화자의 인식 사이의 벽을 의미하는 것이기도 하며, 이후 김수영의 초기시에 자주 나타나는 설움의 원인으로 작용하게 되는 것이기도 하다. 그의 시에서 '설움'의 모티브를 지적하는 평자들은 여럿이고, 그 의미는 조금씩 다르다고 할 수 있지만, 여기서 공통되는 것은 그 설움이 단순히 <生活難>으로 표현될 수 있는 경제적 궁핍으로 인한 설움만을 의미하지는 않는다는 점이다. 또한 50년대 모더니스트들의 몽롱한 상실감이나 비애와 김수영의 설움이 어떻게 다른가를 살펴보는 것은, 본질적 의미의 모더니즘을 향해 전투적으로 나아간 김수영의 50년대 이후 시세계의 한 징후를 파악하게도 해 준다. 앞서 '죽음'의 문제에 대한 김수영의 인식태도가 그렇듯이, 보다 근본적인 의미에서 그의 설움을 파악해볼 필요가 있다. 한 마디로 해서 그의 '설움'은 오히려 삶의 철저함을 향한 반성의 결과이다.

---

25) 金鐘哲, 「詩的 眞理와 詩的 成就」, 『전집 별권』, P.89

비가 그친 후 어느 날——
나의 방안에 설움이 충만되어있는 것을 발견하였다

오고가는 것이 直線으로 혹은
對角線으로 맞닥드리는 것같은 속에서
나의 설움은 유유히 자기의 시간을 찾아간다

설움을 逆流하는 야릇한 것만을 구태여 찾아서 헤매는 것은
우둔한 일인줄 알면서
그것이 나의 생활이며 생명이며 정신이며 시대이며 밑바닥이라는
것을 믿었기 때문에——
아아 그러나 지금 이 방안에는
오직 시간만이 있지 않으냐

— <방안에서 익어가는 설움> 일부

　설움을 주요 모티브로 하고 있는 이 작품도 역시 이원적 대립구조를
보이고 있는 작품이다. 즉 앞서 인용했던 <달나라의 장난>에서는 '울고
있는(서러운) 나 / 비웃는 팽이' 사이의 대립이 있었듯이, 이 시에서는 '설
움을 逆流하고 싶은 나 / 방안에 충만한 설움' 사이의 대립을 보여주고
있다. 김수영의 시세계에서 이러한 대립구조는 특히 후기시에 이르러 중요
한 논란의 여지를 제공한다. 주지하다시피 그의 마지막 작품 <풀>에서도
'풀 /바람'의 관계가 어떤 것이냐에 따라서 시의 의미가 전혀 판이하게
달라진다. 그런데 이러한 대립구조는 사실 그 표면적 의미에 있어서의
대립일 뿐이지 본질적으로는 동시에 서로 상승과 긴장의 관계를 유지하면
서 끊임없이 자기갱신을 해 나가는 動因의 역할을 하고 있다는 점에서
주목된다. '설움을 逆流'한다는 진술은 '설움'의 부정이나 거부가 아니라
다음의 인용시에서 보이듯 껴안고 나아감을 의미한다.

내가 으스러지게 설움에 몸을 태우는 것은 내가 바라는 것이 있기
때문이다.

그러나 나는 그 으스러진 설움의 풍경마저 싫어진다.

나는 너무나 자주 설움과 입을 맞추었기 때문에
가을바람에 늙어가는 거미처럼 몸이 까맣게 타버렸다.

—「거미」 전문

무언가 바라는 것이 있기 때문에 '설움'에 몸을 태운다는 진술은, 그리고
늙어가는 '거미'처럼 몸이 타버릴 정도로 '너무나 자주 설움과 입을' 맞춘
다는 인식은 그가 '설움'을 단순히 '생활의 비애'로만 파악하고 있지 않음
을 단적으로 보여준다. 그 '설움'은 다음의 인용시들에서도 보이듯 '내가
자라는' '긍지'로도 치환될 수 있으며, 또한 '叡智'를 가르쳐주기도 한다.
50년대 모더니스트들이 보여준 상실감이나 감상의 편린들과 달리, 김수영
이 그것을 동시에 자기갱신의 動因으로 파악했다는 것도 역시 상당한 의의
를 갖는 점이다. 그에게 있어 중요한 것은 '설움'의 원인이나 이유라기보다
는, 어떻게 그 '설움'을 자기 갱신의 힘으로 바꾸었느냐에 있다고 하겠다.

그리하여
疲勞도 내가 만드는 것
긍지도 내가 만드는 것
그러할 때면은 나의 몸은 항상
한치를 더 자라는 꽃이 아니더냐
오늘은 필경 여러가지를 합한 긍지의 날인가보다
암만 불러도 싫지 않은 긍지의 날인가보다
모든 설움이 합쳐지고 모든것이 설움으로 돌아가는
긍지의 날인가보다

이것이 나의 날
내가 자라는 날인가보다

　　　　　　　　　　　　　— <矜持의 날> 일부

바늘구녕만한 叡智를 바라면서 사는 者의 설움이여
너는 차라리 不正한 者가 되라
오늘 이 헐벗은 거리에 가슴을 대고
뒤집혀진 不正이 正義가 되지 않더라도

그러면 너의 벗들과
너의 이웃사람들의 얼굴이
바늘구녕 저쪽에 떠오르리라
縮小와 擴大의 中間에서 그들의 얼굴
强力과 祈禱가 一體가 되는 거리에서
너는 비로소 謙虛를 배운다

　　　　　　　　　　　　　— <叡智> 일부

　　그렇지만 우리가 김수영의 후기시에서 볼 수 있는 역동성과 현실에 대한 적극적 행동의지를 이런 초기의 작품들에서부터 선명하게 파악할 수 있는 것은 아니다. 4.19 이전의 그의 작품들은 사실 개인적인 삶 속에서 현실과 기대 사이의 긴장에 주로 초점이 맞추어져 있다고 할 수 있다. 다만 4.19 며칠 전에 씌어진 작품으로 마치 그것을 예감하듯 노래하고 있는 「하… 그림자가 없다」 정도에서 거의 육탄돌격에 가까운 역동성과 속도감, 그리고 흔히 말하는 김수영적인 외침과 절규의 일단을 보여주고 있을 뿐이다. 이것은 물론 김수영의 작품을 4.19를 기준으로 해서 나누어 작품성의 편차와 우열을 의미하지는 않는다. 분명한 것은 그가 나중에 4.19의 좌절을 통해 배우는 쓰디쓴 소시민적 일상성과 요설화 경향은 이러한 초기시들에서 이미 그 단서가 마련되어 있었던 것이었다고 하겠다.

하지만 그의 시작품을 관류하는 정신은 일체의 기존의 시작 행위에 대한 반성에서 연유되었음을 부인할 수는 없으며, 이점에서도 그는 우리 현대시사에 있어서 진짜 모더니스트의 한 사람이었다고 하겠다. 50년대 다른 모더니스트들이 소리높여 '센티멘탈 로맨티시즘'과 '淸風明月만을 노래하는' 기존의 우리시에 대한 결연한 거부를 선언했으면서도, 정작 자신들조차 몽롱한 상실감을 이국취미에 실어 노래한 결과만을 낳았던 데 비해, 김수영은 무조건적인 묘사와 도취를 언제나 거부했던 것이다. 다음의 인용시 두 편이 그 좋은 예라고 하겠다.

누가 무엇이라 하든 나의 붓은 이 時代를 眞摯하게 걸어가는 사람
에게는 恥辱

물소리 빗소리 바람소리 하나 들리지 않는 곳에
나란히 옆으로 가로 세로 위로 아래로 놓여있는 무수한 꽃송이와
그 그림자
그것을 그리려고 하는 나의 붓은 말할수없이 깊은 恥辱

—<九羅重花> 일부

내가 사는 지붕 우를 흘러가는 날짐승들이
울고가는 울음소리에도
나는 취하지 않으련다

사람이야 말할수없이 애처로운 것이지만
내가 부끄러운 것은 사람보다도
저 날짐승이라 할까
내가 있는 방 우에 와서 앉거나
또는 그의 그림자가 혹시나 떨어질까보아 두려워하는 것도

나는 아무것에도 취하여 살기를 싫어하기 때문이다

— <陶醉의 彼岸> 일부

　김수영의 초기시에서는 이례적이라고 여겨질 정도의 완성된 구조를 지니고 있는 <눈>과 <瀑布>도, 바로 이러한 무조건적인 묘사와 도취에의 거부를 잘 보여주고 있는 작품들이다. 가령 「瀑布」에서 '번개와같이 떨어지는 물방울은/ 醉할 瞬間조차 마음에 주지 않고/ 懶惰와 安定을 뒤집어놓은 듯이 / 높이도 幅도 없이/ 떨어진다' 같은 마지막 연은, 시 자체의 미적 구조나 기법보다는 세계에 대한 시인의 정신적 태도를 중시하는 김수영의 詩論에 비추어보면 마치 그 자체가 하나의 역설이라는 느낌을 갖게 할 정도이다. 이와 같은 형식적 완결성이 이미 초기시에서도 가능했다는 점은 그의 이른 바 '온몸'의 詩論이 공허한 외침으로 들리지 않게 하는 본보기라고 할 수 있다. 역시 정제된 형식미를 갖추고 있는 작품 <눈>을 살펴보자.

눈은 살아있다
떨어진 눈은 살아있다
마당 위에 떨어진 눈은 살아있다

기침을 하자
젊은 詩人이여 기침을 하자
눈 위에 대고 기침을 하자
눈더러 보라고 마음놓고 마음놓고
기침을 하자

눈은 살아있다
죽음을 잊어버린 靈魂과 肉體를 위하여
눈은 새벽이 지나도록 살아있다

기침을 하자
젊은 詩人이여 기침을 하자
눈을 바라보며
밤새도록 고인 가슴의 가래라도
마음껏 뱉자

— <눈> 전문

이미 서우석에 의하여 자세히 그 형식적 구조가 밝혀진 바[26) 있는 이 작품은 단순한 두 어구의 반복만으로도 얼마나 뛰어난 시적 조형을 이룰 수 있는가를 보여주는 작품이다. 김수영의 대부분의 작품이 거의 진술에 의존하고 있으며, 의도되지 않은 듯한 행갈이를 보여주고 있는 데 비해 이 작품이 가진 뛰어난 리듬감은 바로 이 반복에 의해서 이루어진다. 김수영이 전혀 시의 운율에 신경 쓰지 않은 것은 아니지만, 그의 작품들 중 리듬감을 갖고 읽혀지는 것은 한결같이 同語 또는 同句의 반복성에 의지하고 있다는 점도 특이한 사실이다. 전통적인 형식의 우리시에서 자주 나타나는 이른바 마디(音步)에 의한 리듬감은, 김수영에게서는 거의 보이지 않으며, 다만 이 반복성만이 김수영시의 운율을 지탱하는 형식적 특징이라고 하겠다.

이 시에서 보이는 '눈은 살아있다'와 '기침을 하자'의 반복과 변주는 '살아있는 눈'이라는 의미 부여에 더함도 덜함도 없는 생명감의 충일을 간결히 나타내고 있다. 金仁煥의 지적처럼, 눈은 마당으로 상징되는 사회에 떨어진 것이요, 동시에 세상의 영혼과 육체에 죽음을 일깨우기 위하여 있는 것이다.[27) 그렇지만 여기서 '가래'를, 도덕적 순결과 무구함에 도달

---

26) 서우석, 「金洙暎: 리듬의 희열」, 『전집 별권』, P.175-6

27) 金仁煥, 「詩人意識의 成熟過程」,『文學과 文學思想』, 열화당, 1978,P.175

하기 위한 자기 정화 의식에의 권유[28]라거나, 눈은 시인에게 순결한 의식을 요구하며 시인은 그에 대해 자신 속에 있는 더러움을 밖으로 솔직히 드러내는 행위라는 평가[29]는 부분적으로 동의하기 어렵다. 순결한 '눈'에 대고 더러운 '가래'를 뱉는다면 그것은 시인 자신에게는 정화의 행위가 될 수 있겠지만, 눈은 비록 가래를 덮어버린다 해도 그 자체로서는 순결성을 상실한다. 더구나 가래침을 뱉는다는 것은 적대적인 대상을 향해 멸시나 비웃음의 표현으로 흔히 하는 행위인데, 그렇다면 '눈'이 그런 대상이라는 말이 된다. 여기서 나는 '기침'을 하는 행위가 '살아있는 눈'에의 동참 행위이고 '시인'에게도 끊임없이 깨어있을 것을 요구하는 행위라는 점에서 '가래'의 의미를 달리 해석하고 싶다. '눈은 살아있다'라는 시구는 서술형이고, '기침을 하자'라는 시구는 청유형이라는 점에서 '살아있음(혹은 깨어있음)'에의 동참 권유가 이 작품의 중심이다. 그리고 그 동참은 '기침'이라는 시어로써 매개되고 완성되는데, 이때의 '가래'는 '죽음'을 잊어버린 지난 밤 동안의 시인의 고뇌로 해석된다. '가래를'이 아니고 '가래라도'라고 표현한 것도 이런 의미에서 이해되리라고 여겨진다. 자기정화의 행위라면 '~라도'라는 한정된 조사로 이끌기에는 너무 미흡하지 않은가. 앞에서 이미 살펴보았듯이 김수영에게 '죽음'이 새로운 삶을 향해 열려 있는 의식의 의미로 쓰인다면, '죽음을 잊어버린 靈魂과 肉體'는 현실에 대해 끊임없이 깨어있어야 하는 '젊은 시인'에게는 바람직하다고 할 수 없는 상태를 뜻한다. 따라서 여기서의 '가래'는, 더러운 것이라는 일상적 의미보다는 오히려 내적 고뇌의 형태로, 즉 깨어있어야 한다는 당위와 그러지 못하게 가로막는 현실의 장애 사이에서 겪은 지난 밤의 갈등이라고 이해되어야 한

---

28) 柳宗鎬, 앞의 책, p.255
29) 김기중, 앞의 책, P.354

다. 순결한 '눈'은 그 고뇌와 갈등을 포근히 감싸 안으며 '시인'에게 깨어있음을 촉구하고 있는 것이다.

4.

김수영의 시와 시론이 오늘에 이르기까지 계속 독자를 넓혀가고 있다는 사실은 여러가지로 시사하는 바가 크다. 최동호는 그 이유를 '전진적인 추진력'으로 지적하고 있다.30) 그 영향력의 행사를 단적으로 증명하는 예는 김수영에게서 힘입은 표현들이 그 이후의 시인들에게서 지속적으로 나오고 있다는 점에서도 분명하다.31)

김수영은 누구보다도 모더니즘의 본질에 접근했던 시인이다. 그가 좋아한 시인의 한 사람이었다는 슈뻬르비에르(Jules Supervielle)의 시 <大洋의

---

30) 崔東鎬, 「分斷期의 現代詩」, 『現代詩의 精神史』, 열음사, 1985, P.50-51
   <김수영의 시가 70년대 이후의 시에 지속적인 영향력을 행사하고 있는 이 유는 시대적 절망과 싸우면서 부단히 앞으로 나아가려는 전진적인 추진력에 있을 것이다. 자신의 소시민적 한계를 돌파하기 위해서, 시대의 불의는 물론 안이한 자족주의 서정시들과의 싸움에서 얻은 에너지가 그의 시를 시대의 첨단으로 밀고 나아가게 했던 것이다.>

31) 가령 80년대의 중요한 시인으로 꼽히는 이성복의 < 갈 수 있을까 / 언제는 몸도/ 마음도/ 안 아픈 나라로/ 귓속에/ 복숭아꽃 피고/노래가/ 마을이 되는 나라로>(「다시, 정든 유곽에서」) 같은 詩句나 「아들에게」같은 시에서의 사랑의 傳言 등은 김수영의 「사랑의 變奏曲」에 나오는 수일한 초현실주의적 이미지인 <복사씨와 살구씨>를 곧바로 연상시킨다. 역시 같은 이유에서 황지우는 그의 시 「아, 이게 뭐냐구요」에서 아예 김수영의 「電話이야기」의 어조를 따른다고 부재를 달았으며 또한 <그대 비록 惡을 이기지 못하였으나/ 藥과 마음을 얻었으면,/ 아픈 세상으로 가서 아프자>(「山經」) 같은 구절도 김수영의 <먼 곳에서부터/먼 곳으로/ 다시 몸이 아프다>(「먼 곳에서부터」)를 떠올리게 한다.

이 部分> 중의 뒷부분을, 김수영은 '이 詩人들의 새로움들은 새로움 없는 시인들을 지나서 / 역시 새로움의 힘으로 날으고 있다'고 고쳐 놓고 언제나 시는 영원히 낡은 것 이라고 단언할 정도로 새로움에의 모색을 그치지 않았던 것이다.[32] 그가 말하는 '새로움'은 물론 새것 콤플렉스가 아니라 본질적인 의미에서의 모더니즘이 추구했던, 자기 자신을 끊임없이 갱신해 나가는 시대 정신으로 이해되어야 한다.

김수영이 모더니즘을 철저히 실천하는 과정에서 한편으로는 모더니즘을 완성하고 다른 한편으로는 그것에서 벗어나는 길을 터 놓았다고 인정하면서, 동시에 그것이 김수영의 한계였다는 지적[33]에 대해서도 더 심화된 연구가 필요하다. 같은 맥락에서 보면 김지하가 '그(김수영)의 풍자가 모더니즘의 답답한 우리 안에 갇혀 민요 및 민예 속에 무진장 쌓여있는 풍성한 형식가치들, 특히 해학과 풍자언어의 계승을 거절한 것은 매우 올바르지 않다'[34]고 지적하는 것도 다소 결과론적인 해석을 면하지 못한다. 김수영이 비록 모더니즘을 끝까지 밀고 나갔다 하더라도, 그 자신 반전통을 주장하기는커녕 오히려 '더러운 傳統이라도 좋다'(「巨大한 뿌리」)는 詩句에서 명백하게 진술하고 있듯이, 해학과 풍자언어를 계승하지 못한 것이 과연 모더니즘의 한계 때문이었는지는 의심스럽다.

이 글은 김수영의 50년대 시세계를, 그의 시가 상당한 변모를 보이는 4.19이전의 시로 한정하여 그 시기가 어떻게 김수영에게 모색의 연대가 되어왔는가를 살펴보는 데 그 목적이 있었다. 모더니즘의 본질적 의미에서 김수영은 50년대 당시 가장 중심에 있었던 시인이다. 당대의 다른 모더니스트들이 갖는 '제스처'나 '포즈'에서 빠져나오면서 그는 '새로움'에의

---

32) 『전집 2』, pp.167-174

33) 염무웅,「金洙暎論」, 『전집 별권』, PP.159-165

34) 김지하, 「諷刺냐 自殺이냐」, 『詩人』(1970.8)

추구를 일생동안 계속해 나간다. 그것은 동시에 그의 초기시에 자주 나타
나는 '죽음'과 '설움'을 그 자체의 일상적 의미로만 부정적으로 파악하지
않고, '새로운 진실'을 향해 열려있는 動因으로 파악했다는 점에서도 확연
히 드러난다고 하겠다. 그의 시에서 또 다른 특징의 하나로 꼽히는 운동성
도 바로 이러한 추진력이 있었기에 가능했던 것이다. 김수영의 시세계는
적어도 이러한 관점에서 보면 4.19 이전과 이후가 크게 다르지 않은 일관
성을 지닌다고 하겠다. 그가 가진 최고의 미덕인 이 끊임없는 자기 갱신의
정신은 비단 4.19의 충격으로부터 비롯된 결과라고 단순화시킬 수 없다.
이미 그 이전부터 배태되어 왔던 내면적 '叛亂性'의 씨앗이 4.19를 계기로
활짝 꽃피게 된 것이기 때문이다.

언어의 서술과 작용, 그 긴장의 시학

김수영의 <풀>이 놓인 자리

강웅식

1.

김수영이 마지막으로 발표한 것으로 알려져 있는 <풀>은 그의 문학을 이해하려는 사람들에게 매우 다양한 관심의 대상이 되어 왔다. 이러한 사정을 한 연구자는 다음과 같이 정리하였다.

> <풀>은 논자들에 의해 김수영 문학의 극점으로 평가되는 작품이 다(그런 평가를 내린 논자로는 김종철, 이시영, 황동규, 정현종, 유종 호, 김주연, 오규원, 김현, 김준오, 서준섭, 정과리 등을 들 수 있다). 김수영의 시작 마지막 시기의 작품인 <풀>이 가장 완성도가 높다는 것이다. 그러나 이와 같은 한결같은 평가에도 불구하고, 그렇게 평가 를 내리는 이유는 저마다 다르다. '풀'은 "사회적으로 버림받은 인간 군상의 생명력," "존재의 자유"(김종철)로 평가되는가 하면, "어둠 속 에 자심을 열어놓고 흔들리고 있는 풀잎의 부드러운 힘," "마음의 기운이며, 힘," "내적 자유에 이른 공간,"(정현종) "행복한 시간의 우 연,"(유종호) "시인 자신을 표현한 것,"(김주연) "정신 편력의 한 극

점,"(김현) "민중을 감춘 실존적 상징의 의미,"(김준오) "김수영 생애
의 한 귀결이었으며 동시에 새로운 삶을 위한 절대적 긴장"(정과리)으
로 각기 다르게 평가된다.1)(괄호는 필자의 것임)

핵심만을 압축하여 제시한 까닭에 그것들이 산출된 해석의 맥락을 파악
할 수 없다는 아쉬움이 있긴 하지만, 위의 인용문은 이제까지 「풀」에 대한
논의가 얼마나 다양하게 이루어져 왔는가 하는 점을 분명하게 보여준다.
그런데, <풀>과 관련한 2차 문서들을 검토해 보면, 그토록 풍성하고 다양
한 논의에도 불구하고 거기에는 근본적인 문제점이 내포되어 있다는 것을
발견하게 된다 : 대부분의 논자들은 <풀>을 "김수영 문학의 극점"으로
평가하지만 정작 그 이유에 대해서는 구체적인 설명을 하지 않고 있는
것이다. 위의 인용문에서 보듯, 어떤 설명이 없는 것은 아니나 그것들은
'풀'이 가리키는 것이나 작품 <풀>에 대한 설명일 뿐이지 <풀>이 김수
영 문학의 극점이 되는 이유에 대한 설명은 결코 아니다. <풀>이 그의
작품들 가운데 가장 완성도가 높은 것이라면, 다른 작품들과의 비교를
통해 그 점이 해명되어야 할 터인데, 기존의 논의에서는 그러한 접근을
찾아보기 어렵다. 이러한 사정은, <풀>과 관련한 기존의 논의가 그 양적
풍성함에도 불구하고 매우 공허한 측면이 있다는 것을 반증해준다.
진정한 시를 식별하는 방법은 그것의 힘의 소재를 밝혀내는 일이라고
김수영은 말한 바 있다.2) 김수영의 문맥에서 '힘'이라는 말에만 주목하게
될 경우, <풀>은 어떤 힘을 지니고 있고 따라서 우리는 그것을 '진정한

---

1) 김혜순, "문학적 『장자』와 김수영의 시 담론 비교 연구," 김승희 편, 『김수영 다시
   읽기』(프레   스21, 2000), 187면.
2) 김수영, "생활현실과 시," 『김수영전집②산문』(민음사, 1981), 196면. 이 글에서 인용
   한 김수영의 시와 산문은 2권으로 된 민음사판 전집에 근거하였다. 이하 그 책들에
   서 인용할 경우 각각 '전집1'과 '전집2'로 약칭하여 쓰기로 한다.

시'의 반열에 올려 놓을 수도 있을 것이다. 「풀」과 관련한 이제까지 수용 양상과 평가를 고려할 때, 그것은 저자의 환경이나 의도와 같은 작품 생산의 최초의 문맥에 지나치게 속박됨 없이 다양한 독서를 야기하고 독자들의 생각을 끝없이 자극함으로써 텍스트 자체의 힘을 보여 왔기 때문이다. 어쩌면 <풀>은, 그것의 분명한 의미가 어떤 것이든, 그 어떠한 원리나 체계로 쉽사리 환원되지 않고 그 어떠한 분석 전략에도 쉽사리 공략되지 않는 작품 자체의 완강한 저항력만으로도 우리 시문학사에서 중요한 자리를 차지할 수 있을 것이다.

문학연구에서 우리가 흔히 대비하게 되는 두 가지 유형의 기획, 즉 '시학'과 '해석학'은 원칙상 매우 상이한 것이지만, <풀>을 논의하는 자리에서는 언제나 그 두 가지 기획이 동시에 요구된다. 널리 알려진 대로, '시학'은 이미 획득된 것으로 합의된 텍스트의 어떤 의미나 효과와 관련하여 그것들이 어떻게 성취되었는가를 질문하는 기획이며, '해석학'은 특정한 시의 구절이나 행 그리고 텍스트 전체의 의미와 그것들이 궁극적으로 말하려는 인간 조건과 관련하여 항상 새롭고 보다 나은 해석을 찾으려는 기획이다. <풀>은 이제까지 이루어진 그 모든 해석학적 관심에도 불구하고 아직 그것이 획득한 것으로 합의된 의미가 부재하기 때문에 우리는 그러한 의미를 찾으려고 노력해야 하며, 동시에 그러한 의미가 타당하다는 것을 논증하기 위해서는 그것이 어떻게 성취되었는가에 대해서도 설명을 해야 한다. 사실 개별 작품에 대한 논의에서 '시학'과 '해석학'을 결합시키는 것은 어쩌면 불가피한 일인데, <풀>의 경우 그러한 결합의 밀도와 긴장이 최대화되지 않으면 그 어떤 것도 노출하지 않으려는 작품 자체의 저항력을 견뎌낼 수 없게 된다. 본고에서는 이러한 사정을 고려하면서 <풀>을 검토한 다음, 그것이 김수영 문학의 전체 지형도에서 차지하는 위치에 대해서도 살펴 보고자 한다.

2.

<풀>은 모두 3연 18행으로 구성되어 있는, 김수영의 작품 가운데서는 비교적 짧은 편에 속하는 형태의 작품이다.

풀이 눕는다.
비를 몰아오는 동풍에 나부껴
풀은 눕고
드디어 울었다
날이 흐려서 더 울다가
다시 누웠다

풀이 눕는다
바람보다도 더 빨리 눕는다
바람보다도 더 빨리 울고
바람보다도 먼저 일어난다

날이 흐리고 풀이 눕는다
발목까지
발밑까지 눕는다
바람보다 늦게 누워도
바람보다 먼저 일어나고
바람보다 늦게 울어도
바람보다 먼저 웃는다
날이 흐리고 풀뿌리가 눕는다

— <풀>전문

이 작품의 해석과 관련하여 최초로 제기된 견해는 이른바 민중주의자들의 것으로 알려진 해석의 유형이다 : 민중론자들은 작품에 잠재된 것으로 보이는 알레고리적인 맥락을 포착해 내어 '풀'을 민중으로 '바람'을 외세로 파악한다. 작품 자체에 대한 응시의 귀결이면서도 작품 외부에 존재하는 관념을 지나치게 작품 내부로 이끌어들인 그 해석은 일견 분명해 보이는 장점을 지니고 있긴 하지만 다음과 같은 내재 분석에 입각한 반론의 저항에 부딪치게 된다.

> 그것은 풀이라는 생물의 생태가 "비를 몰아오는" 바람과 흐린 날을 싫어해 울 리가 없으리라는 것, "나부껴" "드디어"라는 표현을 선택한 것도 풀이 바람을 배척하는 움직임이라기보다는 긍정적인 기다림으로 볼 수 있다는 점 등이다. 또한 외세인 바람과의 관계에서도 '바람보다 더 빨리 누워 우는' 것이 꼭 바람을 물리친 의미가 되지는 못할 것이며, 일어나 웃어야 승리하는 풀이 마지막 행에서 풀뿌리까지 누워 버리는 것은 풀이 곧 민중이라는 해석의 일변도에 어느 정도 제재를 가한다.[3]

모든 텍스트는 무한한 독서를 야기시키면서도 엉뚱한 독서를 허용하지는 않는다. 한 텍스트에 있어 무엇이 가장 좋은 해석이라고는 말할 수 없지만 무엇이 그릇된 해석이라고는 말할 수 있다. 가냘프면서도 끈질긴 생명력으로 질기게 견뎌나가는 민초의 이미지로 '풀'을, 외세나 정치적 압제의 의미로 동풍과 비바람을 읽어내려는 알레고리적 해석은 위와 같은 반론(결국은 작품 자체의 저항)을 견뎌낼 수 없다는 점에서 '그릇된 해석'이라고 필자는 생각한다. 따라서 우리는 관점을 전환할 필요가 있다.[4]

---

3) 이은정, "상반된 해석," 김승희 편, 앞의 책, 423면.

4) 이러한 전환과 관련하여 대안적 해석의 경우로 제시된 예가 바로 황동규의 견해이다. 황동규는 스스로 움직일 수 없는 풀의 움직임이 움직임의 동력이 되는 바람보다 앞선다는 모순율이 모순으로 느껴지지 않게 되는 상태에 이르는 과정을 보여줌으로써, 생의 깊이와 관련한 어떤 감동을 맛보게 하는 시라고 주장한다. 구체적인

어떤 알레고리적 맥락에 연연하지 않고 우선 작품 자체에 주목하게 될 경우 우리는 이은정의 다음과 같은 진술에 동의할 수 있다 : "이 시를 읽으면 우선 풀, 비, 바람이 상기하는 신선함과 습기에 찬 초록빛 등이 떠오른다. 따뜻함보다는 시원한 냉기, 정적인 풍경보다는 나부끼는 풀의 부드러운 움직임, 소리 없음 속의 흐릿한 어두움, 살아 움직임들을 감지하게 된다. 그리고는 대조되는 동사들, 반복의 기법, 리듬과 운 등에 맞추어 읽어나가다가 오히려 통사적인 의미파악을 놓치게 된다."[5] 야우스(H.R.Jauss)의 '독서 지평 전환'에 근거한 이은정의 기술(記述)은, <풀>을 읽는 것으로 가정된 독자의 순차적인 독서반응을 매우 설득력 있게 제시하고 있는데, 다음 단계의 기술도 매우 효과적으로 제시되어 있다.

세 개의 연은 "풀이 눕는다"를 공통 행으로 지니면서 새로운 동사를 추가한다. 1연은 '눕는다/울다', 2연은 '눕는다/울다/일어나다', 3연은 '눕는다/일어나다/울다/웃다'로 부연된다. 추가되는 동사에 의해 의미는 단조로움으로 전복되지 않고 강조와 주술의 의미를 획득한다. 즉 풀이 누워서→울다가→일어나서→웃는 과정을 반복과 대조로 점진적으로 표현하고 있으며, 마지막 행에서 다시 "풀뿌리가 눕는 것은" 풀의 연속적인 경험의 노정을 암시해준다. 그러면서 몇몇 미해결점이 상기된다. 김수영 같은 도시적 정서의 시인이 자연물을 새롭게 소재로 삼은 점은? 풀이 '눕고/일어나고' '울고/웃는' 대조적인 의미는? 풀과 바람의 관계는? '발목/발밑'은 풀의 의인화인가 사람이 함께하는 풍경인가? 끝행에서 풀이 풀뿌리로 전환된 의미는?[6]

분석의 절차 없이 시인 특유의 직관만으로 포착해낸 까닭에 지나치게 맹목적이라는 흠은 있지만, 그의 견해는 작품의 진실과 관련하여 결코 무시할 수 없는 통찰을 보여주며, 실제로 분석의 절차를 추가한 많은 해석의 이형(異形)들을 가능하게 하는 근거가 되었다. 필자 역시 그의 견해에 크게 도움을 받았다.
황동규, "시의 소리," 『사랑의 뿌리』(문학과지성사, 1978), 156면~157면. 참조
5) 이은정, 앞의 논문, 김승희 편, 앞의 책, 421면~422면.

위의 인용문에서 특별히 주목되는 부분은, 작품의 구조에 대한 객관적 관찰 다음에 제시된 다섯 개의 질문들이다. 아마도 어떠한 유형의 해석학적 접근이든 그러한 질문들에 대해 충분한 설명을 개진하지 못한다면 그 해석은 공허해지게 될 것이다. 그런데, 이은정이 제기한 질문들 가운데 첫 번째 질문은 다소 무의미해 보인다. 김수영은 <풀> 이외에도 자연물을 소재로 적지 않은 작품을 발표하였으며, <풀>을 이해하는 데에도 그 질문이 그렇게 본질적인 것으로 판단되지 않기 때문이다. 이와 아울러 '발목/발밑'과 관련한 질문 역시 그 해답이 비교적 분명하게 제시될 수 있다는 점에서 그렇게 본질적인 것으로 보이지는 않는다. 작품에서 '풀'은 의심할 바 없이 의인화되어 있으나 '발목'과 '발밑'을 '풀'의 그것으로 보기에는 아무래도 무리가 따른다. 사람이 눕는 동작을 묘사할 때 그것이 그 어떤 모양의 것이든 '발목까지, 발밑까지 눕는다'라고 한다면 자연스럽지도 적절하지도 않은 표현이 될 것이기 때문이다. 그 구절은, 김현의 지적대로, 풀밭에서 풀의 움직임을 관찰하는, 나아가 풀의 움직임을 통해 어떤 것을 체험하고 그 내용을 발화하는 한 인물의 존재를 암시하는 것으로 보아야 타당할 것이다.[7]

그들 두 가지를 제외한 나머지 질문들은 <풀>의 해석에서 매우 본질적인 것으로 우리는 받아들일 수 있다. 그리고 그것들은 작품 자체에 대한 미시적 분석과 함께 풀어나가야 할 것들이지만, "풀이 '눕고/일어나고' '울고/웃는' 대조적인 의미"의 경우는 기존의 것과는 다른 관점으로 <풀>에 접근하기 위해 잠시 미리 살펴볼 필요가 있다. 작품을 검토해 보면 현실의 경험 세계의 맥락과 관련한 몇 가지 대립항들이 있음을 알게 된다. '풀'과

---

6) 이은정, 앞의 논문, 김승희 편, 앞의 책, 422면.

7) 김현, "웃음의 체험," 황동규 편, 『김수영전집 별권』(민음사, 1983), 211면.

그 움직임의 동력원인 '바람'의 대립, 그리고 흔히 지적되어 온바, '눕고/일어나고'와 '울고/웃는'에서 동작의 양태상 대립이 바로 그것들이다. 그런데, 이제까지 별로 주목된 적이 없는 대립항이 하나 더 있다. 그것은 바로 '나부끼다'와 '눕다/일어나다/울다/웃다' 사이의 대립이다.[8] 이들 다섯 개의 동사는 모두 풀의 움직임을 묘사한 것이라는 점에서는 동일하다. 차이점은, '나부끼다'가 사실적인 묘사인 반면에 그밖의 다른 것들은 의인화를 통한 비유적 묘사라는 것이다.[9] <풀>의 분석에서 이 새로운 대립항에 대한 주목은 매우 중요하다. 왜냐하면, '눕고/일어나고'와 '울고/웃는'의 의미상 대립이 보다 심층적인 대립구도(풀의 타율적인 움직임과 자율적인 움직임의 대립) 속에서 완화되기 때문이다. '눕다, 일어나다, 울다, 웃다'라는 각각의 동작은, 그 의미상의 차이 자체가 무화되는 것은 아니지만, 적어도 상호 부정적인 차원의 대립에서는 벗어나게 되는 것이다.

이제까지 검토한 내용인바, 풀밭에 서서 풀의 움직임과 관련한 어떤 체험을 발화하고 있는 인물의 존재, 그리고 작품의 보다 심층적인 대립항인 풀의 '타율적인 움직임'(나부끼다)과 '자율적인 움직임'에 근거할 때 우리는 작품에서 또 하나의 심층 대립항을 찾아낼 수 있다. 그것은 바로 '사실'(풀의 타율적인 움직임)과 '환상'(풀의 자율적인 움직임)의 대립이다.[10] 작품에서 한 인물은 풀이 바람에 나부끼는 모습을 보고 있다. 그런데

---

8) 강웅식, "'사실'과 '환상'의 대극적 긴장," 『시, 위대한 거절』(청동거울, 1998), 212면~228면.

9) 전자는 수동적인 동작을, 후자는 능동적인 동작을 각각 나타낸다.

10) 이 글에서 필자는 '환상'을 현실과는 다른 어떤 것, 즉 현실의 경험 세계에 대한 '타자'(他者)의 의미로 사용하였다. 예술 창작에서 그러한 환상은 '착상'과 같은 방식으로 작품의 주요한 구성적 계기로 참여한다. 그러나 착상으로서의 환상과 작품 자체가 동일하지 않음은 물론이다. 하나의 작품이 성립될 수 있는 주요한 계기로서 시

그 순간 사실의 관찰에서 촉발된 환상, 즉 바람 없이도 풀이 스스로 움직이는 것 같은 환상을 체험하고 그 인물은 그것에 대해 말한다. 더 나아가 그 인물은 그 환상을 하나의 사건으로까지 확정해 놓으려는 듯하다. 따라서 <풀>의 분석에서 관건이 되는 것은 낱말들로 만들어진 구조로서의 시와 사건으로서 시 사이에 빚어진 관계에 대한 고찰인데, 특별히 주목해야 할 것은 바로 '환상'이 시와 사건 양자에 대해 갖는 관계이다. 우리 시사의 맥락에서 <풀>이 그 어떤 독창성을 지니고 있다면 그것은 바로 그 '환상'에서 비롯한다. 바꾸어 말하면 '환상'은 <풀>의 독창성의 매체라 할 수 있다. <풀>이라는 예술 작품을 탄생하게 한 하나의 시발점이었던 그 '환상'은 형상화 과정에서는 현실적인 요인들을 받아들여 하나의 작품이라는 결정체를 이루게 하는 구성적 계기로서 작용하게 된다.

3.

    <풀>의 첫 행은 "풀이 눕는다"이다. 그리고 각 연의 첫머리에 반복되면서 화자의 이어지는 진술들을 이끌다가 작품의 결구에서는 문장의 주어가 교체되어 "풀뿌리가 눕는다"라는 형태로 전환된다. 이제까지 흔히 풀이 일어나고 웃는 움직임의 양태에 주목하였지만, 작품의 형태 자체에 대한 고찰에 따르면 오히려 '풀이 눕는다'는 사실이 더욱 강조되고 있다는 느낌마저 들게 된다. 작품의 형태와 관련한 사실들 가운데 또 하나 주목해야 할 것은 풀의 움직임을 묘사한 진술들의 시제의 문제이다. 대체로 현재시

인의 착상에 근원적인 영향을 미친 '환상'은 그 작품의 형상화 과정에서 다양한 형식적 계기를 통해 일관성과 명료함을 지닌 작품 자체로 전이될 것이다.

제가 사용되었는데 유독 제 1 연에서만 과거시제가 사용되었다. 이와 함께, 풀의 움직임을 묘사한 것으로서 유일하게 사실적인 묘사라 할 수 있는 "나부껴"가 제 1 연에만 나온다는 사실도 주목되는 부분이다. 이와 같은 관찰들은 이 작품이 다른 그 무엇이 아닌 '사실'과 '환상'에 기초하였다는 점을 확인하게 해준다. 바람에 의하지 않고는 스스로 움직일 수 없는, 다시 말해 바람에 나부낄 수밖에 없는 풀이 어떤 우연한 순간 풀밭에 서있는 화자에게 "벼를 터는 마당에서 바람도 안 부는데/옥수수잎이 흔들리듯 그렇게 조금"11) 풀이 스스로 움직이는 것처럼, 다시 말해 스스로 눕는 것처럼 보였다는 것이 이 작품의 착상이라고 보아도 무방할 것이다. 그러니까 제 1 연에서 과거시제로 되어 있는 부분은, 화자가 풀의 자율적인 움직임이라는 환상을 체험하게 된 과정을 풀의 초점에 맞추어 압축된 이야기 형식으로 제시해 놓은 것이라 할 수 있다. 그리고 "풀이 눕는다"는 그러한 환상의 사건화이다.

'풀'의 움직임을 식물(사물)의 수동적인 것이 아닌 능동적인 것으로 바꾸기 위해서, 즉 자신의 환상을 구체적 형상으로 옮겨 놓기 위한 첫 시도로서 그것은 매우 성공적이라 할 수 있다. 정지 상태의 '풀'이 바람에 움직이게 될 경우, 바람이 어느 방향에서 불어온다 하더라도 첫 움직임은 사람이 눕는 것과 같은 모습이 된다. 그 '첫 움직임'은, 비록 시인의 환상을 통해 이루어진 것이지만, 풀의 처지에서 그것은 생태학적 숙명으로부터의 해방이다. 이로써 '풀'의 자율적인 움직임이란 환상은 작품 속에 하나의 구체적 형상으로 구축됨으로써 하나의 사건이 되기 시작한다. 만약 작품이 그 형상화에 성공한다면 작품 자체가 바로 사건이 될 것이다. 따라서 작품의 형상화에서 시인에게 요구되는 작업은 작품의 내재적 일관성 속에서 '풀'

---

11) 김수영, 「꽃잎(一)」, 전집1, 276면.

의 그와 같은 자율적인 움직임에 필연성을 부여해 주는 일이다. 첫 행에 이어서 시인은 "비를 몰아오는 동풍에 나부껴 / 풀은 눕고"(제 1 연의 2행과 3행)라고 말한다. 원래는 '풀은 비를 몰아오는 동풍에 나부껴 눕고'라고 해야 했을 것을 작품의 문장 형태로 도치시킨 이면에는 시인의 여러 가지 생각과 계산이 잠재돼 있는 것으로 보인다.

먼저, 현실에서는 결코 스스로 움직일 수 없는 풀의 자율적인 움직임이라는 환상 속의 선명한 형상을 시로써 수용하기 위해 시인은 현실의 바람에 특별한 의미를 부여해야만 했을 것이다. 자기의 의식 속에서 그 환상이 스쳐 지나가던 순간에 불었던 바람은 단순히 자연 현상으로서의 그것이 아니라 신이 불어준 입김과 같은 것으로 말이다.12) 시인이 제 2 연과 제 3 연에서는 단순히 '바람'이라고 했으나 제 1 연에서는 굳이 "비를 몰아오는 동풍"이라고 묘사한 이유는 바로 거기에 있을 것이다. 해가 뜨는 동쪽은 새로운 출발의 이미지이고 비는 생명의 근원인 물의 이미지란 점을 감안한다면, 그 구절이 갖는 의미의 효과를 충분히 인정할 수 있게 된다. 그런 이유들 때문에 그는 "비를 몰아오는 동풍"을 강조하려고 도치시켰을 것이다.13) 다른 하나는, "나부껴"와 "눕고"의 의미 층위가 다름을 나타내려는

---

12) "비를 몰아오는 동풍"을 '신의 입김'과도 같은 바람으로 해석한 것에 대해 혹자는 이의를 제기할지도 모르겠다. 어쩌면 시인 자신에게 물어보아도 그냥 그렇게 하는 것이 재미있을 것 같아서 그렇게 했다고 말할지도 모른다. 하지만 하나의 텍스트를 해석함에 있어 시인의 애초의 생각이 절대적으로 중요한 것은 아니다. 왜냐하면 텍스트는 시인의 의도라는 자물쇠에 의해 잠겨져 있는 것이 아니기 때문이다. 작품의 내재적 과정에 진정으로 참여하여 그것의 진리내용을 보존함으로써 우리는 시인조차도 설명할 수 없는 것을 설명해낼 수도 있기 때문이다. 문제는 그런 설명을 텍스트 자체가 허용하느냐 하지 않느냐 하는 데 있을 것이다.

13) '동풍'에 대한 우리의 의미부여와 관련하여 조지훈의 '동쪽'에 대한 다음과 같은 설명은 매우 흥미롭다 : "태양은 흰빛으로 상징되고, 우리의 백의(白衣) 애착도 구경 백(白)샤먼의 의장(儀裝)관습에서 온 것이다. 이러한 신앙은 높은 곳 또는 동쪽이 신

데 있는 것으로 보인다. 이 작품에서 '풀'은 이미 생태학적 숙명에서 벗어난 풀이다. 그러므로 작품에서는 '풀'을 '나부껴'란 움직임과 분리시켜야만 한다. 실제로 작품에서 "비를 몰아오는 동풍에 나부껴 / 풀은 눕고"의 형태가 됨으로써 '동풍에 나부껴, 풀은 눕고'의 의미 구조를 갖추게 된다. 그 구절을 산문으로 바꾸어 놓으면, "이제까지 불어 왔던 바람과는 다른, 마치 신의 입김과도 같은 바람에 나부끼는 순간 풀은 스스로 움직이고"란 의미가 된다. 이 시에서, 풀의 움직임의 전개에 있어 이 지점은 매우 중요한 의미를 갖는다. 시인이 자신의 의식에 떠오른 환상을 그저 무심하게 잊고 말았다면, 우리에게는 아무런 일도 일어나지 않았을 것이다. 그렇지만 그가 애써서 자신의 그 우연한 환상을 어떤 내적 필연성의 계기에 의한 것으로 구체화함으로써 그것은 우리의 의식에도 하나의 형상으로 다가오기 시작한 것이다. 그 다음에 이어지는 행은 "드디어 울었다"이다. 풀이 스스로 움직이게 된 그 첫 체험의 순간에 느낄 수 있는 감동의 표현으로서 "울었다"란 표현은 지극히 적절하며, '드디어'라는 부사 역시 극적 순간의 강조를 위한 것으로서는 매우 타당한 선택일 것이다. 다른 것도 아니고 숙명을 넘어선 상태의 감동을 나타내려면 그와 같은 방식의 표현 이외에는 달리 없었을 것이다.

그 감동의 순간 다음에 이어지는 구절은 "날이 흐려서 더 울다가"이다. 그것을 풀어 쓰면, "풀은 날이 흐리기 때문에 더 울다가"란 의미가 된다. 이제까지 많은 연구자들이 그 두 가지 사실 사이의 연관성을 논리적으로

의 주거지로 믿어진 것이니, 이 때문에 동쪽 [동천(東川)·동천(東泉)]은 제천행사의 터가 되고 소로단 [소도(蘇塗)—서낭당]의 소재지도 이와 관련된다. 설령 김수영이 단순히 재미있을 것 같아서 '동풍'이라고 하였다 하더라도 거기에는 우리 민족의 그와 같은 무의식적인 원형심상이 작용했을지도 모를 일이다. 조지훈, 《한국학연구》(나남출판, 1996), 44면. 참조.

해명해 보려고 시도했지만 실패했었다. 그들은 환상을 논리로 풀려고 했기 때문에 실패한 것이다. 환상은 논리로는 풀 수 없는 수수께끼 그 자체이다. 앞에서 시인이 "비를 몰아오는 동풍에"란 표현을 쓴 이유는 그것에 특별한 의미를 부여하려는 데 있었을 것으로 우리는 파악했었다. 그런 거룩한 바람은 아무 때나 불지 않는다. 특별한 순간에만 불고 곧 어떤 미지의 영역으로 사라진다. <풀>이라는 작품의 내재적 공간을 스쳐 간 그 바람의 경우도 마찬가지였을 것이다. 그러나 그 흔적만은 존재의 기억 속에 혹은 다른 그 어디에라도 남기 마련이다. <풀>에서 '날이 흐리다'는 그런 흔적의 형상화라 봐야 한다. 시의 효과 면에서 보자면, 어떤 기적적인 일의 발생을 억압하는 현실의 파괴적인 빛을 차단하여 환상을 유지하려는 시인의 노력에 따른 표현이라 이해할 수도 있을 것이다.14) '풀'에게 그것은 신의 입김과도 같은 그 바람이 사라진 후에도 스스로 움직일 수 있다는 약속의 상징이 된다.15) 풀이 더 우는 것도 그 때문일 것이다.

　제 2 연에서 '바람'은 제 1 연에서의 '비를 몰아오는 동풍'과는 구별되는 현실의 바람이다. 시인은 현실 공간에서 이루어지는 풀의 타율적인 움직임을 나타내는 "나부껴"에 '신의 입김'과도 같은 "동풍"을 연결시키고, 비록 환상이긴 하지만 스스로 움직일 수 있는 힘을 성취한 풀의 자율적인 움직임에 현실의 바람을 연결시키고 있는 것이다. 다시 말해 사실과 환상을 끊임없이 충돌시키고 있는 것이다. 이제 '풀'은 그런 현실의 바람 속에서도 스스로 움직일 수 있게 되었다. "바람보다도 더 빨리"와 "바람보다 먼저"는 '풀'의 그러한 자율적 움직임을 나타낸다. '눕는다'·'울고'·'일어난다'

---

14) 이러한 사정과 관련하여 김수영은 「敵(二)」라는 작품에서 "날이 흐릴 때 정신의 집중이 생긴다 / 神의 아량이다"라고 말하기도 한다.

15) 「풀」의 제 3 연에서도 "날이 흐리고 풀이 눕는다"란 구절이 지속적으로 반복되는 것도 그 점에 근거한다.

등은 모두 자율적인 움직임이란 동일한 뿌리의 다양한 줄기들이다. 시인은 제 2 연의 끝 행에 '눕는다'보다는 어감이 더 강한 '일어난다'를 배치했다. 이는 자율적인 움직임의 반복을 통해 획득된 '풀'의 자신감을 암시하기 위함일 것이다.

제 3 연에 이르러 '풀'의 움직임은 더욱 경쾌해진다. 현실의 바람이 아무리 거세게 몰아쳐도 "날이 흐리고"가 상징하는 자율적인 움직임의 약속(혹은 최초로 스스로 움직일 수 있었던 기억)이 있기에 '풀'은 풀밭에서 자신의 자율적인 움직임이라는 놀라운 체험에 함께 동참하여 즐거워하는 그 어떤 인물의 "발목까지 / 발밑까지 눕는다". 사실 여기서 그런 관찰자의 흔적을 슬쩍 보여준다는 것은 환상의 사건화가 그만큼 성공적으로 이루어지고 있다는 자신감의 반증일 것이다. "바람보다 늦게 누워도"와 "바람보다 늦게 울어도"는 바람에 의한 타율적인 움직임을 나타내는 것이겠지만, 그렇다고 하더라도 이제는 풀에게 그것조차 문제가 되지 않는다. 그는 언제라도 "바람보다 먼저" 일어나고 웃을 수 있기 때문이다('도'와 '고'로 연결된 접속법의 형태가 그러한 의미를 보증해 준다). 제 3 연에서 문제가 되는 부분은 <풀>의 끝 행인 "날이 흐리고 풀뿌리가 눕는다"이다. 그 이전까지는 모든 문장의 주어가 '풀'이었는데 갑자기 낯선 '풀뿌리'가 등장한 것이다. 풀뿌리도 풀에 속한 것으로 보면 그 문제를 단순하게 처리할 수도 있겠으나, 그 문제는 그렇게만 보아 넘길 성질의 것이 아니다. 이 부분에 이르러 시인은 명백히 모순적인 요소들을 충실히 참작하여 그것들을 새로운 통일로 몰고 갈 야심적인 시도를 하고 있기 때문이다.

<풀>의 마지막 행에 대한 이해와 관련하여 무엇보다 먼저 언급해야 할 사실은 그것이 바로 작품의 결구라는 점이다. 그리고 그것이 결구인 것은, 그 구절이 단순히 작품의 맨 끝에 배치되어 있기 때문이 아니라 작품 자체의 구조적·의미론적 매듭점이기 때문이다. 모든 성공한 작품에

는 그 나름의 성공한 결구가 있기 마련이다. "내 시는 〈인찌끼〉다. 이
「후란넬 저고리」는 특히 〈인찌끼〉다. 이 시에는 결구가 없다. '낮잠을
자고나서 들어보면 후란넬저고리도 훨씬 무거워졌다'에 基幹的인 이미지
가 걸려 있기는 하지만 이것이 과연 결구를 무시한 흠집을 커버해줄 만한
강력한 투영을 가졌는지 의심스럽다"16)에서 볼 수 있듯이, 김수영은 결구
를 매우 중요시했던 시인이다.17) 따라서 우리는, "날이 흐리고 풀이 눕는
다"라는 구절이 이 작품의 핵이랄 수 있는 그 환상을 과연 하나의 중심
이미지로 강력하게 투영한 것인지 검토해야 할 것이다.

 이 작품의 시발점은 풀의 자율적인 움직임이라는 환상이며, 그것은 현실
에서 풀이 바람에 나부끼는 모습(사실)에 대한 관찰에서 비롯한 것이다.
그리고 이 작품의 형상화를 통해 그 환상은 하나의 사건으로 구축되고
있다. 작품에서 '풀이 눕는다'는 화자의 언표는 풀의 자율적인 움직임의
모습을 진술한 것이지만 그 언표를 발화하는 화자의 발화행위는 언표가
지시하는 내용을 하나의 사건으로 확정해 놓으려는 선언의 행위이기도
하다. "풀이 눕는다"는 언표를 우리는 '풀이 눕는다(스스로 움직인다)고
이로써 단언한다'라는 심층 구조의 문맥으로 변형시킬 수가 있는데, 의인
법을 적용한 언표와 그것의 무한한 반복은 하나의 환상을 구체적인 사건으
로 승화시키게 되는 것이다. 이 작품의 구성적 계기로 수용된 것들, 즉
'풀', '바람', '흐린 날', '비', 그리고 '눕다, 울다, 일어나다, 웃다'의 동사가
연상시키는 무수한 움직임의 양태들은 모두 현실의 것들이지만, 환상을

---

16) 김수영, 전집 2, 290면.

17) 실제로 그의 작품을 보면 산문적 진술을 적극적으로 이끌들인 작품이든 그렇지 않
  은 작품이든 결구에 대한 배려가 확인된다. 가령, 「눈」 「꽃잎(一)」 「꽃잎(二)」 등
  의 결구는 분명한 경우의 예이겠는데, 그만큼 분명하지 않은 작품의 경우에도 그가
  의식적으로 결구를 배려했다는 흔적만큼은 비교적 선명하게 확인할 수 있다.

매개로 하여 작품 자체 안에서 특유한 짜임관계를 갖게 되자 그것들은 현실의 경험 세계에서와는 다른 위치를 갖게 되고 그 의미가 조금씩 변하게 된다. 움직임을 중심으로 한 바람과 풀의 관계를 '더 빨리', '먼저', '늦게' 등의 부사를 통해 교란시키고 있는 것에서도 볼 수 있듯이, 작품에서 현실의 공간이나 시간이 완전히 무시되는 것은 아니기에 그것의 힘이 근본적으로 부정되는 것도 아니다. 그러나 놀랍게도 그 구속성은 사라지게 된다. 동일한 문장형태의 반복이나 운율과 같은 비의미적 언어조직을 통하여 시간이 압축되고, 풀이 바람에 나부끼는 모습에서 비롯한 풀의 자율적인 움직임이라는 영상을 통하여 공간이 겹쳐짐으로써 이제까지 존재하지 않았던 어떤 것이 제시되는 것이다. 그런데, 만일 "날이 흐리고 풀뿌리가 눕는다"라는 형태의 결구 없이 사실에서 비롯한 환상의 반복으로 단순하게 끝을 맺었더라면, <풀>은 이미 존재하는 것의 무력한 투사에 머물게 되고 말았을 것이며, 현재와 같은 강도를 결코 누리지 못했을 것이다. 그 문제의 구절에서 암시되는 풀의 움직임은 현실의 그 어떠한 움직임의 형상과도 교환이 성립되지 않는 것이다. 풀뿌리의 움직임이란 현실의 경험세계에서는 가시적으로는 경험할 수 없는 어떤 것이기 때문이다.

시인이 구축해 놓은 결구의 사상은 심원하고 그 진리 내용은 깊다. 거기에는 김수영이 즐겨 사용했던 말인 '죽음'과 '자유'와 '침묵'과 '사랑'이 계기적인 요소로 함께 작용하고 있다. 우리는 시인이 그 구절에 이르러 풀의 자율적인 움직임이라는 영상을 포기했다고는 볼 수 없다. 가시적인 어떤 것과 직접 연결시킬 수는 없지만, '풀뿌리'의 움직임을 '날이 흐리고'와 연계시키고 또한 환상의 출발점이었던 '눕는다'라는 동작의 양태로 수용하고 있기 때문이다. 바람의 속박에서 벗어난 자율적인 움직임이 연상시키는 '자유'에 대한 동경이 여전히 강력하게 작용하고 있는 것이다. 문제는 그러한 자유를 추구하는 방법이다. 이 작품에는 그런 자유를 가능하게 하기 위한 죽음의 울림이 있다. 현실의 경험세계의 그것과는 교환이 되지 않는 어떤 움직임으로 나아감으로써 작품의 짜임관계 속에서 풀은 이 부분에 이르러 비로소 현실의 그것과는 다른 풀이 된다. 다시 말해 현실적인 생명체의 죽음을 통해 그 어떤 다른 것이 되는 것이다. 이와 함께 현실에서 풀이 바람에 나부끼는 사실에 대한 체험의 직접성이 사라지게 되고, 그러한 사실에서 비롯한 환상을 성립시킨 매개였던 바람의 구속력도 함께 사라지게 된다. 그러나, 앞서도 지적했듯, 그 구절은 '풀뿌리'의 움직임을 '날이 흐리고'와 연계시키고 또한 환상의 출발점이었던 '눕는다'라는 동작의 양태로 수용하고 있다는 점에서 어떤 연관 관계에 근거한 듯하지만 그러한 연관 관계를 명백히 보여주지 않는다. 경험 세계의 총체적인 속박을 부정하는 초월적 암호로서 '풀뿌리'의 자율적인 움직임의 근거에 대해서도, 그것이 가리키는 구체적인 의미에 대해서도 침묵하고 있는 것이다. 이때 침묵은 무의미한 공허가 아니라 "아무도 하지 못한 말"이 생성되기 시작하는 지반으로서의 그것이다.[18] 우리는 그 "아무도 하지 못한 말"을 듣기 위해, 그리고 그 의미를 이해하기 위해 그 마지막 구절이 인도하는 침묵의 집인 <풀> 그 자체로 끊임없이 되돌아와야 하는 것이다.

김혜순은, 비록 구체적인 내재 분석의 절차를 생략했지만, 김수영의

---

18) 김수영은 "시여, 침을 뱉어라"라는 산문에서 다음과 같이 말한 바 있다 : "시도 시인도 시작하는 것이다. 나도 여러분도 시작하는 것이다. 자유의 과잉을, 혼돈을 시작하는 것이다. 모기소리보다도 더 작은 목소리로 시작하는 것이다. 모기소리보다도 더 작은 목소리로 아무도 하지 못한 말을 시작하는 것이다. 아무도 하지 못한 말을. 그것을 ―" 흔히 우리는 이 구절을 언론 자유의 행사와 같은 내용의 맥락에서 파악하는 경향이 있다. 그러나, "시여, 침을 뱉어라"라는 산문의 전체 맥락에 근거할 때, '아무도 하지 못한 말'은 내용뿐만 아니라 형식의 맥락에서도 적용되는 것이며, 더 나아가 구분될 수도 절충될 수 없는 내용과 형식의 '대극적 긴장'에 의한 통일로서 작품 그 자체의 발화를 가리키는 것으로 보아야 할 것이다.
김수영, 전집 2, 254면.

<해동>이라는 글의 한 구절에 근거한 직관적 통찰을 통해 다음과 같이 주장한다 : "<풀>은 즉자적 인식에서부터 발전하여 자기 모순을 발견해 나가면서 대자적 인식에 도달한 자신의 모습을 표출한 작품이다. 스스로의 변화성(눕고, 일어나고, 울고, 웃는)으로 타물(바람)에 의존치 않고 그 존재를 성립시킨 존재자의 모습을 구현한 작품이다."[19] <풀>에 대한 우리의 해석에 근거할 때 우리는 김혜순의 주장을 충분히 수용할 수 있다. 그러나 그가 <풀>에서 읽어낸, 아니 투사해낸 '자유'에는 다음과 같은 계기가 추가되어야 할 것이다. <풀>의 형상화 과정에서 하나의 시발점이자 질적 승화의 계기가 되었던 환상은 예술 작품의 형상화에 있어 여러 가지 기술적 해결 가능성에 대한 무제한의 처리능력을 의미하기도 한다는 점에서 자유의 파생물이라 할 수 있다. 따라서 '풀'에게 자유를 부여하는 것은 작품의 밖에서 투사한 어떤 추상적인 관념이 아니라 바로 정신의 자유로서 작품의 형상화 과정 자체이며 형식이라고 말할 수 있는데, 그런 맥락에서 그것은 사랑이라고도 말할 수 있을 것이다. 김수영은 사랑을 다음과 같이 규정하기 때문이다.

> [···] 시작(詩作)은 '머리'로 하는 것이 아니고, '심장'으로 하는 것도 아니고, '몸'으로 하는 것이다. '온몸'으로 밀고 나가는 것이다. 정확하게 말하자면, 온몸으로 동시에 밀고 나가는 것이다.
> 그러면 온몸으로 동시에 무엇을 밀고 나가는가. 그러나 — 나의 모호성을 용서해 준다면 — '무엇을'의 대답은 '동시에'의 안에 이미 포함되어 있다고 생각된다. 즉 온몸으로 동시에 온몸을 밀고 나가는 것이 되고, 이 말은 곧 온몸으로 바로 온몸을 밀고 나가는 것이 된다. 그런데 시의 사변에서 볼 때, 이러한 온몸에 의한 온몸의 이행이 사랑이라는 것을 알게 되고, 그것이 바로 시의 형식이라는 것을 알게 된다.[20]

---

19) 김혜순, 앞의 논문, 김승희 편, 앞의 책, 190면.

4.

김수영 후기시의 가장 흔한 모티브의 하나는 폭로적인 자기분석이다.[21] <罪와 罰>, <강가에서>, <어느날 古宮을 나오면서>, <식모>, <엔카운터誌>, <電話이야기>, <도적>, <美濃印札紙>, <性>, <의자가 많아서 걸린다> 등 1960년대에 그가 쓴 시들은 대체로 폭로적인 자기분석에 근거하고 있다. 그리고 이러한 자기해부와 노출은 늘 꾸밈없는 직선적인 언어를 통해 이루어지고 있다. 이러한 사실은 김수영의 시를 '정직'이나 '양심' 나아가 '자유'와 같은 개념들을 통하여 평가하게 하였으며, 그러한 평가들은 이른바 '김수영 신화'의 토대가 되었다. 이처럼 '폭로적인 자기분석'과 '꾸밈없는 직선적인 언어'가 '신화'라는 후광과 함께 그의 시와 산문에 대한 열렬하고 폭넓은 독서 반응 지평을 형성해 왔다는 것은 그 자체만으로도 평가받을 만한 문학사의 사실일 것이다.

위와 같은 사실의 맥락에 근거한다면, '폭로적인 자기분석'에 입각한 계열의 작품들에서 멀리 떨어져 있는 김수영의 <풀>은 "행복한 시간의 우연"에 불과하게 되며, 그것이 과연 시인의 시적 발전에 있어 지속적인 究境이었을 것인가에 대해서는 불안정한 추측이 가능할 뿐이게 된다.[22] 그러나 김수영의 전체 작품들을 살펴보면, 매우 희소하긴 하지만 <풀>과 관련한 계열의 작품들을 찾을 수 있다. 대표적인 경우가 <거위 소리>와 <눈>이다.

거위의 울음소리는

---

20) 김수영, 전집2, 250면.

21) 유종호, "시의 자유와 관습의 굴레," 황동규 편, 앞의 책, 252면.

22) 유종호, 앞의 논문, 황동규 편, 앞의 책, 257면.

밤에도 여자의 縞瑪色 원피스를 바람에 나부끼게 하고
강물이 흐르게 하고
꽃이 피게 하고
웃는 얼굴을 더 웃게 하고
죽은 사람을 되살아나게 한다

— <거위 소리> 전문

1964년 3월에 발표된 이 작품은 우연히 듣게 된 거위의 울음소리와 또한 우연히 보게 된 몇 가지 풍경을 동시성과 필연성의 맥락에서 연결한 것이다. '여자의 호마색 원피스'와 '강물'과 '꽃'과 '얼굴'은 원래 거위의 울음소리와는 아무런 연관이 없는 것들이다. 거위가 울 때 마침 바람이 불어 원피스를 나부끼게 하였다면 그것은 우연한 사태일 뿐이다. 작품에서 한 인물은, 그러나, 거위의 울음소리가 원피스를 바람에 나부끼게 하고, 강을 흐르게 하고, 꽃을 피우고, 웃는 얼굴을 더 웃게 했다고 주장한다. 작품의 결구라고 할 수 있는 마지막 행에서는 심지어 그 거위 소리가 죽은 사람을 되살아나게도 한다고 주장한다. 다시 말해 화자는 거위의 울음소리로 인해 발생한 주술적 사건에 대해 보고하고 있는 것이다. 우리는 화자의 그런 주장에 동의할 수 없는데, 그 이유는 화자의 목소리가 '숭엄함'을 보유하지 못하고 있기 때문이다. 시에서 '숭엄함'이란 인간의 이해 능력을 초월하는 것이며, 경외심이나 열정적인 격정을 불러일으키면서 화자에게 인간의 능력을 초월하는 어떤 느낌을 부여하는 것과 맺는 관계를 뜻한다.[23] 신이 사라져 버린 '궁핍한 시대'에 시인이나 시의 화자는 그러한 숭엄함을 직접적으로 보유할 수 없다. 현대시는 주술적 마법을 가능하게 하는 숭엄함을 확보하기 위해 언어의 비의미론적 성질 — 소리, 리듬, 글자의 반복 — 을

---

23) 조너선 컬러, 『문학이론』, 이은경 · 임옥희 역(동문선, 1999), 124면.

전경화한다. 현대시의 화자는 어떤 정보를 전달하기 위해서만 말을 하는 것이 아니라, 시적이고 예언적인 목소리로 자신의 정체성을 설정하기 위해서도 말을 하는 것이다. 현실의 경험세계에서는 거의 소음에 가까운 거위의 울음소리가 이 시에서는 특별한 사건의 동인이 되고 있다. 그러나 그 사건은 일관되고 지속적인 것으로 제대로 구축되지 못한다. 시의 사건을 시의 구조가 보증해주지 못하기 때문이다. '사건으로서의 시'와 '구조로서의 시' 사이에 가로놓인 단절이 작품의 결구인 "죽은 사람을 되살아나게 한다"라는 선언을 뒷받침해주지 못하고 있는 것이다.

1966년 1월에 발표된 <눈>은, <거위 소리>와 비교할 때, '사건으로서의 시'와 '구조로서의 시'가 훨씬 더 긴밀하게 결합되어 있는 작품이다.

눈이 온 뒤에도 또 내린다

생각하고 난 뒤에도 또 내린다

응아 하고 운 뒤에도 또 내릴까

한꺼번에 생각하고 또 내린다

한줄 건너 두줄 건너 또 내릴까

廢墟에 廢墟에 눈이 내릴까

— <눈>

<거위 소리>의 경우와 마찬가지로 이 시에서도 화자는 어떤 사건에 대해 보고하고 있다. 아니, 그 어떤 사건을 선언하고 있다. 그 사건은 '폐허에 눈이 내린다'는 것이다. 첫 행에서도 알 수 있듯이 이 시는 현실의 경험세계에 기반하고 있다. 지속해서 눈이 내리는 모습이 작품에 수용되면서

그것은 하나의 사건으로 자리잡기 시작하는데, 그런 사건화에 기여하는 것은 바로 작품의 구조이다. 첫째 행과 둘째 행에서 두 번 반복되는 "또 내린다"에 이어지는 "또 내릴까"는, 넷째 행에서 다시 반복되는 "또 내린다"로 인해, 회의하는 의문이 아니라 확신하는 강조가 된다. 이어서 다섯째 행과 여섯째 행에서도 반복되는 '내릴까'는, 그처럼 확신하는 강조의 문맥을 점층적으로 강화하면서 작품의 결구인 마지막 행에 이르러 마침내 '폐허에 눈이 내린다'는 사건을 성취한다. 인간의 삶의 터전으로서 기능을 상실한 '폐허'는 대지의 상처이자 세계의 상처이기도 하다. 그런 폐허에 내리는 눈은 단순한 자연 사물이 아니라 주술적 치유력을 지닌 신의 선물이 된다. 그 하얀 선물에 덮여 그 검고 황폐한 상처는 아마도 치유될 수 있을 것이다. 이 시에서 구축된 사건은, 그러므로, 단순히 '폐허에 눈이 내린다'는 사실이 아니다. 쉽사리 화해될 수도 극복될 수도 없는, 폐허로 상징화되는 상처가 주술적 치유력을 지닌 눈에 의해 새하얗게 치유되는 것, 그것이 바로 이 시에서 성취된 본질적 사건이다. 시에서 성취된 사건은 현실의 경험 세계에서도 성취될 어떤 것을 환기시킨다. 시가, 나아가 예술이 양탄자와 같은 단순한 장식적인 아름다움에서 벗어나 그 어떤 진리 내용에 도달할 수 있는 근거도 이제까지 존재한 적이 없는 어떤 것의 존재 가능성을 그와 같이 작품 자체를 초월함으로써 환기시키는 데 있을 것이다.

이상의 분석에서도 확인되다시피, <눈>과 <거위 소리>는 여러 측면에서 <풀>과 동일한 계열에 놓일 수 있는 작품이다. 모르긴 해도 1967년에 발표한 <꽃잎(1)>과 <꽃잎(2)> 그리고 <미인>도 같은 계열에 포함시킬 수 있겠는데, 그 작품들은 1960년대에 발표된 것으로 김수영 시의 주류를 이루는 이른바 '폭로적인 자기분석'의 시들과는 그 성격이 다르다. 그것들은 현실의 경험 세계에서 이끌어온 요소들을 언어의 의미론적 자질과 비의미론적 자질의 충돌과 긴장을 통해 새로운 짜임관계 속에 놓이게 함으로써 작품 그 자체의 완성으로 나아가려는 방향성을 지닌 것들이라 할 수 있다. 그런데, 그러한 경향의 작품들은 매우 희소하기 때문에, 이제까지 우리는 김수영의 전체 시세계와 관련한 평가로서 다음과 같은 견해를 수용할 수 있었다.

> [⋯] 시는 그에게 있어 그 자체가 목적이 아니라 자유의 행사를 위한 수단이며 정직성에 이르는 지름길이기도 하다. <달나라의 장난>에서 '영원히 나 자신을 고쳐가야 할 운명과 사명에 놓여'있다고 노래하고 실제로 그것을 실천한 자기갱신 지향은 시인으로서뿐 아니라 도덕적 존재로서의 그에게 똑같이 형성적이었다고 할 수 있다. 후기로 갈수록 시인됨과 도덕적 주체됨은 분리할 수 없는 하나로 굳어져 간다. 시를 써내기보다도 시인 자신을 살아 있는 도덕적 양심의 시로 전환시키려는 성향이 짙어 간다. 한편 직관의 정직성과 개인적 도덕의 정직에서 시적 양심을 찾으려는 성향은 일종의 도덕적 급진주의로 귀결된다. [⋯]
>
> 선이 아닌 모든 것이 악이라는 도덕적 급진주의는 자유에의 갈망과 바싹 다가 있지만 한편으로 그의 완벽성의 미학에 대한 의도적인 무관심을 더욱 조장하였다. 그에게 중요한 것은 시의 완성이 아니라 양심의 살아 있는 詩化였기 때문이다. 그런 의미에서 그의 시는 단시적 완성의 의도적 훼손과 개칠이 없는 일회적 정직의 순간에 대한 지향이 상처 낸 선혈로 홍건하다.24)

"그의 시는 단시적 완성의 의도적 훼손과 개칠이 없는 일회적 정직의 순간에 대한 지향이 상처 낸 선혈로 홍건하다"는 견해는 김수영 문학에 대한 적실한 묘사가 아닐 수 없다. 그러나 김수영이 작품의 미학적 완성도에 대해 무관심했으며 그 이유는 "그에게 중요했던 것은 시의 완성이 아니

---

24) 유종호, 앞의 논문, 황동규 편, 앞의 책, 253면.

라 양심의 살아있는 詩化였기 때문이"라고 보는 견해는 분명히 수정될 필요가 있다. 왜냐하면 "양심의 살아있는 시화"를 통하여 김수영이 궁극적으로 지향했던 것이 바로 "시의 완성"이었기 때문이다. 이러한 주장의 근거로서 우리는 김수영 자신의 다음과 같은 진술을 제시할 수 있다.

> 언어의 윤리라면 좀 이상하게 들릴지 모르지만, 현대시에 있어서 언어의 순수성이 현대사회에 있어서의 시인의 순수고독과 동의어의 관계에 있다는 것은(이것은 숄의 <符號>나 <詩> 같은 작품을 읽어 보면 알 수 있을 것이다)두말할 것도 없이 현대의 시인이 이행하고 있는 언어의 순수성이 사회적 윤리와 인간의 윤리를 포함할 수 있을 만한(혹은 排除할 수 있을 만한) 적극적인 것이어야 한다는 말이 된다.25)

우리 근대문학사의 맥락에서 '참여시'와 '순수시'의 변별 기준이 되는 '언어의 순수성'은 정치성의 유무와 관련이 있다. 그러나 위의 인용문에서 김수영이 말하고 있는 '언어의 순수성'은, 그것이 '사회적 윤리'와 '인간의 윤리'에 연결된다는 사실에 근거할 때, 세계나 현실의 타락과 불의에 대한 보편적 부정과 절대적 비순응주의의 표현 매체로서 언어가 갖는 순수성을 가리키는 것으로 보인다. 김수영에게, '양심의 살아있는 시화'와 '시의 완성'은 두 가지 가능한 선택 사항이 아니라 필연적 과정의 절차였던 것이다. 다시 말해, 그는 '양심의 살아있는 시화'가 전제되지 않고서는 결코 '시의 완성'에 도달할 수 없다고 보았던 것이다. 왜냐하면, '양심의 살아 있는 시화'가 전제되지 않을 때, '시의 완성'이란 한낱 고급 수사학 연습에 불과한 것이 되고 말 것이기 때문이다.

여기서 우리는 비로소 김수영의 전체 시세계에서 <풀>이 놓인 자리에

---

25) 김수영, 전집2, 400면.

대해 규정해 볼 수 있게 된다. 앞선 논의를 통하여 우리가 확인하였듯이, <풀>에서는 현실의 경험세계에서 비롯한 체험과 통찰에 근거하여 현실의 경험세계의 그것과는 교환이 성립되지 않는 어떤 움직임이 하나의 사건으로 구축되고 있으며, 작품 이외의 어떤 것이 아니라 작품을 이루는 다양한 구성적 계기들의 짜임관계 그 자체가 바로 그 사건화의 증인이 되고 있다.[26] 그런 <풀>이 폭로적인 자기 분석의 시편들로 이루어진 지형도가 아닌 다른 성격의 지형도 위에 놓이게 될 경우, <풀>에서 현재 우리가 누리고 있는 것과 같은 강도의 감동은 불가능하게 될 것이다. 폭로적인 자기분석이 아니라 시의 완성을 지향한 <풀>이 김수영의 마지막 작품이었다는 것은 그에게 하나의 행운이었다. 그러나 그것을 결코 '행복한 시간의 우연'이라고 볼 수는 없다. 김수영에게 폭로적인 자기분석을 통한 '양심의 살아있는 시화'는 '시의 완성'에 이르기 위한 필연적인 통과제의였으며, <풀>은 그 통과제의를 통해서만 비로소 도달할 수 있었던 하나의 극점이기 때문이다.

---

26) 필자가 보기에, 1950년대에 씌어진 김수영의 수작 가운데 하나인 「폭포」는 「풀」의 완성도에 이르지 못한 작품이다. 「풀」에서는 오로지 작품 자체가 하나의 사건이 되고 있지만, 「폭포」의 경우는 '고매한 정신'이라는 추상적 관념을 통해 사건이 설명되고 있기 때문이다.

內在的 超越로서의 힘, '사랑과 혁명'

<사랑의 변주곡> 論

이 찬

사물이든 인간의 존재 양식이든 간에, 존재는 다른 존재들과의 관계맺음 속에서 어떤 것을 생성하고 소멸시킨다. "존재가 그 스스로의 충만한 自性(실체)을 갖추고 있다면 生滅이 즉 다시말해 變化가 있을리 만무하다."1) 존재는 고정된 실체일 수 없으며 여러 가지 因緣의 線들이 개입하고 화합하여 발생한다. 그러므로 존재는 자명하고 확고한 실체(自性)가 아니라 다른 존재들의 흔적들이 들어오고 나가는 '텅빈 공간의 신체'(空)를 함유하고 있다. 이 공간을 가로지르는 여러 힘들의 속도와 강렬도에 의해 존재는 가시적인 표면 위로 솟아오른다. 존재의 가시적인 현상의 두께 아래 실재하는 것은 고정된 하나의 실체(substance)가 아니라 강렬도와 속도를 지닌

---

1) 龍樹, 『中論』, 김성철 역주, (경서원, 1993), 414면 참조.
   (衆因緣生法 我設即是無 亦爲是假名 亦是中道義 未曾有一法 不從因緣生 是故一切法 無不是空者. 여러 가지 인연으로 生한 존재를 나는 無라고 말한다. 또 假名이라고도 하고 또 中道의 이치라고도 한다. 因緣으로부터 발생하지 않은 존재는 단 하나도 없다. 그러므로 일체의 존재는 空아닌 것이 없다.)

존재의 복수적인 흐름(flow)이다. 존재가 과거로부터 자기동일성을 유지하
는 것과 이질화되는 것은 이 흐름이 남긴 주름을 통해서이다. "가시적인
것은 비가시적인 것의 함수이고 단순한 것은 복잡한 것의 일부이다. 주어
진 사태는 아직 주어지지 않은 사태의 일부이다."[2] 화이트헤드는『과학과
근대세계』에서 "17세기 이래의 서구 근대과학의 오류는 '구체성을 잘못
놓는 오류'(fallacy of misplaced concreteness)에 있으며, 그것은 사물을 '순간
적 도형배치'에 따라 '단순정위'하여 정태적으로 파악하는 것과 실체와
속성이라는 상관적인 범주로 인식하는 것[3]"이라고 진술하였다. "서양적
합리주의는 '논리적 분석'과 짝을 이루며, 서양의 과학적 방법론의 근간에
는 '논리적 분석'이 있다. '논리적 분석'은 자연적 생성을 하나의 흐름으로
부단히 유동하는 하나의 사건으로 파악하지 않고 이미 지나갔거나 이미
완료된 사건으로 파악한다."[4] 사물의 '순간적 도형 배치', 즉 <정태성>이
논리적 분석의 일차적 조건이다. 이 정태성에 의거해 다양하고 변화하는
표층의 속성과 동일하고 고정적인 심층의 실체라는 사물의 개념 범주가
생산된다. 또한 인간과 사물을 고정된 하나의 도형적 배치에 따라 인식됨
으로써, 존재 일반에게 자기동일적인 하나의 고정된 실체를 부여하게 된
다. 그러나 존재의 텅 빈 신체를 넘나들고 가로지르는 힘과 속도에 의해
존재의 실체는 임의적으로 포착되는 것에 불과하다. 존재의 독립성과 자립
성은 임시적인 것이다. 따라서 <정태성>은 힘과 속도가 남겨놓은 흔적과
주름에 의해 다른 존재로의 생성과 변이를 은폐하고 왜곡한다.
　인간의 나날의 삶인 日常도, 그 일상의 거대한 집적인 歷史도 자기동일

---

2) 김상환,「철학이 동쪽으로 간 까닭은」,『예술가를 위한 형이상학』, (민음사, 1999),
　　47면 참조.
3) A, N Whitehead,『과학과 근대세계』, 오영환 역, (삼성출판사, 1990), 88-93면 참조.
4) 김상환, 위의 책, 45면 참조.

적인 실체가 반복되는 것이 아니라, 존재의 구체적 배치들의 얽힘을 통해 넘나드는 힘과 속도에 의해 끊임없는 생성적 차이를 낳는다. 인간의 사랑도 혁명도 마찬가지이다. 그것은 定言明法에 의해 확고부동한 실체로서 규정될 수 있는 것이 아니다. 그것은 고정적이고 규범적인 하나의 실체로 굳어지는 그 순간 도그마적인 집합표상(collective representation)에 따라 분배된 형식화된 율법으로 화한다. "道라고 할 수 있는 道는 영원한 道가 아니다."5) 道는 무형의 질료적 흐름으로 '실재하는'(有) 것이지, 형식화된 언설(준거틀)로서 '실재하지 않는'(無) 것이기에, "有와 無의 양 극단(二邊)을 벗어난 中道이다"6) 그러므로 사랑과 혁명의 道(진리와 선의지)는 정식화된 문장으로 정의될 수 없는 것이다. 사랑은 집착이나 형식화된 도덕으로 화할 수 있으며, 혁명은 그 위대성에 의해 배타적인 억압기제가 될 수 있다. 그것이 허위적 장식이나 도그마적인 율법으로 화하게 되는 계기는 하나의 단일한 실체로의 규정 속에 이미 내포되어 있다. 복수적인 내부의 질료적 흐름으로 존재하는 것이 아니라 단일한 외부의 준거틀(이상, 목적, 이념, 모델, 원형)로 수직 상승하는 순간, 그것은 그 흐름이 지닌 생성적 차이와 역동성을 응고시킨다. 따라서 이 외부의 준거틀은 자기동일성의 그물에 포획되지 않는 흐름과 사태를 단죄하고 배제하며 동일화시키고자 한다. 이러한 외부의 준거틀로 구체적인 현실의 사태를 바라보는 사유를 '외재적 사유'라고 명명할 수 있다. 외부적 준거틀로 고도 상승하고자 하는 열망과 의지는 또한 외재적 초월의 선분을 따라 운동한다.

　문학과 예술은 근본적으로 이러한 자기동일적인 집합표상의 그물에 포섭되지 않는 존재의 복수적인 질료적 흐름과 무의식을 표출하고자 한다.

---

5) 老子, 『도덕경』, 오강남 역, (현암사, 1995), 19면.
　(道可道非常道, 名可名非常名)
6) 용수, 위의 책, 415면 참조.

따라서 반역적이며 사회적 금기와 코드화된 규범체계를 넘어선다. 그것은 외부의 준거틀에 의해서 주어진 행위의 궤적을 따르지 않는다. 내적인 에토스에 의해 마련되고 부여된 행위의 동기를 따른다. "스스로 동기를 만들어 가지는 행위, 스스로 규칙과 방향을 창출해 가는 행위만이 능동적이고 창조적인 행위, 자유로운 행위이다. 이에 대한 사례는 예술적 행위 속에 가장 잘 구현되어 있다. 예술적 행위는 아직 주어지지 않은 규칙을 스스로 창조한다는 데 있다."[7] 그러므로 문학과 예술은 외부적 규범체계 들을 배반하고 초월하면서 동시에 자신의 내재적인 힘과 속도를 통해 구체적인 현실세계를 초월하여 새로운 가능성의 세계로 진입하고자 한다. 또한 이러한 문학과 예술의 초월적 힘을 '내재적 초월'이라고 명명할 수 있을 것이다. 이 초월은 또 다른 典範과 집합표상을 만드는 것이 결코 아니다. 그것은 내부로부터 끊임없이 지속되어야 하고 또 다시 새롭게 생성되어야 하며 미지의 것을 향한 부단한 모험을 수반해야만 한다.

김수영은 자신의 내적인 에토스를 외부적인 하나의 원리로 환원하지 않고 구체적 현실의 조건을 끊임없이 초월하고자 하는 '내재적 초월'을 온몸으로 실현하고자 한 시인으로 기록된다. "모든 예술은 그것이 꿈, 다시 말해서 불가능을 추구하는 것이기 때문에 본질적으로 불온한 것이라는 그의 주장은 예술의 비타협적, 반도식적 성격을 날카롭게 부각시킨다. 성실하고 정직한 인간은 언제나 불가능한 것을 가능한 것으로 만들기 위해 싸운다. 인간의 모든 예술적 노력도 그런 싸움의 기록이다." (김현, 「자유와 꿈」, 『김수영 전집 별권』, 민음사, 1983, 113면.) "김수영에 있어서 예술가적 양심이 어떤 적극적인 원리, 따라서 어떤 초월적인 독단의 원리, 따라서 폭력적인 원리가 아니라 주로 소크라테스의 다이몬이나 마찬가지로

---

7) 김상환, 위의 책, 57-58면.

금지의 원리, 부정의 원리라는 점은 이런 우려를 감소시켜 줄 수 있다. 그는 어떤 원리를 부과하려는 것이 아니라 정당화되지 않는 질서에 봉사하기를 거부하려는 것이었다." (김우창, 「예술가의 양심과 자유」, 위의 책, 193-194면.) "김수영은 조직의 원리를 따르지 않고 주관적인 감정과 상상의 자발성을 요청한다. 그는 빈틈없는 개념의 건축을 바라지 않고, 개념의 정의 자체를 거부하고 원리에 어떤 것을 환원하는 일에서 벗어난다. 김수영은 도처에서 사회의 금기에 부딪치고 자유의 부재를 절규한다. 안주와 정체는 자유를 필요로 하지 않는다." (김인환, 「한 정직한 인간의 성숙과정」, 위의 책, 218-219면.) "그가 사랑하는 것은 '불가능'이다. 연애에 있어서나 정치에 있어서나 마찬가지, 말하자면 진정한 시인은 선천적인 혁명가인 것이다. 시와 혁명이 도달하고자 하는 것(아니 도달하지는 못할 것이다), 겨누고 있는 것은 무겁고 두꺼운 현실의 파악과 피나는 체험을 통하여 그 현실을 초극하는 일이다. 바로 이와 같은 의미에서 혁명도 시도 새로움을 추구하는 끊임없는 전진이다." (김화영, 「未知의 모험, 其他, 위의 책, 132-133면.)

'소음'과 '나태'로 가득찬 구체적인 현실의 삶을 끊임없이 초월하고자 하는 그의 의지는 결코 彼岸의 입법적 장소로 상승하기 위한 것이 아니다. 오히려 그 일상적 현실을 사랑하고 수용하고 변혁하고자 하는 것이다. 혁명은 먼 곳에 있는 것이 아니라 지금 여기의 나날의 삶 속에 있는 것이다. "버드 비숍女史를 안 뒤부터는 썩어빠진 대한민국이 괴롭지 않다 오히려 황송하다 歷史는 아무리 더러운 歷史라도 좋다"(거대한 뿌리)라고 김수영이 노래할 때, 우리는 진창같은 한국의 구체적 현실을 결코 체념하거나 포기하지 않고 부둥켜 않고 사랑하겠다는 내면의 힘을 발견한다. 사랑한다는 것은 더럽고 구역질나는 삶을 수용하고 견디고 또한 초월하려는 것이기에 쉽지 않다. 그것은 또한 그러하기에 내면적 성숙을 고통스럽게 강요한다. 포기하고 체념하는 것은 쉬운 일이다. 그러나 그것을 통해서는 어떤 것도 변혁할 수 없고 생성할 수 없고 획득할 수 없다. 사랑은 자발적인 욕망의 한 흐름으로 존재하는 것이다. 그러나 그것은 욕망의 강렬도가 순간적으로 파열하는 쾌락과는 다르다. 그것은 내발적이면서도 일관성의 구도를 따라 지속적인 행위의 궤적을 그린다. 사랑이 狂信이 되거나 하나의 彼岸이 될 때 그것은 외부적 율법과 도덕으로 화한다. 또한 지속적인 일관성의 구도를 생성시킬 수 없다. 외부적인 책임과 의무로 변질된 사랑이기 때문이다. 내부적인 욕망의 한 흐름으로 존재할 때, 사랑은 현실의 절망적 조건을 체념하지 않고 부단히 그것을 초극하고자 하는 '내재적 초월'의 동력학이 될 수 있다. 사랑은 변주되어야만 즉 구체적 경험 속에서 역동적인 흐름으로 현존할 때만 '내재적 초월'의 힘과 속도로 기능할 수 있다.

욕망이여 입을 열어라 그 속에서
사랑을 발견하겠다 都市의 끝에
사그러져가는 라디오의 재갈거리는 소리가
사랑처럼 들리고 그 소리가 지워지는
강이 흐르고 그 강건너에 사랑하는
암흑이 있고 三월을 바라보는 마른나무들이
사랑의 봉오리를 준비하고 그 봉오리의
속삭임이 안개처럼 이는 저쪽에 쪽빛
산이
사랑의 가차가 자나갈 때마다 우리들의
슬픔처럼 자라나고 도야지우리의 밥찌끼
같은 서울의 등불을 무시한다
이제 가시밭, 덩쿨장미의 기나긴 가시가지
가지도 사랑이다

왜 이렇게 벅차게 사랑의 숲은 밀려닥치느냐
사랑의 음식이 사랑이라는 것을 알 때까지

난로 위에 끓어오르는 주전자의 물이 아슬
아슬하게 넘지 않는 것처럼 사랑의 節度는
열렬하다
間斷도 사랑
이 방에서 저 방으로 할머니가 계신 방에서
심부름하는 놈이 있는 방까지 죽음같은
암흑 속을 고양이의 반짝거리는 푸른 눈망울처럼
사랑이 이어져가는 밤을 안다.

그리고 이 사랑을 만드는 기술을 안다
눈을 떴다 감는 기술-불란서혁명의 기술
최근 우리들이 四. 一九에서 배운 기술
그러나 이제 우리들은 소리내어 외치지 않는다

복사씨와 살구씨와 곶감씨의 아름다운 단단함이여
고요함과 사랑이 이루어놓은 暴風의 간악한
신념이여
봄베이도 뉴욕도 서울도 마찬가지다
신념보다도 더 큰
내가 묻혀사는 사랑의 위대한 도시에 비하면
너는 개미이냐

아들아 너에게 狂信을 가르치기 위한 것이 아니다
사랑을 알 때까지 자라라
人類의 종언의 날에
너의 술을 다 마시고 난 날에
美大陸에서 石油가 고갈되는 날에
그렇게 먼 날까지 가기 전에 너의 가슴에

새겨둘 말을 너는 都市의 疲勞에서
배울거다
이 단단한 고요함을 배울거다
복사씨가 사랑으로 만들어진 것이 아닌가 하고
의심할 거다!
복사씨와 살구씨가
한번은 이렇게
사랑에 미쳐 날뛸 날이 올 거다!

그리고 그것은 아버지같은 잘못된 시간의
그릇된 瞑想은 아닐거다

— <사랑의 변주곡> 전문

<사랑의 변주곡>은 총 8연으로 구성되어 있다. 여기에서 '사랑'은 다양한 질료적 형식으로 현상하며 '혁명', '신념' 등과 같은 집합적인 층위로 전환되기도한다. 욕망의 질료적 흐름의 하나인 사랑은 현실적 구체성 속에서 다른 것과 접속하여 상이한 율동을 가시적인 표면 위에 그려놓는다. <사랑의 변주곡>의 첫 문장 '욕망이여 입을 열어라 그 속에서 사랑을 발견하겠다'는 사랑이란 외부적인 규율에 의해서가 아니라 내재적인 것에서 발하는 것임을 강조한 문맥으로 보인다. 욕망 역시 현실적 힘들의 구체적 배치(assemblage) 속에서 형성되는 것이라 할 수 있으나 배치의 구조적 동일성을 넘쳐 흐르는 잉여를 지닌다. 이 잉여는 배치를 전환시켜 상이한 배치들로 나아가게 하는 상스(힘의 방향)를 함유한다. 그러므로 이상적인 외부적 도덕과는 달리 순응적일 수 없다. 그것은 구조적 동일성을 끊임없이 균열시키는 일종의 카오스적인 힘이다. 욕망은 이기적이고 배타적인 폭력성을 함유할 수도 있다. 그러나 그것은 대상과 더불어 다른 생성으로 나아가지 못하고, 소비될 때만이 그렇다. 욕망과 욕망의 대상을 접속하게

하고 다른 존재를 생성하게 하는 것은 사랑이다. '도시의 끝'에 '라디오 소리'가 사랑처럼 들린다는 표현은 此岸의 세계, 즉 소음과 갈등으로 뒤덮인 우리의 구체적인 현실의 삶을 사랑한다는 것을 의미한다. '그 소리가 지워지는 강'이란 그러므로 此岸과 彼岸의 경계를 의미하며, '강 건너 쪽'의 '암흑'은 존재론적 深淵의 세계, 곧 彼岸이다. 피안의 세계가 입법화한 자연의 순환적인 운동은 '삼월'이면 어김없이 '사랑의 봉우리'를 반복적으로 잉태시킨다. '사랑의 봉우리가 이는' '쪽빛 산'은 2연에서 '도야지 밥찌끼 같은 서울의 등불을 무시한다'. '암흑' 곧 피안의 세계이자 존재론적 실체로서의 사랑은 순수하고 고요하며 모순이 존재하지 않는다. 그것은 알 수 없는 미지의 것이기 때문에 또한 도달할 수 없는 것이기에 '사랑하는 암흑'이 된다. 이 사랑은 반복적이고 순환하는 자연의 운동으로 현상된다. 그것은 차이와 생성을 낳는 사랑의 운동이 아니다. 피안에서 나와서 차안으로 나왔다가 다시 피안으로 회귀하는 동일성의 궤도를 왕복 운동할 뿐이다. 그러므로 차안의 세계에 살고 있는 우리들에게 그 '산'(피안)은 '사랑의 기차'가 지나가더라도 닿을 수 없고 구체적으로 감지할 수 없기에 '슬픔'을 야기시키고 더 높게 '자라난'다. 피안의 세계는 우리들이 구체적으로 감각하고 사는 차안의 세계와는 근본적으로 다른 것이다. 또한 피안의 사랑은 현실적인 인간 존재가 개입할 수 없는 사랑으로 즉 자연의 순환적인 운동으로 顯示된다. 피안의 심연(암흑) 저 너머에 존재하는 사랑은 차안 속에 놓인 유한하고 불충분한 우리들의 사랑을 무시하는 것이다. 그러나 '이제'는 '가시밭'같은 고통과 좌절마저도 사랑이다. 그것은 오히려 지금 여기에서 살고 있는 우리들의 실제적인 사랑이다.

이데아적인 사랑, 사랑의 피안은 저 너머에 있다. 그러나 우리들의 사랑은 나날의 궁핍하고 모순된 일상적 삶 속에 놓여 있다. 또한 그 일상이 생성시키는 욕망속에서 발견할 수 있다. 그러므로 사랑은 저 멀리 한낱 희미한 풍경으로 존재하는 '산'이 아니라 우리의 감각적 신체를 덮어싸는 숲으로 '밀려닥친'다 사랑은 나날의 삶 속에 있는 늘 우리의 곁에서 생생한 흐름으로 존재하는 음식과 같은 것이다. '산'과 '숲'의 원근법은 곧 피안과 차안의 원근법이며, 구체적인 삶의 경험에 뿌리박은 사랑을 발견하게 하는 원근법이다.

4연에 표현된 '사랑의 절도'는 음식처럼 나날의 경험을 통해서만 얻어진다. 또한 외부적 신념이나 당위로 입법화되지 않아야만 '열렬할' 수 있다. '아슬아슬하게 넘지 않는다'는 것은 사랑의 조건과 양상을 구체적으로 체험한 내면의 깊이를 표현한다. 이 내면적 깊이는 열렬하지만 끓어 넘지는 않는 사랑의 절도를 가능하게 한다. 또한 사랑이 때로는 잠시 끊어질 수 있고(間斷), 표면에 잘 드러나지 않는 흔적으로만 더 나아가 비가시적인 은폐된 흐름으로만 존재할 수 있다는 것까지 알게 만든다. '죽음같은 암흑 속을 고양이의 푸른 눈망울처럼 사랑이 이어져 가는 밤'이란 可視的인 표층에는 드러나지 않지만 非可視的인 심층 속을 지속적으로 흘러 다니는 사랑을 말한다.

5연에서 '사랑'은 혁명으로 전환된다. '눈을 떴다 감는 기술'은 '사랑을 만드는 기술'이며, 사랑이 공통적이고 집합적인 힘으로 나아가는 기술이다. 사랑은 억압적이고 배타적인 정치제도를 붕괴시킬 수 있는 힘을 그 자체로 지닌다. 그러나 이러한 집단적이고 정치적인 혁명 역시 사랑의 완전함을 보장하는 것은 아니다. 혁명은 목적지이거나 도달점이 아니다. 차라리 혁명은 나날의 삶 속에서 끊임없이 추구되어야 하는 어떤 것이기 때문이다. 정치적 혁명은 분명 성취해야 하는 것임에는 틀림 없으나, 혁명이 곧 또다른 안주와 정체를 의미하는 것은 아니기 때문이다. 사랑이 혁명으로 나아갈 수 있음을 발견하는 것은 곧 '사랑을 만드는 기술을 아는' 것과 같다. 그러나 혁명의 대의에 모든 사랑을 수렴할 수 없다. 모든 사랑

을 혁명으로 환원하는 것은 또 다른 배타성과 억압을 생산할 수 있기 때문
이다. 그러므로 이제는 '소리내어 외치지 않는 것이다.' 혁명은 새로운 집
합표상과 또 다른 제도를 구축하는 '외재적 초월'이 아니라 나날의 일상
속에서 가해지는 억압과 폭력들을 뚫고 부단히 초극하는 '내재적 초월'이
기 때문이다. 그것은 단일한 비전과 목표로 환원될 수 없는 완강한 사실들
에 응축된 정직과 관대를 동력으로 삼는다. 이럴 때에만이 혁명은 곧 사랑
이 되고 사랑은 곧 혁명을 지속시키는 '내재적 초월'의 힘이 된다. 그것은
희망없는 실험을 계속하는 것이며, 개별적인 것들이 지닌 고유성과 이질성
을 제거하지 않은 공동체적 연대를 부단히 추구하는 것으로 표현될 수
있다.

　6연에서는 <사랑/신념>의 대립이 나타난다. '복사씨'와 '살구씨'로 표
상되는 사랑의 씨앗은 사랑의 육체성을 가능하게 하는 전제조건이다. 때문
에 쉽게 무르거나 부서지지 않을 단단함과 고요함을 지니고 있다. 그런데
이 단단한 사랑의 씨앗은 '폭풍의 간악한 신념'이라는 육체성을 획득할
수 있다. 심층의 <단단한 사랑>과는 대비되는 표층의 <간악한 신념>이
라는 역설은 이미 역사를 통해서 드러난 것이다. 사랑이 정치적이고 집합
적인 혁명으로 전환될 때, 혁명은 사랑을 신념화하여 입법적 진리와 도덕
으로 고형화한다. 20세기 들어 일어난 사회주의 혁명과 그들의 도그마가
이를 역사적으로 입증한다. 또한 이러한 역사가 지닌 '폭풍의 간악한 신념'
은 '봄베이', '뉴욕', '서울'에서도 '마찬가지'로 반복될 수 있다. 사랑은
신념이 아니며, 신념화되는 순간 하나의 규범체계로 경화된다. 따라서 시
인은 '신념'이 아니라 나날의 삶 속에서 사랑을 혁명을 꿈꾸고 실현하는
자신의 공간을 '사랑의 위대한 도시'라고 말한다. 그리고 그 사랑의 도시에
비한다면 '간악한 신념'으로 가득찬 도시는 '개미'라고 표현한다. 신념이
란 어떤 하나의 가치체계가 진리와 선의의 우위를 점한다고 보아 그것을

향해 질주하는 내면의 자국이다. 그러므로 배타적으로 선택된 사실들을 통해서만 진리를 구성하는 독단성을 잉태할 가능성이 있다. 신념의 독단성은 사랑이 지닌 정직과 관대를 소외시키고 배제한다. 또한 차이적 생성을 파괴하고 사랑의 힘을 축소한다.

따라서 7연에서 시인은 아들에게 '사랑'의 힘을 가르치는 것이지, 결코 독단적인 사랑의 '광신'을 가르치기 위한 것이 아니라고 말한다. 긍정적인 것의 지나친 강조는 '광신'으로 변질된다. 독단적인 신념에 가득찬 사랑이 아니라 생성을 만드는 것으로 사랑은 지식으로 알 수 있는 것이 아니다. 그것은 뼈저린 체험을 통해서만 알 수 있는 것이다. '사랑'을 알 때까지 무수한 '가시밭', '장미덩쿨'을 겪어야 한다. 시인은 '아들'의 삶의 끝과 세상의 끝, '그렇게 먼 날'까지 가기 전에 '사랑'을 '도시의 피로에서 배울 거다'라고 진술한다. 삶과 죽음의 경계, 차안과 피안의 경계에 놓인 그 극한 속에서야 겨우 사랑을 아는 것이 아니라, 일상적인 삶 속에서 사랑을 매번 경험한다는 것을 의미한다. 그 경험 속에서 사랑의 본질(道)은 끊임없이 수정되고 변환되는 것이기에, '복사씨가 사랑으로 만들어진 것이 아닌가 하고 의심할거다'라고 시인은 예언한다. '단단하고 고요한' 사랑은 소리내어 외쳐질 수도, 명확하게 정의될 수도, 가시적인 표상으로 드러날 수도 없는 것이기 때문이다. 그러나 그 '단단하고 고요한' 사랑은 한 인간을 갱신하게 하고 역사를 전환시키는 무형의 질료적 흐름이기 때문에 '사랑에 미쳐 날뛸 날'을 기약하는 잠재적 힘을 함유한다. '사랑에 미쳐 날뛸 날'은 사랑의 유토피아가 완성되는 날이 아니라, 역설적으로 부단히 내재적인 초월을 가능하게 하는 미지의 가능성들이다. 따라서 마지막 8연의 '아버지 같은 잘못된 시간'은 역사의 '폭풍'이 생성한 혁명의 '간악한 신념'으로 이루어진 시간들, 그 역사를 의미한다. 시인은 혁명을 사랑의 유토피아로 오인하여 신념화한 '그릇된 명상'을 다시 반복하지 않을 것이라고 예언하고 있다. 그러므로 '사랑에 미쳐 날뛸 날'이 강고하고 단일한 미래의 비전이며 '아버지 같은 잘못된 시간'이 혁명의 실패와 좌절, 더 구체적으로 말하면 '4. 19'의 실패와 좌절을 말한다고 볼 수도 있으나 그것은 일면적인 해석이라 판단된다. 오히려 진정한 혁명의 실패는 사랑이 변주되는 구체적 다양성을 하나의 단일한 비전으로 환원하고자 하는 욕망에서 비롯되는 것이기 때문이다. 그리고 시인은 '4. 19'라는 지난 시간의 역사를 통해서 이러한 실패를 생생하게 경험했기 때문이다. 혁명이 먼곳에 있지 않듯이, '敵'(파시즘) 역시 우리 가까이에 아니 우리 내부에 기거할 수 있다는 것을 시인은 잘 알고 있기 때문이다.

김수영은 일상이 우리의 삶을 압박하는 구조적 안정성의 중력임을 어느 시인보다도 잘 알고 있었다. 그러나 그 일상의 중력을 가로질러 새로운 삶으로 나아가는 자유의 가능성 역시 일상으로부터 배태된다고 보았다 결국 일상생활은 인간의 구체적 경험과 직접적으로 결합한 것이며 또한 역사적 현실에 뿌리박는 원천이기 때문이다. 우리를 둘러싼 구체적 삶의 조건과 배치가 자유를 부재하게 하는 동시에 가능하게 한다. 이 조건과 배치를 바꾸는 자유는 외부적인 이념에서 생성되지 않는다. 오히려 항상 우리들의 구체적인 삶을 정직하게 직시하고 갱신하고자 하는 우리 내부의 간절한 욕망 속에서 온다. 따라서 삶의 새로운 가능성을 향한 모색은 외부 적인 이념으로, 차이를 지양한 상위 범주의 자기동일성으로 나아가지 않는 다. 지금 여기의 삶의 조건을 초월하고자 하는 다양한 가능성과 잠재성을 인간 존재의 무의식적인 흐름을 통해서 발견하고 구현할 뿐이다. 이것이 진정한 '내재적 초월'이며, 김수영의 저토록 강렬한 시의 에너지는 이 에토 스에서 뻗어 나온 것이다.

김수영 시의 리듬

시행 엇붙임과 의미의 상호 변환

황정산

1. 머리말

김수영은 시정신이나 시형식 면에서 현대시단에 큰 영향을 미친 인물이다. 특히 기존의 시적 운율을 해체한 대표적인 시인으로 이해된다. 거침없이 써내려간 산문식의 시행, 아무데서나 시행을 바꾼듯한 부자연스러운 호흡 등 김수영식의 시적 스타일은 현대시의 주류적 관습으로까지 이어져오고 있다해도 과언이 아니다. 이러한 시 형식의 해체는 그의 시정신과 긴밀한 관련을 갖는다. 모든 일상적인 나태와 안주를 거부하고 거침없는 자유의 정신을 추구하려는 그의 시적 태도가, 안정적이나 그래서 상투적인 기존의 시적 운율을 뒤엎는 시형식의 파괴로 드러나고 있다고 생각할 수 있다.

그러나 그의 시가 운율을 무시하거나 운율에 무관심했다고 보기는 힘들다. 그의 대표시 중에는 말의 결과 호흡을 통해 드러나는 리듬을 충분히 살려 시적 효과를 이루어 낸 작품이 적지 않다.

눈은 살아있다
떨어진 눈은 살아있다
마당 위에 떨어진 눈은 살아있다

기침을 하자
젊은 시인이여 기침을 하자
눈 위에 대고 기침을 하자
눈더러 보라고 마음놓고 마음놓고
기침을 하자

— <눈> 부분1)

이 시는 리듬감에 크게 의존하고 있다. 그리고 그 리듬은 반복에서부터 온다. 반복은 두 차원에서 이루어 진다. 각 연은 점층적 반복을 이루고 있고, 또 두 연은 같은 형식의 반복을 이루고 있다. 그것을 통해 이 시는 여러 시적 효과를 보여준다. 1연과 2연의 구조의 반복은 눈의 순수한 생명력과 기침으로 표현된 일상적 삶의 더러움을 똑같은 구조속에서 대비시켜 순수한 생명력의 추구라는 시적 주제를 강화시킨다. 또 각 연에서의 행들의 점층적 반복은 깨달음으로 다가서는 인식의 과정 정신적 전이를 느끼게 해준다. 이러한 그의 시의 리듬에 주목한 사람은 서우석이다. 그러나 그의 글은 반복적 리듬이 뚜렷한 김수영의 몇몇 작품에 국한되어 있어 김수영 시의 운율적 특징을 지적하는 데는 한계가 분명하다.

그의 대부분의 시들에서는 껄끄러운 리듬과 호흡의 부조화가 두드러진다. 김수영 시의 운율을 논하기 위해서는 바로 이에 대한 해명이 있어야 한다. 그런데 앞서 지적했듯이 이는 운율에 대한 무시와 무관심의 산물이 아니라, 특별한 운율적 효과, 즉 기존 운율에 대한 '낯설게 하기'를 시도한

---

1) 『김수영 전집 1』(민음사,1981). 앞으로는 시집명을 따로 표기하지 않는다.

운율적인 기획의 결과라 생각된다. 이러한 낯설게 하기의 방법으로 김수영의 시는 행과 통사적 의미분단의 불일치를 통한 의미와 호흡의 변용을 사용하고 있다.

이러한 장치를 '시행 엇붙임'이라는 용어로 개념화할 수 있다. 시행 엇붙임은 영어의 run-on line, 불어의 enjambement에 해당하는 개념이다. 우리 문학에서는 이를 '이월시행' 또는 '행간걸침'이라고 부르기도 하지만, 이 용어들은 본고에서 다룰 '시행 엇붙임'의 다양한 기능을 설명하기에는 부적절하다는 생각이 들어 이러한 용어를 만들어 사용하였다.

본고에서는 다음의 논의를 통해 시행 엇붙임이 무엇이고 그것이 어떠한 시적 효과를 내는지, 이 장치를 즐겨 사용한 김수영 시를 중심으로 체계적으로 밝혀보고자 한다.

2. 시행 엇붙임의 개념

앞서도 여러번 지적했지만 시란 본성상 소리와의 긴밀한 관련을 가질 수밖에 없다. 그것은 현대의 자유시에 있어서도 마찬가지이다. 때문에 시에서의 율격적 배려는 필연적인 것이다. 그러나 율격적 장치가 시적 효과를 발휘하기 위해서는 시적 의미와의 상호연관 속에서 작용해야 하는 것은 당연하다. 이 장에서 다루고자 하는 시행 엇붙임은 바로 이런 의미와 소리와의 긴밀한 연관 관계를 가장 잘 보여주는 시적 표현 방식이다. 즉, 시행 엇붙임은 "시에서는 언어의 의미를 소리가 수정한다."[2]는 사실을 가장

---

2) 티니야노프, Arxoisty i novatory(Leningrad, 1929), 빅토르 어얼리치, 『러시아 형식주의』(문학과 지성사, 1983), p. 273. 재인용

잘 보여주고 있다.

그럼 시행 엇붙임이란 무엇인가? 앞 장에서 살펴보았듯이 우리 시의 율격적 기본 자질은 통사적 분단이다. 통사적 분단에 따라 음보가 갈리고 자연스럽게 호흡이 형성된다. 특히 다른 운율 장치를 갖지 않은 현대의 자유시에서는 이 통사적 분단을 통해 소리의 시간이 배분되고 또 무엇보다도 행 구분이 실행된다. 그런데 행과 행 사이의 휴지는 한 행 안의 음보 사이의 휴지보다 길고 연과 연 사이의 휴지는 행들 사이의 휴지보다 길다. 이것을 통해 의미의 단속과 시의 호흡이 조절된다. 대체로 현대시의 경우에는 이러한 행 구분과 그 행의 집합인 연의 구분이 소리 형성의 중요한 장치가 된다.

그런데 여기에서 행과 행 사이의 분절은 대체로 시어의 통사적 분절과 일치한다. 그것이 우리의 운율적 직관에 자연스럽다고 느껴진다. 그러나 통사적 분절과 행 사이의 분절이 일치하지 않을 경우 호흡의 변화가 일어나고 때로 그에 따라 의미의 변화가 생겨나는 일정한 시적 효과를 발휘하게 된다. 이를 시행 엇붙임이라 한다.

시행 엇붙임을 일단 형태적으로 살펴볼 때 다음의 세 가지가 있을 수 있다. 첫째, 통사적으로 뒷행에 연결되는 단어나 어절이 앞행 위에 붙어 있는 경우, 둘째, 통사적으로 앞행에 연결되는 단어나 어절이 뒷행 앞에 붙어 있는 경우, 셋째, 앞행 위와 뒷행 앞에 걸쳐 통사적으로 긴밀히 연결되는 어절이 올 경우 등이다.

이를 이해하기 쉽게 그림으로 설명하면 다음과 같다.

〈그림〉

　　본고에서는 이를 각각 '올려붙임', '내려붙임', '걸침'이라는 용어로 부르고자 한다. 그러나 시행 엇붙임이 가져오는 시적 효과가 무엇인지를 중심으로 놓고 고찰하고자 할 때 이러한 형태적 차이가 큰 의미를 가지고 있다고는 여겨지지 않는다. 같은 형태의 엇붙임이 서로 다른 효과를 가져오기도 하고 그 반대의 경우 또한 존재한다. 따라서 피상적인 형태적 분류를 넘어서서 구체적인 시 작품 속에서 시행 엇붙임이 어떤 기능을 수행하는지를 살피는 것이 이 시행 엇붙임이 가져오는 다양한 시적 효과와 나아가 시에 있어서 소리와 의미의 연관을 파헤치는 데 도움을 주리라 생각된다.

　　그러면 시행 엇붙임은 어떤 기능을 수행하는가?

　　그것을 알아보기 위해 우선 올려붙임의 경우를 생각해 보자. 이 경우 두 행 사이에 엇붙임된 한 단어나 어절과 아래 행 사이에는 강한 통사적 연결에도 불구하고 행간 휴지에 의한 강제적 단절이 생긴다. 반대로 엇붙임된 단어나 어절과 윗 행 사이에는 통사적 분절에도 불구하고 한 행의 호흡속에 연결되어 읽힌다. '내려붙임'과 '걸침'의 경우도 마찬가지이다.

①
내가 구름운전수 제퍼슨 선생한테 말해놨으니까 시간은
　2분밖에 안 걸릴 거다

　　　　　　　　— <나는 아리조나 카보이야> 부분

②
아무래도 나는 비켜서있다 절정위에는 서있지
않고 암만해도 조금쯤 옆으로 비켜서있다.

　　　　　　　　— <어느날 古宮을 나오면서> 부분

③
정보원이 너어스들과 스폰지를 만들고 거즈를

개키고 있는 나를 보고 포로경찰이 되지 않는다고

— <어느날 古宮을 나오면서> 부분

위의 시 중 ①의 경우는 밑줄 그은 '시간은'은 통사적으로 뒷행에 가깝지만 뒷행과는 행간 휴지를 통한 강제적인 단절이 생기고, 앞행의 어절들과는 의도적인 연결이 이루어진다. 반대로 ②의 시의 경우는 밑줄 그은 '않고'는 앞행과는 강제적인 단절이 그리고 다음 행과는 통사적 분단에도 불구하고 의도적인 연결관계가 형성된다. ③의 경우는 통사적인 연결이 강한 어절을 두 행 사이에 걸쳐 놓음으로써 두 행 사이에 의도적인 연결을 이루게 된다.

이를 알기 쉽게 그림으로 설명하면 다음과 같다.

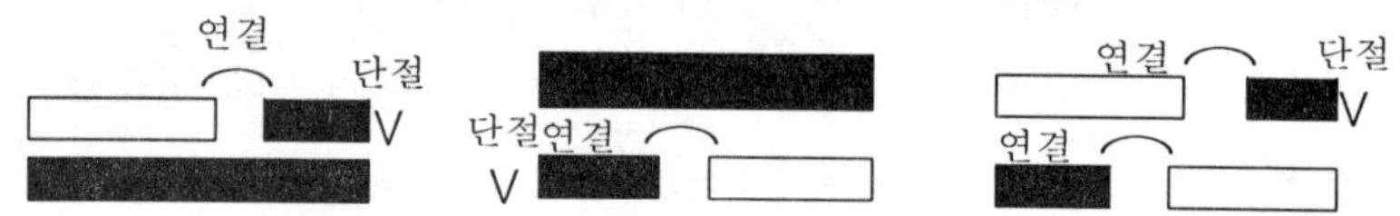

이와 같이 엇붙임된 단어나 어절 앞 뒤에서 각각 **호흡의 단절이나 연결**이 생겨나고 이에 따라 의미의 단절과 연결이 수반된다. 이렇게 볼 때 시행 엇붙임은 의도적인 호흡의 변화에 따른 의미의 연결과 단절이라는 두가지 기능을 수행한다 할 수 있다. 그런데 구체적인 시작품을 놓고 볼 때, 시행 엇붙임이 행해지는 조건이나 전체적인 시의 의미와 정서에 따라 위의 두 기능 중 한 가지 기능이 강조된다.

그럼 이 두 가지의 기능은 각각 어떤 조건하에서 이루어질까? 시행 엇붙임은 자연스러운 언어 감각의 파괴를 통해 의미 변화를 시도하는 표현 방법이기 때문에 무엇보다도 시인 자신의 의도적 노력이 뚜렷이 드러난다. 그런 까닭에 이 두 기능은 시행 엇붙임이 가져오고자 하는 효과와 반대되는 조건에서 주로 수행된다.

시행 엇붙임의 단절적 기능은 명사와 조사, 어간과 어미 또는 수식어와 피수식어 등 통사적 연결이 강한 말 사이에서 수행되는 경우가 대부분이다. 그래야 조사나 어미 또는 수식어 등을 의도적으로 분리시킬 수 있고 그것을 통해 통사적 연결을 차단하여 그에 따른 의식적인 호흡과 의미의 단절이 분명해지기 때문이다. 위의 예를 통해 이 점을 설명할 수 있다. 위의 예 중 ②가 여기에 해당한다. ‘서있지/않고’는 용언과 보조용언이라는 긴밀한 통사적 관계를 일부러 행간 휴지로 끊음으로써 두 낱말 사이에 단절을 시도하고 있다.

반대로 시행 엇붙임의 연결적 기능은 ‘...다’, ‘...고’ 등 비교적 통사적 분절이 강한 말 뒤에 다른 단어나 어절을 올려붙임하거나, ‘..다’, ‘..고’ 등의 어절을 다음 행의 문장 앞에 내려붙임하는 경우에 수행된다. 위의 예 중 ①이 여기에 해당한다. ‘말해놨으니까’와 ‘시간은’ 사이에는 뚜렷한 통사적 분단이 있지만 의도적으로 한 행을 이루게 함으로써 두 어절 사이에 강제적인 연결을 시도하고 있다. ③과 같은 행간 걸침 역시 통사적 분단을 약화시켜 의미의 연결을 수행하고 있음을 보여준다. 또한 시행 엇붙임의 연결적 기능은 보통 한 행에서 끝나지 않고 여러 행에 걸쳐 계속적으로 일어나는 경우가 많다. 흔히 의미의 연결은 두 행 사이에서 끝나기보다는 연 전체 또는 한 편의 시 전체에 걸쳐서 행해지기 때문이다.

다음 시가 바로 여기에 해당한다.

> 코리안 드림이라구요. 노리지 마세요.
> 아이놈은 자구 있어요. 구원이지요. 나를
> 방해를 안하니까요. 절망의 물방울이
> 튄 거지요.
> 내주신다면, 당신의 잡지의 8월호에 내주신다면,
> 특종이니깐요, 극단도 좋고, 당신도

좋고, 번역하는 사람도 좋고, 나도 좋은
일을 하는 폭이 되지요.

— <전화이야기> 부분

　밑줄 그은 어절들은 시행 엇붙임을 보여준다. 이러한 계속된 시행 엇붙임을 통해 이 시는 의미의 계속적인 연결을 시도하고 있다. 이는, 전화 속에서 흘러나오는 하나 하나의 언어들이 스스로의 진정성을 갖지 못하고 서로 이어지고 섞이면서 거짓과 위선으로 변화는 세상의 허위를 조롱하는 시의 의미를 강조하고 있다. 특히 인용된 두 번째 행의 '나를'에 주목해 보면, 나 즉 시적 화자 자신이 시행의 구성상으로는 앞 행에 통사적으로는 뒷 행에 이어지므로, 앞 뒤 행에 모두 관여하게 되어 구원과 절망이라는 서로 상반된 상황에서 방황하고, 착종된 의식으로 살아가는 자신의 이중성을 표현하는 효과를 내고 있다.

　시상의 연결과 단절이라는, 이상에서와 같은 구문상의 조건에 따른 시행 엇붙임의 두 가지 기능은 대체적인 경향일 뿐 구체적인 시적 효과를 설명하기에는 부족하다. 그때 그때 시의 전체적인 의미나 정서에 따라 시행 엇붙임이 수반하는 기능과 시적 효과도 달라진다고 생각된다. 다음에서는 이러한 효과가 어떻게 생겨나는지 구체적인 시작품의 해석을 통해서 설명하고자 한다.

3. 김수영 시와 시행 엇붙임의 여러 효과

1)의미의 강조

시상의 중심이 되는 단어나 어절을 윗 행에 올려붙이거나 아래 행에

내려붙여 통사적 관련을 가진, 앞 혹은 뒤의 낱말과 의미의 강제적 단절을
시도함으로써 그것의 독립적 의미를 강조하는 경우는 시행 엇붙임의 가장
기본적인 효과라고 할 수 있다. 시행 엇붙임에 있어 이러한 강조의 효과가
가장 알기 쉬운 형태로 나타나는 것은 한 단어 행이다. 한 단어 행 역시
자연스러운 통사적 연관을 강제로 해체하여 특별한 운율적 효과를 내고
있다는 점에서 시행 엇붙임의 한 형태로 보아야 한다.

       이미 오래전에 일과를 전폐해야 할
       문명이
       오늘도 또 나를 이렇게 괴롭힌다

       싸늘한 가을 바람소리에
       전통은
       새처럼 겨우 나무그늘같은 곳에
       정처를 찾았나보다

                    — <파리와 더불어> 부분

위 시에서 밑줄 그은 '문명이'와 '전통은'은 아래 행들과 붙여 있는 것이
자연스러우나 의식적으로 분리시켜 두 단어를 강조할 뿐 아니라 두 단어의
의미상의 대조를 선명히 하고 있다. 이를 통해 이 시는 그의 시들 전체에서
중요한 주제가 되어온 전통과 현대 문명 사이의 정체성 상실의 문제에
가로놓인 자신의 딜레마적 처지를 선명하게 보여준다.
    좀더 다양한 예들을 살펴보기로 하자.

       선생과 나는 아이를 가르치는 것이 아니라 아이들을
       가르치고 있기 때문이다

                    — <우리들의 웃음> 부분

위의 시는 '아이들을'이라는 구절을 엇붙임하여 '아이'라는 단수가 아니라 '아이들'이라는 복수를 강조하고 있다. 이런 단순한 수사법적인 강조말고 시상의 전개와 긴밀한 관련을 갖는 예들을 좀더 살펴보기로 하자.

①
나는 이사벨 버드 비숍 여사와 연애하고 있다 그녀는
1893년에 조선을 처음 방문한 영국왕립지학협회회원이다
그녀는 인경전의종소리가 울리면 장안의
남자들이 모조리 사라지고 갑자기 부녀자의 세계로
화하는 극적인 서울을 보았다

— <거대한 뿌리> 부분

②
아내여 화해하자 그대가 흘리는 피에 나도
참가하게 해다오 그러기 위해서만
이혼을 취소하자

— <이혼취소> 부분

③
거짓말의 부피가 하늘을 덮는다 나는 눈을
가리고 변소에 갔다온다
사람들은 내 말을 믿지 않고 내가 내 말을 안 믿는다

— <거짓말의 여운 속에서> 부분

①의 시에서는 두 번의 강조가 이루어지고 있다. 먼저 첫째 행의 '그녀는'은 뒷 행과의 통사적 연관이 강제로 분리되어 강조의 효과를 보여준다. 이 시에서는 '그녀는'을 강조함으로써 그녀가 보통의 여자가 아니라 특별한 인물이며 때문에 여기서 그녀와의 연애라는 것은 일반적 사랑의 의미가 아니라 그녀를 통해 우리의 현실을 돌아보는 자기애의 발견이라는 이 시의 주제와도

밀접한 관련을 갖는다. 두 번째의 강조는 시의 정서적 표현과 긴밀한 관련을 갖는다. '장안의'와 '화하는'을 각각 윗 행에 올려붙이고, 아래 행에 내려붙이므로서 이 어절들보다는 넷째 행 전체 '남자들이 모조리 사라지고 갑자기 부녀자의 세계로'를 다른 행들로부터 상대적으로 분리한다. 이러한 분리를 통해 이는 시인의 관점을 갑자기 그녀의 관점으로 전환하여 당시 그녀가 발견한 풍경의 생생함과 그것의 신기함을 더욱 강조하는 효과를 가져온다. ②의 시에서는 '나도'를 강조함으로써 자신의 강한 소망과 상대에 대한 절실한 호소를 표현한다. ③의 시에서 밑줄 그은 곳은 '나는 눈을'의 구절에서 특히 눈을 강조하기 위한 의도적 시행 엇붙임이다. 그것을 통해 '눈'과 거짓말을 강하게 대비시킨다. 여기에서 '눈'은 진실과 본질을 보려는 이성이나 예지를 나타내고 있는데 그런 것을 갖지 못한 채 거짓 세상의 더러움에 빠져 있는 자신의 처지를 보다 선명하게 비판하는 효과를 내고 있다.

　시행 엇붙임에 의한 의미의 강조는 때로는 정서를 지속하는 또 다른 효과를 내기도 한다. 시행 엇붙임의 단절적 기능은 행 구분에 의해 강제로 끊긴 두 어절 사이에 심리적 거리를 갖게 해준다. 시행 엇붙임에 의해 단절된 어절의 의미나 정서가 휴지가 있음으로 해서 보다 오래 지속되기 때문이다.

　다음의 예가 이를 잘 보여준다.

> 정보원이 너어스들과 스폰지를 만들고 거즈를
> 개키고 있는 나를 보고 포로경찰이 되지 않는다고
>
> 　　　　　　　　　― <어느날 古宮을 나오면서> 부분

위의 시에서 밑줄 그은 '거즈를'을 엇붙임했는지 생각해 보면 재미있다. '거즈를'과 '개키고' 사이를 단절함으로써 첫 행과 둘째 행 사이에 심리적

거리가 생기게 된다. 그렇게 함으로써 스폰지와 거즈라는 과거 자신의 경험속에 있던 선명한 이미지를 강조하고 그 이미지의 형성을 연장하여 그것을 회상하고 있는 현재 자신의 아련한 심리 상태를 표현하고 있다. 이러한 것은 단순히 단어의 의미나 언어가 그려주는 이미지만으로는 표현하기 곤란한 경지의 것이다. 김수영의 시가 산문을 아무렇게나 토막내어 시를 만든 것 같이 흔히 생각되지만, 위의 시구의 구성을 보면 김수영 시가 시행의 의도적 변화를 통해 시의 호흡, 시의 운율을 조절하여 그 효과를 의도하고 있음을 잘 알 수 있다.

다음 시 역시 시행 엇붙임에 의한 아주 미묘한 시적 효과를 보여준다.

> 보석같은 아내와 아들은
> 화롯불을 피워가며 병아리를 기르고
> 짓이긴 파냄새가 술취한
> 내 이마에 신약처럼 생긋하다
>
> —<초봄의 뜰안에> 부분

위의 시에서는 '술취한'을 다음 시행의 '내 이마에'와 분리시킴으로써 '술취한' 몽롱한 상태를 일부러 지속시켜 그런 지리한 상태를 깨치는 생긋한 느낌의 새로움을 강조하는 효과를 내고 있다.

이런 식의 정서 지속의 효과를 보여주는 시행 엇붙임은 김수영 시에서 자주 그리고 아주 중요한 시적 기법으로 등장한다. 이것을 통해 그의 시세계의 중요한 한 부분을 이루고 있는 아이러니를 만들어내고 있다.

> 지금 불란서 소설을 읽으면서 아직도 말하지
> 못한 한가지 말 ..... 정치의견의 우리말이
> 생각이 안난다 거짓말 거짓말
>
> —<거짓말의 여운속에서> 부분

　위 시에서는 ‘못한’을 엇붙임함으로써 ‘말하지’와 ‘못한’ 사이를 강제로
단절하여 ‘말하지’ 다음에 정서적 지속의 시간을 갖게 한다. 그렇게 함으로
써 말해야 한다는 의무감과 정의감에서 자유롭지 못하면서도 말하지 못하
고 있는 사실을 받아들이기가 꺼림칙한 시인 자신의 심리 상태를 지속시
켜, 자신의 소심함과 나태함에 대한 거부와 반성을 보여 준다. 다시 말해,
말하지 못한다는 사실로 말해야 한다는 진실을 강조하는 아이러니를 통해
자신의 안이함에 신랄한 비판을 가하고 있다.
　다음 시들에서도 이러한 아이러니를 볼 수 있다.

①
봄은 오고 쥐새끼들이 총알만한 구멍의 조직을 만들고
풀이, 이름도 없는 낯익은 풀들이, 풀새끼들이
허물어진 담밑에서 사과껍질보다 얇은

시멘트가죽을 뚫고 일어나면 내 집과
나의 정신이 순간적으로 들렸다 놓인다

　　　　　　　　　　　　　— <거짓말의 여운 속에서> 부분

②
아무래도 나는 비켜서있다. 절정 위에는 서있지
않고 암만해도 조금쯤 옆으로 비켜서있다
그리고 조금쯤 옆에 서있는 것이 조금쯤
비겁한 것이라고 알고 있다

　　　　　　　　　　　　　— <어느날 古宮을 나오면서> 부분

③
지루한 전향의 고백
되도록 지루할수록 좋다

지금 나는 자고 깨고 하면서 더 지루한
中共의 욕을 쓰고 있는데
치질도 낫기 전에 또 술을 마셨다
--- 당연한 일이다

―<전향기> 부분

④
거리에서는 고개
숙이고 걸음걷고

집에 가면 말도
나즈막한 소리로 걸어

―<허튼소리> 부분

①의 시는 통사적으로 긴밀한 관련을 가진 '사과껍질보다 얇은/시멘트 가죽을'이라는 구절을 이제까지 살펴본 행구분이 아닌 더욱 큰 단위인 연구분으로 분단시켜 특별한 시적 효과를 기하고 있다. 시멘트처럼 단단한 것 같은 사회의 조직이나 삶의 틀이 사실은 너무나 얇고 가볍다는 아이러니컬한 인식을 표현하고 있다. ②의 시는 '서있지'와 '않고'를 분리함으로써 '서있지'라는 구절을 심리적으로 연장시킨다. 서있지 않고 있다는 인식을 하고 있지만 그러나 마음 한편에서는 절정 위에 서있고 싶은 심정이 절실함을 반어적으로 표현한다. 이것을 통해 절정에 서있지 못한 자신의 안일을 질타하고 있다. ③의 시는 시행 엇붙임을 통한 좀더 미묘한 아이러니를 보여준다. 지루하다는 정신 상태를 연장시킴으로써 일상의 지루함도 넘어서지 못하는 정치적 견해의 지루함을 강조하여 자신의 총체적 무능을 강조하고 있다. ④의 시 역시 심리적 연장을 통한 아이러니의 효과를 갖는다. '고개'와 '말'의 의미를 의식적으로 연장시켜 고개들고 다니고, 큰소리

로 말하고 싶은 자신의 심정을 반어적으로 표현하고 있다. 앞서도 지적했지만 이러한 시적 효과는 시의 소리로서의 특질을 살린 시어의 섬세한 사용이 아니고서는 불가능하다.

2) 시상의 전환

시행 엇붙임에 의한 의미의 강제적 단절은 시상이나 시적 이미지의 돌연한 전환을 가져오기도 한다. 이렇게 함으로써 시어의 논리적 연관이나 서술적 전개를 해체하여 시적 이미지의 생생한 재현을 가능하게 한다. 다음의 시를 보면 잘 나타난다.

> 초록빛과 초록빛의 너무나 빠른 변화에
> 놀라 오늘도 찾아오지 않는 벌과 나비의
> 소식을 더 완성하기까지
>
> — <꽃잎> 부분

여기에서는 밑줄 그은 두 마디를 엇붙임하여 각 시행 사이에 의도적 단절을 두고 있다. 그렇게 하여 각 행 사이의 서술적 연관을 파괴한다. 그리하여 초록빛의 계절변화, 벌과 나비의 날아듬이라는 시적 이미지를 보다 선명하게 그려내게 해준다.

> 사랑의 기차가 지나갈 때마다 우리들의
> 슬픔처럼 자라나고 도야지우리의 밥찌끼
> 같은 서울의 등불을 무시한다
> 이제 가시밭, 넝쿨 장미의 기나긴 가시가지

까지도 사랑이다

— <사랑의 변주곡> 부분

위의 시도 마찬가지이다. 이 시는 통사적 연관을 의도적으로 분단시켜 시어의 논리적 이해를 일부러 방해하고 있다. 그렇게 해서 이 시의 배경이 되는 서울 변두리의 황량한 풍경이 하나씩 하나씩 펼쳐지는 듯한 효과를 보여준다.

이러한 시상 전환의 효과는 중첩된 한 단어 시행에서 보다 뚜렷한 효과를 내고 있다.

①
시계도 없다
집에도
몸에도
그러니까
the reason why
you don't get
a clock
or
a watch
말할 필요가 없다
집에도
몸에도
이놈이 무엇이지?

— <이놈이 무엇이지?> 부분

②
손을 묶고 가만히

앉아계시오
서울서
의정부로
뚫린
국도에
눈 내리는 날에는
「삐」 차도
찦차도
파발이 다 된
시골 빠스도

— <눈> 부분

①이나 ②의 시 모두 파편화된 현대 사회의 삶의 모습을 보여준다. ①은 정체성을 갖지 못하는 자신의 분열된 실체를 말하고 있고 ②의 시는 우리 삶의 지향의 정처없음과 그것의 파편화된 인식을 보여준다. 한 단어 행으로 시행의 호흡을 강제로 분할하는 것은 단어 하나하나의 이미지를 강조하고 그것들의 논리적 연관을 의도적으로 파괴함으로써 파편성에 대한 인식을 보다 강조해 준다.

3) 시상의 연결

앞서 설명한 시행 엇붙임의 효과들은 시행 엇붙임의 단절적 기능을 통해 이루어지는 것임에 반해 엇붙임을 통해 통사적 분절을 약화시켜 행 사이의 의미와 정서의 연결을 강화하는 효과를 내는 경우도 있다. 이 때 행과 행 사이의 호흡은 급박해지고 시적 의미와 정서는 서로 긴밀히 이어지고 때로 서로 중첩되어 새로운 의미와 정서가 만들어지기도 한다.

마루에 가도 마찬가지다 피아노 옆에 놓은
찬장이 울린다 유리문이 울리고 그 속에
넣어둔 노리다께 반상세트와 글라스가
울린다 이따금씩 강건너의 대포소리가

날 때도 울리지만 싱겁게 걸어갈 때
울리고 돌아서 걸어갈 때 울리고
의자와 의자 사이로 비집고 갈 때
울리고 코 풀 수건을 찾으로 갈 때

— <의자가 많아서 걸린다> 부분

　　울린다는 의미의 어절을 계속해서 엇붙임함으로써, 울린다는 사실의 연쇄적 인식을 보여주고 이를 통해 흔들림, 즉 확고하지 못함이 이 땅의 총제적인 상황임을 말해주고 있다. 이 시에서 이렇게 계속되는 시행 엇붙임은 울린다는 하나하나의 사실을 급박한 호흡으로 긴밀히 연결시켜 하나의 전체적인 경험이 되게 한다.

　　①
그렇게 매일 믿어왔어, 방을 이사를 했지. 내
방에는 아들놈이 가고 나는 식모아이가 쓰던 방으로
가고. 그런데 큰놈의 방에 같이 있는 가정교사가 내
기침소리를 싫어해. 내가 붓을 놓는 것까지
자리에서 일어나는 것까지 문을 여는 것까지 알고
방어작선을 써. 그래서 안방으로 다시 오고, 내가
있던 기침소리가 가정교사에게 들리는 방은 도로
식모아이한테 주었지. 그때까지도 의심하지 않았어.
책을 빌려드리겠다고. 나의 모든 프라이드를
재산을 연장을 내드리겠다고.

— <엔카운터지> 부분

②
미역국은 인생을 거꾸로 걷게 한다 그래도 우리는
30대보다는 약간 젊어졌다 60이 넘으면 좀더
젊어질까 기관포나 뗏목처럼 인생도 인생의 부분도
통째 움직인다 -- 우리는 그것을 빈궁의
소리라고 부른다

— <미역국> 부분

　①의 시는 일상의 자잘한 삶의 연쇄를 속도감 있게 제시하기 위해 행과 행 사이의 시상을 연결시키는 시행 엇붙임을 사용하여 효과를 보고 있다. 자신에 대한 성찰도 자신에 인생에 대한 논리적인 인식도 불가능한 채 삶에 밀려 진행되어가는 생활의 과정을 속도감 있는 호흡과 함께 잘 표현하고 있다. ②의 시는, 나이먹을수록 젊어진다는 역설을 사용하고 있지만 인생의 진행과정을 연쇄적으로 표현하기 위해 시행 엇붙임을 사용하였다. 이를 통해 인생의 순간성과 덧없음이 보다 정서적으로 강조된다.

　별로 흔하지는 않지만, 시상을 연결하는 시행 엇붙임 통사적 이중성을 갖게 되고 특히 이를 통해 시적 모호성을 만들어내는 경우가 있다.

김해동 -- 그놈은 항상 약삭빠른 놈이지만 언제나
부하를 사랑했다.

— <적> 부분

　위의 시에서 밑줄 그은 '언제나'는 '약사빠른'에 걸리기도 하고 또 다음 행의 '부하를 사랑했다'에 걸리기도 한다. 이는 상당히 계산된 장치라 할 수 있다. '언제나'가 윗 행에 걸리게 되면 앞의 '항상'과 결합하여 그가 약삭빠르다는 사실을 강조하게 되고 또 한편 뒷 행에도 걸리게 되어 그럼

에도 불구하고 부하를 사랑했다는 사실을 또한 강조한다. 이런 이중의
강조를 통해 독자로 하여금 약삭빠름과 사랑이라는 상반된 가치의 관계에
대한 반성적 사고를 하게 한다.

4. 맺음말

　이상에서 본고는 김수영의 작품을 중심으로, 그의 작품에서 현저한 시적
장치로 등장하는 시행 엇붙임에 대해 살펴보고, 그것의 기능과 시적 효과
에 대해 논의했다. 이상의 논의 내용을 다시 한번 정리하면 다음과 같다.
　첫째는, 시행 엇붙임은 통사적 연결을 끊어 강제적인 행간 휴지를 설정
함으로써 행과 행 사이의 의미나 정서의 이행을 방해하는 단절적 기능을
갖게 되는데, 이러한 기능을 통해 다양한 시적 효과를 발휘한다는 것이다.
먼저, 시상의 중심이 되는 한 단어나 어절을, 다른 단어나 어절과의 통사적
관련을 단절시킴으로써 강조하는 효과를 가져온다. 다음은 지속의 효과로
서 앞행과 뒷행을 의식적으로 단절시켜 앞행의 시상이나 심리상태를 지속
시켜 시적 정서의 연장을 꾀하는 것이다. 또 단절에 의해 시상이나 이미지
의 돌연한 전환을 가져와 장면이나 시적 이미지를 보다 생생하게 전달하는
데 쓰여지기도 한다.
　둘째는, 통사적 분절이 명확한 어절이나 단어의 앞 또는 뒤에 시행을
엇붙임으로써 통사적 분절을 약화시켜 시상이 다음 행에 계속되게 하는
연결적 기능을 갖는다는 것이다. 이러한 기능을 통해서 다양한 시상을
하나의 상황에 대한 총체적인 감정이나 의미로 결합시켜 표현하기도 하고
계속된 연상으로 이미지를 중첩시키기도 한다.

김수영 연보

1921년(1세)	11월 27일 서울 종로구 종로2가에서 부 김태욱과 모 안형순 사이의 8남매 중 장남으로 태어남. 본적 서울 종로구 조동 171번지
1924년(4세)	조양 유치원에 들어가다.
1926년(6세)	서당에 다니며 한문 공부하다.
1928년(8세)	어의동 공립보통학교(현 효제초등학교) 입학.
1931년(11세)	조부 70세로 돌아가심.
1934년(14세)	보통학교 졸업. 6학년 9월경 운동회를 끝내고 장티푸스에 걸린 후로 잇달아 폐렴, 뇌막염으로 병석에 누움. 서울 용두동으로 이사.
1935년(15세)	선린상업학교 전수과 입학.
1938년(18세)	위 학교 본과로 진학.
1940년(20세)	서울 현저동으로 이사.
1941년(21세)	선린상업학교 졸업. 성적 우수. 동경 성북고등예비학교에 다님. 태평양 전쟁 발발.
1943년(23세)	전쟁 막바지에 가족들 만주 길림성으로 이사. 조선학병 징집을 피해 일본에서 귀국. 송영일 등과 연극을 하다.
1944년(24세)	가족이 가 있는 만주로 건너감. 연극에 경도. 동생 수성, 일군에 끌려감.
1945년(25세)	8월 15일 해방. 9월 만주에서 돌아옴. 연극에서 시로 전향. 시 「廟庭의 노래」가 처음으로 『예술부락』에 실림. 부친 병환 악화. 「廟庭의 노래」, 「公子의 생활난」 등을 쓰다.

1946-48년(26-28세)　연희전문 영문과 4년에 편입. 졸업하지 않음.

김경린, 박인환 등과 교우.

「가까이 할 수 없는 서적」, 「이」, 「아메리카 타임지」 등 쓰다.

1949년(29세)　1월 부친 49세로 돌아가심.

박인환 등과 함께 묶은 『새로운 도시와 시민들의 합창』에 「아
메리카 타임지」, 「공자의 생활난」 수록.

「토끼」, 「아버지의 사진」 등 쓰다.

1950년(30세)　김현경과 결혼.

6월 25일 사변 발발.

8월 북한군에 징집. 국군에 의해

두 동생 행방불명.

12월 피난지에서 장남 태어나다.

1952-53년(32-33세)　포로수용소에서 석방.

부산, 대구 등지에서 미8군 통역관을 하다, 서울로 돌아와 선린
상고 영어교사 등을 함.

1953년 「달나라의 장난」, 「부탁」, 「애정지둔」, 「풍뎅이」 등을
쓰다.

1954년(34세)　주간 태평양에 근무.

성북동에 이사.

「시골선물」, 「구라중화」, 「나의 가족」, 「거미」 등을 쓰다.

1955년(35세)　평화신문사 문화부차장으로 근무.

마포 구수동으로 이사.

「국립도서관」, 「레이팜탄」, 「거리1」, 「거리2」 등을 쓰다.

1956년(36세)　「바뀌어진 지평선」, 「기자의 정열」, 「구름의 파수병」, 「병풍」,
「눈」, 「꽃(2)」 등을 쓰다.

1957년(37세)　김경린, 김춘수, 김규동 등과 함께 묶은 앤솔로지 『평화에의
증언』에 「폭포」 등 5편 수록.

「채소밭 가에서」, 「서시」, 「광야」 등을 쓰다.

1958년(38세)　6월 차남 태어나다.

11월 제1회 한국시인협회상 수상.

「초봄의 뜰안에」, 「비」, 「말」 등 쓰다.

1959년(39세)　『달나라의 장난』을 춘조사에서 간행. 40편 수록.

「자장가」. 「모리배」, 「미스터 리에게」 등 쓰다.

1960년(40세)　4·19 의거이후 현실과 정치를 직시하고 적극적인 태도로 시와 시론, 시평 등을 잡지에 발표.
서라벌 예대, 서울대, 연세대, 이대 등에서 강연하다.
「파리와 더불어」, 「하 그림자도 없다」, 「푸른 하늘을」, 「나는 아리조나 카보이야」 등을 쓰다.

1961년(41세)　「눈」, 「사랑」, 「황혼」, 「사일구 시」, 「아픈 몸이」 등을 쓰다.

1962년(42세)　「백지에서부터」, 「적」, 「만주의 여자」 등을 쓰다.

1963년(43세)　「피아노」, 「깨꽃」, 「후란넬 저고리」, 「여자」 등을 쓰다.

1964년(44세)　「거대한 뿌리」, 「시」, 「강가에서」, 「현대식 교량」 등을 쓰다.

1965년(45세)　「65년의 새해」, 「제임스 띵」, 「어느날 고궁을 나오면서」 등을 쓰다.

1966년(46세)　「눈」, 「식모」, 「설사의 알리바이」, 「금성라디오」, 「도적」 등을 쓰다.

1967년(47세)　「꽃잎 1, 2, 3」, 「여름밤」, 「미인」 등을 쓰다.

1968년(48세)　「성」, 「의자가 많아서 걸린다」, 「풀」 등을 쓰다.
6월 15일 밤 귀가길에 버스에 치어 머리를 다침. 다음날 끝내 의식을 회복하지 못한 채 8시 경 숨짐.
도봉동에 있는 선영에 묻힘.

1969년　여러 지인들에 의해 묘 앞에 시비가 세워짐.

1974년　9월, 시선집 『거대한 뿌리』가 민음사에서 간행됨.

1975년　6월, 산문선집 『시여, 침을 뱉어라』가 민음사에서 간행됨.

1976년　8월, 시선집, 『달의 행로를 밟을지라도』가 민음사에서 간행됨.
산문선집 『퓨리턴의 초상』이 민음사에서 간행됨.

김수영 연구 자료 목록

강덕화. 「김수영 시연구 : 새로움의 시학을 중심으로」. 동국대 석사논문. 1997.

강연호. 「김수영 시 연구」. 고려대 박사논문. 1996.

강연호. 「자기 갱신의 모색과 탐구 : 김수영론」. 송하춘·이남호 편. 『1950년대 시인들』. 나남. 1994.

강웅식. 「김수영 문학 연구사 30년, 그 흐름의 향방과 의미」.『작가연구』. 1998. 5.

강웅식. 「김수영의 시의식 연구 : '긴장'의 시론과 '힘'의 시학을 중심으로」. 고려대 박사논문. 1997.

강현국. 「김수영 시에 나타난 현실참여의 특성 연구」. 경북대 석사논문. 1979.

구모룡. 「도덕적 완전주의」.『조선일보』. 1982년 1월 13일-21일(신춘문예평론 당선작)

구중서. 「4.19혁명과 한국문학」.『한국문학과 역사의식』. 창작과비평사. 1985.

권영민. 「진실한 시인과 시의 진실성」.『문예중앙』. 1981년 겨울.

권오만. 「김수영 시의 기법론」.『한양어문연구』. 제 13집. 1996. 11.

권오만. 「자유와 꿈」.『거대한 뿌리』. 민음사. 1974.

기춘호. 「김수영의 시세계」.『충북문학』 6호. 1981년 9월.

김　현. 「김수영, 혹은 소시민의 자기확인과 항의」. 김현, 김윤식.『한국문학사』. 민음사. 1973.

김 현. 「김수영의 "풀" : 웃음의 체험」. 『한국 현대시 작품론』. 문장. 1981.

김 현. 「시와 시인을 찾아서 -김수영 편」. 『심상』. 1974. 5.

김 현. 「자유와 꿈」. 『거대한 뿌리』(해설). 민음사. 1974.

김경숙. 「실존적 이성의 한계인식 혹은 극복의지」. 『1960년대 문학연구』. 깊은샘. 1998.

김규동. 「모더니즘의 역사적 의의」. 『월간문학』. 1975년 2월.

김규동. 「인환의 화려한 차질과 수영의 소외의식」. 『현대시학』. 1978. 11.

김기중. 「윤리적 삶의 밀도와 시의 밀도」. 『세계의 문학』. 1992. 겨울.

김기중. 「윤리적 삶의 밀도와 시의 밀도」. 『세계의 문학』. 1992년 겨울.

김명수. 「김수영과 나」. 『세계의 문학』. 1982 겨울.

김명인. 「그토록 무모한 고독. 혹은 투명한 비애」. 『실천문학』. 1998 봄.

김명인. 「급진적 자유주의의 산문적 실천」. 『작가연구』. 1998. 5.

김명인. 「김수영의 <현대성>인식에 관한 연구」. 인하대 석사논문. 1994.

김병걸. 「김수영의 시와 문학정신」. 『세계의 문학』. 1981 가을.

김병익. 「진화 혹은 시의 다양성」. 『세계의 문학』. 1983 가을.

김병택. 「시인의 현실과 자유」. 『현대문학』. 1978. 7.

김상익. 「이달의 문제작 -김수영 '현대식 교량'」. 『주간한국』. 1965. 7.4.

김상환. 「모더니즘 또는 사욕의 금욕주의 : 김수영과 시의 속도」. 『현대시학』. 1993. 11. - 1994 .3.

김상환. 「모더니즘의 책과 저자 : 데카르트에서 데리다까지」. 『세계의 문학』. 1993. 가을.

김상환. 「스으라의 점묘화 : 김수영 시에서 데카르트의 백색 존재론」.

『철학연구』. 1992. 봄.

김상환. 「전용. 혼용. 변용 -아름다운 우리말을 위한 김수영론」.『세계의
문학』1994년 가을.

김수이. 「김춘수와 김수영의 비교 연구 : 주제와 기법의 대응관계를 중
심으로」. 경희대 석사논문. 1992.

김시태. 「50년대의 시와 60년대의 시」.『시문학』. 1975.1.

김영무. 「시에 있어서 두 겹의 시각」.『세계의 문학』. 1982 봄.

김영옥. 「김수영 연구」. 숙명여대 석사논문. 1992.

김오영. 「김수영론」. 연세대 석사논문. 1992.

김용성. 「한국문학사 탐방 -김수영 편」.『한국현대문학사탐방』. 국민서
관. 1973.

김용직. 「새로운 시어의 혁신과 그 한계」.『문학사상』. 28호.

김우창. 「예술가의 양심과 자유」.『궁핍한 시대의 시인』. 민음사. 1978.

김유중. 「김수영 시의 모더니티」.『국어국문학』 119호. 1997.

김윤식. 「김수영 문학이 이른 곳」『황홀경의 사상』. 홍성사. 1984.

김윤식. 「김수영 변증법의 표정」.『세계의 문학』. 1982 겨울.

김윤식. 「모더니티의 파탄과 초월」.『심상』. 1974. 2.

김윤식. 「시에 대한 질문 방식의 발견」.『시인』. 1970. 8.

김윤태. 「4.19혁명과 민족현실의 발견」.『민족문학사강좌(하)』. 창작과
비평사. 1995.

김은숙. 「김수영 시 연구 : 시의식의 변모과정을 중심으로」. 인하대 교
육대학원 석사논문. 1994. 2.

김이원. 「김수영 시 연구 : 세계인식 변모과정을 중심으로」. 홍익대 석
사논문. 1991.

김인환. 「시인의식의 성숙과정 : 김수영의 경우」.『월간문학』. 1972.5

김인환. 「한 정직한 인간의 성숙과정」. 『신동아』 1981. 11.

김재용. 「김수영 문학과 분단극복의 현재성」. 『역사비평』. 1997. 가을.

김정훈. 「김수영 시 연구 : 주제의식을 중심으로」. 『국제어문』 8호.
        1987. 5.

김종문. 「김수영의 회상」. 『풀과 별』. 1972. 8.

김종윤. 「김수영 시 연구」. 연세대 박사논문. 1986.

김종윤. 「태도의 시학-김수영 시론」. 『현대문학 연구1』. 바른글방. 1989.

김종윤. 『김수영 문학연구』. 한샘출판사. 1994.

김종철. 「시적 진리와 시적 성취」. 『문학사상』. 1973. 9.

김종철. 「첨단의 노래와 정지의 미 -김수영의 "폭포"」. 『문학사상』.
        1976.9.

김주연. 「교양주의 붕괴와 언어의 범속화」. 『정경문화』. 1982. 5.

김주연. 「한국현대시의 상황」. 『창작과비평』. 1967 가을.

김준오. 「승화에서 탈승화로」. 『현대시』. 1993. 3.

김지하. 「풍자냐 자살이냐」. 『시인』. 1970. 8.

김창섭. 「김수영 시연구 : 시의식의 변천을 중심으로」. 고려대 교육대학
        원 석사논문. 1987.

김춘식. 「김수영의 초기시 -설움의 자의식과 자유의 동경」. 『작가연구』.
        1998. 5.

김치수. 「"풀"의 구조와 분석」. 『한국대표시평설』. 문학세계사. 1983.

김태진. 「김수영 시의 환유구조 연구」. 부산대 교육대학원 석사논문.
        1996. 2.

김현승. 「김수영의 시사적 위치와 업적」. 『창작과 비평』. 1968. 가을.

김현승. 「김수영의 시적 위치」. 『현대문학』. 1967.8.

김현자. 「자유를 향한 낙하 -김수영론 시고」. 『내륙문화』 12집. 1978. 10.

김혜순. 「김수영 시 연구 : 담론 특성 연구」. 건국대 박사. 1993.

김혜순. 「김춘수와 김수영 시에 나타난 시간의식의 대비적 고찰」. 건국대 석사논문. 1982.

김혜순. 『김수영 : 세계의 개진과 자유의 이행』. 건국대학교 출판부. 1995.

김화영. 「미지의 모험 기타(「퓨리턴의 초상」 서평)」. 『신동아』. 1976. 11.

김흥규. 「김수영론을 위한 메모. 『심상』. 1978. 1.

노 철. 「김수영 시에 나타난 정신과 육체의 갈등 양상 연구」. 안암어문학회. 『어문논집』 36호. 1997.

노대규. 「시의 언어학적 분석 -"눈"을 중심으로」. 『매지논총』 3호. 1987. 2.

노향림. 「거대한 뿌리」. 『여성중앙』. 1978.

모윤숙. 「중환자들」. 『현대문학』. 1968. 8.

문혜원. 「아내와 가족, 내 안의 적과의 싸움」. 『작가연구』. 1998. 5.

박남철. 「김수영 시문학의 제2시대 연구: 전통지향성과 현대지향성을 중심하여」. 경희대 석사논문. 1983.

박윤우. 「전후 현대시의 상황과 김수영 문학의 논리」. 『문학과 논리』 3호. 태학사. 1993.

박철석. 「김수영론」. 『현대시학』. 1981. 3.

박훈산. 「그날 고 김수영 시인을 생각하며」. 『신동아』. 1968.8.

백낙청. 「김수영의 시세계」. 『현대문학』. 1968. 8.

백낙청. 「살아있는 김수영」. 『사랑의 변주곡(발문)』. 창작과비평사. 1988.

백낙청. 「역사적 인간과 시적 인간」. 『창작과비평』. 1977 여름.

서우석. 「시와 리듬」. 『문학과 지성』. 1978. 봄.

성지연. 「김수영 시연구: 의식의 변모양상을 중심으로」. 연세대 석사논
　　　　문. 1996. 2.

송명희. 「김수영론 -인간 상실과 회복에 대하여」. 『현대문학』. 1980. 8.

송재영. 「시인의 시론」. 『문학과지성』. 1976. 봄.

안수길. 「양극의 조화」. 『현대문학』. 1968.8.

안한상. 「김수영의 시논고」. 『국어교육』. 1995. 6.

염무웅. 「김수영론」. 『창작과비평』. 1976. 가을.

오규원. 「한 시인과의 만남」. 『현실과 극기』. 문학과지성사. 1978.

오세영. 「모더니즘 그 발상과 영향」. 『월간문학』. 1975. 2.

오태수. 「김수영 시에 나타난 자유의 이미지 고찰」. 『인천어문학』.
　　　　1985. 2.

오효진. 「시인 김수영의 "거대한 뿌리"」. 『정경문화』. 1984. 2.

유성호. 「타자와 긍정을 통해 사랑에 이르는 도정」. 『작가연구』. 1998. 5.

유재천. 「김수영 시 연구」. 연세대 박사논문. 1987.

유재천. 「김수영론」. 『배달말』. 1996. 12.

유재천. 「김수영의 "공자의 생활난"」. 『연세어문학』. 1984. 12.

유종호. 「시의 자유와 관습의 굴레」. 『세계의 문학』. 1982. 봄.

유종호. 「현실 참여의 시 -수영. 봉건. 동문의 시」. 『세대』. 1963. 1.

윤여탁. 「1950년대 한국 시단의 형성과 참여시의 잉태」. 『문학과논리』
　　　　3호. 1993.

윤정룡. 「1950년대 한국 모더니즘 시 연구」. 서울대 박사논문. 1991.

이　중. 「김수영 시 연구」. 경원대 박사논문. 1995.

이　탄. 「김수영의 이상주의」. 『한국현대시사연구』. 일지사. 1983.

이건제. 「김수영 시에 나타난 죽음 의식」. 『작가연구』. 1998. 5.

이건제. 「김수영 시의 변모양상 연구 : 자아와 세계 관계를 중심으로」.

고려대 석사논문. 1990.

이경수. 「시에 있어서 정보의 효용과 한계」. 『세계의문학』. 1977. 봄.

이경희. 「시적 언술에 나타난 한국 현대시에 나타난 병렬법 연구」. 이화여대 박사논문. 1989.

이광수. 「1950년대 모더니즘 시 연구」. 고려대 박사논문. 1995.

이기성. 「1960년대 시와 근대적 주체의 두 양상」. 『1960년대 문학연구』. 깊은샘. 1998.

이기성. 「고독과 비상의 시학」. 『작가연구』. 1998. 5.

이남호. 「현실과 문학과 모더니즘」. 『세계의 문학』. 1988. 가을.

이부영. 「시와 무의식의 창조성 -김수영 시 서론」. 『현대시사상』. 1989. 겨울.

이상옥. 「자유를 위한 영원한 여정」. 『세계의문학』. 1982. 겨울.

이성복. 「진실에 대한 열정」. 『세계의문학』. 1982. 겨울.

이숭원. 「김수영론」. 『시문학』. 1983. 4.

이승훈. 「김수영의 시론」. 『심상』. 1983. 3.

이승훈. 「역사성과 서정성이 만나는 양식」. 『문학사상』. 1985. 4.

이승훈. 「우리시에 나타난 전위성」. 『현대시』. 1993. 7.

이어령. 「서랍 속에 든 불온시를 분석한다」. 『사상계』. 1968. 3.

이영섭. 「김수영의 "신귀거래"연구」. 『연세어문학』 18호. 1985. 12.

이영섭. 「김수영의 시 연구」. 연세대 석사논문. 1977.

이유경. 「김수영의 시」. 『현대문학』. 1973. 6.

이은정. 「김수영 시의 수용양상 연구: 상반된 수용의 문제」. 『이대 대학원 연구논문집』 48호. 1990. 8.

이은정. 「김춘수와 김수영 시학의 대비적 연구」. 이화여대. 1992.

이종대. 「김수영 시 읽기의 폐쇄와 개방」. 『동국대 국어국문학논문』.

1993. 12.

이종대. 「김수영 시의 모더니즘 연구」. 동국대 박사. 1994.

이철범. 「영토를 쌓는 30대의 시인 -김춘수, 김수영, 전봉건 시집에 대하여」. 『세계일보』. 1960. 1. 15 - 16.

이태희. 「김수영 후기시의 화자 연구」. 『인천어문학』. 1992.

이혜원. 「시적 해탈의 도정」. 송하춘·이남호 편. 『1950년대 시인들』. 나남. 1994.

이홍자. 「김수영의 시세계」. 『국어교육』 49, 50호. 1984. 12.

장경렬. 「삶의 시적 형상화의 문제 -김수영의 4,50년대 시를 중심으로」. 『인화』 19집. 1983. 12.

장석주. 「현실과 꿈 -김수영론」. 『언어의 마을을 찾아서』. 조형. 1979.

전봉건. 「사기론」. 『세대』. 1965. 2.

정과리. 「현상학 회귀의 의미론」. 『문학과사회』. 1996. 겨울.

정과리. 「현실과 절망의 긴장이 끝간 데」. 『김수영(해설)』. 지식산업사. 1981.

정남영. 「김수영의 시와 시론 : 난해성. 민중성. 현실주의」. 『창작과 비평』. 1993. 가을.

정영호. 「김수영론 -언어, 생활, 행위의 삼각주」. 『월간문학』. 1987. 6.

정재찬. 「김수영론 : 허무주의와 그 극복」. 『1960년대 문학연구』. 예하. 1993.

정한모. 「한국전후시의 양상」. 『한국현대시의 정수』. 서울대 출판부. 1980.

정현기. 「김수영론 : 죄의식과 저항, 시적 진실과 죽음」. 『문학사상』. 1989. 9.

정현선, 「모더니즘시의 문학교육적 연구 -이상과 김수영을 중심으로」.

서울대 석사논문. 1995. 2.

정현종. 「시와 행동」.『월간조선』. 1982. 1.

정효구. 「김수영 시에 나타난 사랑」.『20세기 한국시와 비평정신』. 새
미. 1997.

조기현. 「혁명과 시, 그리고 아나키즘」.『시와반시』. 1993. 가을.

조남현. 「우상의 그늘」.『심상』. 1978. 10.

조명제. 「김수영 시 "풀"의 구조와 논리」.『중앙대 어문논집』. 1995. 8.

조병춘. 「김수영과 신동엽의 참여시 연구」.『세명논총』. 1996. 6.

조병화. 「허전한 옆자리 -수영을 먼저 보내며」.『국제신문』. 1968. 6. 18.

조영복. 「1950년대 모더니즘 문학 논의를 위한 비판적 검토」.『창작과
비평』. 1993. 겨울.

조은수. 「김수영 시에 나타난 낭만성에 대한 연구」. 연세대 석사논문.
1990.

조창환. 「60년대 시의 비평적 성찰 -현실의 시적 수용문제」.『현대시』.
1985. 6.

조현일. 「김수영의 모더니티에 관한 연구」.『작가연구』. 1998. 5.

최동호. 「1950년대 시적 흐름과 정신사적 의의」.『현대문학사』. 현대문
학사. 1989.

최동호. 「김수영의 문학사적 위치」.『작가연구』. 1998. 5.

최동호. 「분단기의 현대시」.『현대시의 전신사』. 열음사. 1995.

최두석. 「현대성론과 참여시론」.『한국현대시론사연구』. 문학과지성사.
1998.

최미숙. 「한국 모더니즘시의 글쓰기 방식에 관한 연구 : 이상과 김수영
을 중심으로」. 서울대 박사논문. 1997.

최유찬. 「시와 자유와 죽음 -김수영론」.『연세어문학』 18집. 1985. 12.

최정희. 「거목같은 사나이」. 『현대문학』. 1968. 8.

최하림. 『김수영 : 김수영 아포리즘/ 김수영 평전·연구자료』. 문학세계
사. 1993.

최하림. 「60년대의 시인 의식」. 『현대문학』. 1974. 10.

최하림. 「두 시인의 초상」. 『오늘의 책』. 1984. 7.

최하림. 『김수영 평전: 자유인의 초상』. 문학세계사. 1981.

최현식. 「곧은 소리의 요구와 탐색」. 『작가연구』. 1998. 5.

하정일. 「김수영, 근대성 그리고 민족문학」. 『실천문학』. 1998. 봄.

한계전. 「전후시의 모더니즘적 특성과 그 가능성」. 『시와 시학』. 1991.
봄. 여름.

한명희. 「김수영시에서의 고백시의 영향」. 『전농어문연구』. 1997. 2.

한수영. 「일상성을 중심으로 본 김수영 시의 사유와 방법」. 『작가연구』.
1998. 5.

한영옥. 「김수영 시 연구 : 참여시의 진정성 규명을 중심으로」. 『성신여
대 인문과학연구』. 1993. 12.

홍기삼. 「자유와 갈증」. 『한국문학전집, 평론선집』. 어문각. 1978.

홍사중. 「탈속의 시인 김수영」. 『세대』. 1968. 7.

황동규 편. 『김수영의 문학』. 민음사. 1983.

황동규. 「감상의 제어와 방임」. 『창작과 비평』. 1977. 9.

황동규. 「시의 소리」. 『사랑의 뿌리』. 문학과지성사. 1976.

황동규. 「절망 후의 소리 - 김수영의 "꽃잎"」. 『심상』. 1974. 9.

황동규. 「정직의 공간」. 『달의 행로를 밟을지라도』. 민음사. 1976.

황정산. 「김수영 시론의 두 지향」. 『작가연구』. 1998. 5.

황현식. 「저항과 좌절 - 그 운명적 갈등」. 『시문학』. 1973. 6.

새미작가론 총서 16 **김수영**

인쇄일 초판 1쇄 2002년 12월 27일
            2쇄 2015년 02월 23일
발행일 초판 1쇄 2003년 01월 07일
            2쇄 2015년 02월 25일

엮은이 황 정 산
발행인 정 진 이
발행처 새미
등록일 1994.03.10, 제17-271호

서울시 강동구 성내동 447-11 현영빌딩 2층
Tel : 442-4623~4 Fax : 442-4625
www.kookhak.co.kr
E- mail : kookhak2001@hanmail.net
ISBN 978-89-5628-039-4[93810]
가 격 12,000원

* 새미는 국학자료원 의 자매회사입니다.
*저자와의 협의 하에 인지는 생략합니다.